JULIAN
BARNES

KEEPING AN EYE OPEN

JULIAN BARNES

[英国] 朱利安·巴恩斯 著
陈星 译

另眼看艺术

增补版

译林出版社

献给帕特

前　言

几年前，我一个做记者的朋友被他供职的杂志社派驻巴黎，在那里当上了父亲，一连有了两个孩子。两个小家伙视线刚能聚焦，他就常带他们去逛卢浮宫，温柔地将他们初生的视网膜对准一幅幅世上最伟大的画作。我不知道他们尚在妈妈肚子里时他有没有放古典音乐给他们听，像有些准父母那样。不过我有时会好奇这两个孩子将来会长成什么样的人：成为纽约现代艺术博物馆候任馆长，或者也可能成为根本没有图像感觉的成年人，并且对美术馆深恶痛绝。

在我幼年（以及人生其他）阶段，父母既没想过要给我灌进点文艺，也没拦着我接受文艺熏陶。他们都是教师，因此艺术（或者准确点说，“艺术”这个概念）在我们家是受尊重的。我们书架上有该有的书，起居室里甚至还有一架钢琴，只是从我小时候起那琴根本就没人弹过。这架钢琴是我母亲的，是宠爱女儿的外祖父送的，那时候她还是个才华横溢、前途远大的青年钢琴家。但是，二十岁刚出头的时候，她突然就不弹了：她碰上了斯克里亚宾一首复杂的曲子，不管怎么反复练也掌握不了，于是意识到自己到了一个极限，再也无法突破了。她突然地、断然地停止了演奏。即使这样，那架钢琴却没法丢掉，它跟着她东搬西迁，忠实地陪伴着她步入婚姻，生儿育女，走进晚年，寡居独处。它那总是落满灰尘的琴盖上放着一沓乐谱，其中就有她几十年前放弃的那首斯克里亚宾的曲子。

至于美术，家里有三幅油画。两幅是菲尼斯泰尔省的乡村风景，是父亲的一个法国助教画的。从某种意义上来说，它们和那架钢琴一样有误导性，因为“保罗叔叔”（我们都这么喊他）当初画这幅画时可算不上写生，而是抄袭风景明信片：临摹加自我发挥。他用作蓝本的那几张明信片（其中一张上沾了颜料）现在还摆在我书桌上。相比之下，第三幅油画，挂在门厅的那幅，稍微正宗一点。画上是个裸女，外面还有镀金的画框，大概是19世纪某个不知名画家的临摹之作，而原画也一样不知出处。我父母当初是在我们住的这个伦敦城郊社区举行的一次拍卖会上买的它。我能记得它，主要是因为当初我觉得它一点都不撩人。这很奇怪，因为别的对不穿衣服女人的描绘，多半能让我感到某种正常的生理反应。也许艺术就是干这个的：它用自己的庄重抽去了生命中的激情。

还有进一步的证据能说明这很可能就是艺术的目的和作用：那些无聊的业余演出，父母每年带我和哥哥去看一次，还有他们以前在收音机上听的那些枯燥的探讨艺术的节目。到十二三岁的时候，我已经是个地道的粗人了，热衷于体育和连环漫画——正是英

《坎佩尔莱(菲尼斯泰尔省):华丽的桥》

国盛产的那种人。我五音不全，没学过什么乐器，在学校没修过美术，除了大概七岁跑龙套扮演过一回第三位贤士[1]（没有台词），之后也没再表演过。尽管当时学校里的作业让我接触了文学，我也渐渐开始意识到它和现实生活是怎样联系在一起的，但在我眼里它主要还是一门要通过考试的科目。

有一次父母带我去参观了伦敦的华莱士收藏馆[2]：更多的镀金画框，更多不撩人的裸体。在馆里最有名的画作之一——弗朗斯·哈尔斯[3]的《笑着的骑士》——前我们多站了会儿。我怎么也搞不懂这个长着一撮滑稽小胡子的家伙在嘲笑什么，也想不通这怎么就算一幅有意思的画作。大人应该还带我去过国家美术馆，但我不记得了。我自己出于自觉自愿去看画，要到1964年，那年我高中毕业，在进大学之前在巴黎待了几周。尽管我肯定去过卢浮宫，但真正给我留下了深刻印象的，却是一座又大又暗又古板的纪念馆，这也许是因为那天馆里没其他人，因此我没有感受到要和人争着做出特定反应的压力。这座居斯塔夫·莫罗[4]纪念馆位于圣拉扎尔车站附近，是画家1898年去世时留给国家的，之后一直由法国政府打理——从它阴沉沉脏兮兮的样子看，政府的管理很敷衍。楼上一层是莫罗的画室，空间巨大，像座大仓库，提供暖气的是一个笨重的黑黝黝的火炉，室内热度不够，说不定画家在世时就是这样了。墙上挂满了画，从地板一直到天花板，照明灯光很暗，而那些木质的大陈列柜里则是一个个浅抽屉，拉出来就可以细看里头数以百计的草图。我以前从没有意识地看过莫罗的画，也对他一无所知（更不知道他是福楼拜唯一由衷欣赏的当代画家）。我不知道该怎么看他的这些作品：异乎寻常，富丽堂皇，暗光闪烁，传统的和个人的象征手法奇怪地糅合在一起（我基本琢磨不出象征的是什么）。或许正是这种神秘感吸引了我，或许是由于没有人让我去欣赏莫罗，我才更加欣赏他，不过可以肯定的是，在我的记忆中，我的确是在这里生平头一次有意识地欣赏画作，而不是消极、屈从地面对着它们。

我喜欢莫罗还因为他的画实在怪诞。在我美术欣赏的起始阶段，一幅画变形得越厉害，就越是吸引我：实际上，我那时认为这才是艺术。把生活拿来，然后经过某种超凡、神秘的处理过程，将它变成另一种东西，与生活有关，但更有力，更强烈——若是也更古怪，那最好不过。过去的画家里，吸引我的是埃尔·格列柯[5]和丁托列托[6]，他们画的人体如流水泄地、延展拉伸；博斯[7]和勃鲁盖尔[8]，他们奇思妙想，怪诞诡异；喜欢阿尔钦博托[9]，他那些讽喻的构建甚是狡黠。而20世纪的画家，至少是那些现代派艺术家吧，只要他们能把枯燥的现实变成块切成片，变成本能的旋涡、飞溅的重彩、巧妙的网格、谜一般的构建，就差不多都能让我激动了。当初，要是我知道阿波利奈尔[10]不仅仅是个（现代派，因此可钦可佩的）诗人的话，我会赞同他对立体主义的赞美：他说立体主义是对当代社会的“轻佻浮躁”、“高尚”且“必要”的反思和抵抗。至于更广义的美术史里的人物，我当然看得出来丢勒、梅姆林[11]和曼特尼亚[12]都超群绝伦，但那时候我总觉得写实主义不过是美术的“缺省设置”。

这种艺术观很常见，通常也很浪漫。直到看过了更多画作后，我才意识到写实主义可不是区区山脚下的登山大本营，让别人从这里出发探险、攀登高峰的：它一样可以忠实于现实，也一样可以古怪稀奇，一样离不开选择、组织、想象，一样在用自己的方式变形变异。我也慢慢地明白：有的画家随着你年岁渐长你会腻（比如拉斐尔前派[13]画家）；有的随着你的阅历增加你才会喜欢上（夏尔丹[14]）；有的你一辈子都觉得不咸不淡（格勒兹[15]）；有的你多年来一直没在意，忽然间就注意到了（利奥塔尔[16]、哈莫修伊[17]、卡萨特[18]、瓦洛通[19]）；有的的确是大师，但你总是没法上心（鲁本斯[20]）；还有的不管你在哪个年龄段看都伟大，亘古不变，不折不扣（皮耶罗[21]、伦勃朗、德加[22]）。而我这些"进步"里来得最慢的，也许是让我自己相信，或者准确地说是我看清了，现代主义也不全是精彩绝伦的。我看出它有些地方比其他地方高明些，也看出毕加索也许有时显得虚荣，米罗[23]和克利[24]有时过于雕琢，莱热[25]有时也重复。我还看出了其他诸如此类的情况。我最终渐渐意识到，就和美术史中其他流派一样，现代主义有其长亦有其短，而且其本质决定了随着斗转星移，它必会过时。不过，这一切都无损其魅力，倒让它更有意思了。

不过嘛，1964年时，我认定了这就是"我的"艺术流派。而且我感到很幸运，因为有一些现代主义大师那时还在世。勃拉克[26]前一年去世了，但伟大的竞争者毕加索（在生活和艺术上皆如此）还在，潇洒优雅的"大忽悠"萨瓦多尔·达利也还在，马格利特[27]和米罗（还有贾科梅蒂[28]、考尔德[29]以及柯柯施卡[30]）都还在。只要现代主义的倡导者里还有人在创作，它暂时就不会落入博物馆和学术界之手。其他艺术形式也一样：1964年T. S.艾略特和埃兹拉·庞德还在世，斯特拉文斯基也还在，我还在伦敦皇家节日剧院看过他指挥了半场音乐会。我的生命和他们有（一点点的）交集，这种感觉对我产生了重大的影响，不过那个时候我尚未完全意识到，因为那会儿我还不知道自己会走上写作这条路。但是，在20世纪下半叶，任何一个想从事艺术创作的人，不管是准备搞音乐、美术、文学还是其他，都得和现代主义过过招：弄懂它，消化它，搞明白为什么它要改造现实、又是怎么改造现实的，然后想清楚，作为后来人，作为一名潜在的、未来的艺术家，经过了现代主义，你的位置在哪里。你也许会（当然也应该）选择走自己的路，但彻底无视现代主义运动的存在，当它根本没发生过是不行的。再说，60年代的时候，新一代以及更后面的艺术家已经开始创作了——那时有后现代主义，再后来有了后后现代主义，如此发展，到了后面标签都用尽了。有一位纽约的文学评论家称我为“后现代主义前派”，为了这名号，我至今还在奋斗呢。

尽管那个时候我没有意识到，现在看来，我理解现代主义（且享受现代主义，因它而兴奋激动）更多的是通过美术，而非文学。比起追随文字，跟着油彩似乎更容易看清我们是如何同写实主义渐行渐远的。在美术馆里，从一个展厅走到另一个展厅，好像在阅读一篇简洁明了的记叙文：从库尔贝[31]到马奈[32]，再到莫奈、德加和塞尚，然后到勃拉克和毕加索——好啦，都搞清楚了！读文学的话，事情看起来就复杂多了，没这么平铺直叙，经常迂回曲折。如果说欧洲第一部伟大的小说是《堂吉诃德》，它异象环生的情节、出人意料的发展以及强烈的叙述自觉，让它同时也是现代主义的、后现代主义的、魔幻现实主义的等等。同样地，如果说第一部伟大的现代主义小说是《尤利西斯》，为什么它最出彩的部分也正是最写实、最能将普通日常生活真实再现的？我那时没有意识到，还没看到，不管是哪种形式的艺术，一般都有两股暗潮同时涌动其中：推陈出新的宏愿，以及继续与过去的对话。伟大的革新者都仰仗他们革新道路上的前辈，也就是那些准予他们独辟蹊径、除旧布新的人。以此画向先驱致敬，这也是画作里常有的隐喻。

与此同时，艺术也的确是在前进，常常很笨拙，却永远是必须的。2000年，英国皇家美术学院办了一场题为“1900——艺术在十字路口”的展览。展览没按作品的受欢迎程度来布展，也没什么有导向性的说明，只是把上世纪初为人所欣赏、有人愿意买的一些典型作品摆了出来，不考虑画派、从属，或是后世评价。布格罗[33]和莱顿男爵[34]挂在德加和蒙克[35]边上，死气沉沉的学院派和枯燥无味的叙事画旁边就是印象派的灵动自由，一丝不苟、诲人不倦的写实主义旁则是热情洋溢的表现主义，线条明快的情色画与撩拨情欲却不自知的冥想图同粗笔厚刷、努力写实的最新人体画摆在一起。如果真在1900年办这么一场展览，想象得出，看到眼前这场美学混战，参观的人会觉得困惑，感到受了冒犯。这样一种嘈杂刺耳、交错重叠、不可调和的现状后来经过争论、抚平，划定了好坏，算清了成败，误入歧途的审美情趣也受到了批评，最终成为美术史。通过刻意不作说明，这次展览清楚地告诉了我们一件事：现代主义“必要而可贵”。

福楼拜认为，一种艺术形式是没法用另一种艺术形式来解释的，伟大的画作也根本不需要文字作注。勃拉克认为，如果我们在一幅画前能一言不发，那就达到了理想境界。但我们离那理想境界还远着呢。我们是不可救药的语言生物，我们热爱做解释，说看法，谈主张。把我们放在一幅画前，我们立马就七嘴八舌，喋喋不休，你说你的我说我的。普鲁斯特逛画廊的时候，喜欢评说画里的人都能让他想起现实中的哪些人，这也许是个避免直接审美冲突的好方法。但鲜有画作能镇得住我们，或者辩得倒我们，让我们哑口无言。就算有这样的画，用不了多久，哑口无言的我们就会又想把我们的哑口无言搞搞清楚、解释一番了。

2014年，距上次参观半个世纪后，我又去了居斯塔夫·莫罗纪念馆。它还和记忆中的差不多：巨穴一般，阴沉沉的，画挤着画。那个老火炉退了休，现在只是个摆设。我之前忘了莫罗当初设计自己房子的时候，给自己安排了两个巨大的工作室而不是一个，上下相邻，由一架铸铁旋梯连接。这座纪念馆依然稳居巴黎旅游景点名录的底端，鲜有人问津。而两次参观间的五十年中，我碰巧读到了德加对这地方的评价。他当时正打算给自己设计一个纪念馆，死后供人参观，不过来了一趟拉罗什福柯大街[36]后，他打消了这个念头。走出纪念馆时，他感叹道："实在是阴森……这简直和家族墓穴没什么两样……那些挤作一堆的画看起来真像是一本同类词汇编，或者希腊、拉丁语音步辞典[37]。"

这一次再去参观，感触之一是我年轻的时候还真挺了不起的——居然没有转身就逃。我想要坚持让自己相信，多看了五十年的画，如今我能更好地欣赏莫罗了。但是，我看到的依然是宽银幕电影的规模，呆板的彩色印片色调，孤高的情怀，重复的主题，以及画中“性感”的严肃目的。（莫罗有一次问德加：“你当真预备用舞蹈重振美术？”德加答曰：“那你呢？你是准备用珠宝来重振它？”）虽然莫罗的某些技巧（特别是他给画面加的黑墨轮廓和装饰）也能让我喜欢，但看了两个小时，我仍然在努力欣赏，仍然无法欣赏。欣赏居斯塔夫·莫罗的那个福楼拜是写《萨朗波》[38]的福楼拜，不是写《包法利夫人》的福楼拜。这是，并且将永远是，书卷气浓重的艺术：它源自学术钻研，现在自己也成了有价值的学术研究对象，跳过了中间的一个环节——它似乎从来没有生机勃勃、激情燃烧、活力四射过。当初我觉得它怪得有趣，如今我却发现它怪得还不够。

我最早开始写关于艺术的文章，是在我1989年出版的小说《10 $^{1}/_{2}$ 章世界史》里，有一章谈到了席里柯[39]的《梅杜萨之筏》。在那之后，我也就是随手写写，并没有什么特别的规划。不过，当我把这些文章集中起来，我发现自己在不经意间重温了60年代那会儿我刚刚开始读的故事，关于艺术（主要是法国艺术）是如何从浪漫主义走到写实主义最后又进入现代主义的故事。那个时期最重要的阶段，1850年到1920年的样子，艺术家以真为本，并且从根本上重审了艺术的各种表现形式，这段时期依旧令我着迷，我觉得我们仍有许多能向那个时期学习的。而如果说我小时候的感觉没错，我家里那幅裸体画的确就是无趣，我由此推断“艺术就是庄重严肃的”却是种谬误。艺术不仅仅能捕捉到、展现出生活有多刺激、有多令人悸动，有的时候，它做得更多：它就是那悸动。

译注

1 即耶稣诞生时前来朝拜的东方三博士，又称东方三贤士。

2 华莱士收藏馆，位于伦敦曼彻斯特广场，馆藏中有大量18世纪法国艺术精品。此外，17世纪的荷兰艺术品、英国肖像画和文艺复兴时期的装饰艺术品也十分丰富。

3 弗朗斯·哈尔斯（Frans Hals，1581/85—1666），荷兰画家。17世纪荷兰画派的奠基人和最杰出的肖像画大师之一。代表作有《笑着的骑士》《弹曼陀铃的小丑》《吉卜赛女郎》等。

4 居斯塔夫·莫罗（Gustave Moreau，1826—1898），法国画家，象征主义的代表人物之一。其思想受泛神论宗教的影响，常以希腊神话和东方文学为主题进行创作。代表作有《莎乐美》《俄狄浦斯和斯芬克斯》等。

5 埃尔·格列柯（El Greco，1541—1614），西班牙画家、雕塑家、建筑师，西班牙最伟大的画家之一。作品多为宗教画、肖像画，受风格主义影响，色彩偏冷，人物造型奇异修长。代表作有《奥尔加斯伯爵的葬礼》《圣母升天》《三位一体》等。

6 丁托列托（Tintoretto，1518—1594），意大利文艺复兴后期威尼斯画派画家，早期作品受米开朗琪罗影响，后转向风格主义。代表作有《最后的审判》《最后的晚餐》《圣马可拯救奴隶的奇迹》等。

7 博斯（Hieronymus Bosch，1450—1516），荷兰画家，作品主要为复杂、离奇、独具风格的圣像画。代表作有《愚者之船》《人间乐园》《圣安东尼的诱惑》等。

8 勃鲁盖尔，这里指老勃鲁盖尔（Pieter Brueghel, the Elder，1525—1569），16世纪尼德兰最伟大的画家，善于风景画，以及反映农民生活的社会风俗画。代表作有《雪中狩猎》《通天塔》《绞刑架下的舞蹈》等。他有两个儿子，均为画家，为了区分，后世称他为“老勃鲁盖尔”。

9 阿尔钦博托（Giuseppe Arcimboldo，1527—1593），米兰画家，画作把各种水果、动物、风景组合成为人的肖像。

10 阿波利奈尔（Guillaume Apollinaire，1880—1918），法国诗人和艺术批评家。他对20世纪初巴黎艺术主流美学趣味的形成有重要影响。作为立体主义运动最重要的支持者，于1913年出版了《立体主义画家》。

11 梅姆林（Hans Memling，1430—1494），文艺复兴时期弗兰德斯画派画家，主要画祭坛画和肖像画。代表作有《圣乌尔苏拉遗物匣》《基督受难三联画》等。

12 曼特尼亚（Andrea Mantegna，1431—1506），意大利文艺复兴时期画家，开创仰视透视法及天顶画装饰画风。代表作有《圣塞巴斯蒂安》、《恺撒的胜利》、都卡莱宫的装饰壁画《婚礼厅》等。

13 拉斐尔前派，19世纪中期英国青年画家、雕塑家团体，代表人物有亨特、米莱斯、罗塞蒂等，希望复兴拉斐尔之前英国绘画中的纯粹性，追求清晰的线条和色彩，以及简单的主题。

14 夏尔丹（Jean-Baptiste-Siméon Chardin，1699—1779），法国画家，擅长风俗画和静物画，描绘市民阶层生活和普通物品。代表作有《鳐鱼》《削芜菁的女人》《午餐前的祈祷》等。

15 格勒兹（Jean-Baptiste Greuze，1725—1805），法国风俗画和肖像画家，作品多反映家庭生活。代表作有《破壶》《被惩罚的儿子》《乡村新娘》等。

16 利奥塔尔（Jean-Étienne Liotard，1702—1789），瑞士彩色粉笔画家，作品风格精细、雅致，在巴黎、尼德兰、英国很受欢迎。代表作有《美丽的女巧克力师》等。

17 哈莫修伊（Vilhelm Hammershøi，1864—1916），丹麦画家，主要画肖像和风景，最有名的是室内景致画。代表作有《白色的门》《室内：斯德兰街30号》等。

18 卡萨特（Mary Cassatt，1844—1926），美国画家。卡萨特是法国印象派中唯一的一位美国画家。作为一名女性画家，妇女和儿童是她描绘的对象。代表作有《喝茶》《沐浴》《包厢》等。

19 瓦洛通（Félix Vallotton，1865—1925），瑞士画家、雕塑家、艺术理论家，喜欢表现裸体、肖像、室内景致等，风格基本上是自然主义的，但受到日本版画的影响，追求简洁的形式。1890年以后开始制作木刻版画，是20世纪初复兴这门艺术的代表人物。代表作有《蓝屋针线女》等。

20 鲁本斯（Peter Paul Rubens，1577—1640），弗兰德斯画家，巴洛克艺术代表人物，在欧洲艺术史上有巨大影响。代表作有《美惠三女神》《裹着毛皮的海伦娜·芙尔曼》《抢劫吕西普斯的女儿》等。

21 皮耶罗（Piero della Francesca，1415—1492），意大利文艺复兴时期重要画家，根据几何原理和运用透视法作画。代表作有《基督受洗》、《耶稣受笞》（亦译作《鞭挞》）、《真十字架的传说》，以及理论著作《绘画透视学》等。

22 德加（Edgar Degas，1834—1917），法国画家、雕塑家，法国印象派的代表人物之一。代表作有《芭蕾舞女》《熨衣妇》等。

23 米罗（Joan Miró，1893—1983），西班牙画家，超现实主义运动中最具独创性和代表性的人物之一。代表作有《农场》《狂犬吠月》等。

24 克利（Paul Klee，1879—1940），瑞士裔德国表现派画家，克利是20世纪最高产的艺术家之一，作品多达八千件，作品受表现主义、立体主义、超现实主义的影响。代表画作有《吱吱叫的机器》《鱼的魔术》等。

25 莱热（Fernand Léger，1881—1955），法国画家，作品多以抽象几何形体和广告式色块表现城市生活和工业题材。代表作有《城市》《瓶》《建筑工人》等。

26 勃拉克（Georges Braque，1882—1963），亦译作布拉克，法国立体主义画派代表之一，曾参加野兽派绘画运动，与毕加索共同发起立体主义绘画运动。代表作有《曼陀铃》《小提琴与烛台》等。

27 马格利特（René Magritte，1898—1967），比利时画家，超现实主义运动的代表人物。代表作有《形象的叛逆》《人类之子》等。

28 贾科梅蒂(Alberto Giacometti，1901—1966)，瑞士雕塑家、画家，受立体主义雕刻和非洲、大洋洲艺术的影响，作品以人物细如豆茎的骨架式风格著称。代表作有《遥指》《市区广场》《行走的人》等。

29 考尔德(Alexander Calder，1898—1976)，美国雕塑家、工程师、插图画家，首创活动雕塑，其作品用机器或气流驱动，形象不断变化。代表作有《高速》《鹰》等。

30 柯柯施卡(Oskar Kokoschka，1886—1980)，奥地利画家，20世纪表现主义艺术的重要代表人物之一。代表作有《风中的新娘》等。

31 库尔贝(Gustave Courbet，1819—1877)，法国画家，现实主义绘画运动创始人，强调绘画的真实性，对"优雅艺术"进行嘲讽。代表作有《采石工》《奥尔南的葬礼》《画室》《世界的起源》等。

32 马奈(Édouard Manet，1832—1883)，法国画家，革新传统绘画技法，对印象派产生影响，画风色彩鲜明，明暗对比强烈，尤善表现外光及肖像。代表作有《左拉像》《奥林匹亚》《短笛手》等。

33 布格罗(William-Adolphe Bouguereau，1825—1905)，法国学院派画家，维护正统艺术，排斥印象派。

34 莱顿男爵(Sir Frederic Leighton，1830—1896)，英国学院派画家、皇家美术学院院长(1878)。1896年受封为男爵，为英国唯一获此殊荣的画家。

35 蒙克(Edvard Munch，1863—1944)，挪威画家，表现主义绘画的主要代表。代表作有《呐喊》等。

36 莫罗纪念馆地处巴黎拉罗什福柯大街14号。

37 一种根据元音数量将单词、短语分类的辞典，写希腊语或者拉丁语诗的时候可以用到。

38 《萨朗波》(*Salammbô*)，福楼拜继《包法利夫人》后创作的历史小说，故事发生在公元前3世纪与罗马进行激烈斗争时期的迦太基。

39 席里柯(Théodore Géricault, 1791—1824)，法国画家，浪漫主义美术运动的主要推动者之一。代表作有《梅杜萨之筏》《奴隶市场》《艾普森赛马》等。

目录

席里柯：化灾祸为艺术

一

事前已有凶兆。

当时他们已绕过了菲尼斯特雷角，正乘着一股劲风向南航行，这时一群海豚游了过来，绕着三帆战舰转。船上的人都挤到船尾和前后甲板的舷边去看，这些动物能绕着一艘以九到十节[1]航速欢快前进的船兜圈子，大家对它们的这种本领都大为惊叹。可就在他们观赏海豚嬉戏时，传来了一声大喊：船上的一个服务生从左舷前端的一个舷窗掉到海里去了。船员鸣枪报警，抛出救生筏，船也停了下来。但这一连串操作完成得笨手笨脚，等到把六人小艇放下来，已经迟了。他们没能找回救生筏，更不要说那孩子了。他才十五岁，认识他的人都说他水性很好，估计多半是爬上了救生筏。如果是这样的话，那么他最后一定是死在了筏子上，死前受尽残酷至极的煎熬。

这支驶往塞内加尔的探险队有四艘船：一艘三帆快速战舰，一艘轻型护卫舰，一艘运输舰，一艘双桅横帆船。舰队于1816年6月17日从埃克斯岛起航，共有三百六十五人。现在舰队继续向南前进，却已少了一人。他们在特内里费岛补充了给养，将昂贵的酒、橘子、柠檬、无花果和各式蔬菜搬上船。在这里，他们见识到了当地人有多么堕落：圣克罗伊的女人们站在自家门口，拼命招呼这些法国男人进屋，认定她们丈夫的妒忌自有宗教裁判所的僧人会治疗，僧侣们总谴责这种婚姻癫狂，说这是撒旦送来蒙蔽他们的。经过认真思考，船员们认定导致这种行为产生的是南方的太阳，众所周知，它的力量足以削弱不管是自然的还是道德的束缚。

离开特内里费岛，他们向南偏西南方向航行。风力强劲，加上导航失误，这支小舰队走散了。三帆战舰独自驶过热带海域，绕过巴尔巴斯角。它几乎是贴着海岸航行，有时距离陆地只半个大炮射程。海上礁石遍布，低潮时连双桅帆船都无法在这片海域航行。绕过了布兰科角，或者说他们自认为绕过了布兰科角，他们发现船驶进了一片浅滩。每半个小时，他们就要放下一次测深锤。破晓时，值班的少尉莫代先生坐在一个鸡笼子上做定位推算，判断他们大概是在阿尔金岛礁边缘。他的报告无人理睬。但是，就连那些不懂航海的人现在也看得出，船下的水变色了，船边能清楚地看到海草，他们逮到了好多的鱼。风平浪静的，他们却要搁浅了。测深锤测得现在水深三十二点九米，然后没多久就降到了十点九米。张着帆的战舰几乎是立即就倾斜了，又倾斜了一次，再倾斜了一次，然后就停住了。测深绳显示水深五点六米。

十分不幸，他们触礁的时候是满潮，海况也越来越凶险，几次尝试让船脱困都失败了，船肯定保不住了。因为舰上带的几条小艇载不下全体乘员，他们决定造一个筏子，小艇载不了的人员都上筏子，木筏可以拖带登岸，这样大家就都能得救了。这个方案设计得很好，但是，正如这群人中的两位后来证实的那样，它是画在一团散沙上的，自私主义的一口气就把它吹散了。

筏子造好了，而且造得很好，小艇里的位置作了分配，给养也准备好了。黎明时分，底舱进水已达七十厘米，抽水泵也不管用了，于是下达了弃船令。可是周密的计划很快就被混乱所取代：艇上的位置安排无人理睬，给养随意摆放、遗弃，或是丢到了水里。筏上人员足额一百五十人：一百二十名军人，包括军官，二十九名水手和男乘客，一名女乘客。然而，才上了不到五十个人，这个长二十米宽七米的筏子就向水里沉了将近七十厘米。他们抛掉了先搬上筏的那几桶面粉，筏子于是又浮了上来。剩下的人爬了上去，它又往下沉。等筏子满载后，它已经沉下水一米了，且拥挤不堪，上面的人连一步都动不了，筏头和筏尾的人腰以下都浸在水里。固定不住的面粉桶被海浪推着撞向他们。船上的人给他们扔下来一包二十五磅重的饼干，立刻被水泡成了面糊。

之前制订的计划，是由海军军官中的一位来指挥木筏，但他拒绝上筏。早上七点时，起程的命令下达，小小的船队慢慢离开了被抛弃的战舰。还有十七个人，或是拒绝离开战舰，或是躲了起来，于是留在了弃舰上，听天由命。

木筏由四条小艇拖带，小艇首尾相连，最前面是一条驳载艇，负责测量水深。当小艇各就各位时，筏子上的人高呼“国王万岁！”，并在一杆毛瑟枪枪尖上拴了一面小白旗。然而，正是在这筏上的人满怀希望和期待之时，寻常的海风里已混入了自私之气。或是出于私利，或是因为无能、不巧，又似乎有此必要，拖缆一根接一根地被解开了。

离开战舰还不到两里格[2]，木筏就被抛弃了。筏上的人有葡萄酒，还有少许白兰地、一些淡水，以及一点点泡了水的饼干。他们没有指南针，也没有地图；由于没有桨，也没有舵，没有办法控制木筏，也几乎无法控制筏上的人，海浪涌过，他们被冲得不停地相互碰撞。第一晚，海上起了风暴，筏子被粗暴地颠来抛去，筏上人们的号叫声与翻滚的浪涛声混杂在一起。有些人在筏子的排木上拴了绳子，然后紧紧抓牢；所有的人都承受着风浪无情的击打。到了拂晓，海面上哀号阵阵，人们向上天祈祷，许下许多永远无法实现的诺言。死亡步步逼近，大家都尽力做好准备。关于那第一晚的情形，怎么想象都不如事实更惨烈。

第二天海上风平浪静，许多人重新燃起了希望。尽管如此，还是有两个年轻小伙子和一名面包师，认定终是死路一条，于是与众人道别，毅然投了海。也是在这一天，筏子上的人开始精神恍惚，出现了第一次幻觉。有的觉得看到了陆地，有的发现有船来救他们了，这些希望都摔碎在礁石间，让他们愈发绝望。

第二夜比前一夜还要可怕。海上浪涛如山，无数次，木筏几乎被掀翻。军官们蜷缩在短短的桅杆下，命令筏上的士兵从一边挪到另一边，好抵消海浪的力量。有一帮人，自觉已无生路，于是凿开一桶酒，试图彻底丢掉理智，让自己生命的最后时刻好过点，这一点他们的确成功地做到了，直到后来海水从他们凿的洞灌进了酒桶，毁了美酒。这无异火上浇油，这帮神志不清的家伙决定要与整个筏同归于尽，开始破坏捆扎筏子的绳索。于是一场激烈的平叛战斗在浪涛间、夜幕下展开。秩序最终得以恢复，这条在劫难逃的木筏有了一小时的安宁。到午夜时分，士兵们又暴动起来，操起匕首、佩刀攻击自己的长官，有些没有武器，但癫狂至极，直接用牙撕咬，军官们身上多处被咬。有人被扔进了海里，有人被乱棍打死，有人被刺死。两桶红酒，以及仅剩的淡水被扔下了木筏。当暴乱终于被镇压下去时，筏上已是尸体横陈。

第一次暴动时，参加叛乱的人里有一个叫多米尼克的，是个工匠，被扔下了海。主管工匠的是一位工程师，听到这个叛变的手下在海里鬼哭狼嚎，于是跳下水去，拽着这混蛋的头发，把他又拖回了筏子。多米尼克的脑袋之前被刀劈了个大口子，有人摸黑给他包扎了伤口，把这家伙救活了。但刚刚恢复，他就以怨报德，又加入了叛徒们，再次参与暴动。这一次他没交到好运，也没得到宽恕，当晚就丧了命。

现在，不幸的幸存者们陷入了谵妄。有的跳下了海，有的呆滞麻木，有的可怜虫挥舞着军刀冲向同伴，要求给他一只鸡翅膀。那位英勇地拯救过工匠多米尼克的工程师觉得自己是在美丽的意大利平原地区旅游，有位军官对他说："我记得我们被船队抛弃了。不过没啥可怕的，我刚给总督写了信，再过几个小时我们就能获救了。"神志不清的工程师十分冷静，这样答道："您有飞得够快的信鸽来送这封快信吗？”

筏子上还剩一桶酒，要供六十人饮用。他们把士兵身上的身份牌收集起来，做成鱼钩，又把一把刺刀掰弯，想要用来抓鲨鱼。随后真来了条鲨鱼，咬住刺刀，上下颌狠狠一扭，把刀就又弄直了，然后游走了。

要想让他们悲惨的生命再延长一点，事实证明有必要依靠一种非常资源了。几个前晚暴动的幸存者扑到尸体上，从上面砍下肉块，立刻吞了下去。军官们大多拒绝吃这样的肉，不过有一个提议说应该先风干，这样会更好吃一点。有的试着嚼剑的佩带、子弹盒，以及帽子的皮边，但是没什么好处。有一个水手还打算吃自己的粪便，但最终实在是下不了口。

第三天海面平静，天气晴好。人们打起瞌睡来，却立即开始做噩梦，原本就已因饥渴交加而惊恐不已，梦魇袭来更是雪上加霜。由于剩下的人数不到原先的一半，因此筏子浮上来不少，夜里的暴动倒也有些出乎预料的好处。不过筏子上的人膝盖以下依然浸在水里，只能站着休息，一个挨着一个，紧紧地挤作一团。第四天早上，他们发现有十二个同伴夜里死了。大家把尸体抛下海，不过留了一具，以备不时之需。下午四点时，一群飞鱼越过木筏，在筏子两端被逮到不少。那天晚上，他们把这些鱼清理好，但他们实在太饿，每份鱼又实在太少，因此不少人在鱼肉里掺了人肉。大家对这样处理过的肉没那么抗拒，就连军官们也开始吃起来。

就是从这天起，大家学会了吃人肉。接下来的一晚，他们又有了新的肉食储备。有几个西班牙人、意大利人和黑人，前次暴动时保持中立，如今结了伙，计划要把他们的长官扔下海，然后带着大家的贵重物品（之前大家都把贵重物品拿了出来，一起放在一个包里，挂在桅杆上），逃上岸去（他们以为陆地近在咫尺）。又一次，灾难缠身的木筏上发生了惨烈的战斗，血流满筏。等到这第三次暴动被镇压下去，木筏上只剩下不到三十人了，筏子又浮上来一点。每一个人都是遍体鳞伤，含盐的海水不断冲刷伤口，四下一片惨叫哀号声。

第七天，有两个士兵躲在那最后一桶酒后面，在桶上凿了个小孔，开始拿管子吸酒。事情败露以后，按照出于必要刚颁布的法律，两个罪犯被立刻扔下了海。

现在，他们必须要做出一个最可怕的决定。他们清点了人数，发现一共是二十七人。其中十五人还能支撑数日，其余的都身负重伤，而且不少已经神志不清，存活的可能性微乎其微。但是，在死前的这段时间里，他们必然要继续消耗大家有限的给养。计算了一下，这些人要喝掉的酒多达三十至四十瓶，而如果只给病员一半的配给，那就等于慢慢地杀死他们。因此，在极为恐怖的绝望的笼罩之下，筏子上进行了一场辩论。最终，十五个身体好的达成共识，为了有存活可能者的共同利益，他们的伤残伙伴必须被扔下海。三个水手和一名士兵执行了这令人作呕却又不得不为的死刑，这些人几日来接连面对死亡，已是铁石心肠了。就像灵魂洁净的人要和不洁的分开一样，身体好的人要与身体不好的隔离。

残忍地牺牲掉这些人后，最后十五个幸存者把筏上的所有武器都扔下水，只留下一把马刀，万一要砍绳子、木头的话可以用。剩下的储备够他们再撑六天。

然后发生了一件小事，每人都按自己的本性作了解读。一只白蝴蝶，是法国常见的那个品种，翩然飞过他们的头顶，落在了帆上。对于有些饿疯了的人来说，这似乎也能顶一点饿。对另外一些人来说，这来访者行动轻巧自如，是对下面这群筋疲力尽、几乎难以动弹的人们的巨大讽刺。还有几个人认为这只朴素的蝴蝶是个预兆，是上天派来的使者，和诺亚的鸽子一样洁白无瑕。就连那些心存疑虑不承认神迹的人，也知道蝴蝶不会远离陆地，因此一线希望让他们也振奋起来。

但是陆地没有出现。在烈日的炙烤下，他们渴得发狂，最后不得不用自己的尿液润唇。他们用小锡杯接了尿，先放在海水里降温，然后再喝。有人的杯子被偷了，然后又被悄悄还了回来，不过里面的尿已经没有了。船上还有一个人，虽然已经饥渴万分，却怎么也没法咽下尿。他们中有个外科医生，说有些人的尿比其他人的要好下咽一点。他还说，喝尿的一个作用是让人立即又想撒尿。

一个军官找到了一颗柠檬，原本想全留给自己的，但其他人的强烈恳求终于让他避开了自私的凶险。他们还找到了三十瓣大蒜，并因此惹起了更大的争执，幸好除了那把马刀，其他的武器都扔掉了，不然可能又已经见血了。有人有两小瓶洗牙用的酒精，不情不愿地分给大家，舌头上滴一两滴，能产生美妙的感觉，有几秒钟能让人忘却口渴。有几块白锡镴，一放进嘴里就会感受到一丝清凉。有一个小的空瓶，以前里面装的是玫瑰精油，在幸存者中间传来传去，大家轮流闻闻它，瓶里留下的香气让人得到一丝抚慰。

第十天,有好几个人一拿到当天那份酒,就计划灌醉自己,然后自我了断。其他人费了好大的力气,才劝得他们打消这念头。这时鲨鱼游来绕着木筏转,而有几个神志不清的士兵公然下海游泳,就在这些大鱼的视线范围内。有八个人,判定自己离陆地不远了,于是又造了一个筏子,准备乘它逃生。他们扎了个狭长的东西,带一根短桅杆,用块吊床布做帆,不过试航的时候,他们发现这东西脆弱不堪,才意识到他们那雄心鲁莽得荒唐,于是放弃了。

这场严酷折磨进行到第十三天,太阳从云层后完全升了起来。这十五个可怜人向上帝做了祷告,然后每人分发了一份酒,这时一位在眺望地平线的步兵上尉惊呼一声,通报大家他发现远处有一艘船。人人感谢上苍,个个狂喜不已。他们把桶箍拉直,在顶端拴上几块手帕,他们中的一位爬上桅杆顶,摇动着这些小旗子。大家都盯着地平线上的船,猜测它的动向。有人估计它每分钟都靠得更近了,有人断言它是朝反方向航行的。在半个小时里,他们的心悬在希望和恐惧之间。然后那船从海面上消失了。

他们从狂喜跌入失望和哀痛,他们嫉妒死在前面的那些同伴的命运。然后,他们决定睡一觉,在梦中寻求安慰,于是支起一块布遮挡太阳,大家躺在下面。他们提议把这番历险记下来,大家都签上名,然后把它钉在桅杆顶上,希望有朝一日能被家人和政府看到。

接下来的两个小时在极其痛苦的回顾中度过。然后,枪炮军士长想挪到筏子前端去,便起身出了帐篷,这时,他看到了半里格外“阿尔戈斯号”满帆朝他们驶来。他几乎喘不过气来,向大海伸出双手。“得救啦！”他喊道，“看那艘船靠上来了啊！”众人欣喜若狂，就连负了伤的也努力爬到了筏尾，好更清楚地看着救星靠近。他们互相拥抱，而当看清拯救自己的也是法国同胞时，倍加欣慰。他们挥舞手绢，感谢上天。

“阿尔戈斯号”收帆，靠近木筏右侧，在离他们大约二十五米处停下。十五位幸存者被抬上了船，若非获救，他们中最强壮的也无法再熬四十八小时。“阿尔戈斯号”的指挥官和军官们以其悉心的照料，重新点燃了他们的生命之火。幸存者中有两个人后来把他们的惨痛经历写成了书，下结论说，他们以这种方式获救，简直是奇迹，其中上帝之手的痕迹显而易见。

三帆战舰的旅程始于一个凶兆，终于一个尾声。当那个不祥的木筏被放到海上，由小艇簇拥拖带着离开时，还有十七个人留在了“梅杜萨号”上。既然是自愿地被抛弃了，他们立刻着手在战舰上里里外外搜寻了一番，看还有什么没被拿走、没被海水泡坏的。他们找到了饼干、红酒、白兰地和熏肉，足够支撑他们一阵子。一开始舰上一片祥和，因为那些同伴答应了会回来救他们。但是，四十二天过去了，救援人员却没有出现，十七人中有十二人于是决定自己上岸。为此，他们取下战舰上残存的木料，用结实的绳子绑牢，也造了一个木筏，爬了上去。就像前面的人一样，他们没有桨，没有导航仪器，一张帆简陋至极。他们带着不多的一点给养，以及残存的一线希望。但是，许多天之后，一群住在撒哈拉海边的摩尔人，扎伊德国王的臣民，发现了这个木筏的残骸，来安达尔报告了消息。人们猜测，这第二个木筏上的人大概是被海怪吃掉了，非洲的海域里，这种海怪多的是。

最后的最后，就好像讽刺似的，这尾声还有自己的尾声。战舰上仍有五人留守。第二个木筏离开后没几天，一个当初拒绝上筏的水手也试图自行登陆。他没法自己再造出一个木筏，就乘着个鸡笼下了海。也许就是当初莫代先生坐过的那个鸡笼，他们触礁的那天早上，他坐在上面测定了战舰走向毁灭的航线。然而，鸡笼沉没了，那水手在离“梅杜萨号”不到半链[3]的地方命丧大海。

二

你该如何化灾祸为艺术呢？

如今，这一过程已是自动化了的。有核电站爆炸了？新戏一年之内就能搬上伦敦的舞台。有总统遇刺了？要书还是电影，还是根据电影改写的书或者根据书改编的电影，随你挑。战争？把小说家们喊来。残忍的连环谋杀？听一听诗人沉重的脚步声。当然了，我们得弄懂它，弄懂这灾祸。要弄懂它，我们就得想象它，因此我们需要想象性的艺术形式。但对这灾祸，我们还得证明它的合理性，宽恕它，哪怕是最低限度的。这大自然的狂暴举动，这人性的癫狂一刻，它为什么会发生？呃，至少它催生了艺术。也许，说到底，灾难便是因此而生。

他作画前剃光了头发，这我们都知道。他剃光头发，这样就无法见人，把自己锁在画室里，直到完成了这幅杰作才出来。事情就是这样的吗？

1816年6月17日，舰队起航。

1816年7月2日下午，“梅杜萨号”触礁。

1816年7月17日，木筏上的幸存者获救。

1817年11月，萨维尼和科雷亚尔出版了关于此次航程的纪实录。

1818年2月24日，购得作这幅画用的画布。

1818年6月28日，画布被送到另一间大一点的画室，重新上绷。

1819年7月，画作完成。

1819年8月28日，一年一度的巴黎美术展览会开展前三天，路易十八细细赏鉴了这幅画，《总汇通报》[4]称他对画家的评语“巧妙得当，既评判了画作，又鼓励了画家”。国王说：“席里柯先生，您的海难绝非灾难。”

一切从事实真相开始。画家阅读了萨维尼和科雷亚尔的纪实录。他去见了他们，仔细询问他们。他整理出一套事件的笔记汇编。他找到了“梅杜萨号”的木匠（他幸免于难），请他造了一个木筏的缩微模型。他在上面放上小蜡像，代表幸存者。在画室里，他在自己周围摆了好些自己画的断首残肢图，好让空气中弥漫起死亡的气息。最终的作品里，能辨出萨维尼、科雷亚尔和木匠的面孔。（给重现自己惨痛经历的画作摆造型，他们心情如何？）

他作画时十分沉静，这是贺拉斯·维尔内[5]的学生安托万·阿方斯·蒙福尔说的。他身体和胳膊看上去像是静止的，只是脸上微微泛红显示着他的专注。他只粗略地打了个底子,就直接在白色的画布上作画。只要还有光线,他就一直画下去。之所以这样不停不休,也是有其技术原因的:他用的是浓重、快干的油画颜料,这就意味着一旦开始画一个部分,当天就得把那个部分画完。我们知道,他把自己金红色的鬈发都剃了,意思是"请勿打扰"。不过他并不是孤身一人在画室里:模特,学生,还有朋友们依然在房子里进进出出,而房子是他与年轻的助手路易-亚历克西·雅马尔合用的。他的模特里,有青年德拉克洛瓦[6],那具趴着、左臂前伸的死尸就是按他摆的姿势画的。

我们先来看看他没画什么。他没有画:

1)"梅杜萨号"触礁;

2)拖缆被解开、木筏被抛弃的那一刻;

3)夜间的暴动;

4)不得已的食人行为;

5)出于自保的杀戮;

6)蝴蝶飞来;

7)幸存者浸在齐腰、齐腿,或是齐踝深的水里;

8)获救的那一瞬间。

换句话说,他的首要考虑并不是要自己的画:1)有政治意义;2)有象征意义;3)充满戏剧性;4)令人惊骇;5)激动人心;6)让人伤感;7)记录事实;8)明确直白。

注：

1）“梅杜萨号”事件是一场海难，一则新闻，一幅画，也是一场运动。波拿巴主义派用以向君主主义派发难。战舰舰长的行为体现了 a）保皇党海军的无能和腐败；b）统治阶级对下层人民一贯的麻木不仁。画战舰触礁，就是暗指政府这条巨轮搁浅，两者的相似点十分明显，这样的设计太拙劣。

2）萨维尼和科雷亚尔，这两位海难幸存者、第一部“梅杜萨号”事件实录的作者，向政府请愿，希望国家能赔偿受害人，惩罚致祸的相关军官。由于没法在体制内伸张正义，他们便写了书，诉诸民意这一更大的法庭。科雷亚尔后来做了出版商，也写政治宣传手册。他开了家名为“在梅杜萨残骸前”的小店，这家店是政治不满分子的聚集地。我们可以想象一下，一幅描绘拖缆解开瞬间的画：高高扬起的斧头在太阳下寒光闪烁；一个军官，背对着木筏，漫不经心地解开一个绳结……这真是一幅很不错的政治宣传手册插画呢。

3）暴动场面，这是席里柯差点就画了的。现存有好几张草图。夜幕、暴雨、怒涛、撕裂的船帆、高举的刺刀、溺水、肉搏、裸体。这样有什么不好？最大的不好是，这样画的话，看起来就像是低成本西部片中的酒吧混战，每个人都要掺和一下，你挥一拳，我摔烂一把椅子，他拿酒瓶砸敌人的脑袋，还有人笨手笨脚地抓着枝形吊灯荡下来。画面上事件太多。少画点，表现出的反而会更多。

现存的几张草图里，暴动场面被处理得像传统的末日审判图，无辜的与有罪的各居一隅，暴徒被打入地狱。这样的隐喻是有误导性的。在木筏上，占上风的不是品德，而是力量，没什么仁慈可言。如果这样画，那潜台词就是上帝是站在军官阶级那边的。也许在那个时代他的确如此。

4）西方艺术里很少出现人吃人的场面。因为假道学？不大可能：西方艺术并不避讳展示剜眼，袋子里塞满人头，为献祭切除乳房、行割礼，将人钉死在十字架上。再说，食人是异教徒的习俗，用画的形式进行谴责是寓教于画，同时还能悄悄地给观赏者以刺激。不过，好像总有些主题就是比其他的更受画家青睐。

席里柯画过一张筏上食人的草图。这同类相啖场面中最抢眼的一幕，是一个肌肉健硕的幸存者正抱着一具肌肉健硕的尸体的手肘在啃。这近乎滑稽。要画这个场面，基调永远会是个问题。

5）一幅画是一个瞬间。我们要是看到三个水手和一个士兵从筏子上往海里抛人，我们会觉得这到底是怎么一回事？是认为受害者已经死了？如果不是的话，是有人害命夺财？时事漫画家不知如何表达自己所开玩笑的背景时，往往会画上个卖报人站在广告牌旁，那牌上正好就有相关的新闻标题。换成绘画，类似的信息就只能靠画作的题目传达了：《“梅杜萨号”上的幸存者因补给不足不得不做出牺牲伤员以提高自我存活率之悲惨但必要的决定而饱受良心折磨之悲惨一幕》。呃，这样大概差不多了。

顺便提一下，《梅杜萨之筏》这幅画，并不叫《梅杜萨之筏》。巴黎美术年展的展品目录里，这幅画的名字是*Scène de naufrage*——《海难场景》。这样取名，是谨慎的政治策略？也许。但它同时也清楚地教导观赏者：这是一幅画，不是什么观点主张。

《梅杜萨之筏上的食人场面》(席里柯)

6）蝴蝶飞来的那一幕，想象其他画家会怎么画并不太难。但是仅这么听听，就感觉它打动人心的方法很粗鄙，不是吗？而且，就算基调的问题能解决，画这个场景还有两大困难。第一，它看起来太假，尽管它的确是真实事件：真实的不一定就令人信服。第二，一只六到七厘米宽的白蝴蝶，停在一个长二十米宽七米的木筏上，怎么处理比例，实在是个难题。

7）如果木筏在水面下，你就不能把它画出来，人物便都杵在海面上，像一群出水维纳斯[7]。更重要的是，若是画面上没有木筏，就会导致重大的构图问题：人若躺下来就会被水淹没，因此大家都得站着，结果你的画面上就都是垂直结构，僵硬至极。想要画得好，那得特别巧妙才行。不如再等等，等到筏子上再死些人，木筏浮上水面，就有了水平面可资利用了。

8）"阿尔戈斯号"派出的救生艇靠近木筏，幸存者们胳膊前伸，攀爬上船，被救的人与救人者之间令人唏嘘的状态对比，精疲力竭与欢欣鼓舞的一幕——毫无疑问，这些都能打动人心。席里柯画了好几张展现这获救一刻的草图。这肯定会是很震撼的图景，但是，有那么一点……太直白了。

这些是他没画进作品的。

那么，他画了什么呢？呃，他看上去像是画了什么？让我们来重新假设一下，我们现在啥也不知道。我们对法国海军历史一无所知，在这样的情况下细细观看《海难场景》。我们看到木筏上的幸存者正挥手召唤地平线上一艘小小的船（很难不注意到，远方那船不比那只蝴蝶大多少)。我们的第一反应是,这是看见救星的那一刻,接下来他们就获救了。会有这样的感觉,半是出于人类对喜剧结局的执着偏爱,半是因为在某一个意识层面,我们自问过:若非木筏上部分或所有人获救,我们又哪能知道他们的事呢?

有哪些理由可以支持这个判断呢?船在地平线上,太阳也在地平线上(尽管看不到它),将天际染成黄色。我们推测这应该是日出,船与太阳一同到来,带来新的一天,带来希望和救援,头顶的乌云(非常黑)即将散去。但是,这会不会其实是日落呢?黎明和黄昏很容易搞混的。如果这是日落,船即将像太阳一样消失,流落海上的人们面临的,是同头顶的乌云一般漆黑绝望的夜,那又如何?我们有些糊涂,于是赶紧去看木筏的帆,想看筏子是在被吹向还是吹离救援者,判断那凶险的云团是不是即将被吹散。但是画作并不帮忙——风并不是从画面下方吹向上方,也不是从上方吹向下方,而是从右边吹到左边,至于再往右的情形,画框把它切掉了,我们也就无从知晓那边的天气状况。我们下不了结论,偏偏就在此时,又冒出了第三种可能:这大概的确是日出,但船却不是朝这些流落海上的人驶来。如果是这样,那命运拒绝了所有人,直截了当,冷酷无情:太阳升起,可不是为了你。

闹着点小脾气,不情不愿地,无知的眼睛把位子让给有见识的眼睛。我们把萨维尼和科雷亚尔的记述拿来,比对着看《海难场景》吧。这下就清楚了,席里柯画的不是最终获救前看到大船的那一刻:那时的情形不一样,大船是突然就出现在木筏前方的,人人都兴高采烈。不,这是第一次看到海船的时候,“阿尔戈斯号”出现在地

《梅杜萨之筏》局部（席里柯）：
人们向“阿尔戈斯号”挥手呼救

平线上，可望而不可即，让人忐忑了半个小时。对比画作和著述，我们马上就发现，当时有个幸存者爬上了桅杆，手里举着捋直了的桶箍，上面拴着一串手绢，但席里柯没有画他，而选择描绘了一个人站在木桶上，大伙儿扶稳了他，他挥舞着一大块布的情景。看到有这样的变化，我们细细琢磨一番，然后承认他改得好：现实给他的是一个猴儿上杆的形象，艺术则创造了一个稳固的焦点，和一个额外的垂直结构。

不过，我们也别太急着给自己塞背景知识。让闹脾气的无知眼睛再回来，把问题再还给它。别管天气了，从木筏上的人物身上，我们能推测出点什么？不如先来清点一下人数吧。筏子上一共有二十人，两个在热切地挥手，一个在热切地遥指，两个伸出双手在急切地祈求，还有一个稳稳地撑住木桶上挥手的那位：有六人满怀希望，相信能得救。另外有五人（两个俯卧，三个仰卧），看样子不是已经死了就是奄奄一息，还有一个胡须花白的老者，背对着众人遥望的“阿尔戈斯号”，看姿势是在哀悼：有六人不抱希望，不信能得救。在这之间（从空间以及情绪上看），还有八人：一个一边伸手求救，一边支撑着别人；三个看着那些召唤大船的人，一脸淡漠，不置可否；一个看着招手的人们，表情痛楚不安；两个侧着身子的，一个在看浪来，一个在看浪去；还有一个在画布最暗、破损最严重处，双手抱头（狠狠地抠着自己的头皮？）。六比六比八，没有压倒性多数。

（二十个人？有见识的眼睛提出质疑。萨维尼和科雷亚尔说了，只有十五个幸存者。所以那五个看上去有可能只是昏过去了的人其实都已经死了？大概吧。那么那场大淘汰呢？十五个身体好的幸存者不是把他们那十二个伤残的同伴推进海里去了吗？席里柯从海底捞了几个回来帮自己构图。那么，“希望对绝望”的公投里，死者那几票是不是就不算了？严格来讲，是不该算。但在判断画作传达的情绪时，没法排除。）

因此结构达到了平衡，六个满怀希望，六个沮丧绝望，八个未置可否。我们眯着眼睛，无知的和有见识的，视线在画上游走，渐渐偏离画中明显的焦点（木桶上挥手的人），愈来愈被左前方那个哀痛的人所吸引，他是画中唯一一个面向我们的人。他的膝上枕着一个年轻人，我们刚才做过算术了，这个人肯定已死。老人背对着木筏上所有的活人：从他的姿势看，他悲痛、绝望、认了命。他的花白胡子，以及遮住脖子的红布，都愈发让他在这群人中显得突出。他看上去好像来自另一个时代、另一种画风——或许是普桑[8]的哪位长老，迷了路。（胡说八道，有见识的眼睛呵斥道。普桑？如果一定要讲，明明是盖兰[9]和格罗[10]。至于那死去的“儿子”——盖兰、吉罗代[11]还有普吕东[12]杂糅到一块儿了吧。）这个“父亲”在做什么？a）哀悼膝上的亡者（他的儿子？他的伙伴？）；b）意识到他们永远不可能得救；c）在想就算他们能获救，也一点意义都没有，因为他怀里的人已经死了。（顺便说一说，有见识的眼睛这么说道，孤陋寡闻可真吃亏。比方说，这对父子其实隐晦地表现了食人场景，这你可永远猜不到吧？他们第一次成对出现，是在仅存的那张席里柯所画食人场景草图中。而当年，任何有文化的人看到这一场景，都肯定会联想到但丁笔下的乌格利诺伯爵，他被囚禁在比萨“饿塔”

《梅杜萨之筏》局部（席里柯）：
胡须花白的老者

里，身边躺着自己那些饿死的孩子，悲痛不已——然后他把他们吃掉了[13]。现在你懂了吧？）

不管我们认为老人在想什么，现在他的存在都与木桶上挥手的那人有着同样的分量。根据这一平衡力量，我们推测出：这幅画表现的，是第一次看见“阿尔戈斯号”这一过程的中点。船出现在视野中已有一刻钟，还将再待上十五分钟。有的人相信它正朝他们驶来，有的人不确定，正在观望事态发展，有的——包括木筏上最睿智的那位——知道它是在离他们远去，自己不会得救。这个人物鼓动我们将《海难场景》看作是在描绘希望遭到嘲弄。

那些在1819年巴黎美术年展的墙上看到席里柯这幅画的人，几乎无一不知眼前的是“梅杜萨之筏”上的幸存者，无人不晓地平线上的船的确救起了他们（即使不是在第一次就这样做了），大家也都知道这趟塞内加尔之行是一桩重大政治丑闻。但这幅始终能为人津津乐道的画，是在其背后的故事已被遗忘后，依然生机勃勃、历久弥新的那种画。宗教会腐朽，但神像长存；故事会被遗忘，但展现它的画面依然引人注目（笑到最后的是无知的眼睛——这太让有见识的眼睛难堪了）。今天我们再品《海难场景》时，心中对于格·迪鲁瓦·德·肖马雷这个远征队指挥官，对那个委任他为指挥官的部长，或者那个拒绝上筏担任船长的海军军官、那些解开拖缆的水手、那些叛乱的士兵，已不再怀有很多义愤。（实际上，经过历史的洗刷，我们对谁都有同情心。那些士兵们的残暴难道不是战争经历所致？那军官难道不是自幼娇宠教养的受害者？我们难道敢保证，自己在类似的情况下能英勇高尚吗？）时间把这一故事化成了图形、色彩、情感。我们是现代人，是缺乏背景知识的人，我们通过想象重塑这个故事。我们是随着泛黄的天空一起积极乐观，还是同花白胡子的老人一同悲哀绝望？还是说，到了最后，我们两种版本都信？眼睛可以从一种情绪、一种解读轻松地跳到另一种：画家当初是不是特意这么设计的？

8a）他差一点就这么画了：有两幅1818年绘制的油彩试稿，从构图看，比任何一幅初稿草图都接近最终的定稿，但与之大不相同的是，这里，人们翘首以盼的船离木筏要近得多。我们能看清它的轮廓，船帆，桅杆。它以侧面示人，在画布的最右端，横穿画上地平线让人痛苦的航程才刚刚开始。很明显，它此时还未注意到木筏的存在。这两幅初稿让人感觉更有动感、更主动：我们觉得，筏上的人那样拼命地挥手，也许再过几分钟就会有效果了。这幅画不是停在一个瞬间，它将自己推向下一时刻，问着这样的问题：船会不会一直驶出画布而看不到木筏？相比之下，《海难场景》的最终版本没这么积极主动，并未如此明确地提出问题。在那幅画里，向船挥手召唤更像是徒劳，幸存者们是生是死，全靠运气，那风险看上去要可怕得多。他们获救的可能性？微乎其微。

他在画室里待了八个月。差不多也是这个时期，他画了幅自画像，画里的他盯着我们，眼神阴郁，透出几分不信任，画家们面对镜子时，往往都是这副表情。我们心虚，觉得他这是对我们表示不满，但实际上那不满十有八九是冲着画中人去的。他蓄着短须，一顶带流苏的希腊便帽罩住剪短了的头发(我们只听说他刚开始作画时剃了头,但八个月里头发可要长不少呢:他后来一共又剃了几次?)。他看上去就像个海盗,足够果敢足够凶猛,能拿得下、登得上他这庞然的《海难场景》之船。顺便提一下,他用的画刷,大小很出人意料。根据他的宏伟风格,蒙福尔推测席里柯用的是极大的画刷,但实际上,和其他画家相比,他用的画刷并不大。小画刷,以及浓重、快干的颜料。

我们一定要记住创作中的他。通常,我们会忍不住想把一件事系统化,把八个月浓缩成一幅成品画和一系列草图,但我们一定要忍住不这样做。他个子挺高,强壮修长,双腿十分健美,有人曾说,这双腿与他那幅《柏布赛马》正中在制服马匹的那个年轻人的两条腿可有一比。他站在《海难场景》的画布前,精神高度集中,需要绝对安静:椅子的一点擦刮声,都能弄断眼睛与笔尖之间那根隐形的连线。这些大型人物像,他都是直接画在画布上的,先前只大致画了一个轮廓打底。创作进程过半时,这幅画看起来就像是一排雕像挂在白墙上。

我们一定要记住关在画室里的他,创作中的他,动态的他,会犯错误的他。如今我们知道了他这八个月的最终成果是什么,我们就觉得,能走到这一步,实属必然。我们先看到的是这幅杰作,然后再通过那些被舍弃了的构想、差点就入选了的设计往回追溯。然而,对于他来说,那些被舍弃了的构想一开始却是令人振奋的。我们一开始就觉得理所当然的,他要到最后才能看到。对于我们来说,这样的结果是注定的,但对他来说却并非如此。走到最终这一步,其间有铤而走险，有侥幸发现，甚至还有蒙混过关，这些我们都应该考虑进去，都应该体谅。我们只能拿语言解释这作品，但与此同时我们也必须努力忘掉语言。我们是可以把一幅画描述为一系列决定，从1）标到8a），但我们必须明白，这些只不过是情感的注释罢了。我们不能忘记，人是会神经紧张、情绪波动的。画家才不是轻轻松松顺流而下、行云流水般就抵达最终画面那洒满阳光的池塘：他是在一望无际的海面上，在浪来潮往中努力保持前进方向的。

忠实于事实，一开始要这样，的确没错，但是一旦创作走上正轨，两相权衡，就要忠实于艺术了。事件的发展根本不是画上的那样，人数也不对；食人行为没出现，改以文学典故暗示了；那对父子还勉勉强强算是有据可考，木桶那里那组人则纯粹是无中生有。木筏被打扫得干干净净，像是要迎接哪位承受能力较差、容易反胃的君主来进行国事访问似的：人肉碎片都被仔细地清理掉，大家的头发都和画家新买的画笔一样油亮顺滑。

随着席里柯渐渐确定构图，表现形式逐渐上升为主要问题。他调焦、裁剪、校正，把地平线抬高又压低（如果木桶上挥手的人在地平线以下，整个木筏就只能黯然地被海水吞没；如果他突破地平线，那看上去又像是在激起希望）。席里柯把周围的海和天都裁掉了，把我们直接甩在筏子上，才不管我们喜欢不喜欢。他拉大了木筏上的人与救援船之间的距离。他调整了画中人物的姿势。画中的主要人物有那么多都背对观赏者，这样的情况有多常见？

说到他们的背，那真是肌肉发达，健美得很呐。这让我们感到难为情，但我们不应该难为情。幼稚的问题实际上往往是核心问题。所以，来吧，我们问出来吧：为什么幸存者们看起来这么健康？席里柯找到了“梅杜萨号”的木匠，请他造了木筏的比例模型，这一做法让我们钦佩赞叹……但是……如果他都费了那么大的劲要把木筏画准，为什么不也这样对待木筏上的人呢？我们能理解他为什么要把挥手的人改成独立的垂直结构，为什么要多加几具尸体来优化画面构图。但为什么所有人，包括那些尸体在内，看上去都这么肌肉饱满，这么……健康？创口呢？伤疤呢？难看的脸色呢？恶疾呢？这些可是喝过自己的尿，啃过自己帽上的皮料，吃过自己同伴的人。十五个幸存者里，有五个获救后并没能熬多久。那么，为什么他们个个看起来都好像刚上过健身课一样？

电视公司拍以集中营为背景的纪实剧时，我们的眼睛——无知的和有见识的——总是被那些身穿睡衣睡裤的群众演员所吸引。尽管他们剃了头发，弓着背，指甲油也都洗掉了，却都暗暗散发着无尽活力。我们看着屏幕里他们排着队，领一份被看守轻蔑地啐了一口的粥，心里却能想象出他们在餐车里大吃大喝的样子。难道《海难场景》预示了这一反常现象？若是涉及其他一些画家，我们也许真要停下来琢磨一下是不是这么一回事。但这是席里柯，压根不必考虑这种可能：他是专门描绘疯子、死尸和斩下的头颅的画家，有一次在大街上碰到一位得了黄疸、皮肤蜡黄的朋友，他特地把人家拦了下来，告诉这人他看起来有多英俊。这样的画家，才不会不忍画已走到生命尽头的肉体呢。

那么，下面这幅他没有画的画，我们来想象一下——《海难场景》，重选演员，专挑饿得形销骨立的。枯槁的肉体，流脓的伤口，深陷的两腮：这样的细节可以轻而易举地令我们心生怜悯。我们眼里会涌出泪水，和画布上的海水一起，两种咸水相得益彰。但是，这样太草率了：画作这是在过于明目张胆地左右我们。骨瘦如柴、衣衫褴褛的海难者和那只蝴蝶对我们感情的影响力是一样的，前者轻易地让我们感到凄凉，后者轻易地让我们得到安慰。这一招使起来不难。

但席里柯想要的反应可不是简简单单的怜悯和愤慨——当然了，这类感情可能也会顺带着产生，就像载了个搭顺风车的。尽管选择了这样一个题材，《海难场景》却充满了力量和活力。木筏上的人体就同海浪一般：大海的力量在他们身下也在他们体内涌动。如果照实把他们画得奄奄一息，那他们就只是浪涛上的点点浮沫，不是正式的主流。这么说，是因为我们的视线被冲着——不是被缓缓引向，也不是被劝导，而是被海浪推着——爬上挥手人这个浪尖，落进绝望老者这个波谷，再横穿至右前方那具斜躺着连接大海的尸体那儿，被其导入真正的海浪间。正是因为这些人体足够强健，能够传导这样的力量，这幅画作才能令我们释放那些潜藏心底、更深切的情感，让我们在情感的浪潮间穿行，满怀期待又万念俱灰，兴高采烈又惊慌失措、听天由命。

到底发生了什么？这幅画已经悄悄甩开了历史的船锚。它已经不是《海难场景》，更不是《梅杜萨之筏》了。我们不仅仅是在想象发生在那个在劫难逃的筏子上的种种惨烈苦难；我们也不仅仅是变成了受难者。是他们变成了我们。而这幅画的奥秘就在于它的力量模式。再看一遍吧：看那些向着尘埃般的救援船伸出双臂的背影，看那些力量勃发的后背将狂风卷起的滔天水柱继续放大。积蓄起如此的力量——结果又是如何呢？从构图上看，画中的澎湃激荡并没有得到回应，正如大部分人类情感都得不到回应一样——我们的情感，不仅仅是希望，任何难以承受的渴望都是如此：野心、仇恨、爱（尤其是爱），它们能得其所哉，这样的情况太少了啊！我们的挥手召唤是多么无力，天是多么阴沉，浪是多么巨大。我们都漂流海上，挣扎在希望与绝望之间，向某处大声呼救，却永远不会有谁来拯救我们。灾祸化为了艺术，但这可不是一个消减衰退的过程。它是解放，是扩展，是阐释。灾祸化为了艺术：说到底，本该如此啊。

对《海难场景》的三种反应：

a）巴黎美术年展的评论家抱怨说，虽然他们算是对画作中的事件挺熟悉，但单从画里没法确定受难者都是哪国人，悲剧发生在什么地区，以及这事情发生在哪一天。当然了，画的意义本就在于此。

b）1855年，对于将近四十年前，自己首次看到逐渐成稿的《梅杜萨之筏》时的反应，德拉克洛瓦是这样回忆的："它给我的震撼太大了，出了画室，我撒腿狂奔，像个疯子似的一直跑回了我住的普朗什大街，那在城郊圣热尔曼区的最顶头。"

c）席里柯临终前，听到有人提起这幅画，回答道："呸，一幅小插画而已。"

这就是这幅画了——木筏上令人饱受煎熬的一刻，由艺术接手、改造、辩护，成为一幅蓄势待发、深沉厚重的画面，然后涂了清漆、加了画框、上了光，挂在一家著名的美术馆[14]里展示我们人类的生存状况，大功告成，一锤定音，永世不移。事情就是这样了吗？其实不是。人会死，木筏会腐朽，艺术作品也不例外。席里柯画作的情感结构，那希望与绝望间的摇摆不定，是由颜料来巩固、深化的：木筏上有些地方明暗对比极其强烈，亮的地方明快耀眼，暗的地方漆黑一片。为了让阴影部分能暗之又暗，席里柯用了大量沥青，以追求他希望的那种暗而微亮的效果。然而，沥青的化学成分不稳定，因此从路易十八品赏画作的那刻起，画作表面就在缓慢地、无法挽回地、不可避免地腐烂。福楼拜说过，“我们刚来到世上，身上就有东西开始脱落”。杰作完成了，但它并没有停下来：它继续行进，走下坡路。席里柯研究界的一流专家证实，这幅画“现在从某种程度上说已经毁了”。说不定，如果他们检查一下画框，还能在里面找到蛀虫。

译注

1 节为航海速度单位，一节等于一海里/小时。

2 里格为旧时长度单位，约为五公里。

3 链是海程单位，为十分之一海里。

4 《总汇通报》（*Le Moniteur Universel*），1789年创办，法国大革命期间的主要报纸，被作为法国朝廷和政府的机关报。1868年停刊。

5 贺拉斯·维尔内（Horace Vernet, 1789—1863），法国画家，擅长描绘战争场面和肖像。

6 德拉克洛瓦（Eugène Delacroix，1798—1863），法国浪漫主义画家、作家和艺术批评家。代表作有《自由引导人民》《阿尔及利亚女人》《沙尔丹纳帕勒斯之死》等。其艺术创作深受席里柯的影响。

7 希腊神话中，爱神阿佛洛狄忒（即罗马神话中的维纳斯）诞生时已是成年女子的模样，从海中升起。这一场景在西方美术中经常被展现。

8 普桑(Nicolas Poussin，1594—1665)，法国画家，被认为是17世纪最伟大的法国艺术家、法国绘画中古典主义传统的开拓者。代表作有《阿尔卡迪亚的牧人》《阶梯上的圣母》等。

9 盖兰(Pierre-Narcisse Guérin，1774—1833)，法国新古典主义画家。代表作有《马尔库·塞克斯图斯归来》等。席里柯曾在他的画室学习。

10 格罗(Antoine-Jean Gros，1771—1835)，法国画家，浪漫主义发展中的重要人物。得到拿破仑接见，被任命为军事题材的官方画家。代表作有《拿破仑在阿尔科桥上》《拿破仑在埃劳战场上》等。

11 吉罗代(Anne-Louis Girodet，1767 1824)，法国画家。代表作有《阿塔拉的下葬》等。

12 普吕东(Pierre-Paul Prud'hon，1758—1823)，法国画家，擅于创作神话题材作品和肖像画。代表作有《约瑟芬皇后像》《诱拐普赛克》等。

13 乌格利诺的故事可参见但丁《神曲》中《地狱》的第三十三篇。

14 即卢浮宫。

德拉克洛瓦：有多浪漫？

1937年，美国艺术评论家沃尔特·帕克[1]将德拉克洛瓦的《日记》首次编辑翻译成英语。在前言中，帕克提到奥蒂隆·雷东[2]好多年前讲给他听的一个故事。1861年，年轻的雷东刚从波尔多出来，尚寂寂无名。一日，他和搞音乐的哥哥欧内斯特去参加在巴黎举行的一场舞会。有人将他们介绍给德拉克洛瓦，两人压根不敢开口讲话，于是，“为了不漏掉他说的每一个字”，就一直跟在他身后，“看他和这群人寒暄，和那群人打招呼”。画家相貌虽不英俊，但举手投足间“尽显尊贵”，那些社会名流一看到他走来，就都鸦雀无声了。德拉克洛瓦离开舞会时，雷东兄弟依旧尾随其后：

> 我们跟在他身后，穿过大街小巷。他走得很慢，似乎在思考什么，所以我们拉开了点距离，以免打扰他。之前下过雨，我还记得他小心翼翼地避开路上积水的样子。他一路走到自

己以前在右岸住过多年的寓所，似乎这才意识到自己出于习惯走来了这里。他转身离开，依然脚步缓慢，依然若有所思，穿过城市，跨过塞纳河，回到弗斯坦堡大街的寓所。就是在这里，两年之后，他与世长辞。

在雷东去世后出版的杂文集《致自己》中，他也记述了这件事，说它发生在1859年。尽管从理论上说，这个版本应该更原汁原味，但读起来感觉却更像是艺术加工过的：不是两个年轻人经人介绍结识了德拉克洛瓦，而是欧内斯特"凭直觉"从人群中辨认出了那位大画家。两个小伙子蹭到他面前，他则

眨着眼睛瞥了我们一眼，那一瞥真独特，目光猛地射过来，比水晶大吊灯的光还要锐利。他气度不凡。高立领上挂着大十字勋章，自己不时低头看一看。奥柏[3]前来搭话，并向他引荐了当时年纪尚小的波拿巴公主，说她"非常渴望能见一位大艺术家"。他哆嗦了一下，微微一弓身，笑道："你看，他也没多高大呀。"

雷东的描述塑造出的德拉克洛瓦，既像个传奇英雄，能满足这年轻人的幻想，又是个普通人，能引起我们的共鸣。因此："我看到了德拉克洛瓦……他实在太高贵不凡，就像一头猛虎：一样的高傲，一样的策略，一样的力量。"但与此同时，他"削肩、含胸"，而且"个头中等，瘦削，略显紧张"。夜晚独自穿过巴黎时，画家"走起路

《梅杜萨之筏》局部（席里柯）：
以德拉克洛瓦为原型创作的俯卧者

来就像猫儿走在极窄的人行道上”。然后，还有这一段，在雷东讲给帕克听的版本里没有——也许是因为它太妙了，听上去不像真的：

> 一张上面印着“Tableaux”（法语：画。——译注）的海报吸引了他。他走上前，读了内容，然后离开，依然沉浸在他的梦里——或者，要我说，沉浸在他的迷思之中。

不用说，这故事肯定是雷东在各种聚会上的保留节目，也许在别处还有其他版本。不过，尽管如此，其中也的确很有些德拉克洛瓦的影子：自豪自傲又自卑自疑，声名显赫却孤独好静，热情洋溢但恍惚迷离，热爱荣誉又羞涩畏缩，身处巴黎，能像狡黠的猫儿般应对自如，与此同时又惘然若失、不知所措。尽管崇拜者们可能会追寻这伟大的浪漫主义大师的踪迹，那天却没有人跟着画家本人。他独自前来，作了表演，然后离开，走在湿漉漉的大街上。

1882年9月3日，德拉克洛瓦二十四岁，开始记他的《一位浪漫主义画家的日记》。开篇是一个简单的声明，以及一个诱人的承诺：

> 我经常计划着要记日记，现在来执行这个计划了。我最最希望的，是不要忘记自己写的东西只是给自己看的。因此，我将只说实话，但愿我能做到，并借此提升自己。我要是变卦反悔，这一页页文字都将谴责我。开始动手时我心情不错。

从这儿不难看出为什么有人会认为，在某种程度上私人日记是写给别人读的。尽管这第二句话拒人于千里之外，但从整体上来看这段话是在邀请我们进入其中。如果这是本小说的话，其中已布下了钓钩：我们想知道，我们需要知道，写日记的人是不是确实一直讲了实话；他有没有因此提升自己；他有没有变卦反悔；还有，他一开始的好心情后来有没有消散。另外，德拉克洛瓦还选了个有特别意义的日子（他母亲的忌日）开始写作，这个日子会迫使他，也允许我们边回顾过往边展望未来：他的第一幅重要作品，《但丁和维吉尔》，刚被法国政府收购，挂在卢森堡博物馆[4]里。而且，最近，有个姑娘（她叫莉塞特，这名字似乎还真有点理所当然呢）拨动了他的心弦。她具有“拉斐尔熟知的特质：青铜像般的双臂，身姿优雅健美”。他刚第一次吻了她——从村里穿过花园回来后，在屋内某个昏暗的过道上。《日记》怎会不是一个司汤达式的关于爱情与野心的故事？尤其是这个画家主人公还有着小说般的神秘身世。（甚至德拉克洛瓦尚在世时就有传闻，说他是塔列朗[5]的私生子。）

可是，如果说莉塞特的期待终将落空（她年轻的追求者已经在梦想着将来回首往事想到她时，可以将她看作“我生命旅途上以及记忆中一朵可爱的花儿”），对这本日记读者的期待大概也将如此。《日记》是伟大的19世纪艺术文献之一，但它和人们想象的一点都不一样，和那些只粗略浏览过它各种删节版的人以为的也不一样。首先，《日记》里有一个早期、巨大的空白，没有1824到1847年间的内容，日记作者从二十五岁左右一下跳到了将近五十岁。另外（这个更能说明问题），书里并没有像我们以为的那样，展开什么司汤达式的故事。这位浪漫主义画家的生活其实没多浪漫。尽管德拉克洛瓦十分欣赏拜伦，他却没有效仿这位英国人，并不激情四射、恣意妄为。除了1832年去摩洛哥采风游学过一次，他几乎没离开过巴黎，连意大利都没去过，而他的大多数同行都要去那里欣赏名家原作，这些作品他都是通过复制品认识的。尽管他也和女人缠绵过，却没有什么了不得的恋爱经历值得剖析、颂扬。他觉得爱情很耗时间，虽然曾一度自我欺骗，幻想能有一个与自己比肩，甚至更胜自己一筹的妻子，却很快冷静下来，悠然自得："女人不过是女人，一个一个的并没什么差别。"德拉克洛瓦十分清楚，也部分地自己选择了"这不可避免、我们的心灵注定要忍受的寂寥"，但他也认识到这于艺术创作有益："独自一人时，各种体会都更强烈、更纯真。"因此他冷漠地、客气地、敏锐地面对世界。记日记的习惯刚保持了一年，他就称这是"平复强烈情绪的方法，那些情绪烦扰我多时了"。记日记关乎自制，而自制是为了更好地成为艺术大师。他的激情全倾注在这儿，这世上的莉塞特们根本没有机会。"只要是能助你成就伟业的，就切记不可忽视"，这是司汤达的忠告，而画家本人则摘抄下伏尔泰的看法：懒惰是平庸的表现。

因此，尽管这本《日记》里有一些在我们预料之中的内容，它也同时身兼数职：工作日志、旅行笔记、《美术百科全书》筹划便笺、备忘录、复信档案、美文摘录、通讯录等，日记里还夹着好些火车时刻表、公交时刻表，以及各种剪报和发票。关于如何处理这些"隐私文字"，德拉克洛瓦没在遗嘱里留下什么指示。1853年他的朋友泰奥菲勒·西尔维斯特曾蒙他允许阅读过这手稿，还摘选了几段出版。不过，我们也知道他不希望有生之年（或者那些他在日记里指责过的人的有生之年)出版《日记》。另外,据一直给他管家的热妮·勒吉尤称,去世前几日,画家企图把手稿烧掉,是她把它们从火里救了回来。在推介《日记》自1932年后首次推出的法文新版时,米谢勒·阿努什描述说德拉克洛瓦的“意图”是多么“模糊”。而那“作品”本身的范围是什么,也很不清楚。以往,有些编辑选择把某几册笔记排在其他的前面,好让成书能稍微与我们称为日记的东西相符合——但没什么证据显示,比起被下放到附录里的内容,德拉克洛瓦更在乎放进正文里的那些随笔。阿努什称《日记》是“极其复杂、混合多元、杂乱无章、迷宫一样的文献”。画家本人承认这些日记是“在路上”记的,随手抓过一张纸或是本子就写,于是内容常常不按叙事发展顺序,甚至不按时间顺序来。他会重读笔记,做些修改、添加;有的时候,会有好几天的内容挂在同一个日期下。日记里有大段大段的文字不像日记,倒更像是蒙田《随笔录》或伏尔泰《哲学书简》这类著作的草稿,这两本书都是德拉克洛瓦喜欢的。虽然沃尔特·帕克宣称自己三十五年来一直虔诚地热爱着这位“艺术大师”,但对自己在英语版首版中“成页地”删除“废话”的举动,他却是毫不后悔、毫不愧疚:

> 通读法文版三大册,就连仅仅是尝试过一下的人,我都没遇见过几个。大部分人,不管开始时抱着什么虔诚的目的,都是挣扎了一番,然后放弃:日记里不时提及如今已被永久忘却了的人,列了一页又一页开支明细……还有没完没了的色彩表,虽说当初画家的助手们就是依照这些资料完成那些伟大

的装饰画[6]的，可对于今天的画家来说，没有德拉克洛瓦来指导说明这样那样的合成色中各色颜料的配比，这些表也无啥大用。

米谢勒·阿努什主编的2010年版《日记》大大地扩充了那“三大册”。原稿被从头到尾细细地重审过，书里添加了新的相关文献资料，正文更加丰富详尽，堪称“豪华”的脚注越顶越高，直指页眉。脚注里，那些“已被永久忘却的人”又暂时活了过来，那些“没完没了的色彩表”也再次得宠。编纂校订工程浩大，而最终成果也许要让又一代人读起来好一番挣扎，说不定还会有人引述德拉克洛瓦1857年的一个篇目里的那句话：“冗长是一本书能有的最大缺点。”但是，还有一类人，他们的兴趣不只在画家的故事、想法和自述，也在画家本人感兴趣的一切，包括所有那些无聊无趣、苦闷苦涩但必须必要的专业工作，对于这些人来说，这让人望而却步的全集版能满足他们的需求。完整版的《日记》也许有时候读起来挺伤元气的，但它能让你更加接近一个艺术家的日常真相。

而接触的真相越多，就越不知该怎么定位德拉克洛瓦。他所属的那一代法国浪漫主义艺术家，他们的精神源头是莎士比亚和拜伦，司各特和歌德；然而他也紧跟伏尔泰，视其为模范。他似乎同柏辽兹和司汤达意气相投，但在《日记》里又常常严厉批评那作曲家“让人忍无可忍”，说他的音乐和大仲马的小说一样草率马虎，说他那《浮士德的沉沦》是“雄壮的烂摊子”。司汤达则是最早认可德拉克洛瓦才华的人之一，1824年的时候曾说他“继承了丁托列托的衣钵”，然而就在同一年，德拉克洛瓦在日记里写道：“司汤达占着理时就粗鲁傲慢，还常常愚蠢荒谬。”柏辽兹喜欢贝多芬，视其为伟大的音乐解放者，德拉克洛瓦却不以为然。他欣赏贝多芬，有的时候非常欣赏，但同时又觉得他的曲子听着累人、起伏太大，更喜欢“呼吸着一个井然有序时代之平静”的莫扎特。就像许多在自己的艺术领域极具原创性的人一样，对于其他艺术中出现的新形式新方法，他不那么能接受，因此尽管压根儿没听过瓦格纳的任何曲子，他却本能地抗拒瓦格纳，理由是这作曲家想同时在音乐和政治上“创新”：“他以为自己找到了真理；他废掉了许多音乐创作中的惯例，认为惯例不是建立在必要的法则之上。”（讽刺的是，后来尼采在一段大体负面的评论中总结说“德拉克洛瓦算是个瓦格纳吧”。）

许多浪漫主义艺术家的生活与艺术之间都有简单直接的联系，德拉克洛瓦则不然。他的艺术表现的是奢侈、激情、暴力、放纵，而他在生活中却自守自持：畏惧激情，视宁静重于一切，希望且相信人们“注定有一天会发现，世间最重要的是平心静气”。他可以说是魅力十足，但不是因为他外表服饰考究，而是因为他内在气质高贵卓越。用安妮塔·布鲁克纳[7]的话说，他“也许是继鲁本斯之后美术界最光彩夺目的人物”，但他同时也（这还是她说的）“苛刻挑剔，有些吝啬”，除了会放纵“自己的绘画想象”，在“其余一切问题上”都是个“遁世者、苦行僧”。他不好酒色，对交际花佩瓦夫人那“奢侈得骇人”的沙龙[8]没什么好感，那儿的晚餐总是让他“第二天早上还感觉颇有负担”。他没有浪漫主义的乐观精神，认为绘画中所有的重大难题在16世纪都解决了，自那以后艺术“就一直在走下坡路”。他也不喜欢那些支持他的人“也不管我乐意不乐意，就把我算在浪漫主义小圈子里”。有一次，有人想拍他的马屁，称他为“美术界的维克多·雨果”，他冷冷地回答：“先生，您错了，我是纯古典主义艺术家。”尽管他最受欢迎的作品大概是《自由引导人民》（现在不少人误以为它描绘的是1789年，但其实是1830年[9]），这幅画的作者本人却基本上是个极端保守主义者。他认为人是一种“卑鄙、可憎的动物”，平庸是其自然状态。他认为真理在少数精英而非大众手里。他不认可农业机械，觉得引进它们可能会让农民太过安逸闲散（然而，据雷东称，他自己的一条职业原则就是“经常休息”）。同福楼拜和罗斯金一样，他痛恨铁路，而且悲观地认为未来“世上将遍地掮客”，城市里满是来查看自己股票股份的转业农民，“被哲学家喂肥了的人形牲口”。他视多愁善感为人之大缺陷，博爱主义则是更大的缺陷（这观点居然来自一个欣赏乔治·桑的人）。有的时候，合理的做法似乎是不把他看成浪漫派，而是一场光芒四射的大爆炸，只是恰好与浪漫主义运动同时发生罢了。

他总是让人惊讶。他很欣赏霍尔曼·亨特[10]的作品。他觉得佩里格这个城市的女人比巴黎的漂亮。他说和“白痴”聊天同和“有思想的人”交流一样愉快。他坚信伦勃朗“是一位比拉斐尔伟大得多的画家”。（这在那个时代简直是“亵渎神明”。）1815年，日光胶片协会（世界上首个专注于摄影的学术组织）成立，他是创始成员之一，因此也是最早思考这种新艺术的创作过程与潜在影响的画家之一。不像有些人，他并不认为“从今天起艺术已死”。1853年5月，他细细研究了欧仁·迪利厄[11]拍的一套裸体模特照，“有几个体型糟糕，有些部分过于发达，整体很难看”。不过，他又将这鲜活的写真与几幅马尔坎托尼奥[12]的版画对比着看，发现后者“失真失准，矫揉造作，极不自然，让人厌恶，甚至令人作呕”。然而，摄影的好处并不直接：一方面，德拉克洛瓦相信某个“天才”可以借助银版摄影术“达到我们无法知晓的高度”，但就目前来说，这种“机器艺术”所做的还都是“糟蹋掉杰作”，没法“让我们完全满足”。不过，接下来那年的8月，他绘画时又用上了迪利厄的银版相片。等到了1855年10月，他的态度也不那么模棱两可了：他“热情高涨、毫不疲倦”地研究“那些男性裸体照片，那是首绝妙好诗，我正在学着阅读”。

伴随着如此开阔心胸的，是对自我束缚（不管是对于艺术还是个人）的恐惧，更为恐惧的是为人所束缚。他允许自己被热妮·勒吉尤喜欢，享受她对自己的忠诚，这肯定是因为这份感情“平心静气”，且令人平心静气。然而，尽管不希望受制于人，他亦希望脖子上能挂上大十字勋章。和许多法国原创画家以及作家一样，他被法兰西学会一次又一次地驳回入会申请，却只是越发铁了心地要加入（1857年，他的第八次申请终于获得通过，被选为会员）。这种循规蹈矩让波德莱尔大为不解。德拉克洛瓦去世三年后，波德莱尔在一封写给圣伯夫的信中回忆了当初要求画家对自己的“顽固坚持”做个解释，毕竟，“那么多年轻人都更愿意将他看作一个被社会遗弃的人，一个叛逆者”。德拉克洛瓦当时的回答是：

> 我亲爱的先生，如果我的右臂突然瘫痪了，作为学会会员，我还有资格教书，而且，只要我还算健康，学会就会替我付咖啡和雪茄钱。

这话让我们想起当代艺术界的那些骑士和小爵爷们，他们做出一副自轻自贱的样子，解释说，勋章这劳什子，主要的意义在于有了它，去饭店订座容易些。

与此同时（在德拉克洛瓦身上，有许多的"与此同时"），画家一点都不想被别人看成是"一个被社会遗弃的人，一个叛逆者"——这是波德莱尔的希望，他想要年轻人这么看他自己。这两人之间的关系颇为复杂，这很大程度体现在波德莱尔试图拉拢德拉克洛瓦，而德拉克洛瓦则拒绝他的拉拢。之所以这样，他生性挑剔是一个原因，但同时也是自尊心使然：要求别人对自己的赞美恰如其分。波德莱尔是将他吹成了"绝对是从古到今最具原创性的画家"，但这诗人也试图给他打上布鲁克纳所说的"他那难以磨灭的病态烙印"。德拉克洛瓦不愿意看到自己的《沙尔丹纳帕勒斯之死》和《阿尔及利亚女人》被波德莱尔按照他沉郁多虑的个性加以解读。《日记》里很少提到波德莱尔，这本身就很说明问题了，而最说明问题的，是乍一看平铺直叙，或者应该说平静的这一段：

> 我刚准备继续一幅小像的工作，画一个穿着东方服饰躺在沙发上的女人，巴克街的托马委托的，这时波德莱尔先生来了。他告诉我杜米埃[13]画到收尾的时候都会遇到哪些困难。

《向德拉克洛瓦致敬》局部（方丹-拉图尔）：

（左起）惠斯勒、小说家尚弗勒里、马奈

他从那儿又说到蒲鲁东[14]，他崇拜这人，称他为人民偶像。他的观点听上去全是最现代的，都与进步发展保持一致。他离开后，继续画那幅小像，然后回到《阿尔及利亚女人》。

这是那狭窄人行道上猫一样身影的文字版，平正工稳。评论家来拜访画家。他提起这个又说到那个。他现代而激进，画家不现代也不激进。评论家离开了，画家接着工作，先画一幅“小像”，然后是一幅杰作。

沃尔特·帕克可以在他的英文版中删去那“没完没了的色彩表”，但德拉克洛瓦的生命就是奉献给了这些色彩，以及它们有限的变化。马克西姆·迪康[15]在他的《文学回忆录》中忆起画家

有天晚上坐在桌边，桌上有满满一篮各色毛线团。他不断地挑拣着线团，给它们分组，交织摆放，按色度渐变分类，创造各种非凡的色彩效果。我也记得曾听过他说“我见过的最美妙的画中有一些是某几种波斯地毯”。

大体而言，19世纪的法国美术就是色彩与线条之间的苦斗。因此，德拉克洛瓦之所以一直要争取学会的认可，还有一个原因：在那个艺术高度政治化的社会，这意味着他的那种画法可以得到官方支持。世纪初的时候，有大卫[16]和他那一派，由线条一统天下；到了世纪末，因为印象派，色彩将大获全胜；两头之间的世纪中期则是线条派和色彩派的战场（方角那里站着安格尔[17]，圆角这边立

着德拉克洛瓦）。而这场对峙也不总是文雅高尚的：有一次，德拉克洛瓦去了卢浮宫，离开后，安格尔特地让人把窗户都打开，好散一散满屋的“硫黄臭”。迪康还说过这样一件事：有一个不谙画坛派系争斗的银行家，错误地同时邀请了这两位画家来参加一个晚宴。怒目相向好一阵之后，安格尔实在是忍不住了。他端着一杯咖啡，在某个壁炉旁截住了对手。“先生！”他宣称，“绘画意味着诚实！绘画意味着荣誉！”德拉克洛瓦冷漠淡定，这让安格尔怒气难耐，结果弄翻了咖啡，泼到了自己的衬衫和马甲上。他抓过帽子，拂袖而去，在门边转过身来，重复道：“没错，先生！就是诚实！就是荣誉！”

作为后来人，我们可以安然断言，两人都恪守诚实，维护荣誉，尽管他们自己大概无法忍受，也没有意识到，其实两人在有些时候是十分相近的。两人的作品都根植于古代大师们的画作；两人都坚信“惯例是建立在必要的法则之上的”，都去文学以及《圣经》中寻找绘画题材。看看德拉克洛瓦在其整个绘画生涯中创作的公共建筑壁画和天顶画，从《俄耳甫斯带来文明[18]》或《维吉尔向荷马介绍但丁》到《雅各与天使角力[19]》和《赫利奥多罗斯被逐出圣殿[20]》，这些画，而不仅仅是其标题，便说明了两位画家不过是通过不同的渠道去接近相似的真相、做出相似的宣言罢了。然而，在当年，他们的争论却似乎极端重要，关乎生死：如果一种高度严肃的形式灭亡，另一种就会存活下来。如果说色彩能够直观形象地展现活力、动感、激情、生机，这却也是它战术上的一个缺陷。1857年1月4日，德拉克洛瓦在他的《日记》里不无讽刺地写道：

> 我清楚得很，“色彩画家”这个头衔，与其说是能为我们铺路，还不如说是堵我们的路……大家都认为，色彩画家净忙着在绘画的低级和世俗（可以这么说吧）层面折腾；说乏味的单调能让一幅好画好上加好，又认为色彩的主要作用是分散人的注意力，让他们无法专注于更崇高的品质，而崇高的品质自己就玩得转，才用不着色彩来增添什么魅力呢。

然而，正如他在一段关于他那本《百科全书》的笔记中指出的那样，色彩的“优越性”，“或者说它的美妙，如果你更喜欢这种说法的话”，来自它对想象力的影响。对于德拉克洛瓦这类人来说，色彩会引路：它先引领着眼和心前进，然后大脑才会开始考虑线条和题材的问题。当奥蒂隆·雷东回顾19世纪末期色彩似乎已大获全胜（在立体主义重新确立线条的至高地位之前）这段往事时，他描述了德拉克洛瓦如何“找到了真正属于自己的路，那就是具有表现力的色彩，这样的色彩，我们也许能称之为精神色彩”。雷东认为，这又一次提高了美术标准：“威尼斯、帕尔马、维罗纳[21]只看到了物质层面的色彩。德拉克洛瓦反复描绘雕琢精神的色彩；这是他毕生全部的成就，是他对于后世的专利。”

德拉克洛瓦六十五岁时去世。躺在病榻上，想到自己还有四十年的画在肚子里，他痛惜不已。至于后世，好多次，他都表示过很渴望一百年后能再回来，看看那时的人怎么评价他。当他把这个愿望说给迪康听的时候，后者忍住没把自己的真实想法说出来：“他们会把你排在提埃坡罗[22]和茹弗内[23]之间。”这句没说出口的评价很

《未整理的床铺》（德拉克洛瓦）

能说明当时的品位和观念——这样的品位和观念，德拉克洛瓦花了好几十年试图征服。

译注

1 沃尔特·帕克（Walter Pach，1883—1958），美国艺术评论家、艺术史学者，精通法语、德语和西班牙语，通过著书、刊文和翻译，将正在萌芽的欧洲现代主义艺术观传播到美国。

2 奥蒂隆·雷东（Odilon Redon，1840—1916），法国画家，超现实主义的先驱，擅长油画、石版画和铜版画，其版画表现鬼怪幽灵和幻想的主题。代表作有组画《向戈雅致敬》、石版画集《在梦中》等。

3 奥柏（Daniel Auber，1782—1871），法国歌剧作曲家。代表作有《波尔蒂契的哑女》《魔鬼兄弟》等。

4 卢森堡博物馆，位于法国巴黎。1750年创立，1818年成为世界上第一家当代艺术博物馆。

5 塔列朗（Talleyrand，1754—1838），法国外交部长、外交大臣、驻英大使。

6 1833年起，德拉克洛瓦经常接受政府委托，为公共建筑设计装饰画。

7 安妮塔·布鲁克纳（Anita Brookner，1928—2016），英国作家、艺术史学家。著有《杜兰克酒店》《雅克-路易·大卫》等。

8 佩瓦夫人（La Païva，1819—1884，原名Esther Lachmann），19世纪巴黎最成功的交际花，在家中定期举办奢华的文学沙龙，福楼拜、左拉等著名作家都是这些沙龙的常客。

9 1789年法国大革命爆发，1830年法国七月革命爆发。

10 霍尔曼·亨特（William Holman Hunt，1827—1910），英国画家，拉斐尔前派的主要发起人和重要成员之一。代表作有《世界之光》《良心的觉醒》等。

11 欧仁·迪利厄（Eugène Durieu，1800—1874），法国摄影师，拍过不少女性人体写真。

12 马尔坎托尼奥（Marcantonio Raimondi，1480?—1534?），意大利雕刻师、版画家。

13 杜米埃（Honoré Daumier，1808—1879），法国漫画家、油画家和雕塑家，法国最伟大的现实主义画家之一，以漫画和政治讽刺画成名。代表作有《洗衣妇》《三等车厢》《堂吉诃德》等。

14 蒲鲁东（Pierre-Joseph Proudhon，1809—1865），法国政治家、经济学家，无政府主义创始人之一，主张社会各阶级进行经济合作，废除国家。

15 马克西姆·迪康（Maxime Du Camp，1822—1894），法国作家、摄影家，福楼拜的挚友。

16 大卫(Jacques-Louis David,1748—1825),法国画家,新古典主义画派的代表人物,在技法上降低色彩的重要性而代之以素描。曾任拿破仑宫廷首席画师。代表作有《荷拉斯兄弟之誓》《马拉之死》等。

17 安格尔(Jean-Auguste-Dominique Ingres,1780—1867),法国新古典主义画派画家。代表作有《土耳其浴室》《大宫女》《泉》等。

18 俄耳甫斯(Orpheus),古希腊传说中惊才绝艳的诗人和歌手,善弹竖琴,弹奏演唱时猛兽俯首,顽石点头。古罗马诗人贺拉斯认为,是他将文明和秩序带给了野蛮人。

19 雅各(Jacob),《圣经》人物,以撒之子,以色列人的祖先。雅各与天使角力的情节,见《圣经·创世记》32:22—32。

20 赫利奥多罗斯(Heliodorus),叙利亚塞琉古帝国的大臣,据说他刺杀了国王塞琉古四世。《次经·玛加比传下卷》3:21—28中说,赫利奥多罗斯进入耶路撒冷圣殿,试图拿走那里的宝藏,但三位神使显身,一位驱马踩踏,两位持鞭笞打,将他赶出圣殿。

21 意大利的三个城市,这里代指意大利文艺复兴时期的杰出画家们。

22 提埃坡罗(Giovanni Battista Tiepolo,1696—1770),意大利画家,18世纪威尼斯画派代表人物。代表作有故事画《安东尼与克利奥帕特拉的宴会》,巨幅群像天顶画《奥林匹斯》等。

23 茹弗内(Jean Jouvenet,1644—1717),法国画家,是当时法国最优秀的宗教画家,许多巴黎的宗教绘画都出自他手。

库尔贝：不是那样，是这样的

1991年，位于弗朗什孔泰大区奥尔南镇的库尔贝纪念馆举办了一场安德烈·马松[1]"情色"作品展。展出的画作大都龌龊可憎：幼稚、肤浅，往往干脆就是下流，这提醒我们，如果疏浚一下男人的潜意识，随手就能捞出几条死狗，还有锈迹斑斑的刑具。不过，对于那些坚持着走完整个画廊的人，在尽头会有一份意外的奖励。毫无征兆地，孤零零地，库尔贝《世界的起源》赫然高悬眼前，这画那会儿尚少有人见过①，画的是双腿分开的女性裸体，从胸口直到大腿中间。这幅画是为土耳其外交官卡利尔·贝创作的，之前一直挂在雅克·拉康的乡间别墅里。尽管在它问世之后的一个多世纪里，色情艺术和淫秽作品层出不

① 如今想看这幅画简单得多了，它收藏在巴黎奥赛美术馆。当初挪到那儿的时候，约翰·厄普代克写了首诗庆祝，诗题很有他的特色，叫《两阴道在巴黎》(《美国和其他诗歌》，2001)。——作者注

穷，它的威力却依然非比寻常。就连埃德蒙·德·龚古尔也被《世界的起源》征服了——他原本一直嫌“那个当代约丹斯[2]”太过粗俗，画的裸体太“不真实”。1867年库尔贝那幅描绘女同性恋的《眠》和安格尔的《土耳其浴室》（这两幅也都是为卡利尔·贝创作的）联合预展，龚古尔去看了，之后对两位画家嗤之以鼻，称他们是“粗鄙的白痴”。他第一次看到《世界的起源》是在1889年，那时库尔贝已过世十年，龚古尔在日记里向这位能将肉体画得和柯勒乔[3]一般好的画家“郑重”地致以“诚恳的歉意”。画作笔触性感细腻，真实得惊世骇俗。不，它不是那样，是这样的，画作似乎在宣告（写实主义本质上都意在纠偏正误）。在20世纪色情艺术的包围之中，它依然继续如此宣告，它不仅能对自己的现在和过去，也对未来指斥责难，这些都昭示着库尔贝的作品是多么的生机勃勃。

他总是在责难这责难那，纠正这纠正那，艺术和生活上皆是如此。不，不是这样，是那样的：巨浪滔天的正面海景、趾高气扬的自画像、浓烈厚重的女性肉体、奄奄一息的雪中动物，全都注入了画家描摹描绘、指示指导的热情。他是个咄咄逼人的写实主义画家，在艺术审美上自信满满。据说“大声喊，径直走”是库尔贝家的一条家训，而他一生中，不管是与人面对面，还是作画、写信，的确都是大喊大叫，然后开心地倾听回声荡漾。1853年，他称自己为“法国最傲慢最自大的人”。1861年，“所有搞艺术的年轻人都看着我，目前我是他们的总司令”。到了1867年，“我震惊了全世界……我不仅压倒了所有的现代艺术家，还胜过了所有的古代大师”。再到

《地中海》(库尔贝)

1873年，“所有民主国家，所有民族的女人，所有外国的画家都站在我这边”。就连去法兰克福城外的山中猎鹿，他都忍不住要宣布，他的收获“让整个德国都嫉妒不已”。

尽管这种自大多半似乎是天性使然，其中其实也有为了迎合市场而刻意为之的成分。库尔贝（1819年生于奥尔南，二十一岁来到巴黎，五年后第一幅作品在巴黎美术年展上展出）打造或者说让自己适应了这样一个乡巴佬的形象：粗鲁吵闹、偏爱挑衅、无法无天、动不动要把人打得满地找牙。然后，就像现在的某些电视名人一样，他发现这一公众形象和自己的真实本性已经分不开了。库尔贝是一个伟大的画家，但其一生也是一场卖力的宣传行动。他是自我推销的先驱：他出售自己画作的照片以提高它们的知名度；自己的一幅画卖出了大价钱，他会发布新闻加以报道；而且，是他筹划了世界上首个专为一位艺术家——他自己——设置的常展中心。在普法战争期间，他甚至设法以他的名字命名了一门大炮——然后立即给一位新闻漫画家写信，告知“库尔贝炮”的详细“日程和路线安排”，拜托他“在哪份您联络的报纸上报道一下”。

尽管他信奉自由社会主义，常发表反体制的长篇大论，也的确是打心底想要将法国画坛这个乱糟糟、臭烘烘的马厩好好打扫干净，但他其实也很有一点叶夫图申科那类人的味道——那种得到认可的叛逆，知道自己能触碰的底线在哪里，也知道如何从受凌辱中获得好处。1863年，库尔贝反教权的《会议归来》被巴黎美术年展踢了出来（这可不是他第一次被拒了），他的反应是有点过头的扬扬自得：“我画它就是为了被拒。我成功了。这样它就可以为我多赚些钱啦。”对于如何拉拢评委获得选票，好使作品入选巴黎美术年展，以及左右画作悬挂位置的安排，他其实很在行，或者至少是一直吵吵嚷嚷地积极参与其中，他想要既入选又被拒。

特别是在荣誉军团勋章问题上，他也想既入选又拒绝。他需要获得公开授勋，这样他才可以公开表示受了侮辱。1861年的时候他差点就如愿以偿了，不过恼人的拿破仑三世把他从名单上删掉了，因此直到1870年，这份渴望已久的耻辱才降临。他带着满满的高卢之庄严和华彩，拒绝接受（当然啦，通过写给报纸的一封信）：“荣誉既不在头衔上，也不在绶带里，它在行动及其动机中。超越荣誉的是对自己和自己信念的尊重。我以坚守自己毕生的信念予自己以荣誉（等等，等等）。”不妨拿杜米埃来做个比较，政府前一年要授予他荣誉军团勋章，他低调地拒绝了。库尔贝责备他，而杜米埃这样回答：“我做了自己认为应该做的事。这样做了，我自己很高兴，不过这和公众没什么关系。”杜米埃是个安静的共和主义者，这话秉承了他一贯的风格。而库尔贝则耸耸肩膀，评论道：“我们永远没法让杜米埃有什么出息。他是个做梦的。”

有一张1855年左右拍的特效照片，上面是库尔贝在和自己说话：对话双方都一副沉迷其间的样子。他的自画像都画得细致性感，几乎算得上自恋，而画里他摆出的姿势往往设计成耶稣的样式。（蒲鲁东，他的无政府主义哲学家朋友，也敢于如此自比。看他说的这句话：“如果我找上十二个能编会造的，我肯定能征服世界。”）在《会面》（1854）中，库尔贝刚从公共马车上下来（马车在画面右侧，正离开），在一片开阔的山水中，接受他的朋友和资助人

《会面》局部（库尔贝）

阿尔弗莱德·布吕亚及其仆从卡拉斯的欢迎。要说后两者中哪个更毕恭毕敬一点，还真困难。布吕亚刚摘下了帽子欢迎库尔贝，库尔贝的帽子则拿在手里，因为这是他作为一个自由的艺术家所选择的走路姿势；迎接库尔贝时，布吕亚垂下眼帘，而库尔贝则昂着头，胡子前指，活像是什么用来审讯的刑具。更足以说明问题的是，画家手里拿着的手杖比他的资助人的要大一倍。这里在发生什么，一览无余：是画家在鉴定资助人合适不合适，而不是反之。后来，人们挖苦这幅画，管它叫《财富迎接才华》。以前，一幅画的资助人或捐款人在画上总是和圣人们肩并肩地跪在一起，而画家至多只能把自己打扮一下，塞在农夫中，挤在画边上：这还真是今非昔比。

或者来看看《画室》（1854—1855），那幅“真实总结我艺术生涯中一个七年之期的寓意画”：朋友和资助人靠右站，更为低下的芸芸众生左边待着，画家和随侍的裸体模特居于中央。库尔贝称这是“我工作室的思想史和自然史”，不用说还有这个：“可以想象到的最令人惊讶的画作。”它让人疑惑不解，画家本人为此得意不已：评论家们要“忙得团团转啦”，这画会让人“一直猜不透的”。它的确到现在都如此。这些人，分为死气沉沉的几组，组与组之间互不交流，又明显不是来库尔贝画室拜访的人，那他们到底是谁？光线又是从哪里来的？既然他在画风景画，为什么会有个模特在——而且为什么他会在画室里画风景？而不论我们如何尝试解读，或者说过度解读这个谜——这是一幅政治讽刺画吗？上面有共济会的装饰吗（凡有什么不确定的，就算在共济会头上）？——画作高度集中的焦点都毫无争议：工作中的库尔贝本人。要支撑起那么大的一

《画室》局部(库尔贝)

幅画，这一区域看起来小了些，但很明显，挥舞着画笔的画家这个形象堪称绝对有力，足以担此重任。

去奥赛美术馆看《画室》与库尔贝最早的一幅大作《奥尔南的葬礼》(1849)面对面地挂在一起，会有帮助的。后者设计成巨型水平镶板，结构紧凑，送葬人有高有矮，如波浪如涟漪，与上方远景中的峭壁走势起伏一致，再往上，画面被切掉了，只留下低低的一线天，仅够容下并突出竖起的耶稣受难十字架。这画面简洁紧凑、焦点集中，反衬出《画室》的铺张散漫，特别是五分之二的画面都在那一排人的上方，满是大块的薄涂和土黄。从结构上来讲，《画室》可能会让我们想起中世纪的三联画[4]：天堂与地狱在两边，上方是广阔的最高天[5]，而中间，中间有什么呢？基督和玛丽？上帝与夏娃？呃，最起码有库尔贝和一个模特，坐在那里，重新创造世界。而这也许能帮助我们回答那个问题：为什么库尔贝在他的工作室里画风景，而不是在户外写生？因为他在做的，可不是复制现有的、已确立的世界——他在自己重新创造一个。这幅画在说，从现在开始，创造世界的就是这个艺术家了，不是上帝。(实际上，库尔贝曾对作家弗朗西斯·韦伊[6]说过："我就像上帝那样作画。")这样解读的话，《画室》要么是对神明的大肆亵渎，要么是艺术至上的终极宣言，这要看你从哪个角度看了。或者两者都是。

如果说浪漫主义画家德拉克洛瓦的性情并不像个浪漫主义者，那么现实主义画家库尔贝反倒像个真正的浪漫主义者那样，唯我独尊、狂妄自大。我们面对的，可不仅仅是一段职业生涯，而是使命和伟业。1855年，《画室》和《葬礼》均被拒，未能在巴黎万国博览会上展出，于是库尔贝自己安排了一场展览。波德莱尔写道，这场处女秀“和武装起义一般激烈”。而从此以后，画家的生命和法国艺术的前景就被视为一体了。“我即将赢得我的自由。我在拯救艺术的自主权。”他这样写道，好像第二句话不过是用来进一步阐明第一句罢了。要清理画坛，先要毁掉程式化、学院派，以及浪漫主义艺术（在《画室》的前景里，浪漫主义的几个传统象征：吉他、匕首、插着羽毛的帽子，被扔在地上，无人问津），然后要确立新模式。1861年，在一封写给巴黎青年画家的公开信中，库尔贝详细说明了新艺术的主要元素：当下题材（画家既不应画过去也不该画未来），个人风格，具体性，写实性（他曾夸赞自己的一幅牡鹿图“精细准确”，不带“一点理想主义”），以及美。这美存在于自然之中，因为自然“自有”其艺术表现力，画家不该篡改。“自然之美高于所有画家的画作。”

一般认为，这个“信仰宣言”是库尔贝的朋友朱尔·卡斯塔尼亚瑞[7]写的。库尔贝自以为是个理论家，但实际上他的头脑更适合实干，而不是抽象思维。再说，不管怎么样，我们自始至终都应该选择相信（并且评判）画作而非昭告天下的宣言。虽然画家呼吁大家从事具体、写实的创作，但很明显，他自己也未将象征、神秘或暗示的表现手法拒之门外——《画室》里这些东西都有。同样地，库尔贝那寻衅好斗的言辞，也未反映出其实他的画作精美细致，并且多姿多彩，题材各异，让我们惊讶不已：他早年给妹妹朱丽叶画的肖像具有贝利尼家族[8]风格；他的那些海景图极具张力[9]，其上品呈现出超越写实主义的力量；而他的《塞纳河畔的姑娘们》则慵懒撩人，极为复杂。说到这最后一幅画，当时有人批评库尔贝，说他用这幅画“把宣传小鼓敲得咚咚直响”（没错儿，他肯定是这么干的——他什么时候不这么干？），不过如今时过境迁，它不再惹人恼火，但依然是一幅极具冲击力的画作。画中的场景隐在树荫里，却散发着逼人的热气；其情调看似无精打采，却又被那鲜明亮丽，甚至有点花里胡哨的色彩打破；俯卧的女人睡眼蒙眬，一只眼睛半睁着，与之相对的，是我们可以肆无忌惮地打量她与她的同伴。而且，我们的视距也太近了，简直是在侵扰：画作结构实在太紧凑了；几棵繁茂的树低得异乎寻常，悬在躺着的人上方，右下角的几枝繁叶将这闷热的空间缠得更紧，彻底封住。这幅画还有一个更为隐晦的伏笔：划船顺塞纳河而下，将这两个姑娘送到这幽静所在的那个船夫溜走了，帽子丢在船里，船泊在画面的背景里。他去哪儿了？估计，他是蹑手蹑脚地绕了半圈，出了画面，现在正站在我们所处的位置上，鬼鬼祟祟地打量着他这两位面露不悦的船客。就算船夫没和赏画人融为一体，他也肯定就在附近，是共犯，眼神贪婪地看进画面深处。

正如不少库尔贝最伟大的画作里有些人物的缺席很耐人寻味（《姑娘》里帽子的主人，《葬礼》中送葬人脚下那画面之外的尸体，向哲学家蒲鲁东致敬的画像中的蒲鲁东夫人）一样，他在信件里对有些事的缄口不提也意味深长。当然了，往来信件能存世，这本身就很偶然，也不能代表什么，但即便如此，想要再找出一个对别人的作品如此漠不关心、如此不知欣赏的重要画家，也着实不易。没有对首次见到哪幅伟大画作时激动心情的描述，没有对他人的鼓励（除了鼓励他们继续模仿库尔贝以外）。世界分成两部分："古人"，换句话说，那些不幸出生在他之前的可怜人，以及"现代人"，也就是说，他自己。他与布丹往来，在钱的问题上对莫奈很大方，对柯罗[10]有所赞扬（不过很简短），以提香[11]的画为例，指出自己的与众不同。只有一个能让库尔贝两股战战的人，或者也许应该说是人物，那就是维克多·雨果，这是唯一一个就连他都得承认的确是名气更大的法国人，他还给雨果写过不少拘谨忐忑的奉承信。

库尔贝是个社会主义者（当然了，先于马克思主义），但他炒股，也热衷于囤地产；同样地，尽管他坚信理想社会终将到来，他对女人的态度却带着他那个时代那个阶层的臭气：他逛妓院，找情妇，愣头青般永不知反省。于是："女人只要煮煮卷心菜汤，做做家务就行了。"或者："女士们的任务，就是用自己的情感，来纠正男人们聚在一起时的理性思维。"中心思想没变，只是拔高了一点格调，装作是句箴言，还献了献殷勤。他每过一阵子就要宣称一遍，说他的艺术占去了自己所有的时间，根本没空考虑婚姻；但同样地，每过一阵子，他就会拼命想给自己找个太太。1872年的时候，他相中了一位来自家乡弗朗什孔泰的年轻姑娘，大模大样地宣称自己和家人并不在意两人的"种种社会背景差异"。在写给媒人的信里，他漫不经心地继续说道：

> 尽管会有乡下人给她出些馊主意，但我要给她提供的非凡身份，莱昂蒂妮小姐是不可能不接受的。毫无疑问，她将成为全法国最令人羡慕的女人。就算她重新投胎三次，也不会

再遇到这样的地位了。我可以在整个法国随便挑老婆，根本不会有人拒绝我。

那些相信傲慢会有恶报的人，还有那些喜欢精彩肥皂剧的人会很高兴的：莱昂蒂妮小姐谢绝成为全法国最令人羡慕的女人。库尔贝只能吹胡子瞪眼，大肆攻击把他挤出局的乡下情敌，嚷嚷说这些“村里的心肝宝贝们的智力和他们的牛差不多，但还值不了牛那么多钱”。

第二帝国时期，库尔贝发起了一场吵吵嚷嚷、恣情任性、可敬可佩的艺术民主运动，要求在艺术资助、管理和指导下的民主。1870到1871年，普鲁士围攻巴黎，在巴黎公社的统治下，他终于获得了他也许渴求的艺术权力，但讽刺的是，他的身败名裂也正始于此。十分诡异的是，整个事件在他自己写的信里都有预兆。1848年，革命早期，库尔贝给家人写信，让他们放心，自己“在政治上没有涉入过深”，但“要推翻丑恶”，自己总是“愿意搭一把手的”。第二年，他告诉弗朗西斯·韦伊，“我一直觉得，要是法律突发奇想，指控我杀了人，那就算我无辜，也非上断头台不可”。再接下来的那年，“要是我得选一个国家的话，我必须承认我不会挑中自己这一个”。二十年后，库尔贝发起了拆除“丑恶的”旺多姆圆柱[12]的运动，它是拿破仑帝国主义的一个标志。法律的确指控他了，而且，尽管严格说来，也许他是无辜的（绝对没有另一些人更“有罪”，因为在与之相关的那个时期他并不是公社委员），他还是被判六个月的有期徒刑，后来又雪上加霜，加罚让他倾家荡产的286549法郎78生丁[13]的赔偿金。负债意味着继续入狱服刑，这前景逼着他不得不“选一个国家”。他选了瑞士。

库尔贝承认，对于拆除那根可恨的圆柱，他负有道义责任。他也提醒当局，在普军围困巴黎时期以及巴黎公社时期，他拯救了许多国宝，使它们幸免于难。但这两点都没能让法律减轻对他的处罚。他似乎没有意识到，到了1871年，他已经成了新政府绝佳的靶子。一个魅力超凡的公众人物、挑战权威的好手、社会主义者、反教权主义者、巴黎公社委员，曾把艺术独立上升为政治纲领，把拿破仑三世写成是“不该加诸我身上的惩罚”，1871年4月在号召艺术家站起来时，用“旧世界，旧手腕，永别啦”作为结语：这样一个人，“旧世界”东山再起的时候，作为牺牲品还有谁能比他更合适、更标准？而且，当政府为了公共政策而决定迫害个人的时候，它可不只具有金钱和组织这样的常规优势，更有强大可怕的时间优势。个人会逐渐疲惫沮丧，觉得才华流逝，去日无多，但是政府鲜感疲倦，并觉得自己不朽。特别是法国政府，战争后可以很无情，尤其是内战后。

甚至到1876年，库尔贝也无法理解发生了什么，或者说为什么会这样。在一封给议员和代表们的公开信里，他问：“是不是因为我在帝国时期没有接受荣誉军团勋章，所以就要罚我受苦受难，背上另一种十字架？”这也许不过是一种修辞手法，但是，对于一个把一幅自画像定名为《抽烟斗的基督》的画家来说，它透露了很多。就算法国政府没有把库尔贝钉上十字架，它为整垮他也绝对不遗余力：他的地产被充公，画作被盗窃，资产被变卖，家人被暗中监视。

在瑞士，他继续作画，继续为自己据理力争。偶尔，他也能拿出以往自吹自擂的劲头来："我现在接了一百多张订单。这可都要多谢公社……公社非让我当百万富翁不可。"但是他生命最后的几年（与家人和朋友隔绝，越来越对那些告发、背叛自己的人耿耿于怀）沉重悲伤，充满压力。最后他心力交瘁，同意与法国政府妥协，做个交易，答应用三十二年时间，付清重建旺达姆圆柱的费用。"我需要去一趟日内瓦，到使馆去办本护照。"1877年5月时，他满心乐观地写道。但是法国内部又生了动乱，他只得继续流亡在外，直到那年12月去世。

1991年，参观完那场马松的画展以后，我在安贝洛广场上的一张咖啡桌边坐下，望着对面浅浅的卢河（库尔贝曾画过它，画它在林间蜿蜒，也顺流而上画过它的源头）匆匆流经画家的故居。房子的侧面有"BRASSERIE"（法语：啤酒店。——译注）的字样，字迹已模糊。这似乎实在是太应景了。比利时画家阿尔弗雷德·史蒂文斯[14]曾告诉过埃德蒙·德·龚古尔，库尔贝喝起啤酒来真是"吓人"：一晚能喝三十杯，而且他喝苦艾酒的时候，喜欢兑白葡萄酒，而不是掺水。好几次，他的朋友艾蒂安·博德里给这流亡者捎去好些桶六十二升装的白兰地（库尔贝的妹妹只寄了"几双漂亮的袜子"，他回赠了一台缝纫机给她，一个胡椒研磨机给他们的父亲）。饮酒过度导致他全身浮肿，胀得巨大。使用"穿刺"这种可怕的新技术引出了二十升的积液，这比老技术（蒸汽浴加灌肠）稍微有效一点，"从肛门流出了十八升积液"。库尔贝之死显得异乎寻常而恐怖惊人，与之似乎适成黑色绝配的，是他的一生和艺术给人的感觉也同样如此。

译注

1 安德烈·马松（André Masson，1896—1987），法国画家，超现实主义画派代表人物。代表作有《鱼战》《橡树叶上的沉思》等。

2 约丹斯（Jacob Jordaens，1593—1678），弗兰德斯画家，多作农民生活及寓言画，画风夸张、粗犷、风趣。

3 柯勒乔（Antonio da Correggio，1494—1534），意大利文艺复兴时期重要画家，创作了大量的油画和天顶画，多以宗教和神话为题材。代表作有《耶稣诞生》、《朱庇特和伊娥》和天顶画《圣母升天》等。

4 三联画描绘或刻画在三块画板上，用铰链连接，多为宗教画。

5 天堂的最高处，古代西方人认为该处存在纯净之火或光。

6 弗朗西斯·韦伊（Francis Wey，1812—1882），法国作家，艺术批评家和摄影艺术批评的先锋，是库尔贝的好友。

7 朱尔·卡斯塔尼亚瑞（Jules Castagnary，1830—1888），法国政治家、记者、艺术评论家，是库尔贝的挚友。两人往来的信件是研究库尔贝生平和艺术的重要文献资料。库尔贝为其绘制的画像现收藏于奥赛美术馆。

8 贝利尼家族是意大利文艺复兴时期威尼斯的绘画家族，其中最伟大的是乔瓦尼·贝利尼，开创了将明暗和色彩作为首要表现因素的威尼斯画派。

9 1882年，法国美术学院为库尔贝举办了个人画展，卡斯塔尼亚瑞在《展品录》的前言中指出，在库尔贝之前，海景图一般是画船舶，而专注于描绘大海和天空的海景图，是由库尔贝开创的。

10 柯罗（Jean-Baptiste-Camille Corot，1796—1875），法国画家，是使法国风景画从传统的历史风景画过渡到现实主义风景画的代表人物。作表作有《沙特尔大教堂》《阵风》等。

11 提香（Titian，1488/90—1576），意大利画家，威尼斯画派最伟大的画家，擅长肖像画、宗教和神话题材，代表作有《乌尔宾诺的维纳斯》《圣母升天》《花神》等。

12 旺多姆圆柱矗立于巴黎市中心旺多姆广场上，最初是拿破仑为纪念奥斯德立兹大捷而竖立的铜柱，柱顶有拿破仑像。巴黎公社委员会曾将其拆除。巴黎公社失败后，铜柱和拿破仑像又被重新立起。

13 生丁，旧时法国货币单位，相当于零点零一法郎。

14 阿尔弗雷德·史蒂文斯（Alfred Stevens，1823—1906），比利时画家，以画穿着时髦的年轻女子像而闻名。

马奈：黑白之间

1）扔砖头

就某种意义而言，那些攻击艺术作品的人没错。你不会攻击自己不在乎，或者对自己没有威胁的东西；鲜有灭神毁像者因冷漠而去砸碎圣像。就拿1863年在马蒂内画廊举办的马奈个人画展上的那个人来说吧，他举起手杖挥向展品之一《杜伊勒里花园音乐会》。肇事者没有留下动机陈述，但不用说，给这幅画惹来麻烦的由头一定是欺诈：这幅画在挂羊头卖狗肉，不仅侮辱了身为观赏者的他，更侮辱了整个艺术史，为了艺术，他必须仗义执言——或者说，有所行动。另外，画作的主题本身（长段当代巴黎生活白描）就足以招致常逛画展沙龙者的反对了，他们思想褊狭，认定艺术的主题必须高端。现在看来，这还真有些讽刺意味，因为实际上那幅画描绘的十有八九正是肇事者这类人，是当时他以及他的朋友们在巴黎所过的生活。马奈是在说：此时，此地，事实如此。

同一年，拿破仑三世在“落选作品展”[1]上看到《草地上的午餐》[2]之后，称它“有辱斯文”，而他的夫人，欧仁妮皇后，则对此画视若不见（放在今天，这可是绝佳的宣传，但在当时，这是个灾难：“落选作品展”从此闭展，接下来的二十年里，独立画家不再有大型公共场所可以展出画作）。1865年《奥林匹亚》[3]在巴黎美术年展展出时，它，或者说她，屡遭暴力威胁，因此只得重新安置在最后一个展厅的门楣上方，挂得特别高，以至于很难辨得清“你到底是在看一包裸肉还是一捆待洗衣物”。皇家和公众的负面看法确保了马奈艺术生涯中大部分时间都在忍受流行媒体的冷嘲热讽。他们依然没错，考虑到他们的真情实感：他们感到不屑，源于难以名状之恐惧的不屑。他们到底在怕什么，对于马奈鄙视者中最博学雅致的埃德蒙·德·龚古尔而言，这再清楚不过啦。“荒唐，荒唐，荒唐！”1884年1月，参观完马奈遗作展后，他在日记里如此大叫大嚷。但他也意识到，这荒唐早已变身严肃，现在荒唐的倒是他以及他这样的人：

> 自从有了马奈（他的绘画技巧偷自戈雅[4]），有了马奈和那些追随他的画家，我们得到的便是油画之死，也就是那种有着美丽的琥珀光泽和水晶透明感的画作（鲁本斯的《戴草帽的女人》[5]为代表）之死。现在我们看得到的，都是晦暗的画、粗糙的画、惨白的画，从上到下散发家具涂料气味的画。而且从拉法埃利[6]到随便哪个拙劣的印象派小画工，人人都

《巴迪侬画室》局部（方丹–拉图尔）：
马奈（正在作画）、雷诺阿（画框中）、莫奈（最右边）

这么画。

就连支持马奈的人也知道，有新事物出现，必然就会有旧事物消亡。所以波德莱尔一边盛赞马奈（或许）正是这个时代所需要的那种描绘现代生活的画家（尽管这位诗人其实认为康斯坦丁·居伊[7]才真是），一边写信对他说："你只不过是开启了你那门艺术的堕落过程。"正如安妮塔·布鲁克纳一针见血的点评："他是不是察觉到在马奈那里艺术没有了道德维度？"

埃兹拉·庞德说过，他会朝窗户扔砖头，而T. S. 艾略特则乘机从后面进屋，满载而归。从某种意义上可以说是马奈扔了砖头，印象派画家们满载而归——如果一个多世纪的各种超大型展览算是"满载而归"的话。大型马奈画展就不那么常见了，就连在巴黎也是如此（只在1983年和2011年各有一场）。但我们需要时不时地被人提醒一下，让我们记得他对法国绘画艺术做了什么，又为法国绘画艺术做了什么。他使它的色彩变得明亮、轻快（学院派总是从深色调着手，而后向上渐渐浅去，而马奈的"明亮画"则恰恰相反）；他摒弃了中间色调，引入了一种新的透明感（那些根本就是"浓汤和卤汁"的画让他很没好气）；他简化、突出了轮廓；他经常扔掉传统透视法（从画中设定的距离来看，《草地上的午餐》里的浴女就很"不对"，太大了）；他压缩景深，将人物朝画外推向我们（左拉说《短笛手》这样的画是"破墙而出"）；他带来了"马奈黑"和"马奈白"。和库尔贝一样，大量的传统绘画题材他根本不予考虑：神话的、象征的、历史的（他的"历史"画都是当代画）。和杜米埃一样，他坚信“一个人该属于自己的时代，画自己看到的东西”。想要弄清他的位置，看看推崇他的三位大作家就能推算出来：波德莱尔，花花公子，吟咏现代生活的诗人；左拉，自然主义者；马拉美，纯美学家。还有哪个画家有如此强大的“作家后援团”？可马奈绝不是什么文学画家或者插画家。他最有名的一幅“文学”画（画的是左拉的《娜娜》）也根本不是看上去的那个样子。他画这交际花时，她还只是左拉早些年的连载小说《小酒店》里的一个小配角。于斯曼写画评时，宣布说左拉将写一部以娜娜为主角的小说，恭喜马奈“画出了她毫无疑问将会有的姿态模样”。所以你可以说其实是左拉为马奈作了“插画”，而不是相反。

马奈的很多成就，你通过读书、看彩色翻印画就可以理解，剩下的还有很多，则只有站在那些画作面前，才能豁然开朗。“马奈黑”翻印出来还算过得去，“马奈白”则没法通过印刷再现。《奥林匹亚》这幅画，除了其源源不断的情色挑逗外，也是一幅惠斯勒[8]式的米白交响曲（在肉体、床罩、床上用品、花朵以及——白得最醒目的——包装花的那张纸之间有着微妙的对比、融合）。《左拉像》里，正中心的一块白色亮得耀眼：这正是小说家所读书本中书页的颜色，多么恰当。给马奈夫人画的充满柔情的画像《朗读》，将白色的裙子铺在白色的沙发罩上，而白色的沙发罩后，是色调稍灰的白蕾丝窗帘。就连马奈最极端（而且是最丑得令人毛骨悚然）的一幅肖像画（画的是波德莱尔的情妇——小小的玩偶似的脑袋，巨大的没手指似的右手，还有裙摆下伸出来的一截根本不可能的、说不定是截断了的右腿），也让你怀疑，其主要作画动机大概是让画家有机会用一条巨大的、鼓蓬蓬的白裙子从左到右填满画布。

所有这些都是通过回顾那些能被看作马奈获得的成就的东西来观察他。但画家从来都活不到能看到自己有什么成就的时候。不仅如此，画家们走的路也各不相同：有一些，比如德加和勃纳尔[9]，选择了一条我们很容易理解的路，作品品质稳定得都有点吓人。其他人，比如马奈，我们就不那么容易跟得上了，也许对于他们自己来说，也没那么容易跟上。2011年奥赛美术馆里那场展览所做的许多事之一，是证实马奈是一个多么易变且发挥不稳定的画家。而且由于美术馆所采用的展出理念，这一事实显露得更加清晰。就像艺术在发展一样，艺术史和博物馆理论也在发展。如今，不同于观众们，策展人们似乎痛恨那种把名作挨个儿挂起来、反反复复讲述同一个故事的展览。对这种展示法，他们有个很法国式的说法："将他的现代性简化为一个图解集。"

这话有点道理。就像我们很容易忘记马奈当初有多么惹人恼火，我们也很容易忘记新事物所带来的冲击有多么迅速地为人欣赏、收藏展出和商品化（我以前有段时间用的鼠标垫上印着《女神游乐厅的吧台》[10]里的那几个香槟酒瓶子）。这样的为我所用，在人的有生之年中就可以轻易完成，对此，普鲁斯特在《盖尔芒特家那边》里就有描写。他的公爵夫人去卢浮宫参观：

> 我们恰好路过马奈的《奥林匹亚》。如今没人会对它感到一丝一毫的惊讶。它看起来就像一幅安格尔！可是，天知道我为了那幅画做了多少辩护，尽管我并不怎么喜欢它，但它

毫无疑问是幅大作。

从狭义的角度说，公爵夫人错了（马奈从来就没像过安格尔，当时看不像，现在看也不像）；但从广义上来讲，她是正确的。因此，“名作排排挂”的展览理念有个明显的风险，它不过是重新展示了一遍一百年前确立的艺术史，这便冒了险：我们很有可能不再去看，而将一切当作理所当然。但是上哪里去找反叙事性呢？目前看来，它存于历史与社会大环境中，具体而言，对于2011年巴黎展的策展人来说，它在于抵制那些一直以来“以现代艺术的名义”“吸干”画家“血”的人。为此，他们向我们展示了一位“维护传统价值观”的马奈（这可真叫人惊讶）。比方说，“通常所谈的”是年轻的马奈在托马·库蒂尔（一位时髦的“消防员画家”[12]）的画室里待了六年，但没从他那儿学到什么。因此奥赛美术馆的这场展览便从库蒂尔开始，满满一个展室都是他的作品，诱导我们得出相反的结论。的确，马奈有一幅早期肖像画很有库蒂尔的风格。但是展厅里最引人注目的两幅画（一幅画的是他的父母，严肃而忧郁，另一幅《小孩子》，是一个小男孩的画像，画面上大块的马奈黑，还有那一双目不转睛凝视着的眼睛，也是马奈黑的）却不见库蒂尔的影响。实际上，它们所展示出的，是马奈在迫不及待地逃离老师的风格。

更奇异有趣的是马奈的“宗教期”，这大概会让很多自以为很懂马奈的人大吃一惊。展览用了整整一个展室来展示它。在凭《草地上的午餐》（1862—1863）和《奥林匹亚》（1863）一举成名，也饱听了嘘声以后，1864到1865年，马奈创作了一批宗教画（超大的一幅死去的基督，同样超大的一幅基督受辱，还有一幅下跪的修道士），展览手册上说，这些画“让他的敌对者厌恶，也让他的欣赏者受窘”。那场龚古尔斥为“荒唐”的马奈遗作展，是马奈的好朋友安托南·普鲁斯特[13]策划的，他就没让这些画参展。做得很对：它们是那种因循守旧、迂腐刻板的丑八怪，如今只在乡下的艺术博物馆里才找得到，是老早以前被巴黎的艺术部门流放过去的，脱了手他们可是松了一口气（“看，我们给你们送了一幅马奈！”）。能看出来，它们的确可以是展览要的“反叙事”的一部分：画这些作品占了成熟期的马奈不少时间。但与此同时，这种“反叙事”似乎不是带来了价值观的民主化，而是将其完全抛开。那间展厅题名“疑似天主教徒”。更好的名字应该是：劣作骇人。

这“宗教期”是个有用的预警，提醒我们马奈不总是“马奈”。要是举行艺术盲审，他的不少作品都可能让人不舒服。比方说，那幅惠斯勒风格的、带点日本味儿的《海上行船》，船帆形似东方文字；或者那幅布洛涅[14]海滩景象，感觉像是突然把布丹的画聚焦调近了（而且透视法上还有些古怪之处，例如右边有位男性就大得荒谬）。前一幅来自勒阿弗尔，后一幅则来自弗吉尼亚的里士满。策展人工作勤勉，富于创意。他们向那些懒得多想的观众展示，马奈同他们想象中的那个画家并不一样，但并不是更高明。马奈最出名的作品都名副其实；它们永远不过时，到现在还能令人惊讶。（比方说，我以前并没有注意到，《草地上的午餐》中，那裸女发际有一条几乎难以察觉的黑发带——好像马奈在说：“裸女——什么裸女？没看见她戴了发带吗？”）那场展览让人遗憾的地方在于，如果说他画过的毋庸置疑的杰作有……算十二幅吧（或者十四，或者十六），展出的不到半数：没有《杜伊勒里花园音乐会》（约翰·理查森[15]称它是“第一幅真正的现代画作”），没有《铁路》，没有《画室中的午餐》，没有《女神游乐厅的吧台》；倒是有波士顿的那幅《处决马克西米连》，但没有曼海姆那幅，也没有德加残片[16]；有描绘莫奈在他的“画船”上的一幅画，这样的画一共有两幅，展出的是稍逊一筹的那幅；没有那捆著名的芦笋[17]，只有马奈画来“饶给”买家的那幅单根，因为买家大方多付了画钱。当然了，有些画作要借到也许不那么容易，而且奥赛的展厅里已经够挤的了（不过却又把大块的空间给了另一幅空洞浮华的画：让-巴蒂斯特·富尔[18]在昂布鲁瓦·托马[19]的歌剧《哈姆雷特》中饰演主角）；但最有可能的解释，还是策展人铁了心要找到（如果不是强推）一条新的叙事路线。有的时候，他们似乎在故意捉弄我们，嘲弄我们的预期。因此展览上有一小幅《铁路》的描摹作，那是一张上了水彩和水粉颜料的照片，作者是朱尔-米歇尔·戈代。策展人好像在说：没看到你心仪的画？喏，来张这样的吧。

远离所有这些争论和反叙事的喧嚣，馆内有一块宁静的所在，展出的是静物画。马奈有五分之一的作品都是这一题材的（重要原因之一是它好卖）。1875年同妻子苏珊以及同行提索[20]游览威尼斯时，他（站在鱼市里）宣布他要做“静物画的圣方济各”。在一个菜市场，看到一堆布伦塔南瓜，他大呼：“土耳其人的脑袋！戴着头巾的！勒班陀和克基拉岛[21]带回来的战利品！”这次旅行中，他还得出结论：“画家可以通过水果，或者花朵，甚至浮云，就把想说的都说了。”奥赛美术馆的静物画厅里，两幅简单的画让我长久驻足：插在水晶花瓶里的花朵，作于1882年，他去世前一年。讲究时髦、婚姻美满的花花公子马奈死于三期梅毒（和波德莱尔一样）。这样的下场十分凄惨可怖：脊髓痨，轮椅，坏疽，一条腿截肢，然后是死亡。在生命的最后这段时光里，马奈反复描绘花朵稍纵即逝的美，好像是在轻轻地重复许多年前那个挥舞手杖的人拒绝听的话，最后一次说道：是的，此时，此地，事实如此。

2）少即多

我们会在一幅好画前逗留多长时间？十秒？三十秒？整整两分钟？如今重要画家的画展，展出大约三百幅作品已是默认标准，我们又会在每幅好画前逗留多长时间？每件展品前逗留两分钟，加起来就是十个小时（不吃午饭，没有茶歇，不上厕所）。有哪个在马蒂斯、马格利特、德加画展待过十小时的？请举手。我知道我可没有过。我们当然会挑挑拣拣，眼睛预先就选好了它喜欢的（或者它已经知道的）。但就算一个观赏者有逛美术馆的小窍门，明白个人血糖高低和审美乐趣之间的关系，应付得了广阔的展厅，必要的时候也不怕逆画作年代从后往前来观赏展画，不花时间读展品目录或者伸长了脖子看画作名称，个头够高视线不会被挡住，身体够结实招架得住那些头戴导览耳机的画迷们挤来撞去——就算是这样的一个人，一场大画展看下来，想到本可不必这样的，也不会有好气的。

《一束丁香》(马奈)

当然，通过某种稍微理想点的方法，能让尽可能多的人看到尽可能多的画作，那就更好啦。但展览规模越大，就需要越多的参观者来支持它，也就意味着要讨好他们，向他们承诺这不仅是一场审美盛宴，更是社交良机（而因为事关社交，它也就有它的阶级结构：圈内人可以参观预展，普罗大众则在外头干瞪眼）。如果说近些年展览象皮病似的臃肿有所好转（巴黎2011年那场马奈展只展出了一百八十六件展品），那是因为经济下行，而不是布展政策有了什么改变。但是，其实有大量证据显示，展览规模小一些，参观者少一些，能让人享受更多的乐趣，而且往往通过少看而不是多看一些某位画家的作品，你能对这位画家有更深入的理解。

过去三十年里，我看过的最棒的展览之一，是1993年伦敦国家美术馆举办的。它占了六个展厅，但全都是关于一幅画，或者准确地说是一个主题：马奈的《处决马克西米连》。画展主题鲜明，目标明确，将马奈三个版本的《处决》重新聚到了一起，这还是自他1883年去世后头一次。那幅初稿现藏于波士顿，笔触粗犷，色调阴沉，画中人都戴着墨西哥阔边帽；残缺不全的那幅（几张残片是马奈死后，德加抢救回来的）是国家美术馆自己的馆藏；而最有名的那幅现藏于曼海姆，是终稿。在同一间屋子里看到这三幅画（不过不是一幅挨着一幅挂的——想要比较它们，你必须转过身子，这动作提醒我们，每两幅画之间有时间和考量上的差异），这是一个直截了当、激动人心，又令人生畏的挑战。马奈为什么画了这个，扔了那个，调整了剩下的那个？从a到b到c，他有怎样的思考或者感情经历，有怎样的灵光一现或者机缘巧合？为了帮助我们理解，展方还安排了六十来件其他展品来支持这三个中心：主要人物的正式画像，报刊新闻似的平版印刷画，弗朗索瓦·奥贝尔[22]拍的当时墨西哥的风土人情，印有行刑队和皇帝血衣的装裱小照片，还有与之相关的一些来源资料、派生产品、奇奇怪怪的小玩意儿。其中最最古怪的就是一张马克西米连和群臣们打板球的照片，大概拍摄于1865年，理论上应该在墨西哥城郊的查普尔特佩克城堡里或者城堡附近。皇帝站在门柱后面，身边是英国大使查尔斯·威克爵士。"球场"看起来用压路机都碾不平，要上碎石机才行。

如今，债务国如果要延缓偿还金融债务，大国就会向其派出一组组来自国际货币基金、欧洲央行、欧洲委员会之类组织的人员。1861年，墨西哥总统贝尼托·胡亚雷斯宣布延期两年偿还外债时，大国派出了当时的"三驾马车"进驻韦拉克鲁斯[23]：六千人的西班牙部队，两千人的法国部队，还有一小批英国人。英国人小心翼翼，西班牙人的目标是逼其妥协，不过法国人更喜欢征服。他们1864年把奥地利大公费迪南·马克西米连扶上皇帝宝座，第二年游击战争打响，法国的占领土崩瓦解，法军撤出，马克西米连拒绝放弃他的傀儡皇位，于是重新掌权的墨西哥政府于1867年6月19日在克雷塔罗城外的风铃山将他和他的两位将军一起枪决。这一事件当时轰动全世界。7月18日，福楼拜给玛蒂尔德公主写信，说枪决马克西米连（当局罔顾加里波第、维克多·雨果还有其他人的抗议电报，执意执行）让他震惊。"多么卑劣龌龊。人类是多么无耻卑鄙。就是因为不愿去想（也不想去承受）这世界的罪恶与愚蠢，我才一头扎进艺术——一种可悲的慰藉吧。"

这新闻也让马奈一头扎进了艺术，不过他究竟是如何做的，为何要这样做，有什么目的和期望，其间怎样调整战术策略，我们一无所知，这对我们有利，给了我们自由。比起有些作品，诸如席里柯的《梅杜萨之筏》之类的作品，马奈的画作是如何一步一步画成的，并没有太多的证明材料。朱丽叶·威尔逊-巴罗[24]告诉我们："什么记录都没有，马奈档案里没有关于他作画时求助过什么人或者用了什么材料的记录，没有剪报或者插画，没有照片、笔记，或者草图。"没有什么有用的"附言"或者画室小道消息流传下来。我们不知道他为什么抛弃了这幅画的第二个版本（从结构上来说已经和最终那幅差不多了），也不知道它完整的时候是什么样子，因为在我们所有的最早记录里，一张1883年的照片，画上就已经少了左手边的皇帝和梅西拉将军。关于传说中《处决》的艺术灵感来源，也存在空白，十分吊人胃口：戈雅的《1808年5月3日夜枪杀起义者》有着相似的画面设计，步枪枪口也离受害者近得可怕。我们知道马奈去过普拉多美术馆[25]，来客留言簿上1865年9月1日有他的签名，但是如果他看了戈雅这幅关于五月起义的画（那时候它还未列入馆藏目录，随随便便挂在一个走廊里，几乎没有哪本导游手册里提到它），他也从未提起过这件事。所以我们只能依靠猜测和X光了，我们的主要知识来源就是这些图像本身：三幅大型油画，一幅油画草图，一幅石版画，一幅描图，还有马奈后来在《街垒》（巴黎公社的场景）中循环再利用的组像[26]。

人们一般容易混淆艺术创作的时间先后与作品质量提高的关系。实际上，马奈的第一幅《处决》在颜色、基调、情感上是那么与众不同，它根本就不是什么笨拙粗劣的初次尝试，而是另一个庄严伟大、令人难忘的版本。它与其他两幅画共享的元素包括三位受害人，紧挨在一块儿的行刑队，还有单独站在一边的一个士兵，他的任务（还是说殊荣？霉运？）是最后补枪，以解犯人垂死之痛苦。在第一个版本里，这位军士是画中唯一一个有相当清晰面孔轮廓的角色，而那张脸毫无表情，冷酷可怕；因为这是一种令人紧张、眩晕的冲突，恶毒又可耻，一群面目模糊的人从另一群面目模糊的人那里夺取生命，其间海洋般的颜色流过行刑者、受害人和背后的乡野。这看上去甚至有可能是夜晚（和戈雅的《枪杀》一样），不过我们会琢磨出并非如此。

版本II和版本III的图景相似，基调与版本I大相径庭，画中人摆好了姿势，画面铺满阳光，清晰明亮，就连枪口的硝烟都很小心地飘散，免得遮住受害人的脸。尽管版本II和III中主要人物的位置（以及从结构上对戈雅的模仿）几乎没有差别，但他们背后所发生的事件并不相同，这导致了两幅画的效果大不相同。在II中，这一幕似乎是发生在空地或者矮丘上，再后方是青山和天空，因此这个行动没有围观者，是不公开的，对法律的践踏发生在大自然之中；而大自然呈现一片温暖的蓝色，连绵不绝，这使它看上去似乎同行刑队一样冷漠。在III中，人物所处的地方看上去是个监狱的大院，脚下是沙土，后方是高墙，墙上趴着围观的人（愤慨又悲伤），再往后是山坡，坡上还有更多的围观者，左上角有一个墓园，可以看见园中的柏树和白色墓碑。这儿是有一点斗牛的意味（沙土上的死亡，栅栏边的狂热爱好者）；画中有对事件的评价和反应，背景里还有死亡象征以加强效果。就一幅画而言，它（和II相比）更加深思熟虑，设计严密，辩驳有力；而且，从引导我们的反应这一点来说，其做法更加传统。从这个角度来看，III与II相比是有所进步的。但是从另一方面讲，它也是后退：就好像是马奈在II里把淡漠发挥到了极致，然后又退了回来，远离这赤裸裸的阴郁苍凉。

不过，两幅画都有不凡的力量。这要从画里的脚说起。在戈雅的《枪杀》里，行刑队的站姿是一个重要元素：脚踝僵直，膝盖锁定，支撑腿在后，形成一个规范的角度，这一排拿破仑式军人都是这种站姿：这是压迫者的腿，践踏反抗者的腿，其死板严酷一路向上，经过身体，最后汇入步枪的终极严酷。而在马奈的《处决》里，士兵们没有站成一排（严格说也许有两排，每排三人，但效果是他们聚作一团），而他们的脚向外张开了一百二十度的样子。有一个士兵两个后脚跟靠在一起，另外几个则叉开腿站着；中间的那个士兵很有个性，把全部体重压在了左脚上，右脚只是脚跟着地。[27] 很明显，马奈是希望观赏者注意这些脚的，他特意给它们配上了白色的鞋罩（这可不是为了写实——马奈画的制服是想象出来的，虚构的）。这些脚都是站稳了预备做正事儿的，就像高尔夫球手在沙坑里挪动脚步以寻求平衡。你几乎可以想象军士在行刑前给他的士兵们加油鼓气，告诉他们保证自己姿势舒服有多重要，先要让脚放松，然后是膝盖和臀部，就当自己今天是出来打鹌鹑或者山鹬的……

所以，和戈雅那幅画里那些人不一样，这些行刑的人并不是一伙杀手：只是执行每日琐碎任务的士兵，而琐碎任务里恰好包括处

《处决马克西米连》局部（马奈）

决一名皇帝。“勤勉完成例行公事”这个主题在军士这个形象中也另外有所体现。在波士顿那幅(版本I)里,他直视着我们,背对着行刑现场,与此同时,也让我们直面他的工作:负责结果没死透的。在II和III里,他则自成一个焦点,一样显著,但更加微妙。在这里他和行刑队成九十度,既没有参与行刑,也没有转身避开;他对我们也同样淡漠。不同于I,他垂下眼,正在为行使职责的那一刻做准备,打开枪栓(III)或是检查是否打开了枪栓(II)。很重要的是马奈没给他的军士配鞋罩:我们的注意力不会被他的脚所分散(在III里,他站在一块深色的地上,脚更加不明显了),因此可以全神贯注于这位士兵本身,就像他全神贯注于他的步枪一样。II和III里,军士在两个重要方面上有差异。在II中,他的脸画得更细腻光滑,更有个性:你可以相信,这是一个特别的人,受命完成这一项特别的任务。在III里,笔触则较为粗犷,人物形象不是那么鲜明:他变得和队伍里其他人一样,都是普通的士兵。两个版本各有长处,也各有情有可原之处。而III不如II高明的地方在于右手的处理。在II中它画得很自然,比例合适;在III里,它更大,粉红色更甚,张得更开:比他的左手要大一半,而且比画家着力的另两只手(马克西米连和左边的将军相握的手)都要大。它用一种近乎夸张的方式引人注目——“看我要干什么啦!”手在画布上大嚷。这似乎是一处小小的、不必要的粗俗化。

有一个与马奈同时代的评论家,抱怨说他的作品反映出一种“不分本末,脑袋拖鞋一视同仁的泛神论”。泛神论,客观中性,漠不关心:正如《处决》致力于呈现出硬朗、均匀的光线,以及平整、

《处决马克西米连》局部（马奈）：

伦敦版（左）和曼海姆版（右）中打开枪栓的军士

单薄的画面效果一样，它的道德寓意也是奇特、淡薄且具有现代感的。当然了，它描绘的是颇具戏剧性的一个时刻，而我们可以钦佩几位受害人的稳重坚定，尤其是在看了马奈让皇帝握住两位将军的手这一设计之后——这纯属虚构（事实上行刑时他不在中间，而且两位将军很有可能是坐在凳子上，在他之后中弹而亡的，这是当时处决被判叛国罪的犯人的常见做法），却显得十分可信。我们也可以钦佩行刑人的稳重坚定——那叉开双腿表现出的轻松感。这不是一幅释放出英雄主义信号的历史画：马奈把“历史画”这个说法用作最厉害的粗话。而且，也许它也只是顺便和政治沾上了边：1869年，《处决》被禁印的时候，马奈在一份公开声明中说它是“纯粹艺术的作品”。

当然了，这么说有点不够诚实，毕竟，马奈选择描绘的这一时刻，对于拿破仑三世的帝国梦来说是极其耻辱的一刻，而且他还给马克西米连的形象添了些带点暗示意味的东西，似乎在说他是个殉道者（那顶墨西哥阔边帽看上去就像圣徒的光环，甚至三人中他站在正中这一点，也可能暗合了基督的殉难）。不仅如此，他为他的行刑队设计的这套制服国别模糊，看上去既可以是墨西哥的，也可以是法国的，因此就让人可以说它有所影射：事情不好对付的时候，法国人抛弃了他们的傀儡皇帝，因此可以算是他们自己枪决了他。反正左拉就是这么解读的，不过他关于这幅画的两份声明相互冲突，耐人寻味。刊登在《论坛报》上的一篇匿名文章中，作家重复了画家的话，宣称“尽管马奈先生完全是从艺术角度处理他的主题的”，画作还是被禁印了，他还不无嘲讽地写道，不知道政府下一步是不是只要听到有人提马克西米连之死，就要找他的麻烦。但是，四天之后，左拉指出了制服的模糊性，并评价马奈这幅画是“冷酷的反讽”，可以解读为“法国枪决马克西米连”。可不只有虚伪的当局才喜欢左右逢源。

左拉不可能左右逢源，马奈也做不到。这幅作品要么是“纯粹”的艺术品，只是恰好题材是最近的政治事件，要么就不是。不过也的确，正是禁画这个举措（这幅画在马奈在世时一直未在法国公开展出过）让它染上了政治色彩，不管它乐意不乐意。不过，这并没有让它大受欢迎：《处决马克西米连》可不是《格尔尼卡》[28]，后者虽然在国内遭禁，在国外却激起轩然大波。而《处决》1879年在纽约展出时（百老汇和第八大道街角，门票二十五美分），并没有好评如潮。在波士顿的情况好一点，但是原本安排好去芝加哥和其他城市的巡展告吹，它又被运回了法国。

为什么要禁掉这幅画？为什么1869年巴黎美术年展委员会要提前告知马奈他们不会接受此画的终稿？这里又是一块吊人胃口的空白。当年没有留下什么在“意图煽动民众”或者“审美情趣可疑”一栏前打了钩的官方备忘录。约翰·豪斯[29]曾指出，马奈之所以犯忌，一定远不止是因为描绘了一起让政府丢面子的事件，因为朱尔-马克·沙梅拉所创作的另外两幅与这次处决有关的画作（两幅都遗失了，又是一个空白），都入选了1868年的年展。也许马奈落选背后的原因还在于这幅画“似乎游离于剧情之外，且不设道德指向”，甚至有可能在于“它用笔草率，看上去不够文雅”。也许吧，但是对于官方审查到底是怎么个运作法，可不该太讲理智（或者美学）。他们似堂吉诃德一样善于狂想，这一点已臭名昭著，还发展出其独特的怪癖，喜欢放大恐惧。往往，他们的基本规则就是若怀疑，就查禁；若画家的名声不好（马奈是公认的共和主义者），则尤其可禁。事情的真相我们再也查不到了，但不管真相如何，对于《处决》的禁令依然以通过限制后世认知的方式生效。被压制的不只是这幅画作（以及与它相关的印刷品），还有一代代后人对它的反应，他们才是最能告诉我们如何解读它才好的人。由于缺了这些，对于今天的观赏者来说，这幅作品愈发地晦暗不明。从这个角度说，审查制度成功了，它往往能做到这一点。

译注

1 “落选作品展”指1863年未能入选巴黎美术年展的作品展。当年，巴黎美术年展的评委会淘汰了包括库尔贝、塞尚、马奈、惠斯勒等人作品在内的三分之二的候选画作，激起画家及其友人们的强烈抗议，拿破仑三世遂宣布落选作品单独布展，让公众自行判断画家的抗议是否合理。

2 《草地上的午餐》为马奈创作的布面油画，描绘了裸体女子与衣冠整齐的男士共进午餐的场景。1863年“落选作品展”上首次展出，现藏于巴黎的奥赛美术馆。

3 《奥林匹亚》为马奈1863年创作的油画，画面中心是躺着的裸女。现藏于奥赛美术馆。

4 戈雅（Francisco Goya，1746—1828），西班牙画家，作品对欧洲19世纪绘画有很大影响。代表作有油画《裸体的玛哈》、《着衣的玛哈》、《查理四世一家》，以及铜版组画《狂想曲》等。

5 《戴草帽的女人》又名《苏珊娜·伦丁像》。

6 拉法埃利（Jean-François Raffaëlli，1850—1924），法国现实主义画家、雕刻家、版画复制师。

7 康斯坦丁·居伊（Constantin Guys，1802—1892），法国画家，一般认为，其笔下的绅士和淑女、跑马场、酒吧间等，为马奈等画家开了先河。波德莱尔曾在《现代生活的画家》中把他称为现代画家的典型。

8 惠斯勒（James Whistler，1834—1903），美国画家，以夜景画、肖像画和版画著称。代表作有油画《艺术家的母亲》、《白衣少女》（即《白色交响曲》）系列等。

9 勃纳尔（Pierre Bonnard，1867—1947），法国画家，纳比派先锋人物。代表作有《街头两条狗》《室内》《戴草帽的姑娘》等。

10 《女神游乐厅的吧台》，亦作《福利·贝尔热酒吧》，马奈1882年创作的布面油画，刻画了巴黎的著名夜总会女神游乐厅的场景，画面中心是着黑衣的女招待形象。现藏于英国伦敦大学的考陶尔德美术馆。

11 托马·库蒂尔（Thomas Couture，1815—1879），法国历史和肖像画家，除马奈外，夏凡纳和方丹-拉图尔也曾师从于他。

12 “消防员画家”（peintre-pompier）和“消防员画”（l'art pompier）是法国19世纪后期嘲讽当时官方学院画派画家和画作的说法。之所以这么称他们，是因为他们所画的历史画、寓意画中，往往会出现头戴古希腊军盔的武士形象，而这种军盔与当时法国消防员所戴的头盔模样相似。另外，法语中“pompier”一词同“Pompéin”（庞贝的）以及“pompeux”（浮夸的）两词音近，而当时学院派的反对者们认为，他们的画作是资产阶级价值观的缩影，虚假浮夸。

13 安托南·普鲁斯特（Antonin Proust，1832—1905），法国记者、政治家。

14 布洛涅，法国北部的一座港口城市。

15 约翰·理查森（John Richardson，1924—2019），英国艺术史学家。

16 关于马克西米连，波士顿、曼海姆的《处决马克西米连》以及德加残片，请见本章后文。

17 《一捆芦笋》为马奈1880年创作的静物画，描绘了一捆肥嫩的芦笋。他以八百法郎的价格将这幅画卖给夏尔·埃弗吕西，但埃弗吕西付了一千法郎。于是马奈又画了《一根芦笋》赠给他，并附字条说：“你那捆里漏了一根。”

18 让-巴蒂斯特·富尔（Jean-Baptiste Faure，1830—1914），法国男中音歌唱家。

19 昂布鲁瓦·托马（Ambroise Thomas，1811—1896），法国作曲家。代表作为歌剧《哈姆雷特》和《迷娘》。

20 提索（James Tissot，1836—1902），法国画家。

21 勒班陀战役是1571年10月欧洲基督教国家联合海军与奥斯曼帝国在希腊勒班陀近海展开的一场海战。克基拉岛亦译作科孚岛，现属希腊，当时为威尼斯共和国统治，时称“威尼斯的门户”。奥斯曼土耳其曾多次侵略该岛，但均以失败告终。当时克基拉岛被视为西方文明抵抗奥斯曼的堡垒。

22 弗朗索瓦·奥贝尔（François Aubert，1829—1906），法国画家、摄影家，以拍摄马克西米连皇帝带有弹孔的血衣而著名。

23 韦拉克鲁斯，墨西哥东岸的最大港口，素有墨西哥“东方门户”之称。

24 朱丽叶·威尔逊-巴罗（Juliet Wilson-Bareau，1935—），当代艺术史学家，马奈和戈雅研究的专家。

25 普拉多美术馆，位于马德里，是西班牙最大的美术馆。

26 《街垒》，又名《内战》，是马奈1871到1873年间创作的画作，描绘了政府军屠杀巴黎公社社员的场景，画中持枪的政府军与《处决马克西米连》中的行刑队姿态十分相似。

27 原文有误,此处应为“把全部体重压在了右脚上,左脚只是脚跟着地”。

28《格尔尼卡》,立体主义画家毕加索1937年创作的大型壁画,是毕加索最著名的作品,表现了法西斯德国空军轰炸西班牙小镇格尔尼卡的情景。

29 约翰·豪斯(John House,1945—2012),英国艺术史学家,研究领域为19世纪法国印象派艺术。

莫里索："无业"

许多艺术家心中都存有一个自我的虚影，那是一种意识，知道如果自己当初做了那件而不是这件事，如果生活为自己做出了那个而不是这个选择，情况会是怎么样的。对未选择的那条路他们念念不忘。对于他们之中的有些人，这个虚影就是客观实际，而对于其中另一些人，这只是个执念。对此体会最为真切、怀有最复杂之情感者，莫过贝尔特·莫里索。

一开始是三姊妹：某高等文官的女儿伊芙、埃德玛和贝尔特，居住在巴黎的帕西区，被母亲“组团”送去附近一位画师皮埃尔·肖卡纳处学画。自然啦，倒也不是想让她们成为艺术家，只是想让她们掌握一项讨人喜欢的业余技能，好增加她们在巴黎婚嫁市场上的卖点。对于伊芙，这一招起了作用，她适时出阁，于1867年嫁给了一位参加过墨西哥战争、如今在布列塔尼做收税员的独臂退役军人。但埃德玛与贝尔特更有长性，更具天赋。她们不满足于肖卡纳，要求换一个更好的老师，于是被送到了里昂，投在画家约瑟夫·吉夏尔（他是安格尔的学生）门下。她们从他那里又转到柯罗手下，在柯罗风景画堆中跟着这位大师作画，临摹他的作品。接下来，他又把她们交给自己的学生弗朗索瓦·乌迪诺指导。显然，她们画画儿这件事大有蜕变之势，不再仅仅是为社交加分之举了。1861年到1867年间，两姊妹互为彼此的陪护人肩并肩走遍法国，一起在户外写生，一起向巴黎美术年展投稿。不仅如此，她们还都很棒——实际上，人们认为两者中埃德玛更胜一筹。柯罗觉得作为学生她更刻苦自律，他还与她互换过画作；而马奈似乎差一点就买了一幅她的作品。

但接着便有了已选与未选之路。1869年埃德玛二十九岁，依旧“痴迷”绘画的她嫁给了阿道夫·蓬蒂永，一名海军军官。贝尔特则独自继续前行。过去那么多年中她们俩一直时时刻刻在一起，因此从未给彼此写过信；现在，她们开始写信了。贝尔特的第一项任务是安慰埃德玛：

> 你为放弃了绘画事业而痛心，但绘画是种种悲伤与不幸的肇因……好了好了，你抽中的签并不是最糟糕的……不要责怪自己的命运。要知道，孤身一人是可悲的。不管怎么说怎么做，女人对爱的渴求是无限的。

且不说其他，贝尔特现在便需要一个新的陪护人了；她的母亲接下了这一工作。贝尔特不仅是在户外作画时需要她，在室内让别人画时也需要她。马奈后来画了十二幅她的肖像，其中最著名的一幅是《戴紫罗兰的贝尔特·莫里索》，保罗·瓦莱里[1]称它是继维米尔[2]作品之后最棒的画作。就马奈而言，这些画就相当于莫奈的教堂立面系列[3]，是一套组画，场景相同，但内中气象迥异。它们也是被画者与作画人之间的密切交流（有人认为马奈一直爱着莫里索），而想到自始至终莫里索太太一直坐在旁边，这颇有些令人吃惊。但贝尔特的名誉需要保护，因为贝尔特到时也是要出嫁的。然而她继续作画，并在自己到埃德玛出嫁那个年纪时做了决定，要将一生献给绘画。

1865年到1868年间，埃德玛为妹妹画过一幅肖像：她侧身站在画架旁，手持画笔，神情极其专注。这是一幅很见功力的作品，无论是性格刻画还是构图布局都如此。贝尔特身着深红褐色天鹅绒外套，深棕色的头发披落其上，内穿一件红衬衫，与她细细的红发带相互映照。画面整体基调偏暗，只有两道极为明亮的光束。画面的最左边，贝尔特画布的侧边被光线照亮，向下延伸与垂直线形成一个不大的夹角。画面正中，一道较宽的光线由对面射来，照亮了一张坚毅的面庞，三颗白色的衬衫纽扣，持画笔的手指，以及一块下垂的苍白擦布。光线也落在她的笔尖和调色盘的薄边上，但不那么显眼。这幅画给人以双重震撼，因为在内涵层面，它让我们看出将使贝尔特·莫里索成为真正艺术家的强大意志力，尽管她自己尚不能看到这一点；而在物质层面，这是埃德玛留存于世仅有的两幅画作之一。某一天，出于某种我们如今只能猜测的动机，她毁掉了自己所有的画作，只留下这一幅以及另一幅风景画。断言谁是未能发

《贝尔特·莫里索》(埃德玛·莫里索)

展起来或是夭折了的天才，往往有点空口无凭，甚至是感情用事，但这里另有证据。1873年末，参与组织第一次印象派展览[4]的德加给莫里索太太写信寻求她的帮助，让她劝贝尔特参展。“我们认为贝尔特·莫里索小姐的名字和天分太重要了，不可或缺。”他写道。然后，这位据说讨厌女性的人又针对埃德玛加上一条请求：“我不知蓬蒂永太太是否和您在一起，不知可否提醒她，就本展会而言，她曾也是个画家，就和她妹妹一样，并且现在亦可以是。”此时埃德玛已出嫁四年了。在这种情况下，很难想象还能有什么比这句“现在亦可以是”更饱含赞誉、更让人悔断肠的了。

一位潜在艺术家潜在的艺术生涯常常是这样开始的：热情的家人（特别是母亲）过分地称赞一幅微不足道的素描、一首朦胧模糊的诗歌、一段含混暗哑的曲调；然后世人（老师，成年的画家或作家或音乐家，再后来是评论媒体）用挑剔得多的眼睛或耳朵细审这一天赋，然后狠狠地踩上一脚。在莫里索这里，这一模式反转了过来：是她母亲对她的天赋大加怀疑，劝她放弃，还在给埃德玛的信中这样说她：“她也许有一定的才能（要是这样的话我会十分高兴的），但她的才能没有商业价值，无法获得社会认可；按她目前的风格，她的画一张也卖不出去，而她又没本事画成别的样子。”而这一反对并非出自一位对艺术无感的庸俗家长——莫里索太太极有文化修养，熟识许多画家与作曲家（罗西尼[5]曾为贝尔特挑选过一架钢琴，甚至还在上面签了名）。她只是无法相信自己的女儿够好，就连来自成名画家的肯定也没能说服她。“皮维（·德·夏凡纳[6]）

告诉她，”她向埃德玛叙述说，“她的画作如此精妙，卓尔不群，令其他人自愧不如；他说要带着对自己的厌恶回家去。说实话，真有那么好吗？”还有：“德加先生昨天来坐了一会儿。他说了些恭维话，不过什么画都没看——他不过是一时冲动，想要换个样儿、和蔼亲切一回罢了。她居然就为了相信这些大腕而当了画家！”

另一方面，当她刚找到自己的节奏时，她所遇到的那些画家（莫奈、毕沙罗、德加，甚至像皮维、莱昂·伯纳[7]、萨金特[8]，以及莫里斯·丹尼[9]这样的非印象派画家）便都看到了她的实力，不再敢小觑她。1872年时，迪朗-吕埃尔[10]，那位敢为风气先、（领先萨奇[11]一个世纪）成批购入画坛新秀作品的画商，收了她四幅画作。就连画评家们都对她青眼有加——将她与她那些男性同道们一视同仁，放在一起抨击。1874年，阿尔弗雷德·沃尔夫在《费加罗报》上发表对第一次印象派展览的评论，他的文章这样开头：“五六个疯子，其中一个是女的……”；又这样结尾：“正如所有出名的团体一样，这群人里还有一位女性。她名叫贝尔特·莫里索。她的作品看起来很有意思。在她的画作中，心智的错乱癫狂间犹存女性的优雅。”所以说，她和男性一样才华横溢，一样精神失常。她的第二位老师约瑟夫·吉夏尔去看了展览，也有同感。他给莫里索太太写信时，提醒道：“人不能和疯子来往，那太危险了……这些人脑子全都多少有点问题。”在他看来，可怜的贝尔特差不多就已踏上了不归路，不过还有可能拉回来：“作为画家、朋友和医生，这是我开的处方：她必须每周去两次卢浮宫，在柯勒乔的画前站三小时，乞求他宽恕。”

但是贝尔特·莫里索没有乞求，也没走寻常路，甚至没有走自己原定的路。1874年12月，在决绝地投身绘画事业多年后，她嫁给了欧仁·马奈，爱德华的弟弟。那年她三十三岁："对那个重要的仪式，我啥排场也没搞，就穿了条裙子，戴了顶帽子，就是我这种老姑娘的本色，也没请客。"凡事低调正是她的性格。马拉美（后来成为她的挚友，对她赞赏有加）曾写道，自己一生"无逸事"。而贝尔特似乎决心效仿他，尽量简化自己的一生。她三十七岁时生了自己第一个也是唯一一个孩子，朱莉。她与欧仁也在一起作画。他画水彩和粉蜡笔画（还写了一部小说），但在艺术上他对她构不成威胁：抱怨自己作品没有得到足够赞赏的，是他而不是她。用莫里索传记作者安妮·伊戈内的话说，他"为人忠诚但没有志向"，另外，在她因作画忙不过来的时候，乐意帮忙处理与画展相关的实际问题。家庭生活、为人之母并没有阻碍或干扰她的艺术。恰恰相反，这些都为她所用，成了她的绘画题材。

男性画家们几个世纪以来一直在描绘想象中的圣母与圣婴。哪怕是他们最人性化的描画，都忘不了那圈（或明或暗的）金色光环，放不下此婴绝非凡胎这一认识。而如今莫里索与玛丽·卡萨特从女性视角出发，描绘了人间之母与凡世婴儿。卡萨特画得更具象一些，你可以感受到婴儿肉体实实在在的分量和它的笨拙。莫里索自己是母亲，凭着这一优势或曰偏见，描画出母子间的情感纽带。在描绘母亲的爱和专注上，还有哪幅作品能比《摇篮》（1872）更细腻更亲切的吗？埃德玛侧身坐在自己二女儿的身边，左手托腮，右手搂着摇篮，呈卫护状。她身后一幅浅蓝紫色蕾丝窗帘挡住了屋外的景

《摇篮》(贝尔特·莫里索)

色。我们只能看到半掩半露的宝宝，另一块浅蓝紫色蕾丝布料罩在摇篮上，占据了一半的画面。我们能看到的部分足以让我们确定的确有个宝宝躺在那里面，但那些帘布意味着我们的关注点只能是那位母亲，她迷醉、甜美、全神贯注，而她的关注点则只可能是那个宝宝。有位朋友曾告诉过我，她以前一直不想要孩子的，当看到这幅画后那个决心动摇了。

那些不受习俗束缚的画家一直就知道美无处不在。1813到1814年间，席里柯创作了一幅题为《二十四骏背影》的画。画面上共有三排、每排八匹（外加不听话，掉过头来面对我们的第二十五匹）马，仿佛在说："看，马儿屁股也和女神脸蛋儿一样能入画的呢——全看画技啦。"不过像印象派画家们这样就题材大搞平民化的，还真是前所未有，他们彻底颠覆了题材的高下雅俗之分。于是莫里索就这样描绘一个母亲日常的活动与快乐：摇篮看护、哺乳、捉迷藏、扑蝶、采花、抱狗、野餐、上音乐课、堆沙堡、乘船出游……她画折扇与织品，画女人们扑粉与挤痘，也画她们辛勤劳作：做针线、收拾桌子、晾晒衣物。洗晾衣物（白色，动态的！）是印象派画家乐于描绘的题材：德加描绘过熨衣房女工那能累折腰的工作；马奈表现过一位母亲拧干衣物的样子，她的孩子（毫无疑问，也是个未来的洗衣妇）端着衣篓；卡耶博特[12]笔下有一长串的床单衬衣随风飘荡，颇具戏剧性；莫里索则画了在后院往晾衣绳上夹衣物的洗衣女工。这里没有男人的工作，也没有男人。在2018年奥赛美术馆的展览上（这是自1941年来法国的第一场莫里索回顾展），入画的只有一个男人：欧仁·马奈。

这里展现的是女性日常的所作、所思、所乐。这一切，再加上莫里索明亮并具磨砂感的调色，或许会让我们认为这都是些愉快、幸福的场景——美好年代[13]的闲暇时光。但这也许是误会。有两幅画描绘了欧仁与他们的女儿朱莉玩耍的场景，但在两幅画中，他都只是个心不在焉的陪玩家长，一副无精打采、沮丧忧伤的样子，了无兴致地看着自己的女儿。莫里索笔下的许多女孩和年轻女子都显得谨慎、内向，只是看着我们，没有内心的展示。婴儿们无忧无虑，但青少年时期带来的是繁难和困扰。《弹钢琴的露西·莱昂》（1892）里的孩子满脸的烦——烦她弹奏的曲子，也烦观众和画家的打扰，还有哪位琴童能比她更烦的？莫里索还有一幅更阴郁的作品（此次未出展），也是张独像画：《游廊上的玩偶》（1884）描绘了一张为两人而设的桌子，桌上有一把茶壶，两只茶杯；游廊的后面，是一个芜杂茂盛的花园以及附近的几所房子；然而那两张椅子，一张是空的，另一张上丢弃着一个玩偶。它面无表情，一只纽扣眼盯着画外的我们，仿佛那些孤寂、焦虑的年轻女子中有一个被缩小附上了她的本体。

隔开室内与室外的游廊、阳台、露台，这些是莫里索常用的隐喻。她笔下的女孩和女人拉开窗帘，从阳台眺望外面的世界；坐在冬日的花园中读书；在游廊窗前把玩茶杯。户外，一个女人坐在露台上，背景里是远处的度假者和游船；在特罗卡迪罗广场的高台上，被挡在一道栅栏后的两个女人和一个孩子审慎地眺望着巴黎。这里要表现的，是何为审慎、何为安全吗？将那些熟悉的家庭空间与那些陌生的、令人紧张的空间进行对比？这是目前对莫里索的一种解读：女人们被圈禁、封闭在室内，男人们在（危机四伏的）户外无拘无束。问题是，莫里索笔下那些户外的公共花园、精心料理过的草地看起来就在城郊，毫无凶险。她的画作是随便提及（甚或是特别聚焦）对女性的压制即对女性行动的限制，或者更进一步，对女性行为乃至思想的压抑？有时也许的确如此——但问题是，这有幅画画的是欧仁·马奈在怀特岛，他忧郁地远眺着，眼前挡着两道障碍：一道是他们住所起居室的窗户，那后面还有一道临街的栅栏。他也被压制了吗？（唔，他当时在度蜜月。）还有时，一种构图手段就只是一种构图手段。比方说，莫里索给马奈做模特，在《阳台》（1868—1889）中倚靠着一道绿色的栏杆，那情况便是如此。

1877年第三次印象派展览（由卡耶博特组织，还展出了塞尚的作品）时，画评人保罗·芒兹在《时报》上宣称："事实是，这个……团体里，如今只有一位印象主义画家了，那就是贝尔特·莫里索。"甚至可以把她看作是原始印象派，她曾在笔记中写道：

> 很长一段时间来，我都无欲无求；而死后流芳百世，这在我看来更是痴人说梦。我的理想局限于能够捕捉到一点点就要在我们眼前消失的东西。啊，那"一点点"！最微不足道的东西。唉，即使这个希望，我也觉得很过分了。

她开始作画时就像早期的雷诺阿那般圆熟精准；后来随着她画龄渐长，她的笔触越来越粗犷豪放，背景处理也变得简约粗略。在也许是她最有名的作品《梳妆的女子》（1875—1880）中，一名年轻女子正在镜前梳理头发。在我们这些偷窥者的眼中，她的脖子、颈背以及裸露的左肩上的肌肤都被描绘得细致入微，而她镶着蓝边的白裙子则融进了若粉似蓝略显白的朦胧背景之中，那可能是块窗帘，也或许是架屏风，而镜子中映出的影像则是模糊的，仿佛她周围的世界（那个静候她梳妆打扮后走入的世界）只是一片美丽的模糊，唯有她的肌肤真切实在。在1883年创作的《寓言》中，坐在长凳上的母亲和坐在小折叠椅上的孩子正在户外上课。在她们前方，是一连串的花白斑块，这些斑块最终化成一群四下逃窜的鸡——与其说是鸡，倒不如说一团朦胧的群鸡影子。在1885年创作的《自画像》中，她的画笔和调色板尽管在她的生活中占据着绝对中心的位置，却被草草略成几条棕色的线和一个番茄红色的圈。这种画法发展到最后，在《女孩与灵猩》（1893）、《绿衣女孩》（1894）以及两幅描绘朱莉拉小提琴的试画稿中成了一种延展的潦草笔法，令人想起蒙克的肖像画。然而考虑到时间顺序，说这话是把事情搞颠倒了。应该是蒙克的肖像画令我们想起莫里索。她一直就是她，除此之外谁也不是。她早期绘制一些场景时常涂抹的白色条纹，是不是会让我们想起马奈？这主要是因为“马奈白”是她那位姻亲的一项新突破。但那些画作本身看上去并不像马奈的。

印象派画家新的绘画技法之所以惹人反感，一个重要的原因是（在外行人，甚至在一些内行人眼中）它们看起来粗糙潦草。莫里索1885年的一条笔记记录了莱昂·伯纳对马奈的愤懑，他“未表现人物脸颊或者额头的立体感”居然也能蒙混过关。人们简单粗暴

《戴紫罗兰的贝尔特·莫里索》(马奈)

地怀疑他们不做是因为他们不会做。但实际上，画家们自己很清楚自己做不了啥，而那往往与公众猜想的并不一样。例如，在画《布洛涅森林赛马场》（1872）时，马奈便承认自己对画马不在行。“于是，”他告诉莫里索，“我就临摹了比我会画马的画家——结果现在人人都在批评我画的马。”不过，（毫无疑问，就因为他们那由批评家而非朋友所取的诨名）许多人都以为，印象派画家作画不过就是将眼中所见大笔一挥唰唰唰描个大概印象了事；他们怀疑这些画家仅是扫上一眼，并不细细打量，要的只是气势和直觉。1886年1月，莫里索去拜访雷诺阿，注意到画架上有一幅色粉笔和红蜡笔绘制的图，画上一位年轻的母亲正在给孩子哺乳：

> 我欣赏这幅画时，他还给我看了一整套草图，画的都是同一位模特，摆的也都是差不多同一个姿势。他实在是一流的素描大师。公众多半认为印象派画家作画时都极其漫不经心，要是把所有这些草稿也展览出来，会很有意思的。

莫里索1885年5月的一条笔记写道：

> 周四，德加说对自然的研究并不重要，说绘画艺术讲究的是传统手法，说向霍尔拜因[14]学如何画画才是无上正道；他还说尽管爱德华（·马奈）吹嘘说自己只是盲目地临摹自然，但实际上他是世上最恪守规矩的画家，没有一笔背后没有大师，还有，比如说，他从来不给自己画中的人物画手指甲，因

为弗朗斯·哈尔斯从来不给人画手指甲。

莫里索回顾过的画家有鲁本斯和布歇[15]、佩洪诺[16]、雷诺兹[17]、罗姆尼[18]以及“早期”的安格尔。“在我看来,鲁本斯可能是唯一一位将美彻底表现出来了的画家:水灵的眼波,朦胧的睫毛,清晰透明的肌肤,绸缎般的头发,优雅的仪态。”在哈勒姆[19],弗朗斯·哈尔斯让她“很失望”;在阿姆斯特丹,伦勃朗的《夜巡》“在我看来是一团极其讨厌的黑棕色”。(罗斯金[20]与她英雄所见略同:“在伦勃朗那套体系里……用色从头到尾都是错的。”还有:“在艺术中,粗俗、愚钝或轻慢之态总是要冒出来的,呈现为棕和灰色调,比如伦勃朗。”)

这是她典型的评判。她从不随口夸赞。埃德玛的那幅肖像画描绘出了青涩时期贝尔特心无旁骛的专注、难以掩藏的凌厉,这在她的笔记中也得到了充分的展现。和许多人一样,我一直将1820到1920年百年间法国绘画艺术的走势看作是一场色彩与线条的对抗。色彩的代表人物是德拉克洛瓦,线条的是安格尔,先是印象派领导色彩大获全胜,然后是立体派率领线条凯旋,接下来随着立体派重新引入色彩,两者再度融合。这种浅薄草率的概括受到了莫里索的指斥,那让人猛醒,获益良多:

> 所有的画当然都是对自然的临摹,但布歇的临摹和霍尔拜因的临摹会是一样的吗?然而两者都忠于自然,不管用来表达的手段是线条还是色彩。这种没完没了区分线条与色彩的

做法是幼稚的，因为很简单，色彩也不过就是对形态的表达。

1893年的一则笔记中，她则写道："现代小说和现代画家让我厌烦。我喜欢的东西，要么是极其新颖的，要么就是往昔的。眼下的展览中，只有一个有点意思：独立画展[21]（她参过展，同场展出的还有修拉[22]和西涅克[23]）。我还热爱卢浮宫。"

同玛丽·卡萨特一样，她是一位清楚自己价值的画家，而且尽管生活在一个对她所属性别充满偏见的世界，她仍能使其长存不堕。19世纪70年代早期，她读了达尔文的书："这不是给女人读的东西，更别提女孩子了。我非常清楚，不管从哪个角度看，我的处境都是无可救药的。"二十年后，人到（她所认为的）老年，她得出结论："我认为从古到今，从未有过任何一个男人对女人平等相待，而我要求的，恰只是这一点，因为我知道我根本不比他们差。"诗人亨利·德雷涅曾描述她"忧郁沉闷，极为腼腆"，并且"羞怯得清高"。1888年，莫奈（用莫里索太太的话来说，他是印象派画家中最具"商业价值"、最为"社会认可"的）给贝尔特写信，说自己"渴望"知道她如何评价自己最近在古皮[24]画廊举办的画展。她的回复简洁明了：

您的确征服了他们，您征服了我们所面对的那班顽固大众。在古皮画廊，放眼皆是心怀仰慕之人。您问自己的作品效果如何，我觉得这很有一点卖弄的意味呢；那些作品光彩夺目，这一点您很清楚。

1890年，法国政府接受了几位主要印象派画家筹资购下的马奈那幅《奥林匹亚》，莫里索总结道："以前人们拿我们开愚蠢笑话，现在我们可真是长进了。"而第一代印象派画家的作品成为经典被世人收藏，用了仅二十年：1894年，她去世前一年，法国政府买下其第一幅作品《舞会上的女人》（1879）。但是，就某种程度而言，莫里索太太也没错：尽管同行和画评人对贝尔特称赞有加，她的画并没有太大"商业价值"，也没有获得很多"社会认可"（她天生戒备心重，本也不在乎后者）。八次印象派画展她参加了七次，迪朗-吕埃尔则在波士顿、纽约和伦敦展出过她的画作。她创作了大约八百六十幅作品，但似乎只售出二十五到四十幅（买家中包括了左拉、阿尔弗雷德·史蒂文斯、莫奈以及肖松[25]），还有大概二十五幅送了人。她去世时，四分之三的作品都留在家人手里。而法国政府在她的死亡证明上对她的描述是："无业"。

在她1891年的笔记中，贝尔特·莫里索写道："我说'我想死'，但这根本不是真话。*我想再年轻一次。*"四年后，她与女儿在法国南部旅行。朱莉染上了流感，贝尔特担心那是伤寒先兆。接着贝尔特也传染上了，并发展成了肺炎。她的姐姐、"虚影"画家埃德玛赶去她身边，还带上自己以事业换来的两个女儿。3月1日，她去世前一天，贝尔特作为母亲也作为艺术家，给朱莉写下了周详备至、感人至深的诀别信：

> 我的小朱莉，在我将死之际，我爱着你；即使我死以后，也还将一直爱着你。我请你不要哭泣，这一离别在所难免。

> 我原想活到你出嫁的……认真做事，好好做人，一如既往啊。你这小小的人儿，从来没让我有过一丝一毫的伤心。你有美貌、财富，要善用啊……请代我向你埃德玛姨妈和表姐们致意……告诉德加先生，如果他创办博物馆的话，他应该选一幅马奈。给莫奈、雷诺阿各送一份纪念品，送一幅我的画给（雕刻家保罗-阿尔伯特·）巴托洛梅。送点什么给两位旅馆服务员。不要哭。

埃德玛新近孀居了，在时隔四分之一个世纪后，她又拾起了画笔。她现在画的是什么？用色粉笔临摹贝尔特的画作。都说她的临摹就像她几十年前临的柯罗一样，惟妙惟肖。

译注

1 瓦莱里（Paul Valéry, 1871—1945），法国诗人、评论家。代表作有长诗《年轻的命运女神》《旧诗集存》《幻美集》等。

2 维米尔（Jan Vermeer, 1632—1675），亦译作弗美尔，17 世纪荷兰最杰出的画家之一，以善用色彩表现空间感与光的效果著称。代表作有《挤奶女工》《戴珍珠耳环的少女》《情书》等。

3 即莫奈所作的《鲁昂大教堂》系列。

4 1874—1886年，印象派在巴黎一共举办了八次展览（1874、1876、1877、1879、1880、1881、1882、1886）。其中1874年的第一次印象派展览以“无名艺术家、油画家、雕塑家、版画家协会展览”为名，在巴黎纳达尔的工作室举办，德加、莫奈、塞尚、雷诺阿、莫里索等三十人参展。

5 罗西尼（Giacchino Rossini, 1792—1868），意大利作曲家，以其歌剧著称。代表作有《塞维利亚的理发师》《灰姑娘》《威廉·退尔》等。

6 夏凡纳（Pierre Puvis de Chavannes, 1824—1898），法国19世纪下半叶最杰出的壁画家，曾为巴黎大学和市政厅大厦等公共建筑作大幅壁画，并以此闻名，被誉为“为法国作画的人”。

7 莱昂·伯纳(Léon Bonnat, 1833—1922),法国画家和收藏家,以具有照片般写实效果的肖像画而闻名。

8 萨金特(John Singer Sargent, 1856—1925),美国画家,以画上流社会人物的肖像而闻名。代表作有《戈罗夫人肖像》《温德姆三姐妹像》《爱德华·达莱的女儿们》等。

9 莫里斯·丹尼(Maurice Danis, 1870—1943),亦译德尼、达尼斯,法国画家、设计师和艺术理论家,象征主义的理论家和纳比派重要成员。创作过大量装饰壁画。画作多为宁静平和的素描,有着明亮的色彩组合,给人以肃穆的效果。代表作有《牧歌》,理论著述《理论》《新理论》等。

10 迪朗-吕埃尔(Paul Durand-Ruel, 1831—1922),法国画家。他也是知名画商家族的成员,是第一个对印象派鼎力相助的大画商。

11 萨奇(Charles Saatchi, 1943—),伊拉克裔英籍商人,是"英国青年艺术家"团体的主要赞助人,于1985年创办萨奇美术馆(Saatchi Gallery)。

12 卡耶博特(Gustave Caillebotte, 1848—1894),法国印象派画家。代表作有《阿让特的帆船》《下雨的巴黎街道》《奥曼斯大道上的交通岛》等。卡耶博特出生于豪门,除了自己作画,也不断购买同时代印象派画家好友们的作品。

13 "美好年代"指从普法战争结束到第一次世界大战爆发前的一段时期,以法国社会百业繁荣、巴黎上流社会一派歌舞升平气象为特征。

14 霍尔拜因(Hans Holbein, 1497/98—1543),亦译作荷尔拜因,即小汉斯·霍尔拜因,德国画家,艺术史上最伟大的肖像画家之一,英格兰国王亨利八世的宫廷画师。代表作有《两个外交官》《伊拉斯谟像》《死神之舞》组画等。其父老霍尔拜因(Hans Holbein, 1465—1524)亦为画家。

15 布歇(François Boucher, 1703—1770),法国画家,洛可可绘画艺术的代表人物。代表作有《猎归的狄安娜》《维纳斯的梳妆》《蓬巴杜夫人像》等。

16 佩洪诺(Jean-Baptiste Perroneau, 1715—1783),法国画家,擅长色粉笔肖像画。

17 雷诺兹(Sir Joshua Reynolds, 1723—1792),英国画家,18世纪英国最伟大的肖像画家,也是英国绘画史上最重要的人物之一,创建了英国皇家美术学院。代表作有《约翰逊博士像》《萨拉·西登像》《希斯菲尔德勋爵像》等。

18 罗姆尼(George Romney, 1743—1802),英国肖像画家,作品具有新古典主义风格。代表作有《和睦之家》《弥尔顿和他的女儿们》《汉密尔顿夫人像》等。

19 荷兰城市,弗朗斯·哈尔斯博物馆坐落于此。

20 罗斯金(John Ruskin, 1819—1900),英国艺术评论家、社会改革家,推崇哥特复兴式建筑和中世纪艺术,捍卫拉斐尔前派的艺术主张。著有《现代画家》《建筑的七盏灯》《时与潮》等。

21 独立画展(Salon des Indépendants),亦译作独立沙龙,由修拉、西涅克等为首的独立艺术家协会组织的年展,1884年首次举办,是后印象主义绘画的主要展出地,在一战前很有影响力。

22 修拉（Georges Pierre Seurat, 1859—1891），法国画家，新印象画派点彩画主要代表，追求色彩分析，用不同的色点构成画面。代表作有《阿涅尔的淋浴》《大碗岛的星期日下午》等。

23 西涅克（Paul Signac, 1863—1935），法国新印象主义画家，与修拉一起创造了点彩派技法，主要画风景、海景和装饰画，代表作有《圣图卢兹港》。1899年，他出版了著作《从欧仁 · 德拉克洛瓦到新印象派》，为新印象派主要理论著作。

24 古皮（Adolphe Goupil, 1806—1893），19世纪法国主要的画商之一，其画廊总部在巴黎，在伦敦、布鲁塞尔、海牙、柏林、维也纳和纽约均设有分画廊。

25 肖松（Amédée-Ernest Chausson, 1855—1899），法国作曲家。代表作有歌剧《亚瑟王》《莎士比亚歌曲》等。

方丹-拉图尔：男人一行

三十四个男人，二十个站着，十四个坐着，横跨四幅画、二十一年时间。几乎所有人都身着阴郁的深色衣服，那种黑礼服大衣，当年法国资产阶级也好，艺术家也好，人人都穿，只要有谁服饰上稍有一点不同（浅色的裤子、劳工灰的外套、白色的画家工作服），都能让人吃一惊。这些人所处的空间也是一样阴郁——前后景间距狭窄，憋闷幽闭：眼前没有一扇窗户，只有最后一幅画中暗示有一扇门；除此之外，似乎就没有别的办法逃离这里。墙上倒是有画，但不是那种将你的视线引向室外的画，它们晦暗模糊，难以看清，我们只得回到紧挨在一起的那群人身上。偶尔也有点啥可以让人稍稍放松一下：花朵，或是水果，或是盛在玻璃瓶里的红酒，还有一块红桌布，但就连它的红也是朦胧的暗红，无法打破画中幽暗的基调和肃穆的气氛。而尽管各组人物都因一个目的聚在一起（向一位已故的画家致敬；看一位在世的画家挥毫舞笔；听诗歌朗诵；围聚在钢琴边上），他们谁看起来都不像是玩得开心的样子。没有人在开怀大笑，三十四张脸（实际上是三十三张，有一个人出现了两次），连一个微笑都找不到。多数人一副庄重严肃、深沉果决的架势，但也有好几个看上去心不在焉，恍惚迷离，甚至有点百无聊赖。有些是朋友（有一对是情人），大部分是同道、合作者、封闭的精英或先锋团体成员，但他们之间并没什么互动。相邻的人彼此谁也不触碰谁，他们可以紧挨着，重叠着，或者躲在别人背后，但相互间不接触。看上去就好像是他们迫不及待要把当模特的这一坐（或是一站）赶紧干完，好回各自的画室、作坊、书斋、乐室去。

这四幅亨利·方丹-拉图尔的画作（原本还有第五幅，可年展[1]展出时被评论家们批得一钱不值，他就把它毁了）现在都收藏在奥赛美术馆。我浮光掠影地看过几次，还在不同的书里看到过翻印版，但之前从未意识到它们是多么奇特，因为我从没把它们当画作来赏鉴过（我猜大部分人也是这样吧）。我以前总把它们当作群体肖像的实例，而在那一类画中，它们的品质是一流的：看哪，我们会说，这是马奈，那是波德莱尔还有莫奈还有雷诺阿还有惠斯勒还有左拉，都画得与真人不差毫厘，栩栩如生。还有这里，正是在这里，大多数人都会驻足观赏：《桌角》的最左边，桌角的一角，这是方丹四幅画里最有名的一块儿，因为它描绘了兰波和魏尔伦并肩而坐。兰波，这群大胡子中的帅哥，天使般托着腮，视线越过我们的左肩；魏尔伦，早早地就谢了顶，半侧着身，看上去有些不自在，右手紧握着一杯葡萄酒，过不了多久，他就会醉死其中[2]。但就连这一对，三十四人中最亲密、最声名狼藉的一对，也连看都不看对方一眼，

《桌角》局部(方丹–拉图尔):
(左起)魏尔伦、兰波、莱昂·瓦拉德

哪里像是同床共枕的人。看这种画的时候，我们的注意力不可避免地集中在名气大的人身上。如今的观赏者，至多只能略带怜悯地瞥一眼路易·科尔迪耶[3]、扎沙里·阿斯特吕克[4]、奥托·朔德雷尔[5]、皮埃尔-埃尔泽阿·博尼耶[6]、让·艾卡尔[7]、亚瑟·布瓦索[8]、安托万·拉斯库[9]等人。而我们的怜悯里还掺着别的情绪，倒谈不上愧疚，而是不自在：正是我们这些后人把他们抛在了脑后。

我们把这些画看作是逸事趣闻、是历史记录（至少一开始是这么看的）。随便看哪幅群像都是这样，不管是安格尔的《荷马封神》[10]，还是最新一期彩色杂志里"最佳英国青年小说家"[11]的大头合影。谁是冉冉新星，谁名声正旺，谁才华横溢，谁是昙花一现？人们立即就开始评价权衡，分门别类。我还记得1983年和其他几位同获"最佳青年小说家"称号的人拍集体照，在斯诺登伯爵[12]的相机里留下我们的影像后，我们中一个比较毒舌的说："嗯，他们从七个里选出了最好的二十个。"照片登出后，很少有人是为了评价斯诺登的构图美感而看它，同样地，在奥赛美术馆看方丹的画，视线从名不见经传的人身上滑到名垂青史的人身上时，也很少有人会停下来，从美学的角度去打量他们。因此，布丽奇特·阿尔斯多夫在《同人》①中的第一个成就简单却严肃：她把方丹的画还原成了画——还原成了这样的作品：一开始它们是一个想法、一个愿景，然后经过描画线稿、错招迭出，到找到可能的解决之道，然后是更多的线稿，最终到了油画草稿，在经历了有模特最后一分钟没法来的麻烦之后，终

① 《同人：方丹-拉图尔与十九世纪法国绘画中的群体问题》，布丽奇特·阿尔斯多夫著（2012）。——作者注

于定稿，匆匆忙忙送去参展，被神气活现的年展观众评价，被批评家误解，被漫画家嘲讽。

这四幅存世的画作都是皇皇巨作：最小的一幅尺寸为160厘米×222厘米，最大的一幅为204厘米×273.5厘米。它们不是同道间的小小纪念品，而是大大的公开声明，为的是坚持主张，甚至是威胁逼迫。这都是些前程远大之人，这些作家、画家，你们应该好好关注，我们建议你们要好好钻研一下他们[不过最后一幅，《钢琴边》(1885)，那份昂扬斗志，倒不是为了推出画中的人物，而是为了宣传他们都支持的理念——瓦格纳主义]。对于一个之前和之后都只以自画像和花卉画著称的画家来说，这几幅画极大地挑战了他的绘画技巧：怎样安排才能让一群穿着打扮相似的家伙看上去有意思？怎样才既能鲜明准确地描绘他们个人，又能表现他们聚在一起要宣传的宏大理念？每一幅画都用了一种不同的构图。第一幅，《向德拉克洛瓦致敬》(1864)，看上去有些臃肿：四个脑袋处于同一高度的坐着的人，六个脑袋处于同一高度的站着的人；然后，在他们后面的墙上，脑袋比站立者脑袋稍高一点的，是一幅德拉克洛瓦肖像(说起来有点复杂，实际上这是照一张照片翻印图再绘的)。第二幅，《巴迪侬画室》(1870)，更有创意一点，画里的脑袋依画布对角线排列，一排比一排多，一路向下，直指图中那块画布，在那儿画了个马奈正在作画。第三幅，《桌角》(1872)，是最含蓄、最不咄咄逼人的，不管是从标题、焦点(是一本摊开的书，大概哪位诗人刚刚读了其中一节)，还是构图来说：五个坐着的人形成一道弧线，后面紧挨着三个站着的人，画面的两边和前景里点缀着叶子、花、水果。第四幅的构图较为传统，中心是翻开的乐谱，两边各有四个身着黑衣的人围着这乳白色的音乐耀斑。

不过这些画要表达的是什么样的礼赞或者宣言呢？这可就一点儿都不直白透明了。例如《向德拉克洛瓦致敬》，从根本上说恰恰不是致敬。理由很简单，这是方丹-拉图尔的画。画风写实，用色不张扬，构图拥挤（有点屁股挤屁股），这与德拉克洛瓦的风格完全相反；而且，来致敬的人都面向我们，因此都背对着已故杰出画家的肖像，这暗示他们绝对不准备继承他的画风。向您致敬，就此别过！画暗示的是这个。《巴迪侬画室》结果并不是地处巴迪侬区[13]的一间画室，而是《和方丹自己的画室差不多的画室》。方丹作画纪念它的时候，“巴迪侬画派”本身只是个“回顾归纳性词语，而不是个实际画派”，而埃德蒙·迪郎蒂，最早提出这个说法的人，根本就没被画进画里，因为他和马奈闹翻了（两人失和这事他怪在方丹头上）。故事有这样的前传大概也不稀奇：对于年轻画家（以及作家）来说，属于一个小团体往往很重要，成员间互相鼓励，明确一个共同、直接的敌人，这至关重要；不过很快，随着自己越来越有自信，他，或者她，就会烦了被贴标签被归类。《桌角》里只有作家（而前两幅群像里则是画家作家混杂），也许表面看上去更众人齐心、相处和睦一点，但实际上和之前两幅一样有内讧有分裂。兰波和魏尔伦，通过他们的诗歌以及他俩的公开行为，即将把这个小小的高蹈派[14]世界打个四分五裂。另外，虽然这幅画略显柔和的绿色调，还有水果和鲜花，似乎少了几分严苛，多了几分和谐，但最右边的那一大丛盆栽植物其实是方丹不得已才画的：阿尔贝·梅拉[15]拒绝和那对在画对面那个角落耀武扬威的“淫媒贼盗”共处一画。

布丽奇特·阿尔斯多夫拿出的外在证据让我们觉得，这些巨型纪念画里，看到的不见得完全可靠，而她给出的内在证据（学术、精准、论证严密）则让我们完全确定事情的确如此。当年的评论家审视这些互不触碰、毫无交流、不苟言笑的非同门的同道集会时，他们一般抱怨的，（除了方丹的个人主义和这个团体的自我宣传以外）是画作结构缺乏整体性。阿尔斯多夫则主张（她的论证很有说服力），人物之间这样缺少互动，不仅不是结构上的不足，而且恰恰正是画作的主题。方丹所关心的，以及他用油彩展示出来的，是个人如何在内心与团体协调、抗衡。这些画里明显的生硬感是画家故意为之的结果：这些兄弟和同事，同时也可能是竞争对手，是会将自己扫地出门的人，参与者因此想方设法，要在这些人面前保护、保持自己的个性。方丹的一部分前期草稿中，不同的画家和作家之间是有热烈交流的，但随着图画越来越接近最终形式，这些都被抹掉了。阿尔斯多夫最有收获的一个画作对比，是将方丹的这些画与《孔达米讷画室》（1870）进行比较。后者的作者是弗雷德里克·巴齐耶[16]，一位排名中等的前印象派画家（他本人也在《巴迪侬画室》中出现了）。巴齐耶向我们展示了一个高大、通畅、开阔的空间，有工作室的高窗，墙上的画是健康的裸体，画室里三个不同的地方在进行着艺术活动：右边，有人在叮叮咚咚地敲钢琴；左边，两个人（其中一个上楼梯上了一半）正在进行热烈的、肯定是有关艺术的讨论；正中间，巴齐耶站在他的画架边，正在向两位同行（一位确定是马奈，另一位很有可能是莫奈）展示一幅完成的画作。尽管这里搞艺术的依然还只有男人，这一幕却是轻松、明快、欢乐的——看上去，似乎《波西米亚人》里的穷光蛋们走了运，生活节节向上，住进了高档社区，而咪咪也恢复了健康，马上就要带着一大盒午餐回来了。[17]与此同时，这幅画和方丹的《巴迪侬画室》相比，无论就创作理念还是表现手法而言，都平庸陈腐。巴齐耶的画说：艺术家的生活看起来是这样的。方丹的则说：艺术家的生活实际上是这样的。

这样的艺术家生活在高度紧张和自我怀疑之中，还要面对没完没了、有时却毫无成效的工作。方丹这批画中的第二幅里正准确展现了这些特征——就是这幅画，从年展上拿回来以后，他就把它毁了（他只留下了其中的三个头像——他自己的，惠斯勒的，还有昂布鲁瓦·沃隆[18]的）。阿尔斯多夫将它形容为"方丹群像中最雄心勃勃、最惨不忍睹的一幅"。它题为《举杯！向真理致敬》。如果说《向德拉克洛瓦致敬》在某种程度上可以算是一种抗议，批评朝秦暮楚的公众转眼就把这幅画的主题人物给忘记了（参加德拉克洛瓦葬礼的人少得可怜，对他的葬礼也几乎没什么报道），《举杯！》（1865）的目的则是要闹得更大，批评得更广泛：为了艺术——也为了方丹本人。在《向德拉克洛瓦致敬》中，满屋子的黑礼服大衣，方丹自己一人身穿耀眼的白工作服，鲜明突出；不仅如此，他手持调色板面向我们，这一招明显让画面活了起来；而已故大师前方放着一束鲜花，这正是方丹的标志题材，评论家们一直认为他是用这画做自我宣传，因而大为光火，而到头来，《举杯！》是更为重大的挑衅。

《向德拉克洛瓦致敬》局部（方丹-拉图尔）

阿尔斯多夫对《举杯！》创作初始几个阶段（其中真理被描绘为一名手持镜子的裸体女子，身处满满一画室的男人之间）细致入微的分析展示出方丹花了多大的功夫以实现他的理念。随着创作向前推进，它也开始在拟古典寓言画（画中有拟人化的其他艺术形式）和更写实的裸体加群像画这两种风格间游移；参演的艺术家们也不断变换形象和性格特征；但一直无法解决的主要问题在于画面的互动中心，即方丹的形象和真理的虚拟形象之间的交流。几个世纪以来，碰上画面人物众多的时候，画家经常会把自己也画进去，不过一般都把自己安置在边缘，脸上微微带点精明神情作观望状，装腔作势地故作谦恭。但是把你自己放到一幅画的中央，这不仅是公然的挑战，也带来挨批的风险。方丹最直接的参考，是库尔贝的《画室》，那幅画摆出了一个姿态，它宏大、富有反抗性，含蓄地暗示着艺术家取代上帝成为宇宙的缔造者。但和方丹相比，库尔贝的自我可是披盔戴甲；而且库尔贝笔下的自己在沉着地描绘世界（并受人仰慕），但方丹却试图展示自己与一个挥舞着镜子、显示象征意义的裸体进行复杂的交流。最开始，她被画成背朝我们，高举着她的镜子，有一位艺术家做出回应，举起一块上书“VERITE”（法语：真理。——译注）的牌子。这明显太粗陋了。接下来，她在画中摆出选中那手持调色板的画家的姿势，画家则用另一只手打出“谁？我吗？”的手势来回应（这就有点恶搞天使传报[19]图的意思了）。慢慢地，方丹一点点地接近画作的最终形式（由后阶段的一幅油画草图得知），终稿中，赤裸的真理现在把镜子放低了，面朝着我们，站在中央，靠后；所有的艺术家们也都看向画外（就像在《向德拉克洛瓦致敬》里一样）——除了方丹本人，他一边关注着我们，一边伸出一只胳膊来，指着真理。就像他在给他英国的画商埃德温·爱德华兹的一封信里说的："我是唯一一个看见她的人。"如此一来，方丹让批评他虚荣自负的人更有话可说了。更糟糕的是，看到一个裸体女人被一群着衣的男士环绕，观众们两年前在年展上被马奈的《草地上的午餐》刺激出的歇斯底里，顿时又复活了。方丹原本担心公众会把他的画看作是"画家的纵欲狂欢"，还担心得真对。

方丹调整来调整去，却始终没有尝试一下不以方丹为中心：比方说，按照传统，把他自己放在事件的边缘。阿尔斯多夫提到了费利克斯·瓦洛通所作的纳比画派①的集体像（1902—1903）（一样巨大，颇为神秘）：在其中画家把自己画得比别人小一些，略微靠后，有点像个领班服务员，旁观别人指手画脚地进行讨论。方丹从没考虑过这样的构图。他也没有试一试更激进的解决方法：把女神去掉。阿克塞利·加伦-卡莱拉[20]的《酒会》（1894）是一幅蒙克版谵妄群体像，画中的地点是赫尔辛基的坎普酒店，大家都已经喝多了。画面的右边坐着西贝柳斯和他的作曲家朋友罗伯特·卡亚努

① 纳比这个画派（我后面还会再细讲），拥有最没吸引力、最叙事不明的名字之一。对他们的命名，最好的往往来自敌对的批评家，也就是印象派和立体主义。"纳比主义"这个说法（纳比主义的主要追随者包括勃纳尔、维亚尔、瓦洛通、莫里斯·丹尼、克-格扎维埃·鲁塞尔，以及雕塑家马约尔）是由诗人亨利·卡扎利斯正式提出的。"纳比"在希伯来语和阿拉伯语中是"先知"的意思，因此，正像古代希伯来先知重振宗教那样，纳比派们将让艺术重获生机。但是不管是从他们的绘画主题（现代、日常的城市生活），还是从他们个人的行为举止（一般都很谦逊）来说，他们都没有一点预言家的样子。有一个评论家挖苦说，他们这样起名，是因为"他们中多数都蓄胡子，有些是犹太人，而且所有的人都一本正经得要命"。——作者注

斯，两人都是侧面对着我们，红着眼，目瞪口呆，手上燃着一支烟；他们旁边是已不省人事的作家兼乐评人奥斯卡·梅利康托；站在左边望着我们的，是画家本人。他半身笼罩在阴影之中，投下阴影的那玩意儿西贝柳斯和卡亚努斯正瞪视着：一对深红的鹰翅。艺术之谜刚刚造访了他们，现在正展翅飞走——画面诱使我们得出这样的结论。这是夸张的图像，近乎荒谬，不过要是加伦-卡莱拉坚持按他最初的一个想法来画的话，那肯定会更荒唐：没有飞离画面的翅膀，而是一个象征着什么的赤裸女人躺在桌布上。说起来，那看起来倒还真像“画家的纵欲狂欢”呢。

《举杯！》还没完成前，方丹就有很大的疑虑，担心他的主题“着实荒唐”。这幅画也的确被批评为荒唐、自负、粗俗。一位批评家诊断出“自尊的危机”，另一位对它不屑一顾，说它是“那种啤酒杯里当天堂的画，画家自称是上帝、圣父，他的小朋友们都是使徒”。和法国当年大部分的评论一样，这样的话恶毒、自以为是、在很大程度上是错误的，但又有那么一点点道理，足够坐实画家原先就有的一点自我怀疑。通过毁掉《举杯！》，方丹承认画作是个失败，也接受了他人指控自己“狂妄自大”。从此以后，他渐渐不再出现在他的群像画里，而且慢慢开始背离了共权原则。刚成年那会儿，他曾是个满腔热血的共和主义者，不过这个画家不怎么参加示威游行，他表现当代政治的方式是描绘比他政治参与度更高的人(《桌角》被人戏称为“公社社员聚餐”)。所以说，考虑到他的才华所在，他选择越来越多地躲进卢浮宫里，躲进自己的画室里，这倒不是什么大灾难。1875年，他在给德国画家奥托·朔德雷尔(《巴迪侬画室》里站在马奈左边的那位）的信里说："你对艺术家聚会的评价是对的……没什么可以和个人的内心相提并论。"1876年11月，他告诉朔德雷尔他非常想"离群索居，远离所有的艺术家，这样我就不会觉得自己像他们了"。

事情也巧，就在同一个月，他结了婚，娶了画家维多利亚·迪堡，他俩是在卢浮宫临摹名作的时候认识的。两年后，他画了《迪堡一家》（1878），群像里包括他的妻子、妻子的妹妹夏洛特，以及她俩的父母。谁要是觉得想要"离群索居"和结婚之间看上去存在矛盾，那应该好好看看这幅画：它一定是婚姻史和艺术史上对姻亲们的描绘中最阴沉的。四个身着黑衣的人（父母坐着，姐妹俩站着）处于狭窄的空间中，背后是暗褐的墙，墙上挂着一幅画，露出一角，但并不是那种能让人感觉轻松一点儿的亮色；左边是一扇门，看起来有可能钉死了。这种沉重浓郁、死气沉沉的家庭围城感，让你想起莫里亚克的早期小说，或者契诃夫的话："如果你害怕孤独，那就不要结婚。"还有令人惊讶的呢，从构图上看，方丹还把夏洛特放在了比维多利亚更好的位置，看到这，还有两姐妹的其他画像，你不禁会想方丹自己是不是也在想，两姐妹里他娶错了人。终于，这回算是换了换花样——这幅群像里有一个人，居然做到了触碰另一个人：方丹妻子的一只手轻柔地放在她母亲肩上。方丹才华横溢，奇妙的是，他的人物肖像看上去总有静物画的怪异、阴郁；而他的静物画，还有让他赚钱（以及在这个国家声名大噪）的花卉画，则精神饱满，生机勃勃，光彩照人，充分展现出他对活力、生命、色彩的固有认识。

《迪堡一家》（方丹–拉图尔）

译注

1 即巴黎美术年展。

2 魏尔伦晚年酗酒。

3 路易·科尔迪耶（Louis Cordier，1777—1861），法国地质学家、矿物学家，法国地质学会的创始人。

4 扎沙里·阿斯特吕克（Zacharie Astruc，1833—1907），法国雕刻家、画家、诗人、艺术评论家。

5 奥托·朔德雷尔（Otto Scholderer，1834—1902），德国画家。

6 皮埃尔-埃尔泽阿·博尼耶（Pierre-Elzéar Bonnier，1849—1916），法国诗人、剧作家。

7 让·艾卡尔（Jean Aicard，1848—1921），法国诗人、剧作家、小说家。

8 亚瑟·布瓦索（Arthur Boisseau，1845—1904），法国作曲家、小提琴演奏家。

9 安托万·拉斯库（Antoine Lascoux，1839—1906），法国官员。

10 《荷马封神》又译作《荷马的礼赞》《荷马的荣耀》，是安格尔1827年为卢浮宫查理十世博物馆所绘的一幅天顶画，描绘了胜利女神为荷马加冕，众艺术家（包括维吉尔、莫里哀、普桑、莫扎特、米开朗琪罗等四十多人）群聚朝拜的景象。

11 英国《格兰塔》杂志自1983年起，每十年评选出二十名最佳英国青年小说家。

12 斯诺登伯爵（Antony Armstrong-Jones, 1st Earl of Snowdon，1930—2017），英国摄影师和电影制片人，曾是英国玛格丽特公主的丈夫。

13 巴迪侬区地处巴黎，19世纪时以马奈为首的众多画家聚居于此，他们创作了不少描绘这里咖啡馆情形的画作，后世称他们为"巴迪侬画派"。

14 高蹈派，亦译作"高踏派"，为19世纪后半叶法国诗坛主张艺术至上的一派，重视情感和形式的超脱。

15 阿尔贝·梅拉（Albert Mérat，1840—1909），法国诗人。

16 弗雷德里克·巴齐耶（Frédéric Bazille，1841—1870），法国印象派画家。

17 《波西米亚人》，也译作《艺术家的生涯》，普契尼的歌剧，讲述的是巴黎拉丁区同住一间破旧公寓阁楼的四个穷苦艺术家的故事。咪咪是他们的邻居，与四人中的诗人鲁道夫恋爱，剧终死于肺结核。

18 这里是作者的笔误，沃隆的教名并非昂布鲁瓦（Ambroise），而是安托万（Antoine）。安托万·沃隆（Antoine Vollon，1833—1900），法国写实主义画家，擅长静物画、风景画和人物画。虽然在现代名气不大，但他那个时代名声斐然，曾被誉为"画家中的画家"。

19 "天使传报"指的是天使加百列向玛利亚传报耶稣将通过玛利亚成胎而降生，是宗教画经常描绘的主题。

20 阿克塞利·加伦-卡莱拉（Akseli Gallen-Kallela，1865—1931），芬兰画家和设计师，是该国最杰出的艺术家之一。绘画受到法国象征主义、新艺术运动的影响。

塞尚：苹果会动吗？

塞尚的第一场个人展是1895年办的，那年他五十六岁。他的经纪人昂布鲁瓦·沃拉尔把他1867到1877年间创作的《浴者小憩》放在自己商店的橱窗里，确信它会触怒别人。沃拉尔还建议客户将这幅作品制成石版画。塞尚创作了一幅相当大的画，名为《大浴女》，制了石版，还用水彩给其中几版上了色。1905年毕加索买下了其中一幅，带回工作室里。两年以后，它的秘诀用在了《阿维农少女》的创作中。塞尚对于勃拉克的影响一样显而易见，也得到公开承认。"发现他的画以后，一切都被颠覆了。"勃拉克晚年这样说，"我得重新思考一切。我们要打一场仗，与我们以前知道的，以前会尊敬、崇拜、喜爱的大多数事物作战。在塞尚的作品里，我们应该看到的不仅是图像的新构建，也是（但是人们几乎总忘了这一点）道德发展的新空间。"

艺术家都渴求学习，艺术是自我吞噬的，19世纪和20世纪的交接转眼间就完成了。一类艺术家与另一类之间的转换也是如此。塞尚即使在声名大噪的时候依然几无人识：他深藏不露、朴素节俭、不好敛财，经常一消失就是几个星期；他的感情生活，尽管没什么特别，他却一直讳莫如深，严密保护；而且他对世人所谓的成功毫无兴趣。勃拉克，尽管按当代的标准说已经算是个隐士了，却也是有私家司机的时髦公子；而毕加索则凭一己之力就充分展示了何为20世纪艺术家——大众明星，政治达人，腰缠万贯，成功化身，热爱镜头，好色贪欢。不过若是说塞尚也许会觉得毕加索的生活庸俗（从它侵蚀了从事艺术必需的时间和德行这个角度来说），相比21世纪最“成功”的艺术家们，毕加索看上去又是多么严肃苦行、品格高尚啊——那些人不停地拿同一个创意炒冷饭，换汤不换药，忽悠那些什么都不懂的亿万富翁。

塞尚在普罗旺斯的艾克斯长大，少年时健壮、固执、爱冒险。他和同校好友埃米尔·左拉、巴蒂斯坦·巴耶是三人小分队，自称“形影不离组合”。三人都在19世纪60年代来到了巴黎（巴耶后来成为一名光学和声学教授），来到巴黎是大部分有志向的外省人梦寐以求的。不过，三人里，对于在巴黎能获得什么，塞尚的心态最为矛盾。他与左拉这两个在大都市里的无名小伙儿，一起琢磨“成功这个可怕的问题”。两人后来“不和”，其实倒并不是为左拉的小说《杰作》[1]（外人认为是写他这位老朋友的）闹翻了，而是两人为那个问题找到的答案不同，因此渐行渐远。（的确，比起失败来，成功——不管你怎么定义它——更容易离间同为艺术家的朋友。）左拉需要以物质方式来表现他文学上的成功：豪宅，美食，社会地位

《向塞尚致敬》局部（丹尼）：

（左起）画家雷东和维亚尔、艺术批评家安德烈·梅拉里奥

的提升，资产阶级之体面；而塞尚则是越出名，就越躲着这个世界。晚年，当他的作品被贪得无厌的沃拉尔大肆买卖时（1900年，沃拉尔从一个客户手里花三百法郎买下一幅塞尚的画，然后转手就以七千五百法郎的价格卖给了另一个客户——要想证明追续权[2]的合理性，这倒是个绝佳的论据），画家本人却住在一个采石场里阅读福楼拜的作品，尽量不见人。在当今世界，圣安东尼遭受的诱惑之一[3]就是“艺术上的成功”。

瓦莱里视塞尚为楷模，赞他是“醉心事业的典范”。亚历克斯·当谢夫在新著的传记[①]中，称他为“现代艺术创造家中的楷模”。比起抛开一切远走高飞的艺术家（高更在塔希提岛大享艳福，作为工作和生活上的慰藉；兰波贩卖军火发了财），或是那些疯掉因而/或自杀的艺术家，这种楷模的力量更大。之所以说更大，是因为比起自杀，继续活下去更需要英雄气概。继续活下去意味着无尽的创作，无尽的奋斗，需要经常毁掉不如意的作品。另外，在塞尚看来，还需要在生活中秉持清廉正气，这是保证作品不腐败不堕落的根本。克莱夫·贝尔[4]指出，塞尚的作品“诚挚至极”。大卫·西尔维斯特[5]总结说，他的艺术充分接纳人性的矛盾，向我们展示了“我们在自己身上找不到的崇高品性”。

这些都是极高的评价，而当谢夫则娴熟地在真实的塞尚、表面的塞尚，以及他人理解的塞尚之间找到平衡。传言中，他是自学成才的高尚的野蛮人[6]，搞艺术的低能奇才。没错，他是自称“原始

① 《塞尚传》，亚历克斯·当谢夫著（2012）。——作者注

人”，而且，如雷诺阿所说，他“和刺猬一样满身是刺”，岁月没能让他老成持重起来，而是——当谢夫形容得好——“越长越幼稚”。但这传言能扎根，部分原因在于有他浇水施肥，他一直在玩“扮作塞尚”这个游戏，演了艺术家版的狡猾老农夫，总是口中不说却心中有数、貌似输实则赢呢。而表面之下，塞尚其实知书达理，精通文学，而且是（起码出身是）资产阶级。他那做制帽商、银行家兼放贷人的父亲比一般这样的父亲更通情达理，甚至为自己找了一个很不错的、可以沾沾自喜的理由，以支持儿子疯狂的追求：“我不可能生个白痴的。”他的确没有：保罗在学校得过各种文学奖（他的朋友左拉得的是各种艺术奖）。后来，他父亲花钱让他逃了兵役。他熟读经典，而且向我们证明了，一个人是可以——尽管这种人少之又少——同时兼备巴尔扎克、司汤达，以及福楼拜之风的。莫奈称他是“绘画界的福楼拜”：的确，塞尚有必需的苦行精神，也相信艺术家应该隐于艺术作品背后。不过，和福楼拜不一样，在女人问题上，他同样比较拘谨严肃。他很看不惯左拉和女仆乱搞关系这种资产阶级陋习；而当他晚年画浴女的时候，用的是年轻时画的写生稿，省得麻烦模特（也许也省得麻烦自己）。

我们总是把他看作现代美术的起点：因此纽约现代艺术博物的第一个展厅里，目前的布展是左边挂着一幅高更和三幅修拉，右边和正前方，数量超过他们，挂着六幅塞尚。我们也喜欢强调他对主流现代主义艺术家的重大影响。但塞尚的影响面比这还广，就连并不追随他的艺术家，也受到感染。关于这点，（原先是瑞士籍，然后是法国籍；原先是纳比画派，后来是独立画派的）画家费利克斯·瓦洛通说得很好。1915年6月5日，沃拉尔给了瓦洛通一本自己写的关于塞尚的书，前一年出版的。画家一口气读完，第二天在日记里写道：

> 读这本书没有改变我对塞尚的认识，或者对他画作的看法。从任何一个角度来说，塞尚都是必不可少的。我们需要他这个范例，让我们看清楚各种事情，让大家仔细审视自己，审视自己的绘画方法，审视各种艺术，审视生活和“成功”。你并不是非得采用塞尚的“风格”不可，但是如果你花点时间打磨你的思想，更细致地观察自然，研究你常用的配色以及你那个行当的工具，得到的只会是好处。就连将来那些走的道路与他截然相反的画家，塞尚对他们的帮助也会是巨大的。

他的有些同代人猜测到了他将带来什么样的发展和改变，不过他们也一样清楚他艺术的源头在哪里。一位友好的评论家称他是“‘美好年代’的希腊人”，雷诺阿说他的风景画如普桑的画那样协调，而他的《浴者》图中的颜色“看上去就好像是从什么古老的陶器上来的”。就像任何先锋画派里严肃认真的成员一样，塞尚孜孜不倦地向先贤大师学习，一生都在研究鲁本斯。虽然我们也许敬佩欣赏他将视觉景象碎片化，而画家本人所追求的却是“和谐”。这“和谐”无关“优雅”与“风度”，而始于两种色调的并置——就像以前韦罗内塞[7]做的那样。塞尚根本不觉得自己开创了后人会称之为现代主义的东西，对于他来说，绘画意味着通过自己性情的管道,表达出关于自然的真谛。

“说说话,笑一笑,动一动,”马奈常常对他的模特们这样说,“想要看起来真实,你们得有生气。”而塞尚则截然相反,他的模特儿得像卫兵,连着几个小时一动不动。一次沃拉尔犯了错——睡着了——画家朝他咆哮:“混蛋!你把姿势毁了!我严肃地告诉你,你必须像个苹果一样稳住。苹果会动吗?”还有一次,有人说了个笑话,另一个模特扭过头来笑,塞尚摔下画笔,拂袖而去。有的肖像画,绘制出来为的是捕捉能向观画者展示模特个性的某种情绪,不经意的一瞥,稍纵即逝的瞬间。但塞尚的肖像画与此正相反。塞尚鄙视这种琐碎,瞧不起细致逼真的画,不屑于尝试描摹个性。“我画脑袋就像画门。”他曾经这么说过。还有:“如果我对一个脑袋感兴趣的话,我就会把它画得太大。”而在另外一方面,艺术中是有超越“个性”的东西的。“你不是画灵魂,”塞尚咆哮道,“你画的是人体,人体画得好,灵魂——如果他们有灵魂的话——他妈的自会露出来照得到处都亮。”塞尚的肖像画,“与其说是‘肖似’,不如说是‘存真’”。当谢夫这话说得有水平。大卫·西尔维斯特说,“我们看着人,他们似乎都显得复杂充实,塞尚再现这种特质的本领,无人能及”。

因此塞尚的肖像画都是静物画。而它们中那些成功之作,就妙在统领整幅画的是色彩与和谐,而非那些描绘人们说、笑、动这类常人常事的图像。那两个弯腰坐在桌前打牌的人,实际上永远不会出牌或者赢墩;他们也许正瞪着这辈子见过的最好的一手牌,但他们要想摊牌的话,得先等殡仪员来。塞尚夫人,被丈夫的严格要求

《玩牌者》(塞尚)

束缚在椅子上，一动不动，不管他描绘她多少次，她也不会向我们透露她的人格。她完全可以是他最喜欢的一扇门。

不过，当然啦，一扇门，或者一个苹果，一只碗，完全可以和一个人一样有意思，一样"生机勃勃"。于斯曼曾经描述过"醉醺醺的陶器里七倒八歪的果子"，口气又是恼火又是钦佩，当谢夫在书里引用了这段话。"醉醺醺"这个词用得真是妙。因为，尽管苹果不像画商，苹果可以乖乖保持一个姿势不动直到开始腐烂，但我们若从形状、颜色，以及能不能吃的角度来定义苹果的话，它又不只是一个苹果。弗吉尼亚·伍尔芙注意到，盯着塞尚的苹果看得越久，它们就显得越重（因此从某种意义上讲，没错，苹果的确"会动"）。这个发现，一定会让塞尚很满意。他创作目的之核心，就在于"参透物体"。"它们让我们快乐振奋。关于我们自己和我们的艺术，一个糖罐子能告诉我们的，绝不亚于一幅夏尔丹或一幅蒙蒂切利[8]所能告诉我们的……人们觉得糖罐没有相貌，没有灵魂。但那也是每天都在变化的。"

一个有灵魂的糖罐。一个糖罐每天都会变化吗？当然。照射在它上面的光也许会变，我们的感情（对于它会让我们想起的人和事，或者对于它固有的美）也许也会变，但罐子本身会吗？它的重量、它的形状、它的外观会吗？没错，它是有可能将我们导向更广阔、更宏大的事物："茶杯上的裂纹打开了/通往死亡之地的通道。"（奥登）但到了某个节点，严肃、讲原则的泛神论就会退化为不合情理的可怜谬误。康定斯基[9]曾写道："塞尚给予一只茶杯生命，或者更准确点说，他在一只茶杯里看到了生命的存在。他将静物画推到一个高度，让静物不再毫无生机。”这话也许没错，但反过来说也一样成立——他将人物降到了，或者说压到了一个低点，使其几乎失去了生机。这些画作中的动作一般源于观画者的视线，眼睛随着笔触之动而动，而不是画作描绘的什么动作。偶尔，也许他会下笔急促，用稍短的笔触让某棵树看上去更灵动一些；但正如他用色很少炫人眼目一样——他的朋友、最亲近的同事毕沙罗[10]指出，他只会在暗光下用亮色——他画的风景也很少令人激动。不过，它们依然能表达并激起快乐。塞尚一方面压住这个世界，把它画得厚重，好似要把它钉在原位；另一方面又让它轻快飞扬，手舞足蹈——约翰·厄普代克描述过这种感觉：“这轻快得古怪的严肃，这面对平凡时的一阵战栗。”他的风景还和蓝色大有关系：巴恩斯收藏馆[11]搬到费城中心后，重新布展，格局未变，但自然光线更充足，此时，塞尚的各种蓝色（以及绿色）就突然迸发出了新的或者说原本的光彩。如果身处满屋的塞尚画作之中，有人问你那个粗鲁但屡试不爽的问题——如果能偷的话，你会偷哪幅？——我猜大部分人要么会选择“醉醺醺的陶器里七倒八歪的果子”，要么会选择一幅蓝色调的风景，画中有树，有水，有斜斜的河堤、山坡，远处有菱形的红屋顶。

对于塞尚来说，艺术与生活平行存在，而非从属于生活、临摹生活。它有自己的规则，追寻自己的和谐，排除了解读生活的旧式绘画，宣告了色块画之民主：一块色斑，一个色块，不管是组成一条裤子，还是表现一个脑袋，都一样意义重大。好在所有的理论都会和现实有冲突，而塞尚世界里的居民，有时和在平行世界里做模特摆

《坐在红扶手椅上的塞尚夫人》（塞尚）

姿势的自己一样不听话。在给老朋友（抽烟斗的）面包师亨利·加斯凯画像时，画家试图向加斯凯的儿子解释自己作画的步骤：

> 看啊，加斯凯，你爸，他坐在那儿，不是吗？他在抽烟斗。他只用一只耳朵听我们谈话。他在思考——在思考什么？而且，他被各种各样的感觉冲击着。他的眼睛和之前不一样了。里面有很小很小的一部分，一点点的光，发生了变化，以适应窗上那块在变化着，或者说几乎没有变化的窗帘。所以你看，眼皮下面这微小的一块深色，这块的色调已经变了。好。我把它改掉。但是这样一来，边上用的淡绿，我看出来稍重了点。我调淡一点……我继续，整幅画都这样，做几乎不可见的细微修改。这只眼睛看起来好多了。但是，还有那只呢。在我看来，那只眼睛斜着。它在注视着什么，注视着我。可实际上这只眼睛在注视他的生活，他的过去，你，我不知道它在看什么，但不是在看我，不是在看我们……

这个时候，加斯凯擅自动了动，张嘴说道："我在想我昨天坚持到第三墩才出的那张王牌。"你不是画灵魂，你画人体，灵魂自会显露出来。但有的时候灵魂实际上关心的是红桃6。

毕沙罗评价说，马奈一出现，就让库尔贝忽然看起来成了"传统的一部分"，他还说，塞尚之于马奈，也是一样。事实证明，这话很对。而如果说塞尚对马奈做了马奈对库尔贝做的事，那么那些继承、充分汲取并拆分了塞尚艺术的人（从立体主义开始），他们之后，留下的又是什么样的塞尚呢？他是现代艺术，甚至是狭义的现代主义艺术的发端，这一点很清楚。但今天，在各大公共美术馆的墙上，他跻身已成为传统的艺术，也毫不突兀。我们能看出我们欠了他什么，又还了他什么。我们明白为什么他的同行们重视、仰慕他，收藏他的作品。不过，我们大概不会像他那样看不上他大多数的同代人，不像他那样对高更充满鄙夷，也不像他那样有德加"够不上画家资格"这样荒唐的看法。我们当然尊敬他，视他为有艺术气节的楷模，也欣赏他最杰出作品中的种种和谐（它们看上去既"现代"，又亘古永存）。这对吗？这"够了"吗？对于当谢夫来说，这远不够，他在传记开头和结尾都宣称，塞尚"对我们这个世界，以及我们对这个世界认知的影响，堪比马克思或弗洛伊德"。这似乎是狂热、忠实的粉丝一时激动说出的话，而不是经得起推敲的论点。当谢夫引用了布列松的话：塞尚"逼近了不可能的边缘"。这话也许没错，但美术在继续，艺术在变化，有时这是建立在塞尚的发现之上，有时则不是。我们每日看世界的眼光真的已"塞尚化"了吗？它真的就像我们的意识中满是马克思或是弗洛伊德式的比喻那样，充满了视觉讽喻吗？话说到这儿，读者们也许会像画家笔下两位牌手中的一位（若是有人允许他们动一动的话），轻叩桌子，低声道："过。"

译注

1 《杰作》为左拉1886年出版的小说，其中主人公克洛德·朗捷为一名无法充分施展才华的先锋画家。

2 追续权指艺术家将自己的作品售出后，有权分享之后转售所产生的收益。

3 圣安东尼，罗马帝国时期的埃及基督徒，是基督徒隐修生活的先驱。据说在他前往沙漠朝圣时，有一系列神怪（包括萨梯、人头马、魔鬼）试图诱惑他步入歧途。“圣安东尼的诱惑”是艺术和文学中经常描绘的主题，塞尚和福楼拜都以此为主题进行过创作。

4 克莱夫 · 贝尔（Clive Bell，1881—1964），英国艺术评论家。

5 大卫 · 西尔维斯特（David Sylvester，1924—2001），英国艺术评论家。

6 “高尚的野蛮人”为欧洲18世纪浪漫主义文学中描绘的未开化的原始人，善良、勇敢、未受文明之罪恶的玷污。

7 韦罗内塞（Paolo Veronese，1528—1588），意大利文艺复兴后期威尼斯画派主要画家，以擅长运用华美色彩著称。代表作有《迦拿的婚宴》、《利维的家宴》和天顶画《威尼斯的胜利》等。

8 蒙蒂切利（Adolphe Monticelli，1824—1886），法国画家，作品色彩明亮，笔触粗放，对梵高影响很大。代表作有《水果与酒瓶》《瓶中花》等。

9 康定斯基（Wassily Kandinsky，1866—1944），俄国画家，抽象派创始人之一，主张以色彩、点、线和面表现主观感情。代表作有《白色之上Ⅱ》《蓝骑士》等，重要论著有《点线面》。

10 毕沙罗（Camille Pissarro，1830—1903），法国印象派画家，作品多描写农村及城市景色，其艺术观念影响了塞尚和高更。代表作有《蒙马特大街夜景》《布鲁日的桥》等。

11 巴恩斯收藏馆属巴恩斯基金会，位于美国宾夕法尼亚费城，馆内收藏画作多为印象派和现代主义美术作品。

写写它（一）

你远远地看到她在一长溜房间的尽头。你走近时，会注意到她已转脸朝你看过来了。她身着繁复的底衣：淡蓝色的紧身胸衣，白色的长衬裙，浅蓝色的长袜。她举着的右手拿着一只粉扑，像朵硕大的康乃馨。在左边，搭在椅子上的，是她将要穿的蓝裙。在右边，有个烦躁的家伙，不过你一开始可能不会注意到他，这人蓄着八字胡，身着晚礼服，礼帽仍然（也可能是已经）戴在头上。但是，就和之前一样，你会意识到她的视线只落在你的身上。

她是马奈的《娜娜》，收藏在汉堡美术馆，得益于画作展位的调整，她愈发引人瞩目。娜娜是左拉同名小说（1880）的主人公，一位交际花，因此你大概理所当然地认为马奈的这幅作品首先是一幅出色的图书插画。但它要比一幅图书插画更有意思。娜娜最早出现在左拉1877年的《小酒店》中，是个小角色。马奈在那里发现了她，创作了她的画像。左拉看到后便想：没错，她值得拥有一部自己的小说。因此，不是马奈描绘了左拉的作品，事实上恰恰相反，是左拉在描绘马奈的作品。

19世纪法国作家与画家之间的亲密友谊、相互往来以及相似之处，这些都是安卡·穆尔斯坦大作的主题。①巴尔扎克在自己小说里提到的画家比作家多，他总是用画家名来喻指：伦勃朗样儿的老头，拉斐尔式的纯真少女。左拉年轻的时候，和画家们比和作家们在一起的时间要多得多。他曾告诉过德加，自己需要描写洗衣妇时，从画家的画里搬下来就行了。维克多·雨果自己就是个挺不错的哥特风浪漫主义画家，而且还很能创新，什么都朝调色盘里掺，从咖啡末、黑莓汁、焦洋葱到唾液和煤灰，就不提那些被他的传记作家格雷厄姆·罗布婉称为“更不那么体面的材料”了。福楼拜（以及于斯曼的德塞森特[1]）最喜爱的在世画家是居斯塔夫·莫罗，而他的小说《萨朗波》就像一件体量硕大、装裱华贵、威风凛凛高挂墙上的展品——这既是这部小说的亮点，也是它的弱点。

在所有艺术形式中，作家们最羡慕音乐，因为它既抽象又即时，而且无须解译。不过绘画也可谓紧随其后了，因为它的表达与表达的手段是共时的——而小说家们就给困住了，词语、句子、段落、背景、心理铺垫，这些个破事非得一件接一件地处理，费尽全力才能打造出那一幕高潮。不过从另一方面说，作家（还有音乐家，就这一点而言）要含蓄地，或者不那么含蓄地在作品里向其他艺术形式致敬，就比画家要容易多了。于是左拉在自己的小说《黛莱丝·拉

① 《书写笔与油画刷——论艺术热情对十九世纪法国小说的塑造》，安卡·穆尔斯坦著，阿德里安娜·亨特译（他者出版社，2017年）。——作者注

《娜娜》（马奈）

甘》中向马奈点头示好：书中的描述里，一位被谋杀的女孩儿躺在停尸房里，好像一位“慵懒的娼妓”，向我们袒露出双乳，而她颈上的黑线（遭勒杀的痕迹），则让人想起《奥林匹亚》脖颈上的黑缎带。为了确保致敬到位，左拉把画里那只有些瘆人的黑猫也添了进来。

左拉对马奈和印象派画家们的公开支持大声而有力，而且来得正是时候（有的时候，支持力量的集结似乎理所当然，而有的时候，就纯粹是运气了。汤姆·斯托帕德在肯尼斯·泰南的葬礼上致辞时，代表自己这一代剧作家向这位剧评家的子女这样说，“你们的父亲，”他告诉他们，“是我们当年好运的一部分。”）。马奈的确也向左拉（同样公开地）表示了谢意：为他画了那幅著名的肖像画，作家坐在桌前，后方的墙上钉着一张印刷版的《奥林匹亚》，而桌上清晰可见的，是左拉赞美画家马奈的文选册页。作为批评家，左拉有力、细致、高调，严格说来，含蓄的暗示不是他的风格。艺术的作用是描绘与改变社会——不论是他还是艺术都生而为战。如果美学论战渐变成了政治讨论，那再好不过。

于是就有了隐约暗喻、指名明示以及热心支持，或是谨慎低调地融进小说中，或是直接在报纸上大声疾呼。正如穆尔斯坦指出的那样，巴尔扎克对画家的钦佩欣赏，远超对自己的作家同行。德·阿泰兹这位他笔下最有分量的作家，是个“冷淡、乏味、有德行的人物”，而他那些画家，则全都“快活、迷人、反复无常，常爱搞恶作剧”。不过，这并不适用于巴尔扎克所创造的《无人知晓的杰作》中的主人公弗朗霍夫，那位对现实生活中的艺术家们产生了极大影响的画家。这部作品二十页，故事虚构出弗朗霍夫（年迈，因此不可避免地像“伦勃朗”），令他与已成名的中年画家波布斯（法国国王亨利四世的宫廷画家）以及雄心勃勃的年轻画家普桑对立。弗朗霍夫是马布斯的唯一弟子[2]，一位勤奋自励的天才，艺术水准之高，人皆以之为衡。十年来，他一直在悄悄地绘制一幅将反映他毕生艺术功力的肖像画。普桑骗得他展示了这幅预想中的杰作，可画面上（至少在普桑和波布斯的眼里）只是“胡乱堆积的色彩，用一大堆怪异线条框住，整个儿是一面颜料墙”。要么是弗朗霍夫对于美术的理解高山仰止，无法转译为颜料；再要么，就是他的作品太过超前，要几个世纪以后的人们才能欣赏。他大发雷霆（因为自己，还是那两个来访者？），毁掉了自己所有的画作，当夜便撒手人寰。作为一个短篇，这部小说的结构有些松散，偏偏信息又过于密集；但作为对美术本质、艺术理想及其对人之伤损的叙述，可谓鞭辟入里，这使它成为那个世纪所有以美术为主题的文学作品中生命力最为久长的一部。安东尼·鲁道夫在翻译这个故事时，介绍说它如何令塞尚、毕加索、贾科梅蒂[3]以及德库宁[4]着迷，甚至有可能受到了影响（卡尔·马克思也特别喜欢它）。毕加索曾给它画过一套艺术插图。按照鲁道夫的说法，从毕加索所做的一些取舍来看，他可能没有太仔细阅读原书。

在19世纪的法国，作家与画家之间联系紧密，关系总的来说热忱友好。不过有些作家还要比这更进一步——也或许是他们自以为或自称如此吧。巴尔扎克将自己描述为“文学画家”。穆尔斯坦称呼左拉“作-画家”。莫泊桑赞美绘画，认为绘画高于小说（不过他谈的主要是色彩）。在穆尔斯坦眼中，普鲁斯特有时是个立体主义画家。其中有些说法是不是有点过分，甚至太过分了？比如说，穆尔斯坦的立论中有一个认为“视觉性小说”的问世是法国大革命后各类博物馆涌现的结果。但是作家们［甚至在贺拉斯提出“ut pictura poesis”（拉丁语：诗如画。——译注）之前］一直都努力在读者的脑海中激发出视觉图景，这是他们基本职业职责的一部分。他们上色，他们勾线，他们运用透视，他们调节明暗，他们以前一直在这样做。而在我们这图像泛滥的文化时代出现以前，在读者更为单纯（或者说不这么疲惫）的眼中，书页上的文字能比现在更为到位、更加鲜活地勾勒出一张面孔、一幢建筑、一片风景。

也许你会说，作家是审视，而画家是观看。穆尔斯坦转述过普鲁斯特转述的罗斯金叙述的透纳[5]的一件事：这位英国画家有一次画了一幅画，明亮天空背景衬着几艘轮船的剪影，他把它拿给一位海军军官看。这水手义愤填膺地指出，轮船的舷窗都没画上。画家解释说，考虑到光的缘故，舷窗是看不见的。军官说很可能是这么回事儿，但自己知道那儿有舷窗。作家总是尽可能仔细地打量，但他们很可能会犯错误，明明眼前啥也没有，还是会记得那儿该有个舷窗。但画家就能兼有二者：他们既可以像透纳那样略去舷窗，也可以选择画上它们，因为他们也能看见我们这些人看不见的。

也许是因为19世纪法国作家与画家走得近，让他们中有些人更容易自认为是作-画家。穆尔斯坦所举的例子中，有几个让人印象深刻。比如左拉，在《爱情的一页》（1877）中他从同一视角看巴黎，但按不同的时辰、不同的季节描绘了五种图景，看起来，这与莫奈（未来的）系列画之间必然存在联系（他还在《杰作》中使用了同样的手法）。除此之外，还有他对于镜子那画家般的迷恋；还有他争辩说在巴黎街景中搞些建筑的年代性误植是有道理的，就因为他需要用虚拟的巴黎歌剧院和虚拟的圣奥古斯汀教堂给自己的写作搭建视觉结构。但穆尔斯坦书中提出的并非都是文学新创举，比如他提到左拉风景描述与人物心理状态之间的对应关系，那其实就是华兹华斯式的“自我本位之超凡入圣”[6]，或者，用一个更本土化的例子，就是爱玛·包法利在树林中被罗道耳弗诱奸后，一阵恍惚中觉得万物皆灵。毫无疑问，接触画家能激发对于世界的新视角、微调光影的新方式，但此书的副标题，“艺术热情对19世纪法国小说的塑造”，是言过其实了。事实依然是，我们读莫泊桑不是为了了解色彩，读左拉不是为了弄清光影。我们读左拉，是要了解人的心灵、社会万象以及宿命论的悲剧性发展。此外，两者间还有更进一步、更宏大的差别：就根本而言，左拉（这位“掏阴沟的荷马”，这俏皮话来自《追忆似水年华》里的奥丽娅娜·德·盖尔芒特）的世界是黑暗的，而印象派的世界则是明亮的。

尽管许多法国19世纪画家，从德拉克洛瓦到塞尚，都曾博览群书，有些还从文学中汲取了灵感，但他们中并没有太多人对这一艺术样式本身心怀钦慕（除了奥蒂隆·雷东，他称“写作是最伟大的艺术”）。至于要问到他们怎么看待来自文学界朋友的支持，他们的回应往往会出乎你的意料，多了些微妙，少了点真诚。当然了，有一些人非常直截了当，比如梵高曾在1883年这样写道："左拉和巴尔扎克在这一点上是相同的，那就是对绘画一无所知……巴尔扎克笔下的画家都极其乏味，非常无趣。"巴尔扎克和德拉克洛瓦两人大概于1829到1830年前后相识，一开始互相非常欣赏。巴尔扎克将《金眼女郎》题献给了画家，而德拉克洛瓦几年间在日记里记下了二十页的巴尔扎克语录。但到了1842年左右，两人的关系开始降温，这以后德拉克洛瓦对于巴尔扎克的评价变得尖刻起来。到了1854年，也就是巴尔扎克去世四年后，画家在日记里怒斥《外省伟人在巴黎》的前言。那颂歌式的前言吹捧巴尔扎克，说他"名满天下"，将他比作莫里哀（德拉克洛瓦似乎还不知道写这前言的"编者"几乎可以肯定就是巴尔扎克自己）。而第二天画家说得更具体，他写道：《欧也妮·葛朗台》这样的作品没能经受住时间的考验，而这是因为巴尔扎克的才能"存在无可救药的瑕疵"——他"不懂平衡，不知结构，不讲比例"。

你可以感觉到，多数时候是巴尔扎克在追求，而德拉克洛瓦被追求。而且也许巴尔扎克心目中的那个艺术家并非德拉克洛瓦其人。我们记得曾有人恭维德拉克洛瓦是"美术界的维克多·雨果"，而他的回答则泼了这人一瓢冷水："先生，您错了，我是纯古典主义艺术家。"两人中，是巴尔扎克，而非人们看作浪漫派的德拉克洛瓦，才更是个常梦不醒的幻想家。他幻想将德拉克洛瓦的《阿尔及利亚女人》送给自己的情人汉斯卡夫人——可惜他拿不出那笔钱。作家诸多未能成真的梦中最悲摧的一个是1838年开始做的，当时他已经在四处躲债，却决定要造一栋名曰"若尔迪"的乡间别墅，可以远眺凡尔赛树林。他最初的宏大计划很快便缩减为“寒酸的三层小屋”，但在屋中，他继续做自己的白日梦，从电铃到卡拉拉[7]大理石壁炉一应俱全。室内装潢呢？巴尔扎克也设计好了。罗布在他的传记中苦笑着解释道：

> 墙上空空如也，只有巴尔扎克的炭笔涂鸦成了永久印记：“此处一块奥布松[8]挂毯。”“此处几扇特里农宫[9]风格的门。”“此天花板由欧仁·德拉克洛瓦绘饰。”“此处一块马赛克拼花地板，用群岛产的珍稀木材。”墙上还有炭笔画的拉斐尔，对面是炭笔画的提香和炭笔画的伦勃朗。所有这一切都没有实现，全是标记，不是标注。

德拉克洛瓦是否知道自己曾被悄悄安排给小说家画天花板，那就说不清了。

至于左拉，他对于马奈和印象派画家们的支持要公开得多，宣传意味也要明显得多。画家们对此表示出来的感激也恰如其分，但是对于《杰作》（1885）这部那个世纪最有名的美术题材小说，他们的回应则是复杂的。克洛德·朗捷（娜娜的哥哥）在普罗旺斯长大，继承了一小笔遗产，于是匆匆迁去巴黎，要做画家。他的画作《户外》在落选作品展上恶评汹汹、名噪一时，他随后创立了户外派。他的学生中有些后来小有名气，而他自己却一无所成。他为艺术牺牲了财富、妻子、儿女，到头来却落得两手空空。有一段时间，很多人草率地认为，朗捷是以左拉的同学塞尚为原型的（尽管朗捷和左拉一样，是一个“自然主义者”），而且他们认为，此书的出版导致了两位老友的决裂。这一说法基于这个事实：已知塞尚写给左拉的最后一封信中，塞尚只是感谢他“对我们的回忆做了这么好的描述”，而对小说的主体内容只字未提。

随着另一封写于更晚时间书信的出现，二人不和这一说法已被推翻。不过即便如此，从画家对于这本小说有限的回应中能察觉到一种模棱两可或者说有所保留的态度，这并非捕风捉影，特别是这种含糊态度莫奈也有，在他写给左拉的信里这一点表达得更充分：

> 承您惠寄《杰作》，非常感激。我一向从您的书中获得巨大的乐趣，而此书让我尤感兴趣，因为它提出了一系列关于艺术的问题，而我们对其答案已苦苦寻觅多年。我刚刚读完这本书，必须承认，我感到困惑，而且有些不安。
>
> 您刻意避免笔下的角色与我们雷同。尽管如此，我还是十分担心我们在出版界和普通大众中的敌人会妄议马奈的名字，或者至少是我们的名字，将之与失败相提并论，我相信这绝非您的本意。请原谅我提到这一点。我无意以此来责怪您。我读《杰作》时很是享受，每一页都唤起一些美好的回忆。而且您一定是知道的，我是您的超级书迷，对您充满仰慕之情。我的战斗持续了多年，而我担心，我们这才刚刚实现目的，敌人就会利用这本书给我们以致命一击。我这般信马由缰随笔写来，千祈包涵。代问左拉夫人好。再次感谢。

这封信很有趣，让人着迷，原因有很多：责备中透着温文尔雅；同样是提到被那书唤起了“美好的回忆”，而不是赞扬它对美术与画家的真实反映；认定公众会将朗捷认作马奈（而非塞尚）；还有，也许这一点最重要，其中流露出的脆弱感——近乎受害狂想般地担心这部小说会重创印象主义大业。尽管在过去十五年里这一运动一直势头强劲，但显然莫奈相信对它的批评或曲解仍能令它毁于一旦，尤其糟糕的是，这种批评或曲解来自一位朋友和支持者，而不是一直以来的敌人。

当莫奈在信中说印象派画家的名字会与“失败”相连时，他也是有针对性的，不过还可以用在其他地方。克洛德·朗捷所代表的是（用穆尔斯坦的话说）一种“消极完美主义”，和弗朗霍夫的如出一辙（尽管左拉极力否认自己受到巴尔扎克的任何影响）。在左拉尚未动笔写作《杰作》之前，他的朋友保罗·亚力克西便提到，小说家正“计划对艺术不能现象背后骇人的心理机制做一番探索”。左拉自己在谈现代生活之“歇斯底里”时曾指出：“画家们不再是威武强大之人，头脑清醒，四肢有力，一个个都是韦罗内塞，都是提香。大脑机器已脱轨。神经质已占了上风，一只只羸弱、疲惫的手现在只试图创造出心头幻象。”朗捷就是一个雄心过大的创造者，用左拉的话说，他“没能解放自己的天才”，于是毁掉了自我以及自己所有的心血。

毕沙罗不觉得这本书会对印象派画家造成多大伤害，即便它“说到底也不是部什么了不起的小说”；不过你能理解莫奈为什么会“不安”。如果他们最大的拥护者这样描绘自己心目中的现代画家——疯癫狂热，充满毁灭与自我毁灭之力——那一般人又会怎样想？事实是，大多数印象派画家勤奋努力、坚持不懈、明智知理。他们当然会毁掉自认不好的画作，但绝对没有到疯癫狂热的地步（那个可随意套用的梵高传说此时尚未建构起来）。还有一点，且是关键的一点，在左拉描述艺术的病理时，他用的人物原型实际上既不是马奈也不是塞尚，而是他自己。他在构思《杰作》时做的笔记中写道："简而言之，我要描述自己个人的创作经历，描述那持续不断、令人难忍的分娩阵痛；但我要用悲剧来展开这个主题。"

然后——jamais deux sans trois（法语：祸不单行。——译注）——莫泊桑冒了出来，让小说家的这个无心之过雪上加霜。莫泊桑也是位优秀的艺评家，理解印象派画家们，也为他们所欣赏。1889年，《杰作》问世三年后，他出版了《如死一般强》，这是他最为人低估的一部小说。小说主人公奥利维耶·贝尔丹是一个摩登、走红的上层人物肖像画家（用穆尔斯坦的说法是"保守印象派"），听上去很有些像雅克-埃米尔·布朗什[10]的前身。他被吉耶里伯爵雇用，为伯爵夫人画肖像，然后，也许无可避免（这毕竟是部法国小说），成了她的情人。两人的关系持续了十年，而他为她所作的画像则悬挂在宅中最显眼的位置。还有什么能比这更潇洒、更世故、更具巴黎风情的吗？坏就坏在，伯爵夫人有一个女儿，越长越像母亲（因此也越来越像那幅画像），而随着做母亲的（不同于她的画像）日渐衰老，画家发现自己越来越对那个女儿着迷……

穆尔斯坦提到最近一个说法，认为莫泊桑故事源于文学界：传说屠格涅夫在与波利娜·维亚尔多[11]及其丈夫保持了多年愉快的ménage à trois（法语：三角家庭。——译注）关系后，极为不幸地爱上了维亚尔多夫人的女儿克洛迪。的确，这部小说在文学上产生了一个颇有分量的后果：福特·马多克斯·福特的《好兵》（1915）。后来回首往事时，福特写道："当时我雄心勃勃，发誓要像莫泊桑在《如死一般强》中对法国小说做的那样，给英国小说带来点新气象。"他从莫泊桑那里搬回来极端逾礼之恋这个主题，还有轻松写意的青春恋与孤注一掷的黄昏恋之间那种让人痛彻心扉的差别。正如贝尔丹在试图理解（虽无法减轻）他的痛苦时所说："错在我们那不会衰老的心。"面对这无解的感情——以及社会——困境，画家扑倒在一辆公共马车轮下。于是，又一位小说家笔下的画家饱受精神折磨、自杀而亡。你甚至觉得，印象派画家们大概应该联名请愿，抗议这种对自己行业反反复复的不实描述。

弗朗霍夫、朗捷、贝尔丹……至少普鲁斯特的埃尔斯蒂尔没有发疯也没自杀。比起当代美术，普鲁斯特本人对古典绘画更感兴趣，不过他对一些印象派画家还是很赞赏的。他还有一套观赏画作但避免正面讨论的方法（斯万也深谙此道）：他不作美学评价，而更喜欢琢磨画中人物能让他想起时髦社交圈里的哪一位。闪烁其词乃是大道。埃尔斯蒂尔符合普鲁斯特的文学手法，是许多画家的合体，尽管他依然有不少或隐或现的现实依据。德·盖尔芒特夫人一边示意仆人给马塞尔的芦笋上再浇些掼奶油调味汁，一边这样说："等等，我可以肯定，左拉写过一篇论埃尔斯蒂尔的文章。"（而芦笋则是另一个提示：同马奈一样，埃尔斯蒂尔也画过一把这玩意儿。）

不过，提到《追忆似水年华》，大家都会想起的不是埃尔斯蒂尔的哪幅画作，而是维米尔的《代尔夫特小景》。普鲁斯特1902年在海牙第一次看到这幅画，后来于1921年在巴黎又看到了它——这一次它让他头晕目眩。他称因为有了那小小一段出名的“黄墙”，它成了“世上最美丽的画作”。维米尔也是斯万最喜欢的画家，实际上，他写过一篇论文谈其画作（书中有一处，德·康布勒梅夫人问，“您认识维米尔家的人吗？”——而阿尔贝蒂娜则以为他们都是仍然在世的人）。坦白地说，我第一次看到《代尔夫特小景》的时候，甚至不觉得那是那场展览中维米尔最好的作品，而且也没发现我该赞美的那段墙在哪儿。最有可能的一抹色块，细看之下原来是个屋顶；而叫人糊涂的是，尽管屋顶是黄色的，下面那窄窄的一道墙更像是橙色的（这一切似乎证实了我一直怀疑的一点，那就是我永远成不了铁杆普粉）。在《追忆似水年华》里，将逝的作家贝戈特在报纸上读到说这幅画被从海牙借来展出了，记者特别赞美了“一小段黄色的墙面”。贝戈特本以为自己对这幅画了如指掌，却想不起来这一个细节，于是出发去看这场展览，走近这幅画时，突然就和他的创造者一样，也感到一阵晕眩。他定睛凝视着那一小块黄色（事实上，也许该说橙色）的墙，“像孩子盯着一只自己想要抓住的黄蝴蝶”。“我当初就应该这样写作的……我刚完成的那几本书太空洞了，我应该刷上好几层色彩，应该让我的句子字字珠玑，就像这一小面墙一般。”他反复嘟哝着，“一小块黄色的墙，斜屋顶，一小块黄色的墙。”他瘫倒在一张圆沙发上，然后滑到地上，断了气。

“绘画杀死了作家？”如果真是这样，那么对于所有那些由应

《代尔夫特小景》局部(维米尔)

该深具同情之心的小说家创造出来又被逼着自戕的画家们来说，这也算是一个迟到的报复吧。

译注

1 德塞森特，于斯曼小说《逆流》中的主人公，痛恨19世纪资产阶级社会，试图躲进自己创造的理想艺术世界，家中满是艺术收藏品，最多的是莫罗的画作。

2 此处提到的四位画家中，除了弗朗霍夫为虚构人物外，其余三位均为历史人物。波布斯指的是小波布斯（Frans Pourbus the Younger, 1569—1622），弗莱芒画家，出生于绘画世家，其祖父与父亲皆是欧洲文艺复兴时期知名的画家。小波布斯以擅长肖像画著称。代表作有《法王亨利四世》《伊莎贝拉公主》《玛丽·德·美第奇》等，曾供奉欧洲多个王廷。马布斯即扬·戈沙尔特（Jan Gossaert, 1480—1541），尼德兰画家，16世纪欧洲杰出的肖像画家之一。代表作有《供养人的肖像》《达娜厄》等，马布斯（Jan Mabuse）为其借出生地名自取的别称。关于普桑，请参见本书《席里柯》一章译注8。

3 贾科梅蒂（Alberto Giacometti, 1901—1966），瑞士雕塑家、画家，1922年起在巴黎从事创作，在立体主义绘画和存在主义哲学的影响下形成自己的独特风格。20世纪30年代投身超现实主义运动，创作了《凌晨四点的宫殿》（1933）等具有自己特点的作品。主要作品还有《遥指》《市区广场》《彼得·瓦特生画像》等。

4 德库宁（William de Kooning, 1904—1997），美国抽象表现主义画家，出生于荷兰。作为一个重要的抽象表现主义艺术家，德库宁是行动画派的领导人之一。代表作为1952—1955年间创作的组画《女人》。

5 透纳（Joseph Mallord Turner, 1775—1851），英国风景画家，擅长水彩画，融合油画与水彩技法，追求光与色的效果。代表作有《雨、蒸汽和速度》《海上的火》《议会大厦的焚毁》等。

6 "自我本位之超凡入圣（egotistical sublime）"是济慈在1818年的一封信中提出的文学创作理念和风格。在信中，济慈区分了两种文学创作理念，一种是以莎士比亚为代表的"消极能力（negative capability）"，即作家能够容忍未知、困惑，不一味追求事实和理性，能够抽离自我、与笔下人物共情的能力；以及与之相对的、以弥尔顿和华兹华斯为代表的"自我本位之超凡入圣"，即将诗人的自我意识与身份注入万物、使之符合自己的理想体系的创作理念和风格。

7 意大利城市，是优质大理石的主要产地，米开朗琪罗便钟爱此地出产的白色大理石。

8 法国南部小镇，自16世纪起成为欧洲的织毯生产中心，1655年被授予"皇家工厂"称号，为皇室贵族提供挂毯与地毯。2009年，奥布松织毯被联合国教科文组织认定为世界非物质文化遗产。

9 凡尔赛宫内的巴洛克式建筑。

10 雅克–埃米尔 · 布朗什（Jacques-Émile Blanche, 1861—1942），法国画家，以绘制文化艺术界名人肖像画著称，风格模仿庚斯博罗、马奈和萨金特，活跃于伦敦和巴黎画坛。代表作有《普鲁斯特像》《詹姆斯 · 乔伊斯像》《奥伯利 · 比亚兹莱像》等。

11 波利娜 · 维亚尔多（Pauline Viardot, 1821—1910），法国19世纪著名女中音歌唱家、音乐教育家、作曲家。

德加：哼，嘿，哈

法国的日记大作家儒勒·列纳尔（1864—1910）对文学以外的艺术样式缺乏兴趣。当拉威尔找到作家，提出要为他《博物志》中的五首诗谱曲，他却不理解这样做意义何在。他没有禁止拉威尔谱曲，但谢绝邀请，不去观看首演。他曾耐着性子听了德彪西的《佩利亚斯与梅丽桑德》，却只觉得它“阴郁乏味”，情节“幼稚”。对于美术，他的态度稍微积极一些：他欣赏（并且认识）劳特累克[1]，认可雷诺阿，但觉得塞尚粗野、莫奈的睡莲“阴柔”。这与其说反映了他的鄙陋庸俗，不如说是他在直言不讳地承认自己对这一领域没感觉。而且，对于美术他还真说过一句极妙的话，1908年1月8日他写道：“当我站在一幅画前时，发现它比我会说话。”

这是一句带有责备意味的说法，因为我们中大多数人站在一幅画前时，从不给它足够的时间说话。我们在它面前喋喋不休，深谈它，浅聊它，搭讪它。我们不由分说地要理解它，称量它，开拓它，

"好友"它。我们将它与它让我们联想到的其他画作相比较，我们读墙上的标牌，确认它是（比如说）一幅粉彩上色单刷版画，然后再看看它现由哪家美术馆或哪位富豪收藏。然而，除非我们训练有素，否则对这幅画与美术史的关联（因为它总是和美术史关联着的，哪怕是负面的关联）就至多有个大略的了解，不会更多。结果就是，我们对着它一通言语汹汹，完事接着去看下一幅。

2017年是德加去世一百周年，巴黎、伦敦、剑桥纷纷推出重磅展览，而这或许也正是我们该暂时关上自己话匣子的时候。尽管列纳尔似乎没有与德加见过面，也没有评价过他的作品，两人却有着相似（而且同样真假参半）的名声：乖戾粗暴，口无遮拦，孤僻不群。而德加若知道列纳尔面对画作时常谦恭谨言，是会赞赏的。画家曾对乔治·穆尔[2]说道：

> 一个人看不到一幅画的出色之处，你觉得你能把那些地方给他说清楚吗？……我能找到最合适、最明晰的词语来表达我的意思，我同最聪慧的人谈过艺术，可他们弄不懂……而对于能弄懂的人来说，语言是多余的，你只要说"哼，嘿，哈"，一切就尽在其中了。

在德加看来，"文学之于美术，唯有伤害而已"：以美术为主题的著作只是让画家们更自负，并没能提升公众品味。那些到处去摆"画家架子"的人也许收获了名气，但若是名气对艺术无益，要它又有何用？他鄙视那些追逐荣誉和头衔的人。马奈有个孩子气的古怪愿望，希望自己登上巴黎的任何一辆公共马车时都能被人认出，对于这位老友，德加尚愿意原谅；但是对于热衷自我宣传的惠斯勒，他则严厉尖刻：“我亲爱的朋友，看你平常的表现，就像自己毫无天赋似的。”

左拉是马奈的公宣大推手，而画家则回报以一幅熠熠生辉的作家肖像。当被问到自己怎么看德加时，左拉傲然答道：“这种一辈子关起门来画芭蕾舞女的人，说他在地位和实力上可以比肩福楼拜、都德、龚古尔，我是不能接受的。”对这通蔑视的回应同样激烈：德加认为那无所不包、荤素通吃的卢贡-马卡尔家族系列不过就是左拉“按巴黎电话簿挨个儿写了去”罢了。但两人的分歧比这更深刻。德加关于小说的看法是在私下说的，而左拉的艺术理论则公之于众了。但德加特别不赞同左拉的核心观点，即艺术是“禀性”的流露。如保罗·瓦莱里在《德加·舞蹈·素描》中所说，在德加看来，一件艺术作品包括“若干试作，以及随后的一系列操作”。左拉尽管极为推崇自然主义，但从艺术动机角度来说，他是浪漫主义的，而德加则在本质上是古典主义的。德加还进一步指出，左拉创造那个雄心勃勃、孤注一掷，最后自我毁灭的画家克洛德·朗捷，是在试图“证明作家远胜画家”。

如果将画家与作家配对的话，我们或许可以认为正如马奈配左拉，德加和马拉美也很搭。两人都与世隔绝，清高孤傲，离群索居，不过我们也就只能到此了。德加珍惜马拉美的友谊与往来，但认为他的作品是“天赋异禀的诗心在轻微精神错乱控制下产出的果实”。德加自己写过二十首十四行诗，瓦莱里赞为“非凡”，不过我们也应该记得，德加曾经向马拉美抱怨他的诗思诗念简直是太多了，诗里根本装不下，而马拉美则回道："可是德加，诗并不出自诗思诗念，诗出自词汇语言。"瓦莱里认为德加是一位"纯粹的艺术家"，对于"生活中任何无法入画、或无法直接为之所用的事物都惊人地无知"。日记作者亨利·凯斯勒[3]则用不同的方式表达了同样的看法：1907年6月他在巴黎见到德加，之后写道："他看起来像一位可敬的老爷爷，准确地说，那张脸饱经风霜，但那双眼睛——那眼睛属于一位未染俗尘的使徒。"这个时候的画家，用瓦莱里的话说，已是"越发狂躁，专横霸道，叫人无法忍受"。或者，按凯斯勒的总结，那天晚上会面结束时，他已是个"狂热、疯狂的傻瓜。"

德加爱谈艺术，但痛恨别人（特别恨作家）谈。不过这也没能让谁闭嘴。画家们越是回避公众，越是把自己埋在艺术之中（还有，那艺术创作越是伟大），对他们的闲言碎语、说长道短就越是肆无忌惮。塞尚住在采石场里，因此他和他的作品是"粗俗的"。德加对于不遵礼仪的不速之客，也同样不讲礼貌地不予接待（他的画室就是他的采石场），他还很少公开展出自己的作品。所以嘛，他肯定哪里有点问题，是不是？他去世没多久，画室里的东西也才刚刚卖掉，便出现一本《德加和他的模特》①，分两部分刊登在《法兰西信使报》上。此书据称是某位"波利娜"的口述记录，由"艾丽

① 《德加和他的模特》，艾丽斯·米歇尔著，杰夫·耐吉译（大卫·茨威默出版社，纽约，2017年）。——作者注

斯·米歇尔”整理、以第三人称写成。这“艾丽斯·米歇尔”有可能是小说家“拉希尔德”(《信使报》的共同主编和创始人之一)。这本爆料书与其说是“先亲吻再告密”,不如说是“先摆姿势再告密”[4]。评价这书不大容易,它非同寻常,译成美式英语后尤其如此,说德加是“一碰就炸、苛刻严厉的老秃鹫”,一个“老疯子”,等等。这位身份不明的波利娜(画家有过三位叫此名的模特)为他摆了十年的姿势,但是她的叙述集中在1910年,而那个时候德加由于视力恶化,已基本上只能做点雕塑。按她的描述,他难以相处、喜怒无常、粗鲁无礼、反犹排犹、一嘴臭话、一毛不拔。他还要求她摆出一些别扭、难受的姿势,而且在用比例规时那尖角有时会划到她。在模特眼中没有哪个画家是英雄。尽管如此,这工作她一干十年,这一事实让她的抱怨显得不那么真切。他提供了稳定的工作,在他自己不想干活时会照付工资给她,而且不时地也会表现得迷人、幽默、轻松随意。她一边自夸地承认,在他面临艺术创造力枯竭、苦苦挣扎之时,自己对他怀有某种疼爱;一边向我们报告他一晚需要小解六七次:他有尿路感染,喝樱树皮煮的水治疗。同样值得指出的是,其中没有发生什么#MeToo[5]那样的事——“他对自己的模特总是规规矩矩的。”她证实。他与某些人不同,比如说皮维·德·夏凡纳,他常常问自己的模特:“你想不想看看大人物的鸡鸡?”

我觉得,今天大家抬头看皮维那些暗淡呆板的大壁画时,不会有人想到他的鸡鸡(或是他的虚荣)。但是,评论家和参观美术馆的人们在观看德加的作品时,往往会融入自己所知以及自以为所知的东西。对于这一习惯,他们最好记住瓦莱里是怎么说的:

> 你可以收集所有可收集到的拉辛生平事迹，但你休想从其中学到他的诗歌艺术。所有的批评都受到一个陈腐理论的主导，即人是作品之因，就像在法律的眼中，罪犯是罪行之因一样。太离谱，两者都是果。

《德加和他的模特》中所写最滑稽（非刻意为之）的一刻，是波利娜瞥了一眼他正照她的模样做的小塑像：

> 她本可以（对他的其他毛病）多一点容忍，如果德加至少没有歪曲她的面容的话，而她的面容人家都说长得雅致漂亮。但他让那塑像露出的，是之前让她震惊、在他的画中反复出现的粗俗表情。

可怜的波利娜！不过她若是知道，对于德加之粗鲁无礼，自己的愤慨早已获得社会最高阶层人士的认同，大概可以开心一点。1883年，拿破仑三世的堂妹、专门收集著名画家与作家作品的玛蒂尔德公主，听到别人提起德加的名字，顿时大发脾气："居然有那样的狂徒，把人的嘴巴鼻子画成那样，你能谅解他吗？……哦，我真想把他的脑袋砸在他的画上！"

所有的男人都是女性裸体的专家；所有的女人和公主也是。而随着我们的专业素养而来的，还有多重的先入之见，其中许多都是艺术史本身创造的。但在重要画家中，有哪位的女性肖像画如同德加这样受到百般诋毁的？毕加索也许算一个，但那往往源于某种对现代艺术本身的调侃性（且多半是男性的）危机感（某一年纪的男人们也许记得那幅公厕涂鸦：两个立方体，下注“毕加索的蛋蛋”）。然而德加的作品却一直被作为对艺术和女性的双重冒犯，也冒犯了社会对于这两者的理解。人们对于他那尊《小舞女》的激烈反应（许多人觉得它过度真实，令人压抑，甚至叫人作呕）便是一个典型的例子。具体的罪名也许会变，但罪犯一直站在被告席上。有的时候，其罪在“狂妄鲁莽”，未遵循美术界对于女性那永恒不变的理想，未将她们画成肌肤光滑、曲线玲珑（实际上，要按小报上喜欢用的词，是“前凸后翘”）、没有体毛、极致完美的化身。有的时候（比如在波利娜这里），其罪是冒犯了女性的自我意识和自尊自负；此外，还冒犯了巴黎人心目中的天启真理：法国女性，禀先天基因、经后天教养，是世上最时髦高雅的。还有的时候，人们直接指责他患有厌女症。比方说，起先理解和赞许德加的于斯曼就认为他“画舞女时心怀恐惧”。碰巧的是（而且有些不大真实），波利娜告诉德加“前几天我读了于斯曼写的一本小册子，对于你他可真有不少话说呢”。画家回道：“于斯曼？他是头蠢驴……他对这（美术）一窍不通。偏偏这些雇佣写手都以为自己绝对有能力写艺术评论。好像绘画不是天下最难入门之事似的！”

还可以加上：好像个人观点、个人“禀性”以及经“一系列操作”后产生的艺术作品之间的那种关系是件可以轻而易举弄明白的事似的。德加随口说过自己希望能像“透过钥匙孔”那样观察女性，还有他多幅裸女画像中模特都扭过脸不对着观者，这都已掀起了轩然大波。钥匙孔——窥淫癖——变态——抹杀女子个性的家伙，那些人随口断章取义、满嘴道德教化，他们的逻辑就是这么来的。但你可以（而我正要）指出事情恰恰完全相反：这些画作本来就不是肖像画（或者说不是波利娜希望见到的那种）；画中的女性不是男性凝视的受害者，她们根本没有理睬它；德加画的是女性洗浴、擦拭、梳头这样的私密行为，这种时候她们的思绪向内，我们这些观看者并不在她们眼中。再者说，即使德加画的不是雇来的裸模，而是日常生活中穿戴整齐的女子，他表现的也常常是她们与人窃窃私语的神秘瞬间，此时不容我们走近。剑桥菲茨威廉博物馆那场展览上最为动人画作中的两幅，一幅是《咖啡馆里》，画中两位女士坐在桌边，一位扭开脸去，显然十分痛苦（悲恸？心碎？意外的诊断结果？），另一位一只手下意识地拈着一朵花，满脸的同情，但却无能为力；还有一幅大尺幅粉蜡笔画《赛马场三女》，画面中央的那位背对着我们，另外两位侧着身子，一位只露出四分之一个身子，另一位四分之三。在两幅画中，“我们”都是局外之人。德加以一种兴趣盎然的方式描绘着女性的共谋、女性的封闭。

一旦你注意到“共谋”（涉及社交及职业两方面）这一主题，你就能到处看到它：两位女性端详一件首饰（剑桥）；咖啡馆里两个男人躬着腰在一起研究一张报纸（伦敦）；两个小芭蕾舞女和母亲（或者是老师）一起准备舞蹈考试（剑桥）；两个女人坐在一个剧院包厢里（伦敦）；一对筋疲力尽的洗衣妇（伦敦）。还有，在奥赛美术馆：两位蓝衣舞女在休息、闲聊，其中一位紧握着自己的一只脚掌；两个蓄着胡子的雕版工，并列侧身犹如兄弟，正凝视着画外某

《咖啡馆里》(德加)

处，整幅画是恰到好处的暗铜色色调。还有，那幅乍看之下颇具迷惑性的让托夫人肖像：她的左侧身子迎光，已妆扮好准备出门参加社交活动了，此刻看上去像是正和一个用深色调草草描出的女人在说话。然而并非如此，另一个女人是她在镜中的映像，而这幅肖像作品表现的则是人的外观与内在、明朗的人前形象与阴郁的人后形象之间的关系。而再想一想德加那幅人们复制最多的画作《苦艾酒》，那描绘的难道不正是两个一脸茫然的醉鬼之间无声的共谋吗？

德加早年常让画中人物直视着他（以及我们），有时则是画家本人在这么做。他有不少的自画像，有些平和文雅，有些忧心忡忡，直到三十一岁他才彻底放弃了自我呈现。他似乎悟出了，当人们不被时时提醒有人在看着他们时，他们不仅更自然（更放松），而且能透露出更多的自我。他那幅伟大（尺幅也最大）的画像《贝莱利一家》，创作于1858年至1867年间（德加二十四到三十三岁之间）。画中有四个人，各自看向不同的方向，视线并不相交，而乔瓦娜，即最左边那个女儿，是唯一一个直视我们的。最强势的人物是画中的母亲，站在年幼的女儿后面，凝视着画外我们右侧的位置，若有所思，盛气凌人。但在此画现存众多前期草图中最完整的一张（大约作于1858年至1859年）上，那位母亲是直视我们的。通过调整她脑袋的朝向，令一家人眼睛看向四个不同的方向，使画有了更强的张力，同时也暗示着家庭失和，并无共谋关系。当然，画家成稿的过程肯定比我们想象的更复杂、更有赖运气，但这个"决定"（如果它真的像看上去这般理性的话）似乎是严谨而正确的。

德加最早追随的大师是安格尔。安格尔笔下的女性（宫女、维纳斯、女神）为达到某种完美都经过了雕琢、脱毛、畸变：给她们超过常人数量的脊椎骨，拉长躯干，放大臀部，削瘦双腿。瓦莱里说得没错，安格尔的裸女常常就像蛇颈龙。但很少有谁对安格尔有什么怨言。而德加正相反，他描绘的女性都不是理想的，她们疲惫，烦闷，有痒要抓、有鞋带要系，肥胖——不是鲁本斯那种雄伟壮硕，而是伦勃朗那种平庸俗气的、吃出来的肥胖。你更喜欢哪一个？

有的时候，这似乎是个直截了当的问题：你/我们究竟看到了什么？在菲茨威廉博物馆，有一幅描绘妓院场景的单版画《两个女人》。我和平面造型艺术家波西·西蒙兹[6]一起端详它。画中有两个紧挨着的女人，丰满、友善、矜持。同样的，两人之间存在共谋，靠前那个女人睡衣的肩带似乎向后延展，同后面女人的头发连在了一起，这证实了这一点。画面的黑色基调被女人唇上几笔红色打破，左下角的角落中还有稍大的一团红色，可能是个提包，或是椅子的一部分。这是一幅基调轻松愉快的画，几乎完全由两个女人所占据，背景潦草，是一面镜子，镜中映着一盏圆灯。画中的气氛好似莫泊桑的反转故事，其中的妓女实际上远比她们那些虚伪的嫖客或者一本正经、一脸鄙夷的中产阶级更为诚实快乐、世事洞明。我俩都认为这就是我们所看到的。然后我们读了墙上的标签，直接从展览目录册上抄来的："德加……以令人不安的方式为我们描摹了两位怪诞诡异的烟花女，她们脸上涂脂抹粉，嘴唇如吸血鬼般'血红'，映着邋遢密室中的灯光，活像皮耶罗[7]一般。"怪诞诡异？吸血鬼般？令人不安？而且还邋遢？

三场展览上，只有一幅画（在菲茨威廉博物馆）表现了欢笑或微笑着的人物，不过它并非德加之作，而是德加之像，是博尔迪尼[8]所作：炭笔画《咖啡馆桌旁的德加》（1883）。画中，这法国人一脸顽皮，眼角鱼尾纹皱起，笑眯眯的，正侃侃而谈；一个大笑着的女人，只露出小半张侧脸，几乎脸对脸地坐在他对面。这对我们是个很好的提醒：在变成一个"一碰就炸……的老秃鹫"之前，德加是个睿智、很有魅力的人，这与他的艺术既风趣迷人，又具有高度严肃性和视觉冲击力不无关系。例如，在《赛道》中，有一匹马向清晨的冷空气中呼出长长一口白气；你一愣，然后意识到实际上这是同一时刻远处一台蒸汽机车喷出的白烟（你之所以会上当，部分是因为你并没有料到一幅德加的画中会有蒸汽机车，但它就是有了——正如在《绅士们的比赛》中，在骑手和他们的坐骑后方，远远地立着一排修拉风格的烟囱）。

德加去世一个世纪之后，我们才刚刚开始接受他的成就，承认他作为真正现代画家的地位。他的画作比马奈的更进一步，表现的完全是当下的生活。在他整个艺术生涯中，他只展出过一幅有历史或《圣经》背景主题的作品，是早年创作的《中世纪战争场景》。埃德蒙·德·龚古尔1874年时意识到，"迄今为止，我所遇到的所有艺术家中，就表现现代生活而言，他最能捕捉到时代之精神"。德加将人物置于前所未有的位置：一直推到画布边缘（《六友在迪耶普》），或让那些脑袋都挤在上方的角落里（《舞蹈考试》）；他大胆

《咖啡馆桌旁的德加》（博尔迪尼）

填满（或者说清空）画布四分之一或甚至更多的空间，涂上单一的色彩或重复的影线；他倾斜视角以突出地板；他是无垠空间之主、画面裁剪之王。他设法做到了同时追随安格尔与德拉克洛瓦，由此暂时化解了那个世纪线条与色彩之间漫长的争斗，用他自己的话说：“我是个使用线条的色彩画家。”而在他那个时代的人只看到丑陋的地方（如今有些人依然如此），我们现在也许能够意识到那是彻底的真实，还有他那使徒般眼中流淌出的某种严苛的温柔。我们到现在还在评估他，证明这一点的是2015年纽约现代艺术博物馆那场令人激动的画展，那次展出的是他的单刷版画，包括他在19世纪90年代初期所作的风景画，风格大胆洒脱，近乎抽象。他是一个了不起的观察者，对劳作及劳作对人体造成的暂时和长期影响观察入微。而尽管有人对他的裸女和芭蕾舞女颇有微词，据我所知，从来没有谁对他的洗衣女工说三道四，也许是因为人们对于她们没有那么多的固定观念、刻板印象。龚古尔证实，德加总是做“认真充分的前期研究”——他“会说她们的语言，能解释压、熨过程中不同动作的技术要点”。于是，她们就这样汗津津地跃然纸上了，打哈欠，伸懒腰，猛压熨斗，吼出指令，三三两两地共谋——而且，当然了，完全无视我们的存在。

瓦莱里有言，一首诗（或一件艺术品）永远不会被完成，只会被放弃。而德加是此番断言的终极典范。他不断重画同样的图景，一层描画纸接着另一层，调整，再调整，改进，放弃，从头再来。有一次艺术家们共同出书，其他人负责的部分都交来了，唯独德加迟迟不交稿，令马拉美忍无可忍，说德加是“那个卓越但不守时的画家”。但“守时”无关紧要，特别是同完美相比时。还有一点让德加恶名昭著的，就是他总想要改进大家认为已“完成”了（实际上，已装框、悬挂上墙了）的作品。他渴望能够抹去《把杆边的舞女》中那把趾高气扬地立在左面边缘处的喷壶——也许是因为他觉得自己在《舞蹈课》中找到了更好的处理方法，那里，同一把喷壶（上面签了他的名字）被低调地藏在左下角的角落里，喷嘴被画边裁掉一半。他曾经拿走了属于埃内斯特·鲁阿尔父亲[7]的一幅画，去“润色一下”，很快（或者没那么快）把它给“润色”毁了。据说，德加画作的收藏者们会将画锁在墙上，以防画家来召回：这是谣言，但这谣言里藏着更高的真理。他始终在完善，从来未完成。

译注

1 劳特累克（Henri Toulouse-Lautrec, 1864—1901），法国画家和书画刻印艺术家，善于描绘人物本质特征，吸收日本浮世绘技法，自成一格。代表作有油画《面对面的晚餐》、石版画《她们》，以及以妓女为主题的《在酒吧里》等。

2 乔治·穆尔（George Moore, 1852—1933），爱尔兰小说家、艺术评论家，早先曾想成为画家，并于19世纪70年代在巴黎学画，结识了当时法国许多重要的画家和作家。

3 亨利·凯斯勒，即哈里·冯·凯斯勒伯爵（Count Harry Clemens Ulrich Graf von Kessler, 1868—1937），德裔作家、外交官、现代艺术资助人，1880年开始记日记，其一战前的日记留下了关于欧洲文化、艺术、戏剧、政治生活的宝贵记录。

4 英语中，曝光名人隐私以换取名利的著述、采访等被称为“kiss-and-tell”，因为其内容往往是关于该人的风流韵事。此处，巴恩斯对该词稍加调整，称这部据称由德加的模特口述而成的书是“pose-and-tell”——模特先受雇做德加的模特儿，摆姿势供其描绘，然后以此经历出书，“披露”画家隐私，借以牟利。

5 即MeToo运动，自2017年起互联网上掀起的呼吁曾遭受性侵或骚扰的女性挺身而出，在社交媒体上发文讲述自己的经历，并打上#MeToo标签，以唤起社会对女性权益关注的运动。

6 波西·西蒙兹（Rosemary Elizabeth“Posy”Simmonds, 1945—　），英国卡通画家、儿童书籍和图像小说插画家、作家。代表作有曾在《卫报》上连载的《杰玛·包法利》《塔玛拉·德鲁》，少儿图书《弗雷德》《拉文德——天下最勇敢的兔子》等。

7 皮耶罗（Pierrot）是法国哑剧中的定型男丑角，一般穿白褂、涂白脸、头戴宽檐圆帽，有时也会涂鲜红的嘴唇。

8 博尔迪尼（Giovanni Boldini, 1842—1931），意大利画家，是当时最有声望的肖像画家之一，主要活动于巴黎和伦敦。除肖像以外，其所画的巴黎街景也相当出色。

9 埃内斯特·鲁阿尔（Ernest Rouart, 1874—1942），法国画家、艺术收藏家，德加的《把杆边的舞女》曾被他收藏。其妻是贝尔特·莫里索与欧仁·马奈的独女朱莉。其父亨利·鲁阿尔（Henri Rouart, 1833—1912）也是一名画家、艺术收藏家。

德加：与女人

伟大的艺术家容易惹来各种低劣的中伤，低劣但发人深省。专画巴黎郊区景象的让-弗朗索瓦·拉法埃利（1850—1924）1894年时宣称，德加是一个“企图将女性的隐秘形态下流化”的画家，是个“肯定厌恶女人的人”。拉法埃利援引了德加一个模特的话为佐证：“他是位奇怪的先生——我给他做模特，坐那儿四个小时他一直在给我梳头。”埃德蒙·德·龚古尔（他自己也没少怀疑挖苦德加，他待谁都这样）在日记里记下了这些指控，还加了一段故事，一锤定音。这个故事是作家莱昂·埃尼克告诉他的。埃尼克曾经有过一个情妇，她的妹妹是德加的情妇。埃尼克的“小姨子”好像抱怨过德加“缺乏情爱手段”。

这还不明白吗？他那玩意儿太小（而且/或起不来）；在模特面前举止怪异；痛恨女人；在画里大肆诋毁她们。案子了结，被告有罪，带下一个艺术家上来，好屠戮其生平。这种蠢话已有一个多世纪了，一般也认为是出于嫉妒（那个时候，拉法埃利自己也正准备进行女性题材的创作），但我们可不要宽容地一笑置之。下面这位，托比亚·贝佐拉，可是我们这个时代的评论家：

> 没人知道德加有没有和女人发生过性关系。不管怎么说，并没有证据证明他有过……对于女性性征，他的反应中交织着窥淫欲与嫌恶感，（他）描绘妓院景象的一系列单幅版画便是这种反应的极端例子。

或者，如果你喜欢更概括综述的说法，那就听听诗人汤姆·波林[1]在《深夜秀》[2]上的话吧。波林去参观1996年国家美术馆[3]举办的德加展之前，已经认为德加仇视犹太人，是反德雷福斯派[4]：

> 去美术馆前，我在想，这会如何影响画作？我一开始觉得，你在画里是看不出这点的，我好好欣赏它们的美就是了。但接着我想起在哪里读过的一本研究艾略特的书（作者是安东尼·朱利叶斯[5]），里面说厌女与排犹联系紧密，于是我意识到我们在这场展览里看到的，是摆出各种扭曲姿势的女人……她们就像耍把戏的动物，她们像动物园里的动物。这里有对女人深深、深深的厌恶，然后我想，这让我想起什么呢，然后我想，嗯，这些人体就像是出自集中营里的医生之手……我现在正身处一个充满深深、深深仇恨的人的头脑里……我觉得这里有暗示——简单地说，他在想的是女人上

《德加封神》（德加、沃尔特·巴恩斯）

厕所，而且我觉得这是他的性兴奋点。他是那种喜欢丰臀肥乳的老式男人——一个在擦拭自己的女人——我不断地在想，孩子看到了会怎么想？——一个在擦拭自己的女人，反反复复。

从哪儿开始呢？从这人抑制不住的道学主义，他关于画家生平的谬论，他先是眼睛飞快地离开画，然后脑子也开始跟上？从这人坚持认为，就算你无法"看见"你想在画作里看见的丑恶，你还是可以宣称它们从那儿开始？从这人发现，"欣赏美"这件事不靠谱，最好还是不要做了，理由就是创造美的这个人，你不会请来照顾自家孩子开始。

惹得这人大为恼火的展览展出的是德加的晚期作品。（还有，要郑重声明一下，展览上只有一幅画描绘了一个女人在擦拭自己的膝侧，似乎就因为这一幅画，波林得出了他那个德加画作中所有的女性都是如厕后在"擦拭自己"的结论。）展览展现了一位伟大的、年事渐高的画家，追寻着"忠于现实"和"忠于艺术"之间的平衡，不断提炼或者冲击形态、色彩以及技巧。一般的画家个展都是择优"秀"之：画家这个或是那个"时期"的最佳代表作，一块块画布上，画家弹奏着我们钟爱的旋律。倒也算不上误导，但略微有点蒙蔽，因为我们有可能因此把画家的艺术生涯看成接连不断的彩票号码，一串串的输赢——杰作，臭子儿，臭子儿，半杰作，臭子儿，杰作。一位画家的艺术生涯，正如这次展览所示，更可能是各种迷思的重叠，是反反复复，是过程而不是结果，是旅途而不是终点。

展出的许多作品都画在描图纸上，这既出于审美考虑（彩色粉画笔在描图纸上绘画效果特别好），也为了实用：草拟的（而不是终稿画出的）图像可以一遍又一遍地复制。复制是为了再利用、再开发，甚至再整合进一个完全不同的场景中去。那臀部的一扭，脑袋的一扬，双腿的一叉，很有可能会在别处又冒出来，有时就在同一方墙上，有时隔着两个展厅。那个姿势或是手势马不停蹄地从炭笔画转到粉笔画再到油画然后到雕塑（这些雕塑是德加去世后才铸的，它们扮演了什么角色，这是个美妙的谜：它们是自成一体，是为了帮助绘画而做，还是绘画的衍生，再要么是三者兼而有之？）。这样焦躁地、没完没了地探究某一种形态，其背后也许隐藏着一种愤怒——我们要是有这样的感觉，算不算过于敏感？我说的愤怒，是艺术上的愤怒，愤时间不够，怒光线不足（德加的眼疾越来越厉害，即将失明），而世上却还有那么多可以看的，还有那么多的形态有待追求。

时间。德加花四个小时给模特梳头。这先生多奇怪啊，居然不按套路出牌，常规不都是“衣服脱了，站到那台子上去，结束以后一起喝一杯”吗？这位“奇怪的先生”一直在观察，而头发这事儿可是相当复杂。据说，有一天晚上，聚会结束，德加出门以后，对同伴抱怨说，如今社交圈里简直看不到一副削肩了。这是大艺术家的小旁白。龚古尔记下了这评价，确认他说得有理，并对此做出了解释：这是几代人形体养成习惯不同造成的结果。但是，先察觉到这个现象的，是德加——是这位画家，而不是那位小说家、社会观察家兼艺术评论家。值得一提的是，德加的口气是惋惜的。龚古尔没对这个故事本身做什么评价，不过那惋惜大概是为艺术抱憾：画家意识到，那个重要的、基本的体型，那个被无数画作作为主题描绘的体型，发生了改变，也许并非就发生在他眼前，但的确发生在他有生之年——而且在那之后还会一直变下去。

四小时（这还只是许许多多的“四小时”中的一个）：德加的画作里充满了可以“看到”头发的瞬间。亲昵私密、不拘礼节的头发——放下了头发[6]的头发。德加知道一个女人梳头时如何握住头发，如何在别人替她梳的时候托住头发，如何在梳子最拉扯头发的时候用放平的手掌舒缓头皮。但是（“现实忠实”化为“艺术忠实”），头发可延展，善变化，易于幻化出抽象形态。在许多出浴图中，它与绞起、展开的毛巾你我莫辨、相映成趣，有时看起来还互换了位置。在《沐浴的女人》（1893—1898）中，甚至有一处视觉误导，和我们开了个玩笑：我们以为是女人盘在头顶的黑发的，其实是女仆手里的水罐，罐口朝下准备倒水冲洗，而脑袋其实是低下来、向前伸的。

一个从旁观察的男人描绘的处于私密状态的现代女性身体。时隔一个世纪，作为观画人的我们越发感到窘迫：恶心反胃还有道德考量都影响着我们对画作的评价。画家自己也火上浇油，他有一段话广为流传：“女人们永远不会原谅我。她们痛恨我，她们觉得我卸掉了她们的武装。我展示了她们毫无风情的样子。”也许特别爱卖弄风情的女子的确痛恨他和他的艺术；也许被他呵斥过的模特（但他待她们也有“巨大的耐心”）觉得混口饭吃着实不易。但是我们应该尽量不要随便为未曾谋面的人义愤填膺。而且还有一

《梳头》(德加)

点要记住：理查德·肯德尔[7]已证实，最先购买这些女性私密梳妆图的，往往是女人。

这不是个简单的领域：我们都在朝其中输入我们的偏见。在国家美术馆那场展览的媒体预展上，我偶然遇到一位博物馆主管，他说他认为这些画表现的都是“肉体的腐朽”，而在我看来，德加描绘的正是肉体最健康强壮的状态。他笔下的芭蕾舞演员不是以往男性画家所描绘的精灵仙女（纤巧优雅，而又略显色情）。她们是真正的女性，正在进行极耗体力的工作；她们会出汗会抱怨，还会拉伤肌肉、脚趾流血；就连她们精疲力竭、停下休息时的状态（摆出双手叉腰、腰酸背痛、恨不得这一天马上结束的架势）也暗示着肉体的勃勃生机。这是我的偏见吗？因为我偏好将画家的人生和艺术区分开来，在人生中，德加或许表露出，亦或许并未表露出他那个时代对女性的厌恶，但在艺术里，在我看来，德加明显是热爱女性的。当然了，那个说法需要一个明确的说明（在他绘画的时候，他不是在“热爱女性”，他是在创作一幅图画，而毫无疑问，占据他全部心思的只是这幅画），不过除此之外，就留着它吧。你会为描绘出你不喜欢或者鄙夷的东西而没完没了、着了魔似的烦恼吗？“因为每个人描绘的都是自己憎恶的”？总的来说，不是。德加“缺乏情爱手段”（如果这是真的话——可最近，也真莫名其妙，有用新发现的购买避孕套的证据来驳斥这一说法的）会让他厌恶女人吗？这可不一定：它甚至有可能让他成为更加专心的观察者。

这艺术家有“窥淫癖”？可一个艺术家应该是什么：一个用眼看的人呀（而且“窥淫癖”也可以带有“妄想型空想家”的意味）。

《舞蹈课》局部（德加）

这画家折磨模特，逼她们摆出不舒服的姿势？可是他使用的是摄影还有记忆（以及描图纸）。这家伙画妓院景象，因此无意中泄露了自己对女性性征的“嫌恶”？可是在我看来，德加的那些妓院单幅版画正反映了这流水线行业从业者的欢闹、无聊、专注、专业，而作品基调并不比劳特累克的妓院画多了多少厌恶情绪。劳特累克是位因个子矮小而不为社会所接纳的快活人[8]（他因此与不为社会所容的妓女们处于同一道德高度），也许是这种名声帮了他一把，而德加的名声则给自己添了麻烦。但不管怎么样，其图画的产出却是一样的。不过，如果说你看了比方说德加的《赞助人的宴会》，却只能看到对女性性征的厌恶的话，那我怀疑你的鉴赏力出了大问题，也许还有不小的个人问题。

还有一种责难，说在德加晚期画作里，人物往往别过脸去，这一点表明画家作画时半带有色情意图。所有的论据都暗含反证：你也可以说（如果你想的话），别过脸的，是个无视画家/观画人的女人，因为全神贯注处理隐秘之事而显得冷漠疏离。更有反驳力的：这不是肖像画，或者说至少不是展现人物性格的肖像画。这是将人体作为一种形态来描绘的肖像画，这是一生追寻的结果，对于德加来说，这一追寻始于多年前安格尔的教诲：“画线条，小伙子，画线条。”有一阵子，德加收藏着安格尔的《鲁杰罗拯救阿尔西娜》，还有《大宫女》的一幅铅笔草图。想知道对女性身体的表现在德加笔下得到了多大的发展，只要再重新品一品这两幅画作就行了。那幅油画充分表现裸体的优雅、光泽：就算身处囹圄，饱受折磨，那女人也照样雍容华贵，光彩照人。线稿则充分展现出裸体的线条：那女人的脊柱与维京海船龙骨一样合乎建筑法，还有那只乳房，丝毫不受背过身这个姿势的影响，依旧硅胶般挺拔漂亮。在安格尔笔下，乳房是冰冷的大理石；在德加笔下，胸脯晃动着、起伏着，充满生气。理想主义对自然主义。当然啦，男性画家描绘女性裸体，总归会挨人痛批的；我们有自己当下的偏好和原则——当然，它们不过也只是当下的罢了。

国家美术馆那场展览上还展出了《女帽店》（1879—1884）。你若是个死脑筋的话，可以把它看作又一个走“别过脸去”路线的例子，因为，没错，这里的女帽店员半偏过头去。但这是因为这画描绘的是帽子。它不是肖像画，也与工作无关，它是关于各种各样帽子的。这里，面料等同于肉体。它的设计如此大胆，让人想起德加伟大的肖像画《女人与菊花》。其实叫它《菊花与女人》更合适：阳光四射般的大把花朵占据着画布中央，女人则望向画框外赏画人的右侧。每当看到这幅画（它住在纽约的大都会艺术博物馆里[9]），我都能听到一个声音在盘问我们，听到一个暗含在画中的问题：你以为你知道什么是肖像画？一个女人和一束花，画这个题材的方法多得超乎你我的想象，这幅画在轻轻地说。从这个角度看，它让我们提前窥到了我们在德加晚期作品里看到的——那里体现得更加生动清晰，更加挥之不去：艺术家不断推进形式、色彩，以及依然有可扩展空间的人体形态和动作的发展。如果说他对他的模特们不依不饶的话，他对自己也不依不饶，对艺术可以看见的、可以表现的不依不饶。

译注

1 汤姆·波林（Tom Paulin，1949— ），北爱尔兰诗人，电影、音乐、文学评论家。

2《深夜秀》为英国广播公司二台播出的一档艺术节目。

3 这里指英国国家美术馆。

4 德雷福斯事件是19世纪末发生在法国的一起政治事件，起于法国犹太裔军官阿尔弗雷德·德雷福斯被误判叛国罪，法国社会因此爆发严重的冲突和争议。德雷福斯案之后得到重审，德雷福斯于1906年7月12日获得平反。"反德雷福斯派"对重审德雷福斯案持反对态度，坚持德雷福斯有罪。

5 安东尼·朱利叶斯（Anthony Julius, 1956— ），英国学者、事务律师代言人，以反对新反犹太主义著称。其专著《艾略特：反犹主义及其文学形式》在对艾略特的诗歌创作表达敬意的同时，也指出了艾略特作品中所包含的反犹主题及其在作品中的表现形式。

6 此处为双关语，"放下了头发" 在英语中亦有"态度随便，无拘无束，坦率直言" 的意思。

7 理查德·肯德尔（Richard Kendall，1944— ），英国艺术史学家。

8 劳特累克少时腿骨两次骨折，之后身高就再未增加过。

9 大都会艺术博物馆位于美国纽约市中央公园旁，美国最大的艺术博物馆，也是世界上最大的艺术博物馆之一。

卡萨特：盒子困不住

你能画什么，取决于你能看到什么，而这可能受制于规章制度或是社会习俗。比如说，19世纪70年代的巴黎歌剧院就在任何情况下都不允许女性观众去orchestre，即池座就坐。如有男性陪护的话，她们可以坐在parterre，即一楼正厅后座。无人陪同的女性只能观赏matinée（法语：日场演出。——译注）。夜场演出时，两人或者更多人结伴前来的女性可以一同坐进楼上的loge（法语：包厢。——译注）。不用说，体面的女性是绝不可以进入后台的，那里只有那些获得授权的男性（也即自封的女性“鉴赏家”，不论他是好色之徒，或——在极少数情况下——是画家）才能踏足。这些怪异复杂的规矩使得某些绘画现象有了解释：德加有充分的自由，可以把视角放在剧场中任意位置，观者的视线一会儿凑近一支巨大的巴松管，一会儿又围着《舞台侧翼》中的芭蕾舞女打转。而玛丽·卡萨特，不论是在绘画里还是在现实中，视角都被限制在包厢内。这就是她的画作《包厢里》所展示的：一个身着黑衣的女人，一手持扇，倚在包厢栏杆上，将观剧镜对准（画面外的）舞台。然而在背景中，隔着一排弧形的包厢，一个男人正明目张胆地将他的观剧镜对准她，仿佛在告诉她：我的好女士哟，可别忘了这里是男性凝视的天下。

卡萨特在学画过程中也面临着类似的障碍：作为女性，她只能在著名画家（席罗姆[1]、查普林[2]、库蒂尔）那里接受私教，而不可以去巴黎国立高等美术学院听课。作为外国人，有时还有额外的不便：卡萨特和毕沙罗的作品偶然会被某些展览以其国籍[3]为由拒之门外。不过，卡萨特的处境并非全然不利。她来自匹兹堡，拥有一个对她非常支持并且非常富有的家庭（她的父亲可以在四十二岁时就快乐地退休）。她接受过良好教育，游历过许多地方，掌握三种语言，性格强势。她有足够的财力，能够前往罗马、帕尔马、马德里以及低地诸国[4]寻访大师。财富永远都不是中性的——对此，其他画家都非常清楚。所以，卡米耶·毕沙罗从巴黎告知在贝斯沃特的儿子吕西安自己1891年4月拜访“卡萨特小姐”的见闻时，会这样说：

> 我想和你说说她计划展出的彩印版画……你记得你在埃拉尼做过的那些尝试吗？卡萨特小姐做成了，处理得妙极了：细腻优雅的哑光色调，一点都没有弄脏弄糊，是可爱的蓝色以及渐变的鲜亮粉色系。哎，那么我们缺了点什么，没能像她一样成功呢？……钱，没错，就缺了一点钱。

《包厢里》(卡萨特)

这里的口气是遗憾而非嫉妒的：总的来说，印象派画家们（就像大多数成帮结派出道起步的年轻艺术家一样）对彼此都很大方。不管怎么说吧，信中还附了一张清单，列出那些毕沙罗父子无力购买的东西：多张铜版，一个飞尘箱[5]，还有印刷工的劳务费。要是有了这些，就像卡萨特（再加上她那样的才能）一样，他们或许也可以制作出如日本画一般美丽的作品。

在一生中大部分时候，玛丽·卡萨特都是法国印象主义画派在美国的代言人。在美国，直到20世纪20年代，她都还是比德加更知名的画家。她还以另一种方式（即作为中介、掮客和情报贩子）带回来自欧洲的好消息。她鼓励自己的哥哥亚历山大以及终生挚友路易辛·埃尔德走上收藏之路。埃尔德购买的第一幅画作是德加的《芭蕾舞排演》，这幅画同卡萨特的《包厢里》一起，成了最早在美国展出的印象主义作品。埃尔德后来成为德加作品最大的收藏者。卡萨特还同一些当时巴黎最大的画商合作——比如迪朗-吕埃尔，1888年他在纽约开设了分画廊；后来还有沃拉尔[6]。之所以如今在美国中西部最大几座城市的公共博物馆里可以见到印象主义杰作，她是主要原因之一。以前，收藏家们对莫奈、毕沙罗、雷诺阿、德加趋之若鹜。而如今，跨国富豪们已取代钢铁和铁路大亨，同新的“四巨头”（沃霍尔[7]、巴斯奎亚特[8]、孔斯[9]、赫斯特[10]）建立联系，以此寻求个人身份认证，他们的眼睛不再由卡萨特这样的习艺者监护，而换成了圆滑的艺术顾问，懂得怎么算账，而且往往每笔交易的抽成惊人。你几乎有些怀念辛克莱·刘易斯的多兹沃斯[11]：工业红利带来的新财富让他拥有了一块比德迈[12]地毯、一个大藏书室（部分藏书有人读过)、一柜精致好酒,以及“一架橡木框壁炉,上方悬挂一幅玛丽·卡萨特画的孩童肖像”。

卡萨特在法国生活了六十年,也安葬在那里。她是第二位能同印象派画家们一起展出画作的女性(第一位是贝尔特·莫里索),也是唯一一位不是来自欧洲的参展者。1905年时,他们授予她法国荣誉军团勋章;她不是第一位获此殊荣的女性(那是罗莎·博纳尔[13],1865年),但毫无疑问,她是第一位获此勋章的外籍女艺术家。然而,自她1926年去世到她在法国的第一场身后展,其间相隔了九十二年。这场展览共有五十二件作品,在雅克马尔-安德烈博物馆[14]楼上几间颇为逼仄的房间里展出。当年《费加罗报》抨击第一次印象派展览是“五六个疯子,其中一个是女的”合力捣鼓出来的,这句话究竟是在对贝尔特·莫里索——作为其中那个女人——的疯癫手下留情,还是在判定她更为疯癫,实在不大好说。同样地,卡萨特的性别也令她受窘,批评界对她大加挞伐,还将她降格为德加的学生。下面这段来自埃德蒙·德·龚古尔,他对现代世界、特别是现代艺术世界相当仇恨,1890年3月,他咆哮道:

> 报纸对卡萨特小姐的蚀刻版画那样欣赏,真要让人活活笑死。那些画只有几小块像样的地方,都在下面的角落里,陷在粗劣至极的技法和笨拙的刻线之中。真的,我们这时代自甘堕落,匍匐在“粗制滥造教”门下了。该教派的大祭司是德加,而它的唱诗班小女童就是卡萨特小姐。

对于自己在世时就得了这么个评价，卡萨特知晓且怨愤。不管是名义上还是比喻意义上，她从来都不是德加的学生。他们初次见面时，她三十三岁，艺术上已臻于成熟。他之所以来找她，是因为在巴黎美术年展上看到一幅她的画，于是邀请她在印象派（尽管他更喜欢“独立派”或者“现实派”这一说法）画展上展出作品，而且，是他这样评说她的：“有一个人的直觉和我相同。”他们曾一度计划一同遍游美国。1886年，最后一次印象派画展结束后，他们交换了画作，此举颇有象征意义（就像歃血为盟）：他得到了卡萨特的《整理头发的女孩》，她得到了他的《浅盆里的女人》。在这场视觉艺术对话中，他们完全平等；他们讨论技巧与形式，而不是艺术个性。无论是从主题还是从手法上看，你都不会把她成熟期的作品误认为是他的。而当他俩争吵时，她和他一样的火爆。而尽管他俩因德雷福斯事件[15]不可避免地闹翻了脸，对于这一裂隙，不同于多数其他类似情况，德加尽力做了修补。随年岁渐长，两人都越来越固执倔强。两人都惨遭视力严重下降之祸（她是由于白内障和糖尿病）；同样面对光明渐失，她更为达观泰然。德加去世后，人们发现他藏有超过一百幅卡萨特的版画（包括十三幅《访客》印本），外加一些油画和粉彩画。他们的友谊进一步证明，诋毁德加是“厌女者”毫无道理。

这倒不是说和德加做朋友是件容易事。他的夸赞十分稀罕，非常难得，还总是带着酸气。而且他俩的关系一开始就有些尴尬。1877年至1878年间，即两人相识后不久，她用水粉和水彩创作了一幅自画像，而他则用油彩为她绘制了一幅肖像。两幅画中的她都戴着同一顶帽子，穿同一条裙子，所以创作肯定是同时开始的。但两幅画的相似之处也就这么多了。卡萨特笔下的卡萨特三十岁左右，青春焕发，身姿挺拔，开朗愉快，背景是一片淡水仙色。德加画的卡萨特坐在一张小椅子上，身体前倾，表情古怪，下巴稍有些歪斜。她手中拿着些什么，呈扇形展开，大概是几张照片，但是整幅画色调阴暗，人物弯腰驼背，令人联想起在摊开纸牌的吉普赛算命人。而且这女人似乎年逾五十了。这幅肖像画颇有气势，尽管被画的人（严格说画的也许并不是她）或许并不这么想。而你也能明白，当卡萨特1912到1913年试图将它卖给迪朗-吕埃尔时，她为什么会写道："它具有艺术品质，但它令人痛苦，把我画成这么个叫人厌恶的样子。"也许，他是在以某种古怪方式考验她——挑衅般地（他可不知道别的方式）。而尽管如此，如果"模特似乎没法理解他的想法"的话，她会很乐意为他摆姿势的。而十年之后，也许是作为补偿，德加专门以《玛丽·卡萨特在卢浮宫》为主题，创作了他最杰出的蚀刻版画系列，还有若干素描以及两幅着彩画。在他的描绘中，她（画中陪同她、坐着的那位是她的姐姐莉迪亚）优雅、时髦，拄着一把雨伞，背对着我们，全神贯注地欣赏着伊特鲁里亚厅中的展品。

所以，虽迟至今日，在艺术史风向调转后，我们或许可以把玛丽·卡萨特看得更清楚一些、更像她本人一些了。总的来说，她画的是"大室内"，是此时此地，且是其中的女性空间。她不画风景或自然——至多画一点城市公园和可泛舟的小湖。她也不向我们展示动作、历史、神话、静物、房屋、马匹、落日或是歌剧院里的那些禁地。她不怎么画男性，不过她有一幅男性双人像，画的是她哥哥亚历山大和他的儿子罗伯特，男孩儿坐在父亲扶手椅的扶手上，两人男性气质十足的黑色套装融为一体，都瞪着纽扣似的黑眼睛，一致望向某个未知的物件（这是一同观看电视的眼神，但来自电视尚未发明的时代）。这幅画让我们惋惜她当初没有多画一画异性。她画母婴图，眼光敏锐，能够准确把握婴儿肌肤的重量感和下垂度；感受细腻，能精确体现婴儿情绪的沉重和低落。她创作过一系列彩版画，其透明、优雅以及线条都效法、学习日本画，却又毫不死板拘泥（不过，要是能知道日本人当初以及现在是怎么想的就好了）。她有几幅相当差的画作，画中是朋友的几个女儿，个个戴着大帽子。她还有不少独一无二的画作（比如《蓝色扶手椅上的小姑娘》和《包厢里》），它们的魅力从未消减。卡萨特已经重归更为主流的时尚，这在英国广播公司制作的电视系列纪录片《文明》中已可看出，在靠前的某一集中，西蒙·沙玛介绍了两幅她的“日本”版画，而在后面的某一集里，戴维·奥卢索加论证自己观点时则提到了《包厢里》[16]。

在《蓝色扶手椅上的小姑娘》中，一个六七岁的小姑娘半坐半躺在一张成人扶手椅上。她身穿带花格呢配饰的白色蕾丝裙，看上去似乎最初是按要求摆了一个姿势，但现在滑了下来，姿势走了样。她的裙子皱缩了上去；她的腿太短，无法顺着扶手椅座边弯膝垂下，只好直直地撅向我们。她把左手塞在颈后，右手卡在大腿和椅子扶手之间：这些动作都表明她似乎努力想要遵照指示，保持不动。看起来她不舒服。怎么会舒服呢？人家把她放在一张大椅子

《亚历山大·J.卡萨特与其子罗伯特·凯尔索·卡萨特》(卡萨特)

上,让她不要动,好让人审视她。身后还有三张蓝色的成人扶手椅,呈弧形摆放。离她最近的那张上面趴着一条棕色的小狗,蜷着爪,闭着眼。这是诙谐的一笔。狗狗的姿势是对小姑娘姿势的戏仿。瞧!它说,这个啥摆姿势的活儿,我可以干上一整天。

卡萨特画的孩子都是现代的,是“独立,现实”那一派的。如果说德加不知怎的总能让我们看出女性满头头发的重量的话,那么卡萨特则总能设法让我们看出一个宝宝全身的重量。在《怀抱小孩的女子》中,一位母亲背对着我们坐在椅子上,怀抱着一个光着身子、睡意浓浓的婴儿,他的头耷拉着压在自己扭曲的胳膊上。孩子面对我们,但对我们毫不在意,眼皮就要阖上了。我们能感觉到倦意似乎让孩子的肉体增加了分量,给母亲的肩膀增加了额外的负担。在别的画作中,孩子们有的时候半心半意地参与母亲的世界,有的时候完全沉浸在自己的世界里,但从来不会在意我们的世界。这一个,吮吸着食指,颇有一点波西·西蒙兹笔下那些小可怜的味道;这一个,躲在母亲的脖子和自己的拳头之后,疑心重重地偷看观画人;这一个,脸挨着母亲的脸,似乎已吸干了她的生命,母亲则试图用沉思的姿态掩饰自己的疲惫。在《珍妮·卡萨特与其子加德纳》中,玛丽的弟媳,刚强、严厉,一只粗壮的手把她那个头颇大、身穿黑衣的儿子搂在胸前。男孩儿挣扎着扭过头来,狠狠瞪着我们。他的表情要么在说a)你胆敢打扰我与母亲的亲子时刻;或者b)没错,我知道我太大,不该被抱着了,被人发现这样,我也很窘,不过你难道看不出妈妈有多厉害吗;或者c)二者皆有。

鉴于这些母婴组合所展示的现实情感,再得知到19世纪90年代法国人已将卡萨特奉为“现代圣母画家”，我们颇感意外。用1892年时乔治·勒孔特[17]的话说，“当卡萨特小姐描绘母亲与孩子时，她的画作有一种崇高尊贵的气质，呈现出圣家族无上的特质，不过这是当今时代的圣家族”。这想法打哪儿来的？也许在经历1870到1871年间一系列灾难后，法国社会中天主教开始复苏，由此流露出来。也许这只是用词不严谨，再加上一点情感泛滥。但这些所谓的圣母中，有些似乎生下了女救世主；而且画中显然缺了约瑟夫，更不用说牛儿驴儿以及那些作配角的圣徒了——指出这些，很难说是在卖弄学问。卡萨特这位终生的女性主义者，在这些以及其他任何画作中，都没有表露出明显或隐秘的宗教目的。的确，她熟知鲁本斯，熟知柯勒乔，有时在画中会加入来自艺术史的提示。所以，在《椭圆镜》中，母亲扶着未受割礼的男孩儿以站立的姿态示人，而孩子脑袋背后镜子那圆形边框则并不特别含蓄地提醒着观者，这可以看作光环。

然而，这依然只是形式上的隐喻，并非宗教内容的标志。对于《椭圆镜》，德加开过一个玩笑，带着他典型的嘲讽口吻：“这是耶稣宝宝和他的英国女家庭教师。”在那个时代，法国人可不认为英国的女家庭教师具有圣母玛利亚的典雅娴静。《纽约时报》在1903年的一篇短评中也有相同看法：“卡萨特的油画与粉蜡笔画。身着怪裙的丑陋女人和啥也不穿的婴儿。”于是，卡萨特被困在了奇特的两面夹攻之中，一方面因所谓的理想主义而被捧杀，一方面又因真实性而被谴责。女艺术家们的命运常常如此，要承受虚伪的赞美，挖苦的恭维。于斯曼在1881年印象派画展上第一次看到卡萨特的孩童肖像后，著文说自己此前从未见过当代儿童被画得如此迷人、自然："只有女性才具有描绘童年的恰当技巧。"这听上去够恭维的了（关于凯特·格林纳威[18]，他也是这么说的），直到他补充说："只有女人才知道怎么给孩子摆姿势，怎么给孩子穿戴打扮，怎么别别针而又不戳到自己。"回你的（针线）盒中去吧，女人！但玛丽·卡萨特可从来都不是安居盒内、墨守成规的人。她也享受过时间默默带来的复仇之爽。1915年，卡萨特的老朋友路易辛·埃尔德在纽约的克内德勒画廊[19]组织了一场画展。身在巴黎的卡萨特帮她安排了二十四幅德加作品参展，但同时也提供了十九幅自己的作品。将自己的画与他的一同上墙展出，用她对路易辛的话说，"我可以证明，在这个模仿的时代，我没有模仿他"。不过，更具反讽意味的满足感来自这场展览的目的：为争取女性投票权这一事业募集资金。卡萨特不无讽刺地对路易辛说，"考虑到德加的那些主张"，这可真"刺激"。

译注

1 席罗姆（Jean-Léon Gérôme, 1824—1904），法国画家、雕塑家，受过新古典主义画风的熏陶，是"新希腊"艺术派的成员，创作以古希腊风尚为题材的作品。席罗姆支持学院派传统，反对印象派艺术。

2 查普林（Charles Joshua Chaplin, 1825—1891），英裔法籍画家、版画复制师，以风景画和肖像画见长，尤以优雅的女性画像著称。查普林在自己的画室专门为女性开班授课，接受过其指导的女性画家除了卡萨特外，还包括法国画家玛丽·尼古拉（Marie Joséphine Nicolas, 1845—1903），法国画家、雕塑家路易丝·阿贝马（Louise Abbéma, 1853—1927）以及英国画家路易丝·乔普林（Louise Jopling, 1843—1933）。

3 尽管现在一般都将毕沙罗视作法国画家，其国籍实为丹麦。

4 指欧洲西北沿海地区，广义上包括荷兰、比利时、法国北部以及德国西部，狭义上则指荷兰、比利时、卢森堡三国。

5 飞尘箱是以凹版飞尘蚀刻法（又名细点蚀刻法、腐蚀制版法）制作版画时需要使用的工具。飞尘蚀刻法的技术特点在于能够较为精准地控制色调，画面呈点状效果。以此法制版时，将防蚀粉末（如松香粉）撒布在金属版面上，形成一层细点防腐层，腐蚀后版面便呈细点状。飞尘箱便是用于布尘的。相比更原始的手撒布尘，飞尘箱机械布尘制作的蚀刻版面细点更均匀细腻。

6 沃拉尔（Ambroise Vollard, 1866—1939），法国画商、艺术作家和出版商，是法国20世纪初当代绘画领域重要人物之一。为塞尚、毕加索、马蒂斯等画家举办过个展。他还请这些画家为文学经典作品绘制插图，出版了许多这方面的图书。著有《画商回忆录》。

7 沃霍尔（Andy Warhol, 1928—1987），美国画家、电影制作人，波普艺术的代表人物。

8 巴斯奎亚特（Jean-Michel Basquiat, 1960—1988），美国艺术家，先是以涂鸦艺术家身份为大众所识，20世纪80年代成为成功的表现艺术家。27岁时因吸食海洛因过量死于工作室中。

9 孔斯（Jeff Koons, 1955— ），美国艺术家，其作品往往由极其单调的东西堆砌而成，比如不锈钢骨架、精细加工过的充气动物，常染以明亮的色彩。

10 赫斯特（Damien Hirst, 1965— ），英国当代艺术家，主导了20世纪90年代的英国艺术发展，1995年获得英国当代艺术大奖透纳奖（Turner Prize）。代表作为《生者对死者无动于衷》：用福尔马林液将一条四米长的虎鲨保存在玻璃柜中展出。

11 多兹沃斯是美国现当代小说家、1930年诺贝尔文学奖得主辛克莱·刘易斯（Sinclair Lewis, 1885—1951）的讽刺小说《多兹沃斯》（Dodsworth, 1929）的主人公。

12 比德迈（Biedermeier）风格（亦译作"稳健风格"）是拿破仑战争结束后到1848年革命期间德国、奥地利中产阶级家庭流行的艺术和室内装饰风格，简单、明快，反映出非贵族阶级的质朴趣味。

13 罗莎·博纳尔（Rosa Bonheur, 1822—1899），法国现实主义画家，擅长动物画。代表作有《马市》《两只兔子》《讷韦尔秋耕》等。1865年获法国荣誉军团大十字勋章，并于1894年晋升"大军官"勋位。

14 雅克马尔-安德烈博物馆（Musée Jacquemart-André）是位于巴黎第八区的一家私人博物馆。博物馆曾是爱德华·安德烈（Édouard André, 1833—1894）和内利耶·雅克马尔（Nélie Jacquemart, 1841—1912）夫妇的私宅，主要展出的也是二人生前收藏的艺术品。

15 德雷福斯事件（Dreyfus Affair，亦称德雷福斯冤案）是19世纪末法国的一起政治事件，起因是1894年犹太裔法国军官德雷福斯（Alfred Dreyfus, 1859—1935）被诬告犯有叛国罪，遭冤判革职、终身监禁。虽然案件不久即真相大白，但法国政府拒不承认错误，法国右翼势力也乘机掀起反犹浪潮。1898年初，左拉发表公开信《我控诉》,要求为德雷福斯平反。此为长达十余年的社会大改造运动(1898—1914)的开端。在德雷福斯事件中,当时的先锋画家们大多表明了自己的立场,其中莫奈、毕沙罗、卡萨特、瓦洛通等为支持德雷福斯的一派,而塞尚、罗丹、雷诺阿、德加则持反对意见。1906年,此案重审,德雷福斯终获平反昭雪。

16 《文明》(*Civilizations*)为英国广播公司2018年推出的一部九集电视系列纪录片。由历史学家西蒙·沙玛(Simon Schama, 1945—)、古典学者玛丽·比尔德(Mary Beard, 1955—)和历史学家戴维·奥卢索加(David Olusoga, 1970—)分别主讲,以五百余件艺术品和文物为切入口,介绍、探索了六个大陆、三十一个国家的文明。

17 乔治·勒孔特(Georges Lecomte, 1867—1958),法国小说家、剧作家。

18 凯特·格里纳韦(Kate Greenaway, 1846—1901),英国插画家、绘本作家,代表作是《窗下》。她被誉为儿童绘本先驱之一,著名的少儿图书插画奖凯特·格里纳韦奖(The Kate Greenaway Medal,又译为格林威大奖或格林纳威大奖)便是以她的名字命名的。

19 克内德勒画廊(M. Knoedler & Co.,又译为诺德勒画廊)是纽约历史最悠久的画商画廊之一,始于1846年,因卷入伪作大案而于2011年倒闭。

雷东：向上，向上！

19世纪的时候有一个传统，其影响力颇大，一直延续进了20世纪：艺术家把婚姻看作艺术的敌人。爱情，没问题；婚姻，不可以。福楼拜把任何文学同人的婚礼看作对他个人的背叛，不仅如此，还是对他们所共有艺术的背叛。俄罗斯印象派画家列昂尼德·帕斯捷尔纳克[1]担忧家庭幸福已侵蚀了他的才华，觉得他的艺术其实需要更多痛苦才能得到充分表达。作曲家德里乌斯认为艺术家不应该结婚，就算要结，娶的那个女人也必须是爱他的艺术而非他个人。这一两难问题，一般没有答案：所有的，只是在遥远的未来剩下的那早已失去的其他选择。不过，“婚姻这资产阶级制度会束缚、驯服狂野不羁、追寻真理的艺术家”，这样的观念广为流传，法国文人保罗·莱奥托的这篇日记便很典型。时间是1906年2月11日，他和朋友亨利·夏特兰一起吃了饭：

我们聊到了家庭生活对艺术家的影响。好处:物质上的焦虑会少一些。缺点:气氛和情绪上的改变,自我和独立的削弱——自己再也不能把自己最私密的想法写下来,也不可能去描述自己最隐秘的冒险奇遇,除非将其转换为艺术想象。你得有:1)钢铁般的意志,坚持真正意义上的自由和独立,关乎一切,不顾一切;2)充分发展的双重意识:在餐厅里,和太太在一起的时候,你是这样这样的——而与此同时,在自己的书房里,自己独自一人,自由,无人纠缠的时候……

艺术家的太太(假设艺术家是男的)永远是个失败:如果她给这段婚姻带来了丰厚的嫁妆,这是束缚;如果她没带来钱财,她就带来焦虑。如果她让他幸福,她便磨钝了他的艺术才华;如果她没让他幸福,她便是个额外的麻烦,让他没法专注于艺术。除此之外还有性的问题(很多的麻烦往往源出于此)。就算按社会盛行的玩下虚伪,维持个表面婚姻,男人可以拈花惹草——但若是他想把这事儿写下来,会怎么样?想要离婚很困难,几乎不可能,这也是一个不言而喻的因素;在这个方面事情倒简单些。我记得早在60年代的时候,在一本校园杂志里读到过对布里基·布罗菲[2]的采访。记者问,一个作家最需要什么来帮助自己写作,她回答说:“一个老婆。”(读作:秘书、采购员、厨师、给打字机换色带的、治疗师……)福楼拜给艺术家的忠告,是生活上要稳稳当当、平平凡凡,这样在工作中他们就可以激烈狂放、独特不凡。婚姻就是做到稳稳当当、平平凡凡的一种方式。

《在读书的卡米耶·雷东夫人》(雷东)

不过，我们看事情的顺序可能颠倒了。也许我们可以改改，不是先看艺术家的生活，让它影响甚至决定我们对他或她艺术的看法（“不够大胆”“缺少想象”“经受的痛苦太少”——“唉，他/她要是没结婚就好了”），而是反向看问题。我们能从作家、画家、音乐家的作品里，推测出他们的婚姻状况吗？把婚姻看得更透彻的，是已婚人士还是未婚人士？更会描写孩子的，是有孩子的还是没孩子的人？如果明天忽然发现，简·奥斯汀、福楼拜和亨利·詹姆斯都秘密地结了婚，有好几个孩子，这会改变我们对他们作品的看法吗？库尔贝没能迷住一个“村里的小甜心”，终身未娶；德拉克洛瓦想过要娶个太太，如果不比自己更好，起码与自己相当，但他很快就放弃了寻找；马奈倒是结了婚，但依然拼命追求（以及俘获）其他女人。我们会认为如果他们的状态翻个个儿，他们就会画出不同的画儿来吗？这实在没法证实，也没法篡改。

如果给你看奥蒂隆·雷东的画作，让你根据它们推测他的生活是什么样的，你会怎么说？他奇异的世界里充满了妄想和幻象，以及黑暗和怪诞的形象，你也许觉得完全有理由猜测他有着类似的生活——大概是波德莱尔式的吧，充斥着鸦片、幻觉、黑白混血的情妇、异域旅行（或者说去异域旅行的梦）。你十有八九猜不到他结了婚，生活幸福美满，十分宠爱妻子，三十多年来不断描绘她，而且写过下面这段话：

> 想知道一个男人本性如何，可以去看他的伴侣或妻子。每一个女人都注视着爱着她的那个男人，反之亦然——他诠

释了她的性格。想要旁观者看不到他们之间大量亲密、微妙的联系，还真困难。我相信，最完满的幸福永远来自最充分的和谐。

写这段话时，他可不是个心满意足的丈夫，还要再过九年，他才会遇上他的妻子卡米耶·法尔特。他还说过，他作为艺术家做过的随便哪一个决定，都没有自己在婚礼上说“是”的那个清晰明白，毫不犹豫。

好，来个简单点儿、不那么空想的问题。作为一个艺术家，你在烟道测试里，会发挥得如何？ 1864年的一天，蚀刻家、石版画家、年轻雷东的老师鲁道夫·布雷斯丹[3]，“温和但专断”地以这个方式问了这个问题：

看这根烟道。它对你说什么？对我来说，它讲了一个传奇故事。如果你真正做到充分观察了它、理解了它，那就想象一个最不寻常、最荒诞怪异的主题；如果它基于并留存在这方简简单单的墙上，你的梦就会活起来。

多年后在回顾这个忠告时，雷东抱怨说他这一代的大部分艺术家看烟道就只看得见烟道，仅此而已。用他在《致自己》中的话说，他们“真是实物的寄生虫”“只在特定视觉领域研习艺术”。同时代的艺术家里，有几个（没指名，但应该是第一批印象派画家）稍稍得到了一点表扬，因为他们在“大树林立的森林里找到了真理之路”，以“坚定的叛逆者之步伐昂首阔步”，有“那么一瞬间握住了真理中的部分真理”。不过没有妥协的余地：雷东谈起安格尔和勃纳尔，照样居高临下（前者：“不够写实”；后者：“这画家还不错，不时能画出幅有点机灵劲儿的架上画[4]”）。真正的艺术不可能只满足于特定的视觉领域，而真正的艺术家要努力掌握真理中的全部真理。他坚持认为，只有“超越、阐明，或者放大了实物，并且拓展思想进入奥义之域”，艺术才会开始。

我们不知道为什么布雷斯丹选中了烟道，而不是屋里的其他东西，不过对于雷东来说，这个选择特别贴切。烟道是一个引导改变了性质的物质上升的系统——这或许也可以是对雷东艺术的基本定义。那乘着上升气流越飞越高的各种形象所体现的，是胸怀宏愿的艺术，点石成金的艺术。在这里，飞马珀加索斯[5]象征着艺术家的想象力；或割下或松松拴住的头颅飘在空中，像是充了氦气；贝雷妮丝的牙齿[6]悬浮在书架之间，啪啪欲噬；拉着阿波罗战车的马儿在高空嘶鸣；人类到处找寻跃出野蛮泥沼的途径。漂浮、上升的图景是雷东画作的中心和主旋律，甚至侵入进他较为平和、自然的作品中。浪花下，有水流托起、漂浮徘徊的海马；半空中，有毛虫在化蛹成蝶。成蝶的还不只是毛虫呢：在他更为火热闹腾的花卉画中，花头本身（切断了花茎，悬在空中，色彩奇幻）几乎就是振翅欲飞的蝴蝶。从某个角度说，旱金莲堪称最适合雷东的花：它们色彩艳丽，而且插入花瓶后不会笔直地站着，而是有的趴着有的浮着，叶片和花朵交缠互绕，彼此依靠。他画旱金莲不多，乍听之下让人有点意外。不过，也许旱金莲的麻烦在于它们帮你把活儿都干了：把它们往花瓶里一插，便立即消减了画家变换转化之功。

雷东艺术中，与这种奔涌向上相对的，是一种与之同样强烈的恐惧，对拴在地上、埋进土里、被人抛弃、无法翱翔的恐惧。忧郁的人马若有所思地望着生育他的云朵；堕落的天使注视着失去的天堂；戴着镣铐的天使被锁住，无法起飞。人类也一样，披镣戴铐，幽闭囚禁，束缚禁锢：雷东1879年的石版画集《在梦中》，扉页插画描绘了诗歌的化身前来拯救一棵截头树，这棵树代表着人类精神。虽然我们渴望翱翔天际，我们却被肉体、忧思、自己的各种低级欲望困在了原地。或者，我们可以翱翔，却依然无法逃离：雷东有一幅重要的"黑彩画"[7]，描绘了一只热气球，球顶装饰着一张人脸，庄重高贵、踌躇满志，而吊篮里却蹲着一只猴子，代表着一切我们无法舍弃的东西。如果我们可以翱翔，我们如何翱翔起来？——通过描绘一系列的头颅，雷东反复探究这个主题、意象、问题。这些头颅，有的平躺在盘子里，有的飘着；有的像植物的顶冠一样连在别的东西上，有的则自由自在、兀自闹腾；有的插着小翅膀，有的连着煤气喷嘴。这些断头看起来像是死刑执行的结果，是最终极的禁飞，但实际上往往正相反——这些"黑彩画"常常争辩道：如果精神想要飞升，那它得与身体割离。有的时候，这割离就用其字面意义，或者说用《圣经》典故，在施洗者约翰[8]那里就是这样。更多的时候，它是象征性的、千变万化的：哭泣的蜘蛛，高昂的仙人球脑袋，盘旋的蝌蚪，那些无身一族的黑色成员们或宁静安详、或咧嘴微笑、或极度痛苦、或哀悼悲痛着头颅。它们的阴影甚至笼罩着雷东后期创作的稍微平和一些的作品。"合眸"系列画作的基调沉思、玄妙，它们

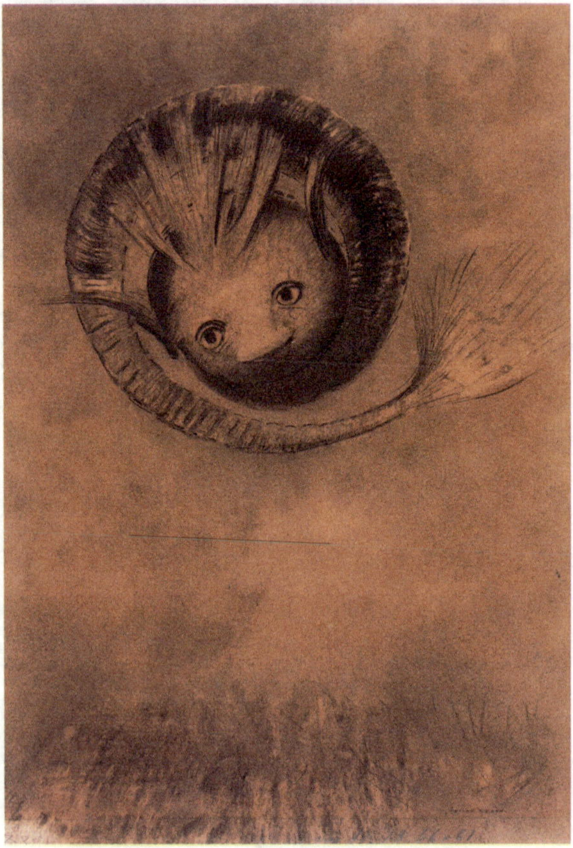

《客迈拉（幻想中的怪兽）》（雷东）

的色彩与“黑彩画”简直相差十万八千里。然而，这些图像（眼睛闭着，像是死了）加上它们反复使用的结构（肖像截断在脖颈或肩部上方，好似经过了断头台）却是那些早期黑色画作的余响。

近十几、二十年来雷东的名声越来越响：1994到1995年间以及2011年都有他的大型画展（1994—1995：芝加哥/阿姆斯特丹/伦敦；2011：巴黎/蒙波利）。它们证实了他对意象的执着，以及——这一点比较令人惊讶——他在艺术上的躁动。他永远在艺术手法与主题间穿梭，永远在进行尝试。“我对已经找到自己艺术手法的画家没兴趣。”他曾经写道。他的与众不同之处，还在于他的“黑暗期”是最先而不是最后经历的：随着岁月流逝，他逃离了阴影，而不是感到它们步步紧逼。先是“黑彩画”里满目疮痍的风景、爱伦·坡式的惊悚、抑郁的恐怖，以及悲观的遗弃；后来是磷光点点的调色盘，天青石蓝，七叶果棕，薄雾紫，早金莲橙，淡彩的红晕、青肿。同样地，创作主题也先是更为个人的、有影射性的、私密梦境的，后来才是比较公开的、明确的。不过，没有，这一艺术断裂线看上去和雷东的个人生活没什么明显的联系。

叙事能如此干净利落地一断为二，令策展人美梦成真：阿姆斯特丹和巴黎的两场展览，布展安排都尽量充分地体现这一点。展览进口处是早期画作，居于低矮之室，光线也（出于必要）相对昏暗：这里徘徊着砍下的头颅，黑色的幻想，折翼的天使。楼上，光线明亮，展厅高敞，窗帘大开。在这里，雷东画作豁然开朗，五光十色，百花齐放（真的如此）：这里有插满鲜花的花瓶，具有象征意义的锃亮帆船，像是衬了彩色玻璃般熠熠生辉的显赫侧面像，上流社会人士肖像画，裹着织锦的椅背。楼下是受到于斯曼盛赞（“超越了绘画艺术的疆域，自狂乱和眩晕中创造出一种全新的幻境”）、龚古尔辱骂（“老疯子在马桶上解手时憋出的离谱玩意儿”）的画作；楼上是玫瑰十字会[9]会员和近现代神秘主义者热情拥护的作品，马蒂斯赞扬、托尔斯泰厌恶的作品：托尔斯泰在伦敦看过《金笼》，认为它的颜色（基本是群青加金光闪闪的棕色）证明现代艺术已经疯了。

那么现在呢？关于雷东，有两个麻烦，一个在于我们，另一个在于他。我们的麻烦源于我们的习惯：我们一般倾向于从影响和承袭的角度看艺术家，能从沾沾自喜中获得快乐。我们看一幅雷东的画作，很容易就看出了，比方说吧，一座连接浪漫主义和超现实主义的桥梁，或者一位平面艺术界的精神分析学先驱。他作品中的文学典故让我们有了理由念叨（尽管纯属多余）：爱伦·坡，我们喃喃说道，波德莱尔、福楼拜、马拉美、于斯曼。在雷东画展上，可以听到20世纪（以及21世纪）在噼里啪啦地给自己鼓掌，因为雷东站在它那一边，如此精准地预见了我们。《在梦中》不是预示了马格利特和恩斯特[10]的艺术吗？《分发王冠的人》不是完全可以是哪位20世纪20年代的德国讽刺画家画的吗？而且，雷东画作的派生作品可不仅限于高雅艺术。他那些带翅膀的脑袋带来了巨蟒剧团[11]；《戴帽女郎：博特金小姐》浑似埃德里安·乔治[12]的作品；而那些大圆硬糖似的眼睛则成了烂大街的图案，公园栏杆上随处可见。现代艺术界以及更宽泛一点的视觉文化领域里一些糟糕的东西，似乎能在雷东那儿找到源头和理由，这就让我们很难不带着偏见去看他的原作：“合眸”系列，颜色素净得令人不安，还带着一点扬扬自得的神秘，看起来像是哪个手挥线香、特价酬宾的精神导师的店招。有的时候，围绕雷东的美学批评实在太多，偶尔听到一窍不通的门外汉号上两声，着实爽气。在阿姆斯特丹的时候，我在斜着眼不怀好意的后期作品《独眼巨人》前驻足，不确定该怎么理解它。这时，一群法国女人路过，轻松怡然又带着主人翁般的骄矜，只有法国人才有足够的自信在美术馆里如此举止。第一个女人纡尊降贵地瞥了一眼那幅画，干脆地宣布，“Ah, quelle horreur!”（法语：啊，好丑！——译注），好像艺术不过就是生活。这话不带任何讽刺意味，让她的两个同伴停了停脚步，好搞定独眼巨人的肖像。“C’est une dorade.”（法语：这是条鲷鱼。——译注）一个这么认为。“Non, c’est un turbot.”（法语：不是，这是条大菱鲆。——译注）另一个回道。就这样把雷东打发到鱼贩货摊上去之后，她们往前走，去看花卉画。“Ça, c’est beau.”（法语：这个漂亮。——译注）

雷东自己的麻烦——相比更有趣一点——存在于对下面这个问题的回答中：一个艺术家个性的发展，有多少是源于对自己才华的追索和完善，又有多少是源于对自己弱点的避让？你会觉得当然两者皆有——但勃拉克在这个问题上会有话要说（还会把毕加索这个反例拿出来：他没什么明显的弱点，只有一大堆互不相让的长处——这大概也能成为一个弱点）。对于雷东来说，他的弱点（他很清楚这一点）既特别又基础。在《致自己》中，他描述了自己接受过的艺术训练，回忆了第一次看到德拉克洛瓦时自己如何“浑身哆嗦，极度兴奋”，还有初次接触米勒[13]、柯罗和莫罗时的“欣喜若狂”。他接着写道：

《独眼巨人》（雷东）

之后我去了巴黎，去进行更为完整的人体写生训练。但真是万幸，已太迟了：栅栏已经围上。

这是真的：他画人体从来就没有画得比树好过。没有人物画可以媲美《截头树》，没有肖像画可以比肩1883年的《蓝天大树》那三角形、半抽象的树干，以及那前景中迷雾般的植被。他画石头也画得好多了，早期画的许多女人像都有点从大石块中凿出来的味道：他的《戴镣铐的天使》就算卸了镣铐，想要腾空而起，也要着实费一番功夫。他后期开始画肖像画，就靠着模式化啦：他笔下的许多女人都有装饰性鹰钩鼻，这些画的重点也常在别的地方，比方说德多梅西夫人的粉彩画像，亮点在于背景花朵侵袭模特儿的样子，花瓣沾满了她的衬衫，也许连外套上也有。

雷东的声明里，关键词是“真是万幸”。我想，他的意思大概是，他的艺术逃过了美术学校的魔爪，否则某些坚持回归基础的家伙就算不积极打压他，也会妨碍他。他自然是（这样也很对）摆出一副好斗架势，把自己艺术训练中的这一空白看作了好事儿：

我很愿意承认模特写生对于我们的艺术来说至关重要，但前提是将美作为其唯一追求。离开这一点的话，这大名鼎鼎的模特写生便毫无价值。

把这个观点，同他引用的烟道男布雷斯丹的另一句话——“色彩就是生命本身，它用自己的光辉废弃了线条”——放在一起看，就得到了他后期艺术的构成元素。它五彩缤纷，五光十色。它用重叠与拼贴创造形态。它趋向于离心而非向心。它致力于振奋精神，激发灵感，而当做不到这点时，它看上去就算不是有意犯傻发癫，也是虔诚得沉闷笨拙。有人要买《修士读书》(《阿尔萨斯》)[14]吗？

如果说雷东已经不会引起托尔斯泰或是龚古尔式的反感了，他也依然能激起一些奇思怪想。大卫·加斯科因在《超现实主义》(1935)里写道："如果德塞森特还在世的话，一定会特别喜欢萨瓦多尔·达利，他的恐怖可以轻松胜过雷东。"而诗人约翰·阿什伯里则觉得"雷东的写实作品比幻想作品还要奇幻，花卉画比潜伏在他作品中的怪兽更不可思议、令人不安"。阿什伯里那句话读上去似乎只是故作吊诡(《花朵纷扰》——C. S. 刘易斯《欢乐惊人》的续篇)。雷东属于那种各种才华横溢，有的时候还故意炫技的画家(他的静物画不多，但都极其大胆——看看《辣椒，水罐，静物》里赤褐色的背景)，有的时候让我们实在想叫艺术评论见鬼去。但是，除非我们神经错乱，没什么能够动摇这个认识：他的"黑彩画"是他最好的作品(他自己也这么认为)。它们代表的，是他的技巧与他所希望创造的形态最为契合的一瞬。

比起后期作品，这些"黑彩画"的艺术性也更纯粹，文学性和注释性没那么强。这话听上去像是个悖论，因为它们中有许多当初都是为爱伦·坡、福楼拜、帕斯卡等人的作品绘制的插图。但那些图案是如此富有创造性，它们已经摆脱了原来的文本，升华于其上：给帕斯卡《心自有理由》画的"插图"，描绘了一个上身赤裸的男人，站在石质门道(也可能是窗户)前，脑袋是毕加索风的，垂着长卷发，抬起右臂，整只手都戳进胸口上的一个窟窿中，深至手腕。这个图景简单、可怖（拿拳头捶一捶心脏），它源自何处根本无关紧要，它的冲击力纯粹来自雷东。那飘浮着的瘆人《牙齿》不会让我们回头去读爱伦·坡，而像《告密的心》这样的图，我们如果不读原著[15]，说不定更感到毛骨悚然。《圣安东尼的诱惑》系列中那些吐火女怪和戴花环的骷髅头也是这样。相比之下，后期的象征主义绘画，就算不源于某个文本，感觉也更富有"文学性"。它们需要更多的解释，更多简短的注解，不那么自成一体，而且看上去好像不仅坚持要我们把它们当作象征来理解，还要求我们接受它们。看传统的基督教绘画，就算是无神论者，也可以恶补一下故事，然后运用点想象力便可以进入画景；但雷东不一样，他要求你恶补的东西，看上去专业、讨厌，甚至从精神层面说很蠢。他的作品的确是分两层。我们沐浴在他后期的色彩中，但毫不关心它们想传达的是什么；而雷东的荣耀，那些"黑彩画"，却好像是世界共有的隐秘想象之异化产物，久久萦绕盘旋，挥之不去。

译注

1 列昂尼德·帕斯捷尔纳克（Leonid Pasternak，1862—1945），俄国画家。代表作有《列奥·托尔斯泰》《灯下》等。他是小说家鲍里斯·帕斯捷尔纳克的父亲。

2 布里基·布罗菲（Brigid Brophy，1929—1995），英国作家、评论家。

3 鲁道夫·布雷斯丹（Rodolphe Bresdin，1822—1885），法国雕刻师，画风奇幻，不仅对同时代的画家有很大影响，也吸引了如波德莱尔、于斯曼这样的文人。

4 "架上画"即在画架上创作的画，区别于壁画。

5 珀加索斯是女妖美杜莎被斩首时从她的血液中跳出的飞马，其蹄踏出赫利孔山上的灵泉，传说诗人饮此泉水可以获得灵感。

6 贝雷妮丝是爱伦·坡的惊悚故事《贝雷妮丝》中的人物。贝雷妮丝原本是个美丽的女子，但因得了某种不知名的疾病，最后全身上下只剩一副牙是完好的。故事中的一幕，是男主人公坐在图书馆里，看到贝雷妮丝微笑时露出的牙齿，被吓得魂飞魄散。

7 雷东五十岁前基本只作炭笔画和石版画，画中的颜色只有深浅不同的黑色，他称这些画为“黑彩画”。

8 施洗者约翰，《圣经》中的犹太先知，曾为耶稣施洗礼。后被希律·安提帕所杀，首级被割下送给了莎乐美。

9 玫瑰十字会，亦译作蔷薇十字会，始于17至18世纪的秘密会社，自称有古传秘术。

10 恩斯特（Max Ernst，1891—1976），德裔法国画家和艺术家，超现实主义代表人物。代表作有《自然历史》《大树林》《圣安东尼的诱惑》等。

11 巨蟒剧团，也译作蒙提·派森、蒙提巨蟒，英国的超现实幽默表演团体。巨蟒剧团之于喜剧的影响力，不亚于披头士乐队对音乐的影响。

12 埃德里安·乔治（Adrian George，1944—2021），英国画家、作家、策展人。

13 米勒（Jean-François Millet，1814—1875），法国画家，巴比松画派代表人物，作品多取材于农民的劳动生活，画风质朴。代表作有《拾穗者》《扶锄人》等。

14 雷东这幅画中的修士在阅读《阿尔萨斯编年史》。

15 指爱伦·坡的同名惊悚故事。

梵高：和向日葵的自拍

就像有作家中的作家一样，也有画家中的画家：那些必不可少的楷模，道德上的引路人，绘画艺术的化身。他们往往是些默默无闻的艺术家，没有轰轰烈烈的生平，谦逊执着于他们的创作，认定艺术高于艺术家。名声较大的画家有时候会愚蠢地对他们摆架子。在法国，18世纪给了我们夏尔丹，19世纪是柯罗，20世纪则是勃拉克：他们都是艺术指南针上的正北。他们与后辈间的关系，有时是产生影响，更常见的是引发跨越世纪、半私密的对话（卢西恩·弗洛伊德对夏尔丹作品进行再创作[1]，霍奇金“仿柯罗风”作画[2]）。但这种关系并不止步于此——不仅仅是仰慕，还超越流派、崇信和模仿。梵高即使在将自己猛然扭向那令我们今天依然惊诧不已的绘画形式时，其书信里、心目中依然满溢着柯罗的思想（他也非常推崇夏尔丹）。那是这位在世艺术家对前辈如炬目光的礼赞，是在承认这才是真正的绘画。

但这些看似默默无闻的艺术家，往往比我们以为的更为深谋远虑，更为激进超前。例如柯罗就曾梦到了整个印象主义。正如梵高1888年5月在给弟弟提奥的信中所写的那样：

> 可敬的柯罗老爹在去世前几天说：昨晚我在梦中看到一片风景，整个天空都是粉色的——你看，它们不是来了吗？那些粉色的天空，外加黄色的、绿色的天空，在印象主义风景画里都有。这就是说，世间有些人们觉得未来会发生的事，后来真的发生了。

梵高写这封信的时候，法国艺术界长达一个世纪的色彩与线条之争已经结束，色彩占了上风。柯罗粉成了一种引领时尚、非同寻常、令人惊异的颜色：躲躲闪闪地在阴影中徘徊的粉色，莫奈干草垛与梵高《粉红桃树》中不遮不掩的粉色，还有在勃纳尔生前最后那幅作品《花朵绽放的杏树》里依然生机勃勃的粉色。不过正如梵高所言，黄色和绿色也出来了，还有橙色和红色，哦，还有蓝色与黑色呢。所有颜料管的盖子都拧开了，色彩似乎找回了它的自由和饱和度：自德拉克洛瓦时代起，（或是因为自我审查，或是由于学院派独裁）这样强烈丰富的色彩就一直受到压制。

在用色上，没人比梵高更张扬喧闹、更出人意表的了。正是这样的张扬使得他的画作显示出无限魅力。色彩，他似乎在说——你们以前可没见过色彩——看这深蓝色，这黄色，这黑色，看我挨着个儿把它们吱吱哇哇涂下去。对于梵高来说，色彩是一种声响。

《石间湍流》（柯罗）

而与此同时没有什么比这更让人惊讶的了：所有这些都出自这个阴郁、严肃、忧国忧民的年轻荷兰人之手，在他艺术生涯初期，大多数时候他的素描与油彩描绘的都是阴郁、严肃、忧国忧民的人物形象，农民与劳工，织工与采摘土豆的人，播种人与耕作者。这种迸发，这种黑暗中的绽放，能与之相比的唯有奥蒂隆·雷东（雷东转向色彩，更多是受内在力量驱动，而梵高则更多由外力推动——先是巴黎的印象派画家们，然后是南方的光）。不过，即使是在风格变化最剧烈的艺术家那里，也仍有一些东西是绵延不绝的。毕竟，梵高的题材一如既往：土地，以及那些照料它的人；穷人，以及他们倔强的英雄品质。他的美学准则也没有变：他想要的是为大众的艺术，一种创作手段也许复杂、但欣赏起来很简单的艺术，一种可以振奋人心、予人慰藉的艺术。因此，就连他改投色彩门下也是顺理成章的了。青年时期，他为了反抗荷兰归正会那种死板的虔诚与遵奉，踉踉跄跄转投了（并非无神论，而是与之对立的）福音派。他曾打算到受压迫者中去做牧师，但与他年轻时其他许多打算一样，这个想法最终也没有实现。不过，人类血脉中那种不成功便成仁的原教旨主义余绪，一旦被唤醒，就再不会完全消失。因此，这位在执行自己最成功计划的过程中去了阿尔勒、先是独自创作、然后同高更一起、然后又独自一人、之后进了圣雷米的精神病院、勤谨奋勉的画家，同那位严格固守教义原则的年轻人一脉相承：他成长为一位色彩的福音派教士。

在过去的一百三十多年里，要看清楚梵高越来越困难。实际上，想看到他就比以前困难了，因为我们到了博物馆想走近他时，常常被来自世界各地的粉丝们月牙形的阵势挡住了路，他们兴奋、急迫，高举苹果手机和向日葵来那必不可少的自拍。他们应该受到欢迎：对于艺术的国际影响这桩事儿，我们不应自命不凡地加以否定，而是要做好人群引导，并衷心感佩——这一点，我是在给在孟买的十三岁教女送了个梵高马克杯做生日礼物、看到它大得她欢心那会儿意识到的。但是，梵高周围的动静实在是比他画中的动静要大得多。首先是那些画作，然后是梵高自己写的总计几十万字的书信日记，然后是各类传记，然后是那本小说，然后是小说的电影改编，然后是礼品店，然后甚至还有（国家美术馆[3]里就是这样）让你把奇珍异宝从礼品店带走的向日葵手提袋。画家已成了世界品牌。于是无可避免地变得越来越粗俗：欧文·斯通1934年的那本小说，就是1956年改编成了一部可敬但滑稽的电影（柯克·道格拉斯饰梵高，安东尼·奎因饰高更）的那本，书名是《生命之欲》。而按照梵高博物馆2009年出版的六大卷书信集里的版本，原本用的荷兰词语的意思是“生命之爱”[4]。

我们很难明察，就像我们常不容易聆听（或者说听清）比如一部贝多芬交响曲。想要再找到初见初听时——当时梵高与贝多芬以前所未有之力冲击我们的眼睛和耳朵——那种痴迷狂喜的状态似乎很难；然而想要有所突破以获得新的视觉感受和新的听觉体验，同样困难。于是我们常做的，是有些懒懒地默认他的伟大，然后去别处，远离那些正在如我们初次发现他那样发现他的人群。但是，如果我们躲进画册去寻求沉默寂静和无拘无束的梵高，又会经历另一种失望：不论色彩得到了多么忠实的重现，平面的书页总是压平了油画表面那笔触急促、厚厚涂抹的颜料，那层油彩又厚又湿，画家有时得等上好几周，才能把最新的画作邮寄给他的画商弟弟提奥而不致损坏。朱利安·贝尔对《罗讷河上的星夜》便有很到位的描述，它“更接近浮雕，而不是可复制的平面图像”①。

他的人生也是个障碍。我们对其生平的大略已经太过熟悉。贫困、狂怒、绝望、妓女、癫狂、割耳、自戕，生前显然一事无成，死后却大获成功。我们运用逆向投射，把画家的日渐疯癫读进他的画作：那一道道油彩堆起回转涡旋、深沟乱壑，那些黑色的天空，那些颜色更黑、振翅飞过麦田的乌鸦。他受难是为了我们的享受。无可避免地，我们忍不住要把他的疯癫与他的天才等同起来，推举梵高为现代版菲罗克忒忒斯神话、也即伤与弓[5]的终极样板。若说这如今看来已有点过时、明显有点简单化，但人们对于艺术创造力一定其来有自的狂热信仰依然如故，近来开始考虑起基因来了。最近有一项对八万六千位冰岛人的研究，声称发现那些带有精神分裂症和双相型障碍风险基因的人似乎具有较大创造力潜能。但有的时候，受伤的弓箭手是不顾创伤而拉弓，并非因为创伤而拉弓。无疑，画家自己便是这样想的。去世前不到三个月时，文森特写信给提奥：“啊，要是工作时能没这混账病来烦就好了！我本该做成了多少事……”梵高有一位叔父精神崩溃，最后自杀了；而他的妹妹威廉明娜于1902年被送入精神病院，在那里度过了三十九年，几乎再没

① 《谨启：文森特·梵高书信精选》，莱奥·扬森、汉斯·吕耶腾、尼恩克·巴克编（耶鲁大学出版社，2014年）。《梵高：涌动之力》，朱利安·贝尔著（新丰收出版社，2015年）。——作者注

开口说过话。他们俩都不怎么画画。在我看来，这似乎证明了他那家族遗传的应该是精神病，而不是创造力。

梵高的生平常常让我们感到惊骇和怜悯。我们为他心痛，因为提奥尽管是做生意的好手，总能跟上印象主义的步伐，有本事卖掉莫奈和高更的画作，但文森特的画，他却只找得到一个买家，卖出了一幅，仅此而已。但这悲惨的事实也把我们推向危险的自鸣得意：瞧，我们这些后来人多么欣赏你的作品；和以前那些冷落你、贬低你的人相比，我们多么有眼光、多么有品味、多么有同情心；再瞧瞧，我们的商业大亨和艺术机构愿意为你珍贵的作品花多少钱。梵高在世时，当时身价最高的画家是梅索尼埃[6]，那位19世纪绘画界的亚历山大·仲马——我们可以合理推测，其声名、题材（通常都画拿破仑的胜与败）以及传统技法都会让这位后辈画家厌恶的。梵高鄙视他所谓的“画室时尚”，喜欢在户外作画，哪怕那意味着画布会粘上飞蝇、尘土、沙粒。梅索尼埃在世时便成了世上画作卖价最高的画家；梵高要等过世后一世纪才跻身此列。

除了在白天找一个美术馆里参观者还算少的时段外，想要让无拘无束的梵高重归我们的脑海，一个方法是去读画家本人对于自己生活和艺术的叙述。贝尔称那六卷信件是“最了不起的艺术评论，还没有画家这样评价过自己的作品”。而此次的新版，尽管只有一卷，仍包含了相当可观的文字：大约原本八十五万字中的四十万。但真正关键的是披露事实的尺度，还有强度。在这里，梵高脑、眼、手的动作都被详细地（且同时火冒三丈地、或自怨自艾地、或偏执多疑地）记录了下来。贝尔读过全部六卷信件，他承认尽管自己热

《拿破仑在1814年》（梅索尼埃）

爱那些画作，也非常欣赏这些书信，但“我不总是喜欢那个人”。毫无疑问，梵高是最糟糕的公寓合租人，固执、专横、样样都缺、要求忒高、好为人师、自以为没啥不懂：弟媳生了孩子，文森特伯伯突然就摆出一副儿童保育专家的架势，甚至对哺乳都有研究。但他没让自己书信的读者同享其公寓，只让他们共历其精神和艺术奋斗。贝尔的附带说明让我想起有一次我因为文学上的事情去多伦多，偶然遇到筋疲力尽的迈克尔·霍尔罗伊德，他在给自己的《萧伯纳传》第三卷做全球巡回宣传。他解释了自己的艰苦历程，早已没了脾气。“他们不断问我是不是还喜欢萧伯纳。这……这……不相干呐。”

即便如此，梵高这人的存在感依然强烈，让人招架不住；他常常咄咄逼人，哪怕只是针对自己。他经常因为自己没法和别人相处、容易冒犯或惹恼别人而沮丧——但他之后并不会痛改前非。有次他因故回尼嫩[7]的家里住了一个月左右，他觉得对于自己在家这件事，父母表现得就像“家里养了条粗毛大狗……爪子是湿的……而且还大声狂吠”。这种紧张感让女性望而远之：“不，不要，绝不”，这是他向凯伊·沃斯求婚时收到的著名三连拒；而他的反应则是典型的梵高风格——他坚信，如果再多给一点时间、多给一点接触机会（但对这两项当事女士都坚决拒绝了），他能够将那回答变成“好，好耶，马上”。对于这个世界，他的态度也同样咄咄逼人，他还设计了解决自己生活中一切问题的方案：他必须去美国，必须去热带，他和提奥必须去英国，去那里推销印象派画家（这在当时是个馊主意，到后印象画派时代依然是个馊主意）。他认为印象派画家应该成立某种商业行会，这个主意听上去挺实际，问题是等他到了巴黎时，他们都已经在办第八次集体画展了。用贝尔的话说，“文森特……追上这运动时，它正在烟消云散”。他还有更不切实际的理论：画家应该和自己的画商同住，后者负责操持“内务”，包括做饭（梵高的厨艺糟透了，不过高更厨艺很高明）。他还一直认定艺术市场危险地过热，和之前的那个泡沫也就是“郁金香热”时的情况差不多（对于目前的艺术市场——以及他在其中的存在——他会怎么看？）。在个人层面，他基本上接受了“投身艺术就意味着少投身生活”这个条件，并且和巴尔扎克一样坚信创造力与性活力之间有关联：“你少花点劲操，你的画就更爆。”给阿尔勒的黄房子配家具时，他买了十二把椅子。然而他从不请客，也没有学徒。

但是这些呻吟、咆哮还有鲁莽的计划都只是背景噪声，衬托着艺术的英雄历程，还有面对挫折——实际上该说是面对他自己性格——依然坚定不移的决心。艺术是日复一日、时时刻刻的磨砺。与此同时，这种磨砺还复杂繁难、层次丰富，既要求脚踏实地，又需要天马行空。梵高拾起点彩画法（它是一种半科学性的技法，所以从本质上说一种冷静的形式），将它变得凶猛狰狞：他把自己变成了印象主义和表现主义之间的铰链。另外，他几乎是自学成才，不过他学的是最好的老师，就是他之前的画家们。画家们会与各种各样的风格产生共鸣，多样性远超我们幼稚的（或出于审美政治正确性的）想象中对他们的预期，得到这样一个提醒还是极为有益的。不然，尽管我们可以理解梵高对于柯罗老爹或者夏尔丹老爹的欣赏，下面这个发现却会叫我们大为惊讶：好几次，他一反常态欣赏起——没错——梅索尼埃来：“说起来，梅索尼埃的画你可以看它一整年，还有足够的内容让你下一年接着看，不用担心。”即使是充分吸收了全套的印象主义，他仍相信艺术的延续性，相信与过去保持对话必不可少。有人认为一个新锐运动要与此前的一切“严格切割”，对于这种想法他是无法接受的：“这个世纪有米勒、德拉克洛瓦、梅索尼埃这样一些无法超越的画家，我觉得这是一件很开心的事。”

公共事件在他的意识中几乎没有留下什么影响：这些文字中，有一处提到威廉皇帝过世这件事（他主要关心这对于艺术市场可能产生啥影响），还有一处提到了右翼政治投机分子布朗热将军。他只对自己感兴趣的事情有兴趣，但它们最终全都混为一体：“书籍还有现实还有艺术对我来说都是同样的东西。”于是，就像塞尚一样，他大读特读：乔治·艾略特、狄更斯（“高尚而有益健康”）、夏洛特·勃朗特、莎士比亚、埃斯库罗斯、巴尔扎克、福楼拜、莫泊桑、都德、左拉（“有益健康的东西，让人头脑清楚”）、朗费罗、惠特曼、哈丽雅特·比彻·斯托。他赞许龚古尔，因为他“如此勤恳，其中灌注了多少艰辛”。他自己就是一个出色的作家：热烈深刻，敏锐精细，生动精彩，紧贴生活。他能诙谐地表达蔑视：路易十四是“那位循道宗的所罗门”。他在描述下矿井的经历时，能如左拉一般清晰（且一样饱含社会热忱）。又比如这段对于尼嫩镇上以及周边农民穿着的描述：

> 这里的人本能地穿着最美的蓝色，这样的蓝我从未见过。布料是他们自己织的粗布，经线是黑色的，纬线用蓝色，织出

一种蓝黑条纹图案。布料经风吹日晒使其稍微有点褪色变化，呈现出一种无比平和、素雅的色调，特别托人肤色。简而言之，它足够蓝，能够同任何含有橙色元素的颜色互补，又足够清淡，不至于撞色。

可以保险地说，农家布料很少能得到如此一双细致入微而又饱含共情的眼睛打量端详。

读这些梵高生前写的书信时，对他身后将要发生的事情我们没法从脑中剔除。于是，那些令人啼笑皆非之事便在我们脑海里叮当作响，吵得要命。如今，除了专家，还有谁听说过法国画家乔治·让南（1841—1935）和埃内斯特·科斯特（1844—1931）？然而梵高不止一次这样比较过："你知道让南有芍药，科斯特有蜀葵，但我有向日葵，算是吧。"算是吧！同一年，他带着清醒自知而非自怜自惜的态度总结了自己的人生："说起来，作为画家我永远做不出什么大事儿来，这一点我完全意识到了。"他早年恪守的加尔文主义外面也许已经又涂上了一层左拉的社会决定论，但被这其中随便哪一信条打倒、淹没都不难想象。至于自杀：尽管在书信中这个话题不时出现，但他从来没有肯定过这种行为本身。他提到"无与伦比的狄更斯"说对付自杀念头的良药是"一杯红酒，一块面包和奶酪，以及一斗烟"（面包和奶酪是他自己加的）。他引用过米勒的话，大致意思是"自杀是不诚实之人的做法"。他一直坚持认为那么做"真会把自己的朋友变成谋杀犯"。还有，"自杀未遂是预防自杀的最好方法"。他将左轮手枪指向自己的心脏时，有没有可能原本是想打偏的?

人生最后几周里,他频繁提及自己作品中使用的一种颜色:粉色。他谈到“橄榄树背靠粉色的天”“黄绿的大地衬着粉色的月季”“粉色栗树习作”“阿尔勒的姑娘……身着粉色”,还有“一块奇怪的粉色沙地”。这是偶然?是凑巧?还是柯罗死前梦中那抹革命性的粉色回来为他送行来着?

“能让大众喜欢的,总是最庸俗的,”1883年时他在给弟弟的信中写道。但如今,梵高可是超级让大众喜欢。那么他变得庸俗了吗?我们没法真正看清他——这是否意味着,其实可看的也就那么多,而且/或者随着岁月逝去,我们终会将他抛在身后?奇怪的是,并非如此。他不是那种随着时间发展,我们会看得更细、更深的画家,比如德加或者莫奈。我不觉得随时间流逝梵高的画作会在我们眼中出现多大变化,我们对他的看法会有什么不同,我们六十岁或者七十岁时会比二十岁时看出更多东西来。恰相反,是画家那泼命般的真诚,他那大胆、灿烂的色彩,还有他那“让绘画成为抚慰痛苦心灵的艺术”的强烈愿望,带我们重回二十岁。待在那地方也不赖。所以也许,说到底,是时候来张“和向日葵的自拍”了。

译注

1 卢西恩·弗洛伊德(Lucian Freud, 1922—2011),德裔英国画家,精神分析学大师西格蒙德·弗洛伊德之孙,当代西方最具个性的肖像画大师。代表作有《破布旁的立像》《拿鸽子的男孩》等。弗洛伊德曾以夏尔丹的《年轻的女教师》为蓝本,创作过一系列蚀刻版画。

2 霍奇金(Howard Hodgkin, 1932—2017),英国画家,作品主要表现日常生活中和朋友交往的印象，风格上继承了维亚尔和马蒂斯的传统，介于具象和抽象之间。1979—1982年间，霍奇金创作了油画《仿柯罗风》。

3 此处指位于伦敦的英国国家美术馆。

4 此书和电影的标题国内一般译为《梵高传》，其英文版原标题为Lust for Life，直译应是“对生命的淫欲”。而按照本章中巴恩斯的说法，梵高本人的荷兰语原话译为英语应是“zest for life”（对生命热烈的情感）。

5 菲罗克忒忒斯是希腊神话中的人物，在大力士赫拉克勒斯垂死之际得到了他的弓，之后参加了希腊诸王对于特洛伊的征讨，但在途中被蛇咬伤，伤口迟迟不愈，发出恶臭，因此被同行人抛弃。特洛伊战争第十年，希腊人听到预言说，如果他们得不到赫拉克勒斯之弓，就攻不下特洛伊城，菲罗克忒忒斯于是又被请到特洛伊城下，伤口被治愈，不久以后他射杀了特洛伊的帕里斯。1941年，美国作家、评论家埃德蒙·威尔逊（Edmund Wilson, 1895—1972）推出专著《伤与弓——文学七论》，书中第七章从现代文学创作的角度探讨了索福克勒斯的戏剧《菲罗克忒忒斯》，将菲罗克忒忒斯之伤解读为心理创伤，而其弓则代表洞见所带来的治愈力。按此理论，从某种意义上说，艺术创造便是通过真知灼见抚平心头之痛。

6 梅索尼埃（Ernest Meissonier, 1815—1891），法国古典主义画家、雕塑家，多作历史和军事题材画，亦画风俗作品，技法细密。代表作有《拿破仑三世在索尔费里诺》《纸牌玩家》等。

7 荷兰城市，梵高于1883—1885年间在此生活和工作，亦译作尼厄嫩、纽南。

写写它（二）

法国艺术（还有法国艺术家）在19世纪时很幸运地获得了几位那个时代顶级作家的支持。司汤达、波德莱尔、戈蒂埃、龚古尔、左拉、莫泊桑、于斯曼、马拉美都兼做艺术评论家（乐观自信的库尔贝则是两手抓：既搞创作，又搞自我宣传）。之所以会这样，是因为有一群非凡的新派艺术家需要支持；此外，还有一个大象屁股般的靶子要打——巴黎美术年展。那年展由法兰西艺术院组织，谁以及啥能参展都是艺术院说了算，奖项由它颁布，公共项目由它分派。年展上那数以千计的艺术品都是对外出售的；用于斯曼的话说，这就是个“官方艺术大集市”，“香榭丽舍大道上的油画交易所”，“艺术院国营农场”的“边角料殿堂”。同时，它也明里暗里左右了人们对画家画什么和怎么画的期待。绘画题材有一套既定的高下划分标准：高冷理性受欢迎、低俗感性受摒弃；想象须有条理；完美优雅胜过活泼轻快。你可以说年展上所有的作品画的都是静物，哪怕那题材是重大战役或者维克多·雨果的肖像——也许维克多·雨果的肖像尤其如此，他那堪铸丰碑的声望把他变成了一幅静物画。

当然，事情也没那么单纯，不是简单的“专业的圈内人vs受拒斥的叛逆者”。艺术家，哪怕是最离经叛道的艺术家，对于他人的夸赞，往往也同兢兢业业、规行矩步之人一样地喜欢，他们既想打破传统，又想得到认可。比方说，德拉克洛瓦为了入选法兰西学会锲而不舍地反复尝试（波德莱尔对此大为不解），直到第七次才成功；此外，还有一些印象主义画家参加过（或者试图参加）年展。19世纪下半叶出现了多起积极活跃、受到大肆宣传的分裂活动：著名的落选作品展，首创于1863年；后来，自1874年起又有独立画展，举行过八场。但即便如此，两边都投的作品之多，可能要超出你的想象。雷诺阿和莫奈都在年展展壁上出现过；而马奈，虽然1863年参加了落选作品展，却要了个两面派手法，在新派画家早有自己的销售渠道之后还继续向年展投送并展出作品。马奈的《女神游乐厅的吧台》（如今已被视为印象主义经典画作之一）最早（同一幅马奈肖像画一起）是在1882年的年展展出的，这着实叫人大吃一惊。不过往回到1865年，当时《奥林匹亚》可是让那年年展的参观者十分恼怒的。

那些支持现代主义画家的现代主义作家们，不论从支持还是从鉴赏的角度来说，也并没有做到不离不弃。波德莱尔认为能画现代生活的唯有康斯坦丁·居伊；左拉似乎把画家看作是自然主义散文文学的一个临时分支，但若他们误入琐碎或无益题材的歧途，他便不支持：因此，他对德加不屑一顾，说他“是个老便秘的画家，不过有点画漂亮玩意儿的本事罢了”。所有这些作家-艺评家中，最狂野、风趣、暴烈的是若利斯-卡尔·于斯曼（1848—1907），他的道德批评之道从堕落颓废、撒旦崇拜一直通向天主虔信。他的主业是在巴黎内政部一份干了三十年的工作，但他还有副业：左拉自然主义派小说家和艺术评论家。那个时期法国的报业基本属于无人监管地带，诽谤法松弛无力，这让于斯曼可以酣畅淋漓地表达自己的愤怒和鄙夷。用安妮塔·布鲁克纳的话说，“他对于自己同时代人的评判标准，同久病之人的怪脾气没啥两样，他对世界的看法和医院病床上的病人一样主观臆断”。他的愤世嫉俗（也如这种脾性一样）在当年给他的乐趣远不如今天带给我们的那样多。

于斯曼详细评论过1879到1882年的年展和1880到1882年的独立画展。莫奈认为他是最棒的评论家。他的文章后来结集出版，题为《现代艺术》（1883），此前没有英语译本[①]。这也许是因为他在那批作家-艺评家中名气最小，而且他的法语往往不直截了当。他的传记作者（1955）以及他最有名小说（即《逆流》，那本颓废主义的圣经）的译者罗伯特·鲍尔迪克说他的风格是“现存最奇怪的文学风格之一”。他的小说家同行、天主教教友莱昂·布洛瓦则形容它是“拽着意象母亲的头发或者双脚，把她一直拖下惊悚句法那糟朽的楼梯”。布伦丹·金翻译了于斯曼大部分小说，这本书他译得极好：流畅、刚劲、风趣。原作指斥了那么多已被遗忘的法国画，译文读起来却如此妙趣横生，真的很难得。这一版

① 《现代艺术》，J-K·于斯曼著，布伦丹·金译（德达勒斯出版社，索特里，2019年）。——作者注

中还附有几十张黑白小插图以帮助我们理解，而且在谷歌上很容易搜到更大的彩图。比方说，试试彼泽·柯勒耶[1]1880年年展参展作品《孔卡诺的沙丁鱼女工》。一个年轻女人侧身坐着，脚穿木底鞋，头戴平纹细布帽，肩披红围巾，腰系黄围裙。她身处一个大工棚，周围都是女工，她正在一条一条地处理着一堆无穷无尽的沙丁鱼：她一脸听天由命的神色，说明那些破肚裂膛的鱼大概已让她看到了在自己面前伸展开去的一生。这是一幅真实、让人感触颇深的画，而且，作为少有的展现工业流水线上女性情形的画作，肯定会受到左拉的赞许。于斯曼用半行文字和"讨喜"这个形容词就把它打发了。这本书会像这样把你送到各种意想不到的方向上去。

老年时的于斯曼已基本抛弃了他所谓"那些文学上的骗人把戏"。1900年，他当选龚古尔学院第一任主席，但同时（且更为重要的是）成了离普瓦捷不远的利居热本笃会隐修院的俗士。这一精神上的退隐应验了半个著名的预言：1884年于斯曼出版了《逆流》以后，（信奉天主教的）小说家巴尔贝·德奥勒维利预言说"或顶在左轮手枪枪口，或伏在十字架之下"，于斯曼的未来必选其一。如今，作为献身宗教的俗士，他需要获得隐修院院长的允许才能去巴黎处理文学事务。同为龚古尔学院院士的小说家约瑟夫·罗尼记得，"于斯曼待学院的其他成员，就像一位对他人极为体贴、满怀尊重的老绅士。他似乎变得更富于同情心，对我们的事业也像兄弟一样地关心"。

《孔卡诺的沙丁鱼女工》局部（柯勒耶）

这样的沉稳与仁爱(也许可以归功于教会)会让那些之前认识他的人大吃一惊。莱昂·都德(也是首批十位院士之一),在自己的回忆录《鬼魂与生者》中,对这位主席有不大一样的描述:

> 他像只夜鸟,寂静无声,沉稳严肃。他身形修长,有些驼背,鹰钩鼻,深眼窝,头发稀少,松垂的唇须下藏着一张弯弯的阔嘴。他的皮肤灰白,双手像珠宝匠人的那般精致。他的话通常都隐约朦胧,总是在宣泄厌恶情绪——他那个时代的人和物令他作呕,他咒骂它们、痛斥它们,从烹调技艺衰落而成品酱料兴起到帽子的形状。给个话头,他就能把自己那个世纪给整个儿呕出来,他是颤抖着跑过那个世纪的:他敏感易怒,遇到的所有人、所有场合都令他痛苦局促——他无法忍受四周环绕的蠢人蠢事,既受不了平庸也受不了虚假创新,还有反教权主义和教义盲从、工程师打造的建筑和中规中矩的雕塑、埃菲尔铁塔以及圣叙尔比斯教堂区的宗教意象。他被自己的感官——触觉、听觉、视觉、嗅觉所控制。他一副殉难者神色,饱受这些感官的折磨:就像圣利德温[2](她滑冰出了事故后,七窍流血,肢体破碎)那样;也饱受逃跑欲望的折磨。多数撰文评论他的论者都以他的荷兰血统出发,把他视为描绘心灵精神的画家,风格和北方那些大大小小的画家一样。殊不知,他心中还有一个气势汹汹、趾高气扬的巴黎人,品人论事敏锐精彩,暴躁敏感世上一流。

于斯曼开始艺术评论时坚定地奉行散文现实主义。现实主义的一个积极功用是如实表现生活。但在那之前出现的是它的消极作用，就像洗涤剂，那种能一下子把边边角角都洗干净的强力漂白剂。于斯曼对虚假无比痛恨，他痛恨那些模特穿着从服装商人衣柜里拿来的衣服扮圣女贞德，但一副当代人模样；他痛恨那些看起来根本不像赤裸女性的裸女画（比如布格罗[3]画中的那些）——"某种像团空气的画作……连瓷质的都不是……章鱼般柔软的皮肉……像是没吹涨的气球。"（在于斯曼看来，从古到今只有伦勃朗画过真实的裸体。）他痛恨那些"画笔自行其是"的风景画家，还有那些巨幅战争画，给人看"一锅用士兵熬的冻羹"。对于一个如此敏感、如此易怒的人，给年展写评论肯定是俗世殉难。1879年的年展是"一堆神经错乱、荒谬胡闹的玩意儿"，所有三千零四十幅画作中"值得一看的上不了百"，剩下的二千九百四十幅"绝对比不上张贴在我们街区墙壁和大街pissoir（法语：公共小便池。——译注）上的广告画"。三年后，他评论1882年年展时是这样开头的，"你看过一次年展，也就看过所有年展了"。印象派由于成员和术语不断变化，也会被称为独立派或激进派，而于斯曼则是该时代最激进的评论家。有的时候，读着他的这些评论，你几乎要为那些天赋平平、志向也平平的年轻或中年画家难受，他们希望自己的画作不要被挂在太高的地方，希望自己对风景或是历史的演绎能吸引路过的某位有意收购画作的参观者，希望能够获得正统艺术界大佬们的青睐并且——有朝一日——获得奖章，这样在之后的绘画生涯中就可以不必再参加遴选程序而直接参展了。几乎不必。

于斯曼鄙视某些年展中坚，比如莱昂·博纳[4]（"出自那个叫作博纳的灰浆搅拌工沉闷泥铲下的画作中，还没哪幅比这更累赘、更可悲的”），这人作为年展的评委以及学院教师，其影响毁了几代年轻画家；又比如热罗姆[5]，以及他那些富丽浮夸、影响巨大、“重重复复的荒唐玩意儿”；再比如亨利·热尔韦[6]，出道时似乎大有可为，结果还是跌回凡俗。正如都德指出的，“虚假创新”令他愤怒，例如田园画家朱尔·巴斯蒂安-勒帕热[7]的“虚假现代性”——他这位“精明审慎的叛逆者”，不过是个“狡猾的现代主义同行者”罢了。左拉同意这个观点：巴斯蒂安-勒帕热的作品“为迎合大众品味而修正、软化、驯顺了现代主义”。

于斯曼致敬一幅战争英雄主题的画作（画中一位工兵为一名垂死的步枪手指示天堂的方向），说它是“我所见过最强力的忧郁消杀剂，我推荐任何笑不出来的人看一看它”。他发明了烂画家分类法：有与其说是画人物不如说是画服饰的“服装设计师”，有故作风趣幽默的“杂耍演员”，还有不言而喻的“催泪弹”。年展画家们最根本的不足，在于拒绝按眼前所见而画，比如，他们就完全看不出“长在巴黎的树和长在乡下的树不一样”。1879年，巴斯蒂安-勒帕热展出了《十月：收土豆》。前景中，是一个收土豆的女工，漂亮、优雅、“有气无力”，直接来自画室的模特队伍，脸颊上甚至隐约化了妆。于斯曼没好气地抠起细节，指出“他笔下那农妇的手不是刨土女人的手，那是我家女仆的手，掸灰这活儿她能不做就不做，清洗更是少之又少”。可以比较一下别的画，具体地说，比较一下德加是如何描绘他的芭蕾舞演员的：

在这里，没有凝脂般柔软的肉体，没有丝绸般细腻的皮肤，而是真实的、扑了粉的肌肤，是剧院和卧室中那种浓妆艳抹的肌肤，与实际一般无二，就像绒布，近看显示出布满纹理的颗粒感，远看泛着不健康的光泽。

根本而言，在绘画中忠于现实就是忠于光线。于斯曼对这一因素的表现（及错误的表现）极其敏感。而在他看来，法国画家们早就不再观察实际的光线了，相反，他们机械地照搬旧时大师们的饰光法，不假思索地将荷兰、意大利或西班牙的光线移植到巴黎的场景中。但是，荷兰的光线因临近大海、运河与氤氲水雾而受其调控，然后再从安着小块方玻璃的框格窗渗入，这样的光出现在“公元1880年的巴黎，简直荒唐”，那里仅有的水道是街边的阴沟，而那里的客厅安装的是“宽大的双扇门式窗，玻璃洁净，既无气泡也无瑕疵”。画家们会采用的另一不正当手段，是直接绘制学院里教授的“标准”日光：调整挂杆上窗帘的位置，直到画面场景“不论原应是在一楼，在一座庭院里，还是在林荫大道旁建筑里的五楼；不论其所在的房间是空空荡荡还是有各式布料装潢，照明是来自烛光还是从彩色玻璃透进的光”，你最终看到的都是同一种平淡无奇的效果。类似地，风景画家也许会去乡下写生，准确地速写，但接下来回到画室后就给自己的作品画上千篇一律的光效，“不管是哪个季节，不管是正午还是傍晚五点，不管天是晴还是阴”。让·贝罗[8]画了一幅夜景，露天舞会，圆碗形煤气灯照明；问题是，“贝罗根本没有——我是说压根儿就没有——注意到树叶从下方被照亮时的浅绿色，或者煤气灯强烈光线映照出的耀眼天幕”。至于博纳的维克多·雨果肖像：“用光一如既往，胡来。”

尽管这一切都十分好玩，但我们读《现代艺术》为的可不是它那些刻薄斥责——尤其是遭于斯曼奚落的几位画家几乎没有谁后来能东山再起。我们读这本书，是为了看他如何迅速且精准地辨认出一些新人，并尽力为他们喝彩，他（以及后世人们）认为这些人可以取代他斥责的那些人。鉴于光线是于斯曼关注的中心，显然他是最适合于欢迎印象派画家出现的艺评家。“新画派宣告了这一科学真理：明亮的日光会削弱色彩；在封闭的室内画出的阴影和色彩，比如说一栋房子或一棵树的阴影和色彩，与在户外所画同一片天空下的房子或树木的阴影与色彩截然不同。”关于卡耶博特的《室内：窗边的女人》，他是这样说的：“那画布上洋溢着顶级品质的艺术与生机，如此强烈，令人惊叹；除此之外……我们也正是应该在这里看到它——巴黎的光，在临街的公寓房间内，光线被窗上悬挂之物遮暗，透过薄平纹细布窗纱射进来。”于斯曼问道，静物画家中，“有哪一位不把描绘对象或者花朵处理成高亮，凸显于阴暗背景之前，而单纯在户外、且在充分的日光下描绘它们？……之前唯一敢于大胆尝试的是马奈先生，他画了一些真实阳光下的花卉画”。

而就像重新掌握了法国本土光线一样，新派画家们也重新掌握了题材。学院派建立起来的那一历史悠久的等级制度如今被完全抛弃了。那些老天神老仙女们，那些古希腊罗马以及基督教神话，那些“崇高”的历史画，等等等等，统统不要了。福楼拜曾写过：

“艺术中的一切都取决于技巧：一只虱子的故事也可以同亚历山大大帝的历史一样精彩。”而到1880年，福楼拜去世那年，似乎是在向他致以敬意，于斯曼这样写道：“选择所谓比别的更为‘高尚’的题材……毫无意义，因为题材本身什么都不是。一切都取决于艺术家怎么处理它们。”尽管如此，理论与实践并不总是统一的，每个人都有自己要坚持的东西。几页之后，于斯曼就在痛斥一幅描绘一位政治家办公桌的“民主自由静物画”，认为那题材让人无法接受，“丑陋至极”：“我们将来什么时候会在年展上看到罗伯斯庇尔的尿壶，或者马拉的坐浴盆？假设有一天改朝换代了，我们会不会看到路易·菲利普的雨伞、拿破仑的导尿管或者尚博尔伯爵的疝气带？”至于福楼拜，1877年他在给屠格涅夫的信中对印象派画家们表示了不屑，说他们是“一帮小丑，想让自己还有我们相信他们发现了地中海”。

不过（也幸亏）故事比我们所能想象到的还要复杂。在于斯曼那里，事情不是说变就变的；而在那些热衷于关注细节的先锋们那里，事情也不是在莫奈画《日出·印象》的那天忽然变化的。于斯曼没有著文讨论前四场独立画展，不过显然，一开始印象派并没有怎么打动他。他1874年去看了他们在纳达尔的摄影棚举办的首次集体展，也去看了1875年在迪朗-吕埃尔画廊举办的第二次画展。在展览上，他看到的是“令人怜悯的愚行”，应该不从审美角度、而从“生理学和医学”角度来审视。这些画家们都有“偏执狂症”：举目所见，一切皆是强烈的蓝色，另一种则是紫色，什么都要染上淡紫和紫红。绿色从他们的调色板上消失了，就像从视神经萎缩症患者的眼中消失了一样。“归根结底，沙尔科医生[9]关于色觉退化的实验可以在他们中大多数人身上得到印证，沙尔科医生在耶萨尔佩特里尔医院的许多癔症病人身上都观察到了这一症状。”色彩理论（或至少是色彩观点）沦为了视网膜病症——而在接下来的几十年里抨击印象主义的其他人也一直这么认为。《费加罗报》也认同偏执狂症这一诊断。它是这样评价1874年那次画展的：新派画家们不过是把几种颜色甩成一堆，就以为会出来一幅杰作，“就像维勒-埃伏拉尔精神病院里那些失魂落魄的可怜家伙一样，在路边捡到块鹅卵石却当作是钻石。这是一幅人由自负走向痴狂的可怕景象”。

接下来几年里，按照于斯曼的分析，莫奈和毕沙罗这样的画家“从蹩脚画家摇身一变成为出色画家”了。毕沙罗一开始画的都是些“模模糊糊、色彩斑驳的油画”，然后发展成一位“有时颇显功力的风景画家，但常常精神错乱，这个人要么完全搞不对，要么平静沉着地画出一幅极美的作品”。至于莫奈，一开始他似乎是个“跌跌撞撞”“毫无章法”“急躁草率”的画家，他的印象主义是“没孵好的现实主义蛋”，是“尚未脱离稚嫩混沌状态的画”。于斯曼对他失去了兴趣。然而，接下来莫奈的眼睛“治好了”，于是，他“掌握了光线的全部现象”，成长为（按照这位评论家的最终评价）一位“卓越超群的海景画家”。甚至卡耶博特（于斯曼最终将他直接列为“伟大画家”），起步时也患有“靛蓝狂”症。但是，“画家先是恶疾缠身，然后治好了自己，除了有过一两次病情反复外，似乎终于擦亮了自己的眼睛”。然而，眼睛到底是如何“擦亮”的，他根本没有解释明白：是全靠勤奋，还是因为脑袋突然挨了一击？而这给了我们另一种解释：看了几年印象主义画作后，于斯曼终于擦亮了自己的眼睛，理解了发展至今的那场革命。还有一个与此重叠的原因，那就是个人偏好：于斯曼一直不能接受印象派较为肤浅琐碎、施白布粉的那一面。

从他对这一运动中的两位女性画家（贝尔特·莫里索和玛丽·卡萨特）的态度中可以清楚地看到这一点。他大男子主义十足，称前一位是马奈的学生、后一位是德加的学生，可实际上两位的情况都非如此。莫里索是1874年那批印象派奠基人之一，而于斯曼对她的评价中，几乎没有哪个词儿不透着一股纡尊降贵的味道。她在1880年独立画展上展出的那些“粗糙”速写是“一堆白色与粉色的别致堆砌”；第二年，她“把自己局限在即兴画上，过于笼统，而且时时刻刻都在重复，毫无变化”，同时，她也是“为数不多能够理解时尚女性梳妆之赏心乐事的画家之一”；而1882年，“如果这是一席晚宴的话，她的画就总是那道毫无分量的香草蛋白酥皮甜饼！”而卡萨特（奇怪的是，他认为她“学习研究的是英国画家”）则成长为了“独树一帜的……艺术家，是个完全自然形成、完全新颖原创的画家。”她画婴儿（他们一般会让于斯曼“打冷战”），带着“令人愉悦的温柔”，并且“成功地萃取了巴黎的精髓，我们的画家没有谁知道该如何表现那室内的平静祥和，安宁温馨”。

总而言之，他觉得卡萨特比莫里索“更平衡、更沉静、更聪颖”，而这也解释了于斯曼的一些根本喜好。他所关注的是光线，是题材的平民化，是忠于现实的观察；对色彩的“无理性”碎片化以及稍纵即逝的印象，他并不感兴趣。而事实上，对于许多非印象主义画家他也同样起劲地喝彩。他非常欣赏莫罗和雷东（不仅仅是在这些评论文章里——在《逆流》里还专门用半章评说了这两位），还有方丹-拉图尔和拉法埃利。点评克里斯托弗尔·毕晓普[10]的《主赐予的，主也带走》时（这是1880年年展上一幅来自荷兰的画作，画面上有一位哀恸的母亲、一只空的摇篮、一个满脸同情的旁观者），他称赞它的非法国风格，说它冷静清醒，拒绝引导我们的情绪。“端赖信仰之力，毕晓普先生一点都不荒唐。”在我看来，它显示出笃信神灵、伪中世纪风格，而且毫不掩饰地引导观者情绪。但于斯曼将它与维米尔的画作相提并论：“这是一幅发人深省的画作……技艺精湛，无拘无束。”“技艺精湛”这个词意味深长。年展上一般的画作自然也都技艺精湛，但那精湛技艺用错了地方。

费力克斯·费内翁[11]，一位智者、无政府主义者、艺术评论家，将于斯曼描述为“印象主义的发明者”。“代言人”也许更合适些（我们不能给评论家太大权力）。但他最持久的名声，在于他是第一个毫无保留、坚定不移地称德加为该时代最伟大画家的人：“始终最大胆、最有创见的那一个。”作家第一次接触到他是1876年，那年他展出了两幅芭蕾舞女图。“我当时感到的那阵欣喜，纯粹孩子式的那种快乐，从此随每一个有德加作品的展览而剧增”：

> 一名描绘现代生活的画家诞生了，而且这是一位不步任何人后尘的画家，一位不与任何人相似的画家，他给艺术带来

> 了全新的风味，全新的绘画技巧。店中的洗衣女工、排练中的舞蹈演员、音乐咖啡馆里的歌手、剧院场景、赛马、人物肖像、美国棉花商人、五花八门的卧室和剧院包厢，所有这些各不相同的题材这位画家全都画过，尽管如此，他获得的名声却是只画舞女！

“多么真实！多么鲜活！”于斯曼惊呼。这不是（或者说不只是）见多识广行家的反馈，也是面对卓越时单纯、“孩子式”的敬畏。“多么经典的光效描绘！”多么了不起的能力，能“创造性地使用色彩……还有，多么坚决地抛弃了所有的光影技巧，还有所有那些过时的虚假色调表现。”看他创作的埃德蒙·迪朗蒂像：“近看，那是亮丽色线平行交叉乱成一团，相互冲突，还似乎相互重叠；退后几步再看，所有这一切就变得协调一致，融为精准的肌肤色调，成为有呼吸有生命的肌肤，而在这以前，在法国还根本无人知道该如何画它。”还有：“继德拉克洛瓦之后，没有谁如德加先生那般（德拉克洛瓦是他长期钻研的对象，是他真正的师傅）通晓各种色彩间的爱恨情仇；现今，没有谁的绘画风格能如此精准严谨、如此雄浑有力，施彩布色如此精巧细致……人们何时才能明白，这位画家是我们法国现在最伟大的画家？”“色彩间的爱恨情仇”——这一妙语带我们回到马克西姆·迪康的回忆录中的那一幕：有一晚，德拉克洛瓦聚精会神地分拣一篮毛线团，将它们一个挨着一个按照色彩渐变分组排列，“创造出非凡的色彩效果”。

接着，仅仅一年之后，德加又放了大招。于斯曼早就认为法国雕塑比法国绘画更加日薄西山，被陈旧形式、陈旧技巧、陈旧材料死死困住。那种传统技法，德加在1881年的独立展上只用一件作品就彻底摧毁了：《十四岁的小舞女》，它令“困惑的观众连忙逃走，仿佛十分难为情”。于斯曼表示，德加“瞬间使雕塑变得个性十足，现代性十足”。头部着了色，胸衣是蜂蜡捏成，短裙用平纹细布制作，颈后一条葱绿色的缎带，还有真正的头发：“她既优雅又粗野，穿着机器织成的衣裙，上了色的肌肤颤抖着，因肌肉的运动而生出皱褶，这座小雕像是我所知唯一真正的雕塑尝试。”而由于它是如此别具一格，他得出结论：“我强烈怀疑它无法获得哪怕一丁点儿的成功。”

于斯曼不是那种锁定一个新运动大肆赞扬、以此来自我赞扬的评论家。他的疑虑和踌躇令他更加有趣，而且他常显得有点好为人师。第七次独立画展上，原本由他第一个发现并欣赏的高更被打了叉叉（“唉，毫无进步”），莫里索也一样（“一成不变”）。他也会误读画作。同一场展览上，雷诺阿（“殷勤、大胆的诱惑者”）为大众奉献了至今魅力依旧、仍然大受欢迎的《布日瓦勒的午餐》[12]。于斯曼评论道：

> 他有几个船夫画得不错，女人中有几个很迷人，但这幅画的味道还是不够：他笔下的娼妓们时髦又快乐，但她们没有巴黎娼妓散发的那股气味；这些是涉世不深、初来乍到的伦敦娼妓。

《十四岁的小舞女》(德加)

在《现代艺术》中他一直坚持认为，女性应该看上去像女性——就是说，她们要恰如其分，符合其身份设定。不要只是个打扮起来的模特；不要给土豆采摘工画上一双懒惰女仆光洁无疤的手；而且最重要的是（对这个话题于斯曼有点走火入魔）描绘娼妓要如实。这里隐约可闻自然主义散文家于斯曼的声音。而这显然是个优点。他对《布日瓦勒的午餐》的贬低只有一个问题：画中人不是带着本地（或者外来）娼妓的船夫，是雷诺阿的一群朋友，其中包括卡耶博特以及诗人拉福格，正在招待几位著名的女演员，包括雷诺阿未来的妻子。

到于斯曼点评1882年年展和独立展时，他已喜好上了直接炮轰，懒得打堑壕战。热尔韦收到了他每年一度"戴上傻瓜之冠吧"的指令，因为他画了"用草药肥皂擦洗得干干净净的高大煤矿工"。不过，对于自己以前称赞过的一些人，于斯曼也慢慢没了好脾气。尽管他欣赏萨金特为卡罗吕斯-迪朗[13]所作的肖像，但他厌恶他的《喧嚣》，认为它装腔作势以取悦观众，而且整个儿的"胡乱拼凑"（此画目前正在弗里克收藏馆[14]取悦观众）。他对于方丹-拉图尔坚定的倾慕如今收敛了："那些肖像是一流的，但一成不变。"不过，他对画作的反馈中，最令人惊讶的是对于马奈《女神游乐厅的吧台》的看法。在此之前，于斯曼已经表示过，作为画家，马奈依旧"不足"，而且他的一些画作在"走下坡路"。看到《吧台》，评论家赞许其题材的现代性，以及它对于吧台女招待和欢乐人群位置"天才"的安排。不过，问题还是那个根本的老问题，即光线性质的问题：

> 那样用光是什么意思？那本该是煤气灯还是电灯？得了吧！它画得好像是露天场景一样，沐浴在白色的日光中！结果所有一切轰然垮塌——女神游乐厅只存在、也只能存在于夜晚，因此不管此画多有洞见、多么考究，它都是荒唐的。看到马奈先生这样水平的人放弃自我，耍起了这样的花招——坦率地说——画出了一幅和其他人一样老套的作品，实在是让人唏嘘。

到了该退休的时候了？至少，到了该承认这一点的时候了：这位评论家的审美执拗坚决，他对年展那令人莞尔的怒火便源于此，但如今，想要理解接受新艺术中那些变通、调整以及形式上的发展，那就得变一变了（所以他没有质疑马奈在吧台女招待背后安排了那些"不可能的"镜像）。艺术继续前进；对光线的描绘继续前进；"精湛技艺"继续前进。不过颇具讽刺意味的是，不到两年，于斯曼本人便将那部严重违拗左拉一派现实主义的作品付梓：这就是他那桀骜不驯的杰作、他所谓"疯狂、阴郁的空想"，《逆流》。

译注

1 彼泽·柯勒耶（Peder Severin Krøyer, 1851—1909），丹麦画家。代表作有《斯卡恩南海滩夏夜》《斯卡恩海滩上的仲夏夜篝火》《玫瑰》等。

2 斯希丹的圣利德温（Saint Lydwine of Schiedam，亦作Lidwina/Lydwid/Lidwid/Liduina, 1380—1433）出生于荷兰斯希丹，十五岁滑冰时摔断了肋骨，从此未能脱离病榻。她几乎长期不进食，但仍奇迹般地活了下来。五十二岁去世前身体状况持续恶化：除了左手外全身无法活动，口、耳、鼻涌血，肌肤大块脱落（一些现当代学者认为她是有记录以来首位多样硬化症患者）。她生前虔信上帝，虽遭受痛苦，但从不抱怨命运。1890年被教皇利奥十三世封圣。于斯曼为她写过传记《斯希丹的圣利德温》(1901)。

3 布格罗(William Adolphe Bouguereau, 1825—1905),法国学院派画家,法国荣誉军团勋章获得者,多以古典主义神话为绘画题材、以女性躯体为描绘对象。代表作有《维纳斯的诞生》《海浪》《春之歌》《抵御爱神》等。

4 莱昂·博纳(Léon Bonnat, 1833—1922),法国画家,法国荣誉军团大军官勋位获得者,巴黎国际高等美术学院教授,以绘制当代名人肖像和宗教画著称。代表作有《约伯》《十字架上的耶稣基督》等。

5 热罗姆(Jean-Léon Gérôme, 1824—1904),法国画家、雕塑家,多创作以古希腊风尚为主题的作品,是学院派传统的坚定支持者、印象主义艺术的坚决反对者。代表作为《斗鸡的希腊人》。

6 亨利·热尔韦(Henri Gervex, 1852—1929),法国画家,二十六岁时因画作《罗拉》一举成名,该画被巴黎美术年展以主题有违道德为由拒展,但也因此使他声名大噪。他后来的创作逐渐回归正统,并常受官方委托绘制肖像和公共建筑装饰画。1913年,热尔韦获法国荣誉军团勋章,并当选法兰西艺术学院院士、法兰西学会院士。

7 朱尔·巴斯蒂安-勒帕热(Jules Bastien-Lepage, 1848—1884),法国画家,以表现感伤的乡村生活场景而著名。代表作有《万灵节》《莎拉·伯恩哈特像》等。

8 让·贝罗(Jean Béraud, 1849—1935),法国画家,以描绘巴黎城市生活以及巴黎夜晚的社交活动著称。代表作有《巴黎咖啡馆》《饮者》《台球游戏》等。

9 沙尔科(Jean-Martin Charcot, 1825—1893),也译作夏尔科,法国精神病学家、病理解剖学教授,用催眠术研究癔症的器质性基础,一直在巴黎的皮提耶-萨尔佩特里尔医院(Pitié-Salpêtrière)从医和授课。其研究启发了他的学生西格蒙·弗洛伊德,促其开始了对精神病心理肇因的探索。

10 克里斯托弗尔·毕晓普(Christoffel Bisschop, 1828—1904),荷兰画家、石版画家。代表作有《主赐予的,主也带走》《不安的祈祷》《老妇人与鱼》等。

11 费力克斯·费内翁(Félix Fénéon, 1861—1944),法国艺术评论家、画廊主持人、无政府主义者。是他在1886年首次提出了“后印象主义”(Post-Impressionism)这个说法,用以描述以修拉为首的一批画家,并为他们作了大量宣传。1949年,其遗孀用其艺术收藏拍卖所得的收益设立费内翁奖(Prix Fénéon),每年奖励三十五岁以下的法语作家和视觉艺术家各一名。

12 原文如此。文中提到的这幅画从内容来看应该是雷诺阿的《游船上的午餐》,而非同为雷诺阿所绘的《布日瓦勒的舞会》。

13 卡罗吕斯-迪朗(Carolus-Duran,即Charles Auguste Émile Durand, 1837—1917),法国画家,早期作品受库尔贝影响,从1870年开始专注于绘制肖像画,1904—1913年任罗马法兰西学院院长。萨金特是他的学生。代表作有《吻》《爱德华·马奈》《达娜厄》等。

14 弗里克收藏馆（The Frick Collection）是美国纽约曼哈顿上东区第五大道上的一座艺术博物馆，曾是美国企业家、艺术品收藏家、卡内基兄弟公司董事长弗里克（Henry Clay Frick, 1849—1919）的私宅。弗里克生前收藏了大量卓越的西方艺术大师作品以及欧洲雕塑和装饰艺术。他在遗嘱中将第五大道上的私宅留作公共博物馆，其中所有物品向公众开放展出。1936年12月弗里克收藏馆正式对外开放。

勃纳尔：玛尔特，
玛尔特，玛尔特，玛尔特

1908年5月，安德烈·纪德在巴黎的德鲁奥街参加了一场拍卖。“拿上来一幅勃纳尔作品。”他在《日记》里写道：

> 画工不怎么样，但很挑逗。画的是一个在穿衣的裸女，我以前在什么地方见过。价格很艰难地爬到四百五十，四百五十五，四百六十。突然，我听到一个声音在喊：“六百！”——我觉得一阵眩晕，因为刚才喊价的正是我自己。拜托周围哪位再抬点儿价吧，我用眼神哀求着——因为我压根儿不想要那幅画——但是没人出价。我感到自己的脸色在变青发紫，并且开始拼命出汗。“这儿真闷气。”我对勒贝说。我们离场。

纪德想强调的，是这个冲动有多荒唐，引起冲动的东西有多平庸，以及，后来拍卖公司有多大方：他们寄来的发票上，把他出的价降成了五百法郎——似乎是对这一时的疯狂表示同情。然而，如果你愿意，也可以从另一个角度解读这个故事：伟大艺术家的作品能穿透人的灵魂，即使我们不愿它如此，并从理智上加以抵制也无济于事，甚至连它所试图“挑逗”的是另一种性取向时[1]，也照样如此。不论如何，这画都能让你高举竞价牌。

正如纪德所暗示的那样，勃纳尔是一个可以乱人方寸的艺术家。我记得曾经在十年中看了三场大型勃纳尔画展，每一次看展我的第一反应都是：策展人真是太有水平了，挑出来的画几乎张张都是杰作，鲜有那种会让小说家在拍卖会上错买的画。似乎是勃纳尔那出了名的谦逊悄悄散发出强烈的影响，让我没做出应该做的反应：这画家真太伟大了，画了这么多杰作，几乎没有废品。我的第二反应（这次没有被抑制住），是每次都因其艺术目的和画作局部风格的坚定不移而惊诧：摆脱了愚钝的纳比主义和昏暗的家庭生活情境画风之后，他便保持了不折不扣、绝不动摇的勃纳尔风格。他只画自己最擅长的。在他的画中，很少能找到其他艺术家的痕迹。那幅《黄色大裸女》粗看上去是不是有马蒂斯之风？或许有一点吧，乍一看的话（不过也有说像蒙克的），但认真一看就不会那么想了。

“保持勃纳尔风格”可不意味着反反复复地炒冷饭。就像拉金指出的，我们如今喜欢强调什么艺术家的“发展”，这都快成艺术评论的图腾了。可是，艺术家真正的发展，也许并不是方便我们讨论的一系列风格变化，而是坚定地不断重审何为视觉真实，不断琢磨

《再洗礼教徒：皮埃尔·勃纳尔》（维亚尔）

美如何脱胎于形态，或者形态如何由美发展而来。勃纳尔晚年的时候，曾对来勒加内[2]的一群游客说："我现在是个老头儿了，这才开始发现，我现在不比年轻时知道的更多。"这可不是（或者说不仅是）他的自谦之辞，这还是睿智之言。

勃纳尔从光线昏暗、色调深沉的家庭生活情境画风格向明亮炽热的转变可谓剧烈：先发现了各种黄色、橘色、绿色，然后是粉色、紫色。这样的爆发，或者说解放，一开始看上去似乎只是个地理问题：圈在公寓楼里的巴黎人发现了阳光灿烂的南方。但是，现在光线明亮的不只是户外，还有室内。画面展现的时间也有所改变：以前，有许多不管从事实还是气氛上说都属于夜晚的场景；现在，几乎没有这样的场面了。一切，就连玛尔特入浴，似乎都发生在午餐前后那一两个小时里。还有一个变化，是人物的变化。勃纳尔早期的作品里，"人口构成"都还正常：街景、聊天图、家庭聚会。去了南边以后，作品中的"人物"迅速缩减成了一条狗，一两只猫，画家本人，或许有一位访客，以及玛尔特、玛尔特、玛尔特、玛尔特。

勃纳尔画作的题材有时实在太诱人了，以至于成了问题。这些法国家庭室内情景，外面热烈，内部慵懒，还有一餐又一餐饭、这只水果、那些大肚子水罐、窗户、窗外的风景、血红色的衬桌布、撑开的门、胖胖的暖炉、漂亮的猫——看起来是不是像法兰西-不列颠旅行社[3]柏拉图式理想廉价度假屋的终极版？勃纳尔作为画家善画"大室内"，就连在画"大户外"的时候也积习难改。风景往往是在房屋庇护下看到的：或是从窗户之中，或是从高踞的阳台之上。即使身处实地，画出的风景也依然拥挤、静止，就像室内景物一样。那些斑斑点点的树林就像是墙纸——不过，因为这是勃纳尔的墙纸，这些墙纸便几乎像自然一样鲜活。勃纳尔的风景画里有风吗？他的天空惊心动魄，不过这是因为色彩，而不是因为正有或者将要带来什么风险的大动静。而因为没有风，勃纳尔的叶子从来不从勃纳尔的树上落下。伦敦一个批评家看到如此浓密茂盛的植被，十分恼火，形容透过勃纳尔的窗户看到的花园"植栽过度"。好不容易，终于有一位画家被拿到《园丁问题》[4]上让专家团评判了呢。（"顺便一提，'关务员'卢梭[5]那家伙在他那旮旯里种的巨型肉植也忒多了点。"）

但是，就连"勃粉"们自己有时也禁不住会犯嘀咕，他们喜欢这些是不是有点过头了，或者他们喜欢的理由是不是又错又低俗，是不是和伦敦总是灰蒙蒙的天有关系。约翰·伯格称勃纳尔的世界是"私密的、沉思的、特权的、隔绝的"：两个描述性形容词，紧接上的两个词换了说法，多一些道德评价意味。也许毕加索的评价里有中肯之处，他断定勃纳尔有"一分额外的敏感"，这让他"喜欢上不该喜欢的东西"——并且，大概也让他爱上了不该爱的东西。玛尔特或许可以归入此类。他和这女人窝在一起，画了她三百八十五次，这是在干什么？要么他是个恋家狂，要么就是个妻管严，老婆不许他画别人。伦敦还有一个批评家，看到勃纳尔居然在玛尔特去世五年后还在画浴缸里的她，深感"不可思议"。该换换啦，老先生！她是你的缪斯，你的执念，你的主要题材，但这不意味着她都死了你还要一如既往呐。找个新爱好吧。就从清减清减你的花园开始呗，怎么样？

然而，正是通过玛尔特，我们可以摆脱一开始关于勃纳尔的画是不是太诱人了的疑虑。她总是在那儿，一次又一次，这里、那里、各个地方，在浴缸里，在床上，穿着衣服，不穿衣服，倒咖啡，喂猫，打发时间，她那小猫脸、锅盖头一直在人眼前懒懒地晃悠。要那么一会儿我们才会意识到，尽管她不断出现，但这些加起来并不能成为一幅肖像——或者说，不是那么一幅肖像，不会像比方说洛托[6]或者安格尔的肖像画那样，告诉我们这是一位睿智的统治者、一个家庭暴君、一个长袖善舞的交际花。尽管有如此多重的曝光，玛尔特是个啥样儿？若从传统意义而言我们根本说不出她是个啥样儿。虽然频繁地看到她，我们在读到关于她的文字描述，比方说蒂莫西·海曼那出色的《勃纳尔传》里的这一段，还是会大吃一惊。他告诉我们，她是：

> 一个“易怒的精灵”，说话“带着古怪的野蛮和粗鲁”，穿着打扮乖张，足蹬极高的高跟鞋到处蹦跶，像某种羽毛鲜亮的鸟儿。

从画作里，我们感受不到玛尔特是“这样的”，除了，也许吧，她选鞋子的品位。当然了，这很可能是因为这类描述只出自外人的印象，而勃纳尔画的却是一个与自己朝夕相处二十、三十、四十年的人。时间改变了一段婚姻的焦点，让它既更加浓烈，又不那么直接。而且/或者，理由可能是形式上的。勃纳尔认为“人物应该是所处背景中的一部分”。身处水罐和桌布、百叶窗和暖炉、墙砖和浴室

《浴缸里的裸女》(勃纳尔)

防滑垫之中，玛尔特成了（当然了，是以最好、最活力四射的方式成了）家具的一部分。

但事情还远不止于此。勃纳尔不是在画玛尔特的模样（更别提她的性格了），而是在画她的存在，以及这个存在的影响。在那么多的画里，她都只在边上露出一点，也许可以把这些画看作是在有意无意地试图推开她，将她边缘化，但实际上，恰恰相反，它们证明了她无所不在。甚至当画面上连一点她的手肘或者后脑勺都看不到时，她依然在：那些咖啡杯碟，那只没收拾的盘子，那把空椅子，就像古代哪个宗教创始人一跃登天后在哪块岩石上留下的脚印一样，都证明了“玛尔特曾经在这儿”。因此，有些人嫌勃纳尔的画不够深刻，觉得它们只是慵懒生活方式的欢快宣言，其实它们展现出来的东西神秘玄妙、不易捉摸。

画面的色彩似乎在告诉我们一件事，而场景本身说的却是另一件。色彩如此鲜活复杂，是与画中所指的感官体验（刚用过的餐，刚做过或者可能将要做的爱，在燥热、芬芳的户外的散步）相呼应，还是其实是一种夸张，甚至讽刺，描绘了一种神经衰弱者所过的约束局限、门庭冷落的生活，一个人能做的，只有无所事事、躲避暑气？这些是快乐的画，还是悲伤的画：就这个问题，我们能回答得上来吗？当然了，它们可以二者兼而有之——以如此灿烂辉煌的画风来表现家庭生活真谛，这不可避免地会让人意识到这样美满充实的时光转瞬即逝的本质。礼赞越激昂，效果越忧伤。

五十年前，事情要简单点。勃纳尔的外甥，夏尔·泰拉斯，在给现代艺术博物馆1948年勃纳尔个展的画展目录作的序里写道：

他的舅舅“只想画点快乐的事物”。这话里有可曲解的余地（他想画，但是没做到），不过这大概并不是作者的本意。不管怎么说，这话可无法让今天的人们满意。快乐？伟大的画家肯定不只想画快乐的事物吧？快乐的故事纯洁无瑕，画快乐事物用的色彩，有人说只不过是“杰出配色师”调出来的。不足以让人满意啊。在这个节骨眼儿上，画家的生平事迹令人可疑地前来相救，给我们送来了勒妮·蒙沙蒂其人。如果说有哪个画家特别需要一个人牺牲自己来帮助他提升名望，这个画家就是勃纳尔，而这个故事来得正是时候。现在，一生迷恋玛尔特这个模特、情人、妻子的勃纳尔，被换成了另一个勃纳尔：和玛尔特在一起三十年后，他爱上了勒妮，一个胸怀大志、比他年轻许多的画家，1921年向她求了婚，后来又退缩了（或者被玛尔特镇压了），然后发现勒妮死在了巴黎一家酒店的客房里。勒妮自杀身亡一年后，勃纳尔与玛尔特成了婚。

于是我们可以猜测，画家余生是在罪恶感中度过的，他被铸在了他那消极、好斗的狱卒身边。我们可以理解为什么后来玛尔特的裸体像勾不起人的情欲，为什么在自画像里，勃纳尔越来越像一个苦闷、干瘪的巡回推销员。我们可以拿出证据来：《花园里的姑娘》，这是玛尔特死后重绘过的画，画上是光彩照人的勒妮，压倒了被挤到边缘的玛尔特。（就这事儿，我们甚至可以提出，勃纳尔作品里的每一只猫都有双重意义，暗指Mon / chat / y[7]。）——我们真能这样吗？一鳞半爪的生平事迹并不靠谱。勒妮事件的一个早期版本安排勃纳尔发现她死在浴缸里，这个“事实”，会让他此后画的任何一幅玛尔特沐浴图都有可怕、怪异的弦外之音。但后来证实，勒妮“只不过”是先用鲜花将自己团团围住，然后开枪自杀的。

除开宣传的目的，一个艺术家一辈子过得是有趣还是无聊并没什么重要。我记得收听过某场音乐会中场休息时的谈话节目，有人提出说，勃拉姆斯逝世一百周年纪念被舒伯特诞辰两百周年纪念盖过了风头，因为舒伯特的一生更性感（从各种意义上来说）。可怜的勃拉姆斯。有很长一段时间，让他的俗世浮生显得有趣的，是他在敏感的青春期曾在一家水手妓院弹过钢琴，显然，这段经历让他从此在粗俗的情欲前畏缩不前。可惜啦，最近的传记证实，这一有滋有味的细节是杜撰的。在勃纳尔这儿，想象一下，如果最后证实蒙沙蒂的故事不过是个骗局，那我们对画作的解读会不会不一样？我们这种给每个艺术家都配张“人生黑暗”证书的需求，其中是不是有点让人扫兴的东西？

如果只是从实用主义角度出发，你也许可以说，这出以悲剧收尾的闹剧有助于画家在死后与毕加索交手，后者是最懂得如何将人生用来确证艺术的现代画家。毕加索是站在现代主义大门前的保安。勃纳尔也许根本没想进去，连队都没想排，但毕加索照样把他拦下了。他的理由（在弗朗索瓦丝·吉洛[8]的回忆里，它们完整地保存了下来，真是棒极了）值得全文引述：

> 别和我提勃纳尔。那算不上绘画，他弄的那些东西。他根本没有超越过自己的感觉。他不知道怎么做选择。当勃纳尔画天空的时候，也许他先把它画成蓝色，差不多就是天本来的样子。然后他又朝天上多看了会儿，发现还有一点点淡紫

色，于是保险起见，他又添上一两笔淡紫色。然后他又觉得，也许它还有点泛粉呢，没理由不添点粉色上去。弄出来的东西就是一锅优柔寡断的大杂烩。要是他看得够久，他最后还会再添点黄色，而不是打定主意，认定天空该是什么颜色。画不是这样画的。画画不是感觉的问题，它是掌握力量，取代自然，不指望她给你提供信息和忠告。这就是为什么我喜欢马蒂斯。马蒂斯总能理智地选择颜色。勃纳尔……算不上是现代画家：他服从于自然，他没法超越自然……勃纳尔是一种旧观念的结束，不是一种新观念的开始。他比某些其他画家多一分额外的敏感，在我看来这不过是又一个缺点。那多出来的一分敏感让他喜欢不该喜欢的东西。

你不会指望家喻户晓、左翼、狂爱炫耀的毕加索会喜欢孤僻封闭、右翼、家里蹲的勃纳尔。勃纳尔——或者说勃纳尔的名望——一定惹得毕加索恼火，尤其是马蒂斯还直截了当地宣称勃纳尔是个天才。也许是因为没法甩掉（也没法从别人脑中赶走）勃纳尔，毕加索的挖苦讽刺才来得越发气势汹汹，也越发不准确。首先，勃纳尔根本不用跑去又跑回地确认天空的色彩变化，他依靠自己强大的记忆力来绘画。

对阵勃纳尔时，毕加索召唤出了一个核心的艺术对立面：艺术家到底是大自然的仆人还是主人，是一个心存崇拜的模仿者，还是个胸毛浓密、只手掀翻那老泼物的斗牛士？如果“艺术家是大英雄”这个观点吸引你，那你的选择是什么就很明显啦。（不过“艺术家是大英雄”这个观点也并非决然现代：看看库尔贝。）毕加索对大自然的态度，就和《豪勇七蛟龙》里尤尔·伯连纳对一脸怀疑、看上去所向披靡的伊莱·沃勒克的态度差不多：上马走你的！[9]

但是，这个大对立面总的来说是不成立的，而且总的来说随时间而逝。就连最畏手畏脚、戴着画家软帽、对着树篱临摹的小画工，在描摹褪色柳时，也会做出粗略的选择，安排个主次，进行下管控的——通过再创造取而代之。这就是从绘画到小说到庭园设计到烹饪等各种形式的艺术之真谛。朝大自然脸上扔沙子，把自己打造成与之一较高下的造物主，创造平行或相交世界，这是大男子主义美学。然而所有艺术家笔下的各种宇宙，想要有效果，还得依靠我们生存的这个基本世界。“掌握力量”也许听上去激动人心，富有反抗精神，是普罗米修斯盗取天火的范儿，但在艺术里，它只相当于被允许借用一只之宝牌打火机，而天神们则控制着国家电网。只有先承认了我们对视觉世界的一般性、持续性认识，立体主义才有意义。如果它真做到了取代那个世界，那它自己才会成为标准体验，然后被我们称为“大自然”。

毕加索称勃纳尔是“一个旧观念的结束”，算不上一个“现代画家”。严苛的约翰·伯格也是这样认为的：他的画作里“几乎就没什么1914年之后世界的痕迹”。然而，奇怪的是，勃纳尔拒绝像他那丝滑易抚的腊肠犬乌布一样乖乖趴下，逆来顺受。1947年去世的时候，大部分人都认为他是一位次等大师；二十年之后，伯格惊恐地发现：“有些人现在称他是这个世纪最伟大的画家。”出了什么差错？在伯格看来，勃纳尔声名鹊起，正值“某些知识分子纷纷退出政治现实，失去信心”之时。这有点泛泛而论，不过我猜他说的是1956年、1968年的左翼政治危机，导致了对那种“私密的、沉思的、特权的、隔绝的”艺术的怀念。也有可能有个更乐观的理由：如今，一位画家的声誉不再由“某些知识分子”的学说自信来决定了。

要驳斥毕加索的批评，方法很多。你可以拒绝接受现代主义设置的标准：勃纳尔是不是伟大的现代主义画家有什么关系？只要他是个伟大的画家就够了。你也可以质疑为什么一个艺术家必须受限于他的时代？俄国的批评家以前批判屠格涅夫，说他一意西化，不谙世事，不合时宜；如今我们视他为伟大的小说家，读他的作品，根本不在乎他对农奴解放运动中民粹主义的描写是不是落后于现实十年。还有，为勃纳尔辩护时，你还可以说一战时他已年逾五旬，在打磨完善自己的风格上已花了三十多年时间。对于一个艺术家来说，最丢人不过、最事与愿违的，就是在下一个风格即将离开时，他连忙扒开火车门跳上车去。

或者你也可以说，尽管勃纳尔用了后印象主义做伪装，他的确是现代主义画家，只不过也许比大部分现代主义画家都低调点。他对画中空间的探索，他对形态的压缩拉长，他对不和谐视角和眩晕陡降感的利用，也许不如立体主义里的分裂混乱来得夸张，却一样激进。那些沐浴图，建立在飘忽不定、互相冲突的混杂视角之上，而《桌子的一角》（约1935）是20世纪最小心翼翼的惊世骇俗的一幅作品。至于色彩：毕加索的现代主义工程偏好夸张的简单；勃纳尔的，则偏好夸张的繁复。在艺术里，时光老人比较有趣的一个报复，

《桌子的一角》（勃纳尔）

就是让流派口角越来越没意义。

勃纳尔完成的最后一幅作品是《花朵绽放的杏树》。那棵树是他自家花园里的。几乎是刚给画作签上名,他就去世了。他葬礼的那天,1947年1月23日,雪花纷飞,落在杏树的明媚粉嫩上,也落在金合欢的明媚鲜黄上。很明显,大自然不是在送走一个卑躬屈膝的仆人,而是在向一段热恋道别。我也就是出于好奇,顺嘴一问:毕加索去世的时候,大自然又为他做了什么?

译注

1 纪德是同性恋。

2 勒加内,法国东南部滨海阿尔卑斯省的一个市镇。勃纳尔故居所在地,这所房产现在是勃纳尔纪念馆。

3 法兰西-不列颠旅行社,提供度假屋出租的旅行公司。

4《园丁问题》是英国广播公司广播电台四套的园艺节目。

5 指亨利·卢梭(Henri Rousseau,1844—1910),法国画家,画风质朴,被誉为“最杰出的天真风格画家”。代表作有《睡着的吉卜赛女郎》《饿狮》等。因曾在巴黎海关局做过守门人,被戏称为“关务员”。

6 洛托(Lorenzo Lotto,1480—1556/57),意大利威尼斯画派画家。

7 勒妮的姓“蒙沙蒂”,拼作Monchaty,而法语中,“mon chat”是“我的猫”的意思。

8 弗朗索瓦丝·吉洛(Françoise Gilot,1921—2023),法国画家、作家,曾经是毕加索的情人。

9《豪勇七蛟龙》,亦译作《七侠荡寇志》,美国经典西部片。尤尔·伯连纳在片中饰演“七蛟龙”之一克里斯·亚当斯,而伊莱·沃勒克则饰演他们要围剿的黑帮头子卡维拉。

维亚尔[1]：你可以叫他爱德华

记得是在乌尔比诺我第一次站在皮埃罗·德拉·弗朗西斯卡的《耶稣受笞》前。一幅杰作会让人想用语言来做出回应，尽管我们清楚自己能说出来的任何东西，之前都已有人说过，而且说得更有说服力，更有见识，我们说的只是余音回响而已，但还是要说。于是词句涌进了我的大脑（并涌出了我的嘴巴），关于稳固结构与宁谧气氛的结合，关于清澈感与神圣感；一个简洁的概念：最伟大的艺术，是将美与神秘结合起来的艺术，即使是在明示，仍有所保留（维米尔、乔尔乔内[2]）。然后，立刻又冒出一个相反的想法：若是我们所谓的"玄妙"，不过是后人的无知或疏忽，那会怎么样？也许《耶稣受笞》，或者乔尔乔内的《暴风雨》，又或者维米尔的站在贴在墙上的地图前的侍女，对于当初那些看到它们刚画出来的样子的人来说，根本就是一目了然？如果是这样，我们颂扬的辉煌玄秘，其实就是小小的冒牌货，掺和上我们的业余鉴赏力。见识不够，语气就得坚定：“嗯，这可以直接进我的十佳。”我下了结论。

回国以后，我读了奥尔德斯·赫胥黎论皮埃罗的文章：

> 世上最大的徒劳，莫过于那些鉴赏家的行当了：花许多时间十一个一组地编排出世界顶尖的、次顶尖的画家，八个一组四个一组地排出音乐家，十五个一组地排出诗人，还有全明星建筑师阵营，如此等等。

最懂罪恶的是有罪之人：赫胥黎恰恰是通过这篇文章的标题《最好的画》，承认了他和其他所有人一样，很容易就着了道儿，也玩起了这尽管无害却是徒劳的游戏。对于他来说，“最好的画”是皮埃罗的《复活》，收藏在桑塞波尔克罗堡[3]。按他个人的审美来看是最好的，按艺术的绝对标准来看也是最好的——艺术的绝对标准是道德上的：“一件艺术作品是好是坏，完全取决于其所表现出来的人品。”我们知道，艺术之质与品和个人的质与品无关（有的时候两者差距之大，叫人瞠目结舌）。糟糕的艺术，也就是说虚情假意的艺术，也许在艺术家有生之年能招摇撞骗，但“谎言终将被识破”，赝品和骗子终会被曝光。赫胥黎没错（但愿如此），不过我们也要注意，这里有一对矛盾：事实会慢慢胜出，但之后的观画人对于画中到底在发生什么，也会越来越不明白。

回国以后，我想要多了解了解皮埃罗本人，于是就去翻阅了瓦萨里[4]。在那里，我读到，这位艺术上是如此井然有序、如此恒静祥和的画家，他的生命却在不幸与背叛中结束：六十岁时，突发的黏膜炎导致他失明，余下的二十六年他都在黑暗中度过；去世后，一个心怀妒忌的学生，桑塞波尔克罗堡的弗拉·卢卡[5]，窃取了本属于他的名望，让人们差点就把他忘了个干净。我可没法平静地看待这些伤感的事实，换了谁都没法平静——直到我读了手里那个版本上的注释。瓦萨里可不只是添了点油加了点醋，他整整弄了一桌菜。失明的那段没有根据，而那学生压根儿没有窃取皮埃罗的算术和几何论文，只是出版了欧几里得的一些常规演算，里面并不包含皮埃罗的原创理论。"谎言终将被识破"？涉及艺术家生平，那就只是有时而已。

十佳和艺术家生平：这都是些恶习，无关宏旨，乱人心目，但貌似纯洁，当我们面对几平方英尺的油彩、蛋彩、粉彩或水彩，喜欢得出乎自己意料的时候，它们就来诱惑我们了。我第一次去华盛顿的菲利普斯美术馆[6]，看到一幅画，它立即进了我的十佳榜，并且从此就待在那里了。（实际上，我还看到其他几幅画，情况也一样——一幅库尔贝，一幅德加，还有一幅勃纳尔——不过嘛，我从来没有盘点过我的十佳榜，现在里面大概早已破百了吧。）现在说的这幅画，差不多是正方形的，边长大概十八英寸，基本色调是偏金黄的棕色，画面上有一个胖胖的女人，身穿条纹图案的晨服，正在室内扫地。画面左边有一扇打开的门，与中央靠后的一个五斗橱很协调，都是一块朴素的平面。左前景里有一床堆成个圆丘的床罩，上面的图案喧嚣热闹，五斗橱后面有一方与之相呼应的墙纸。女人手持一把平头扫把，面无表情地扫着地。这是空间与色彩的紧密组合，充满赫胥黎所说的质与品。我认为还不仅如此，它是一幅极其睿智

《扫地的女人》（维亚尔）

的画作：画它的是一个完全成熟的画家，更有可能是个已步入老年的画家，画作表达出了他对生命的深刻认识，也许还有一丝迟暮之年与生命依依惜别的温柔，这对平凡、居家、民主一刻的赞颂，却比许多大型公共艺术作品更洞明世事。一张小得可怜的黑白明信片（那时候只有这个卖）告诉我，维亚尔（赫胥黎很欣赏他）1892年左右创作了《扫地的女人》，时年二十三四岁，而画家传记则显示，爱德华·维亚尔二十三四岁的时候，并没有多少（传统意义上的）"对生命的认识"。但我每次再看到那幅画时，都坚信自己是对的，是年表弄错了。它是一幅睿智的画，充满了长者的慈祥温厚，维亚尔不过是早得异乎寻常地有此特质罢了，一定是这样的。嗯，他也的确曾说过，艺术创作的过程就是："你要么一眨眼就到了那儿，要么就得熬年头。"

传记和维亚尔。2003至2004年那场历史性的维亚尔展（照亮了华盛顿、蒙特利尔、巴黎和伦敦），画展目录的封面上印着一张完美的照片，拍的是画家在画室里——说起来，有如随便哪个画家在他或她的画室里。维亚尔坐在藤椅上，双手交握，置于膝间，看起来很严肃，还隐隐有一丝忧郁。而且，由于摄影者技术业余（或者是特别巧妙），他没在焦点上。画家背后六到八英尺的地方，摆着画室的火炉和煤斗，它们被拍得清清楚楚。同样清楚的，还有他身后墙上挂着的部分画作（包括一张年轻勃纳尔的画像），但维亚尔本人却是模模糊糊的。你会觉得，这大概正是他想要的。看我所看的东西，不要看我是谁。

一个多世纪以来，这一策略，或者说手腕，或者说谦恭，一直管用。再说了，法国人不大瞧得起传记，特别是艺术家传记，而艺术家的家人则想要保守隐私。克洛德·罗歇-马克思的《维亚尔与他的时代》（撰写是得到了画家的同意的，但是直到1945年才出版，那时画家已去世五年）开篇就下了结论："维亚尔的一生，与他的作品一样，没什么逸话逸事，以毫无圈外事件著称。"他的确是腼腆羞涩，行踪隐秘，淡然旁观。他与母亲一起生活，直到她去世，那时他已六十岁了。他倒不是个隐士——他认识瓦莱里和马拉美（后者希望他能为自己的《埃罗提亚德》配插图）、劳特累克和德加、季洛杜、普鲁斯特，以及莱昂·勃鲁姆[7]。而且，虽然从他的画里看不出来，他游历也甚广。他和勃纳尔一起，来过伦敦好几次（1895年的时候，还在这里为《建筑师》设计了舞台布景）。但他从社交生活与艺术家生活的空隙里溜了过去。在那个时代的日记和往来信件里，他没有留下多少痕迹。他的个人生活，似乎就是别人人生如戏，他只静静在场。20世纪20年代初，他遇到了伊迪丝·华顿（由她的挚友沃尔特·贝里介绍，维亚尔1918年为贝里画过画像）。这个交集，本应有一些很有意思的发展，结果留给我们的，不过是她在社交日记里随手记了一笔，里面有他的姓而已。

同样地，尽管他是公认的大师，却不是那种新的一代觉得抨击一番对宣扬本流派理念很有必要或很有好处的大师。举个例子：毕加索觉得勃纳尔的威胁够大，因此痛批他的作品。然而，在同一个信息来源（弗朗索瓦丝·吉洛的回忆录）中，只有在可以顺手一击的时候，才会提到维亚尔。根据吉洛的回忆，第二次世界大战刚结束的时候，毕加索带着她去勃拉克的工作室见他。主人展示了自己最新的画作，争强好胜几成病态的毕加索点评道：“嗯，看得出来，你这是回归法国绘画了。但你知道吗，我从来没想过，你居然会成为立体画派里的维亚尔。”对这两人而言，这话都不是褒奖。

不过，当然了，没有谁的一生真的是“一件圈外事件都没有”，就连一个自称“我从来都只不过是个旁观者”的人，一个其所有女性朋友都言行谨慎、对他多加保护的人，他的一生也不可能“一件圈外事件都没有”。米希娅·赛尔特[8]在回忆录里说（这大概也是史上唯一一件关于维亚尔的逸事了），有一天，黄昏时分，与他一起穿过一块甜菜地时，她绊到一个菜头，差点跌倒，他扶住了她，两人眼神相会……就在那一瞬，维亚尔突然抽泣起来。赛尔特把她下面这句话单列成一段（所以也许我们也应该另起一行）：

“这是向我做的最美的爱情表白。”

她的确是得到过许多这样的表白，因而可以拿来比较。美，但也带有那男人及其画作的一贯特征。约翰·罗素[9]曾拿马拉美的诗学理念同年轻时维亚尔的绘画实践做过比较，很是敏锐精准。马拉美教导说：“不要描绘事物本身，而是要描绘它产生的效果。”他还写过：“在艺术创作中，常有这样的尝试：刻意将一个东西放在阴影中，隐喻而绝不明言，以使之得到呈现。”维亚尔的绘画从来都没有马拉美的诗歌那么难以捉摸、拒人千里，但是甜菜地里的那一幕却是马拉美美学直接实践于生活的范例。维亚尔的抽泣不是爱的表白，而是对爱之效果的呈现。

现在人们已经清楚，他与米希娅的关系蕴含着他人生中第一段真正的性爱激情；而对于她的继任、他社交和艺术上的伙伴露西·海瑟尔，他数十年的感情也不是柏拉图式的。不仅如此，他的日记（直到1981年才出版供学者研究）证实，这个被雅克-埃米尔·布朗什[10]称为“从美食家变成苦行僧”的人，其实也没那么苦行。居伊·科热瓦尔，2003至2004年那场画展的总负责人，当年告诉过我，维亚尔日记基本都写得同船长的航海日志一般枯燥，但里面藏有一些加密的记录，表示有过香艳之事。我问维亚尔用了什么密码。“他往往用‘d’içi—passion’。”科热瓦尔解释说。是啊，我想，是个奇怪的密码（“从这儿开始——激情”），但是解密起来也实在容易了点儿。但其实我听错了，那密码明目张胆，压根儿没加密：他用的那个词是dissipation（放荡。——译注）。

所以说，一直被认为是同亨利·詹姆斯一样禁欲的维亚尔，其实是有性生活的，听到这一事实，我们可以满意或者放心了（或者无所谓）。它会改变我们对他画作的解读吗？他有一幅长方形的小型画作，柔情似水，名为《米希娅的颈背》。实际上，画里只有半个颈背，另一半是裸露的肩头。画面从略高的地方打量米希娅，她低着头，头发遮住了脸，穿着一件白色的短衫。毋庸置疑，这是一个腼腆羞涩之人画的一幅极为性感的画。我在蒙特利尔端详它的时候，一位法国记者路过，喃喃道：“C’est une vraie déclaration d’amour.”（法语：这是真正的爱情表白。——译注）斯言极是；而且不管维亚尔在创作这幅画时和米希娅是不是有肉体关系的恋人，它也依然如此。我们看一幅大概创作于1445至1460年的《耶稣受笞》图，因为知道得太少，分了心（前景里这三个家伙是谁？）；我们看一幅1897至1899年的世俗画，因为知道得太多，分了心（猜

《米希娅的颈背》(维亚尔)

猜他们搞什么名堂了？）。

传记不可能中立，维亚尔的不少早期作品，人们如今常解读为隐含逸事，不管这种解读出于多好的动机，多高的格调。大家渐渐开始了解关于他生平的事实，画作也都在，于是得出了各种结论。在蒙特利尔，为了给大画展招揽观众，他们亮出了一条宣传标语，拙劣得惊人："专家们叫他维亚尔。你可以叫他爱德华。"好像你去看展览，就是为了去更好地了解画家，而不是为了更好地了解他的艺术似的。不过，他们从各个层面上出发，努力将维亚尔打造成一个用画作告诉我们他生活故事的正常人，这种尝试很容易引起争议。再去看一次展览，你就可以叫他阿德。

画家作画不会注明日期，除非那日子对他们来说很重要；他们也不会给画作取标题，除非他们想让画作有名字。但在外面的世界里，画作就像孩子，要立足社会就不能没有名字，不能没有什么官方颁发的出生年月证明。维亚尔的画作经常被重新命名，在画家里算得上数一数二的了。当然了，有的时候，这是出于必要。有一幅1891年左右创作的画，几十年来都被称为《三等车厢》。画面上各种黑色、赭石色、焦茶色浓浓交融，上面是一个长着鹰钩鼻、也许戴着贝雷帽的男人的侧像，他转过脸，对着坐在他身边的女人和孩子。这个标题让我们想起杜米埃的几幅同题画作，而几年后，维亚尔创作了几幅题为《一等车厢》的画（他在日记里明确坦言，自己是受了杜米埃的影响）。然而，1990年的时候，有人指出，如果《三等车厢》真的是描绘了一节三等火车车厢里的情形，那么这一节车厢一定是公共交通史上独一无二的，因为它里面看上去还长了棵开花的树。现在,这幅画换了一个更靠谱的标题:《在花园里》。

不过,其他一些重起的标题却让人更加疑惑。比方说,如今已确定(是科热瓦尔确定的),维亚尔的妹妹玛丽与他的密友、纳比派成员克-格扎维埃·鲁塞尔[11]的婚事,主要是维亚尔促成的——维亚尔老夫人觉得这个安排欠考虑,因为鲁塞尔这个人情绪不稳,还爱拈花惹草。差不多就是这个时候,维亚尔创作了两幅广为人知的作品:《有工作台的室内》,画中有一个看上去像是鲁塞尔的人,从裁缝作坊的门后探出头来,望着一个像是玛丽的人;还有《有红床的室内》,画中有一个像是玛丽的人,手里捧着一个托盘,站在一道黄色的屏风前,而她身后有两个女人,正在打扫房间。它们是维亚尔那个时期典型的画作:室内画,画中人物忙着做自己的事,而人物的身份以及他们具体在做的事都归约在画面的色调和结构要求之中。第一幅画画风冷静俏皮,画面是蓝灰色和灰棕色;第二幅稍显热烈,有猩红、橙色和黄色(但也有更多黑色)。当雅克·萨洛蒙,维亚尔外甥女安妮特的丈夫,在史密斯美术学院[12]看到《有工作台的室内》时,他"敏锐地"(2003至2004年画展目录上是这么说的)将它命名为《求婚者》,而这就是它今天的名字。同样地,《有红床的室内》被改名为《婚房》。这样的重新命名,只在商业宣传意义上算得上是"敏锐"——嘿,别害怕,你可以叫他爱德华。就艺术而言,它离敏锐差得远呢。它这是在说:哦,顺便说一句,这是他*真正*在画什么,只不过当时他不乐意告诉我们罢了。这种方法贬抑了画作,尽管没把画作变得庸俗,却也使它们似乎更为平凡。它把这些画当作是叙事,当作在聊天,当作家庭自传。它让我们去寻找主题而不是构图和审美。这是对画家的背叛，并不重大，但意义深远。

维亚尔第一个创作阶段是过去两百年里最终极最充分的艺术大爆发。他几乎没有青涩期；二十多岁时，他已是油彩画、粉彩画、水彩画和墨稿画大师；很幸运地，他在离家不远的地方，就找到了完美的原材料（有的时候，真的是字面意义上的“材料”——他母亲裁缝店生意上用的一匹匹一卷卷的布）。他将这些转化为浓郁、宝石般的色调冥想录，其中动态感和颜色与形状间的联系超越了场景里的“事实”。当然了，它们不是抽象画。它们（大多）画的是室内，包括在这些空间里居住、工作的人们。身体的姿势（或驼背，或蜷缩，或转身）是关键。维亚尔证实了埃德蒙·迪朗蒂[13]那句名言所言非虚：“一个人的背影能透露他的气质，他的年龄，还有他的社会地位。”但脸庞很少是关键。画作也许会暗示，甚至特别明示人物的气质或情绪，但这人是谁并不重要。

因此，虽然《聊天》如今被重新命名为《新娘》，或者加了这个副标题，想让我们确定这幅图“画的是”一位母亲在给女儿做婚前嘱告，但这幅图实际上画的是穿着白衣的女儿同她后上方白色花盆的关系，穿黑衣的母亲同身后床上那团模模糊糊的黑东西（床单床罩？脱下来的斗篷？）的关系，以及这些白色及黑色同剩下来大部分空间里的各种棕色（微红的，赭石色的，茶色的，带点绿的）之间进一步的关系。正如纪德对维亚尔的描述：

> 他从不谋求精彩的效果。色彩层次的和谐是他永远的追

《聊天》(维亚尔)

求。科学和直觉在他的颜色配置中发挥着双重作用。每一种颜色都让它的邻居有了新的内涵，并且，可以这么说，从中榨出了它的自白。

因此，维亚尔为数不多的裸体画之一，非凡的《坐在扶手椅上的裸女》（约1900），是泛米色的粉色（模特的身体，背后的墙）与带栗色的棕色（模特的毛发，头上及私处的；椅子；地板）的碰撞，只有一道灰蓝色的和平维持线，将两种色调分开。

看画时的严肃和崇高的美学信条，常因人性的顽皮和图画的机智而有了生气。布料和纺织品，衣服与墙纸清晰明白地跳出通常的限制，融合交织在一起。在一幅如今名为《室内：画家的母亲与妹妹》（不过，它1909年在伯恩海姆-热奈画廊[14]的商品名是《黑裙与绿裙》）的画里，年轻一点的那个女人，穿着大方格图案的裙子，背靠一方似繁花盛开的树篱一般生机勃勃的墙，你觉得她随时会往后一仰就栽进墙去没了踪影，只留下靴跟露在外面。在这些枝繁花茂的室内，几乎用不着盆栽或者悬挂植物，女人们像《穿蓝衣的女人》里的一样，都头顶着公共花园走来走去。或者再看《读报纸的克-格扎维埃·鲁塞尔》（1893），画中人坐在矮沙发上，上身穿黑色的晨服，下着一条鼓鼓的棕色佐阿夫步兵裤。有一幅初稿，和最后成稿的构图几乎一样，只有一个关键细节不同。在初稿里，鲁塞尔双腿叉开坐着，报纸放在两腿间。在成稿里，维亚尔很风趣地挪了挪落下报纸盖着的位置，它现在盖住并且取代了鲁塞尔裤子的右腿和腰部：看起来，他好像是在读自己时髦双色呢子裤的裤裆。

在他的纳比期，维亚尔很明显是领袖。勃纳尔表现最好的时候，看起来也像是在努力跟上人家的步伐。早早成才是要付出代价的（不过没有早早无能的代价那么大）。西涅克1898年时去拜访过维亚尔，回来后在日记里描述说，这个“神经极度紧绷的画家”“对艺术有着永不停歇的激情”。尽管觉得维亚尔的画幻想太多，希望他能写实一点，西涅克依然对那些作品很是钦佩。不过，他也预见了一个问题：

> 他的作品中，幻想的元素是那么强烈，他只能在小画布上作画。想要再发展，是不可能的……他的定稿都像是草图。如果他要搞大型创作的话，他必须更精确——到那时，他该怎么办？

是啊，该怎么办呢？西涅克似乎还不知道，维亚尔已经涉足大型乃至巨型画作的创作了（自1894年为纳坦松家绘制《公共花园》[15]起）。不过不管怎么说，维亚尔的挑战就是从这里开始的。相比之下，勃纳尔（他在两人去世后的半个世纪里，名声盖过了维亚尔）这个画家的艺术发展方向更容易让人看得明白。他变得更深刻，视野更开阔，但他依然清清楚楚地是同一个画家；他可爱、迷人——他欢迎我们走进他所描绘的世界。维亚尔不是这样的：他的室内画太暗、太神秘，隐隐有一丝幽闭感。不管这些画有多迷人，它们依然将人拒之门外：在这里我们不是特别受欢迎。然后，猛然间他狠狠地换了挡。即使我们对他的装饰画已有所知，看到他在19世纪

90年代和20世纪头一个十年里创作的这类画作，我们依然会大吃一惊。1971年，约翰·罗素主持多伦多维亚尔展（这是2003至2004年画展之前的重大维亚尔展）时，感伤《公共花园》的九个画板“无法再次摆在一块儿了”。人们最后一次看到它们在一起，是1906年在伯恩海姆-热奈画廊。不过，差不多一个世纪后，分别收藏它们的五位藏家被说服了，让画板重新团聚。站在它们，以及《温特米勒广场》（1911）的画板组前，你就会明白为什么维亚尔认为大型装饰画是比架上画层次更高的艺术形式。（“装饰画”这个名称不怎么样，对于艺术门外汉来说，它似乎意味着闲来无聊消遣消遣。）一切都大了许多，包括风险：比如，画与画间（音符间的休止）会发生什么，还有如何控制观众的大脑和眼睛，哄得它们从一幅的边缘移到另一幅的边缘。这些画组合在一起，其背后的公共效应考量绝不少于祭坛多联画屏。

换挡之后，变的不只是尺寸大小，还有风格和主题。维亚尔越画越大——再画更大。就像西涅克预料的那样，他对事物的描绘更加精确，而且他开始描绘另一个社会阶层。年轻时，他曾说过“人们可以把家里的厨子变成一道美景”，并将自己的熟友和母亲的帮工们变为浓郁的色彩组合。而到了1928年，他绘制的肖像，都由波利尼亚克公爵夫人以及其他上流社会人士定制。画中“这人是谁”现在很明确，且真有必要，考虑到付钱的是谁。在某些人看来，这简直就好像德彪西跑去了好莱坞给电影配乐：这是丧失勇气，是向安逸屈膝，不管怎么说，令人失望。在一场有三百到四百件展品的展览里，考虑到一般九十分钟后人们会开始感到视觉疲劳，大部分人会开心地在维亚尔早期画作前逗留，欣赏那些难得一见的装饰画，然后走马观花地看完后期作品。但这样做也许也是一种丧失勇气的表现。如果他画得和他艺术生涯初期一样好，那我们对他至少负有一以贯之的义务。费利克斯·瓦洛通对于大部分同时代画家（包括他自己）都批评得很厉害，唯一一个他一直都欣赏的画家就是维亚尔：他的艺术一直都是“完好如初，堪称典范”。一战期间，瓦洛通陷入焦虑和抑郁，看不出面对灾难绘画还有什么意义；勃纳尔靠完全无视大战熬过了这段时间；三个最初的纳比派成员里，只有维亚尔，既充分知晓世上正发生的大事，又依然能够自制，集中精力进行创作。

他的艺术进程漫长、复杂，有时还迂回曲折，获得一些辉煌重大的成功，也有令人沮丧的失败。也许我们从工艺说起最合适。维亚尔在剧院的工作有一个意料之外的副产品：他发现了胶彩，一种以胶为基础的颜料，用于绘制舞台布景。据科热瓦尔所知，在此前及此后，都没有一般的架上画画家使用过它（不过18世纪的装饰画画家会用它绘制版画和屏风）。绘制胶彩画操作起来困难棘手、费时费力，其工序还包括用黄铜锅煮颜料，要一次同时煮三十口之多。还有一个永远的困扰，那就是如何让今天煮出来的色调和昨天的相配。与油彩相比，它的优势是：可以更快地涂满大块空间；胶彩颜料干起来快得多，很快就可以在涂层上再上色了；还有，作画用的画纸可以铺在地面上（之后再贴到帆布或者木板这样的坚固平面上）。这就是维亚尔用以绘制装饰板的工艺，它后来渐渐取代油彩，成为他的最爱。

到底为什么？没有记录。他的日记里，只有一处提到了胶彩。胶彩之所以一直在剧院中使用，一个常用的理由是舞台照明用汽油灯，而胶彩画的表面会吸收过于刺眼的光线。约翰·罗素对胶彩工艺的效果曾有精准的描述：它能造成“一种柔和内敛的光泽，一种哑光、似毛毡般沉稳的流畅”。但是用油彩，也是可以达到哑光、似毡的效果的：举个例子，就看1895年的《法兰西岛风光》呗。另外，那幅画有一个让人不解的地方：它的尺寸与维亚尔的装饰画不相上下。如果他用油彩和胶彩可以获得极其相似的效果，是什么决定了他的选择呢？理由也许完全是心理上的。他告诉过雅克·萨洛蒙，胶彩吸引他的地方，恰恰在于它费事儿，这可以控制住他“过分娴熟的技术”，让他能够更充分地思考。这其中是不是还可能有情感联系呢？用鲜艳明亮的油彩创作与近亲有关的家庭画；用胶彩描绘他走出家门进入的时髦社会？也许吧。

胶彩鼓励他进行更大型的创作。和勃纳尔一样，他渐渐开始既描绘“大室内”，又描绘“大户外”——不过维亚尔经常去北方的户外，调色盘上的色调也就更冷些。另外，他也开始与更富裕、时髦的人往来：先是米希娅和塔蒂·纳坦松那个圈子里的人，然后是露西和若斯·海瑟尔那个圈子里的。在后面这一家中，他的位置似乎和屠格涅夫在维亚尔多家里的一样：复杂微妙、殷勤恭顺的“三人组合”中得到认可的情人/灵魂伴侣。海瑟尔是个画商，更关心的是如何处理与维亚尔的创作有关的问题，相比之下，倒不那么在乎太太在床上搞什么名堂；至于画家本人，谁要是试图在他面前诋毁他情妇的丈夫，就会让他大发雷霆。

在艺术和社交上，维亚尔走了多远，可以通过他晚期的一幅佳作衡量得清楚——这幅画其实算得上是20世纪伟大的肖像画之一。19世纪90年代初期，他画的是一些小型油画，描绘自家在米罗梅斯尼尔大道上的商店。这商店由维亚尔老夫人经营，“空间如走廊似的，十分狭窄，挤在一栋老楼的两层楼之间”。四十年后，他则受人委托，创作一幅大型胶彩肖像，《让娜·浪凡》，现代最早的时尚奢侈品大亨之一。和维亚尔一样，她鲤鱼跳了龙门：起初只是平凡的女帽商，后来则有权有势——到1925年，浪凡企业拥有八百名员工，二十三家工厂。浪凡的时尚风格吸引了玛丽·毕克馥[16]和伊冯娜·普兰当[17]这样的顾客，而她的社会地位则因女儿嫁给让·德·波利尼亚克伯爵而得到巩固。

维亚尔声称：“我不画肖像画，我画的是在家中的人们。”以及在办公室里：这里，浪凡女士坐在她位于圣奥诺雷郊区街的办公室桌前，工作间隙中抬起头来，放松而又威严。在画面的右手边，被充足的光线（窗户在画外）打亮的，是她职业中用的简单工具：几支削尖的铅笔立在一个罐中，还有一副平摆着的眼镜。对面，处于同一水平高度的，是这些工具所作社会产出的一个标志：浪凡的女儿玛格丽特的石膏胸像，她现在嫁进了贵族之家。（胸像放在一个玻璃罩子里，这肯定是照实画的，但或许也有更深的暗示。）这是一幅关于工作、技艺、专注、金钱、成功以及阶级的画作。传统的低技术含量纸笔手艺与现代装饰派艺术[18]风格的室内装修和电话机一起呈现，水乳交融。（维亚尔特别喜欢电话机，尤其喜欢电话线——在1912年的《亨利和马塞尔·卡普费雷尔像》里，一条显眼的彩色多股花线轻快地穿过地毯，颇有异国风情，像亚马孙丛林里的蛇。）它将工具的杂乱无章（样本、布料、散纸，以及其他要从桌前右边滑下去的东西）同金钱的绝对秩序（整齐的账本、画中人物背后保险箱似的金属抽屉）放在一起，形成对照。颜色将画面整合为一体：从左下方到右上方，是塑像玻璃罩的绿色、人物外套的绿色，一直到上方灰绿色的阴影；从右下方到左上方，是布料样品的红色、人物嘴唇的红色、书脊的红色。两种颜色巧妙地在浪凡女士的外套上结合起来（而且是无可置疑的写实）：那里，在绿色的翻领上，佩戴着荣誉军团勋章的红缎带。

这是相关细节的胜利，也与当年女裁缝们的画像不可同日而语，那些画里，面部特征微乎其微，人物形象更多地用来表现态度，而非身份地位。维亚尔出发去给安娜·德·诺瓦耶[19]画像，后者对侍女说："我的天，赶紧把那罐雪花膏拿走！你是知道的，维亚尔先生可是见啥画啥的。"（其实，是见啥相关的才会画进画里。）因此，《让娜·浪凡》是一幅非常不符合马拉美美学的画作，其中充斥着物体本身，而非它们产生的效果。尽管如此，它还是含有一些维亚尔特有的含糊，体现在各种不可能的倒影上：试一试，看你能不能琢磨出来，如何协调左手角落里那些书脊与它们旁边石膏像的倒影；想一想，浪凡女士袖子（也可能是外套）的倒影是多么地不可能。很可惜，这幅画也是几幅保存状态越来越糟的画作之一。模特那张脸第一眼看上去满是毫无掩饰的皱纹，但实际上，这些都是胶彩造成的。画脸的时候总会碰上些困难，维亚尔也遇上了，而胶彩则让他有无比充分的机会重修。然而，如此之多的涂层，天生就不稳定，更糟糕的是，据科热瓦尔说，这种介质是无法修复的。

1910年，在一篇发表在《艺术新闻》上的文章里，西克特[20]将两种画家区别开来，一种“艺术家是顾客的主人”，另一种，像雅克-埃米尔·布朗什那样的，每一笔都展现出自己“是为这些房间的主人们而画的”。西克特（他很欣赏维亚尔）继续说：“家臣徽章佩戴起来自是体面光荣，但自由随性却有自己的独特魅力。”维亚尔后来是不是抛弃掉自由随性，戴上了家臣徽章，就像他去世前两年，接受了法兰西艺术院院士称号那样？有的时候，无法否认这点。玛塞勒·阿龙的巨幅肖像空洞得叫人想打哈欠，雅克利娜·方丹小姐的那幅则做作得让人尴尬。不朽的《外科医生们》（1912—1914）和战争时期的《审问囚犯》（1917）则似乎代表着另一种失败：逆自己天生的才华而动去创作自己以为应该创作的艺术。不过，我们完全有理由拿著名的《泰奥多尔·迪雷在书房里》（1912）或者萨沙·吉特里与伊冯娜·普兰当妙趣横生的双人像（1919—1921）来抵消这些。

1938年，2003至2004年画展之前最后一场在巴黎举办的大型维亚尔个展，是由维亚尔本人布展的，而他特意强调了自己的后期作品，认为它们可以更吸引年轻人。这个愿望实在不合情理，尤其是他现在被保守派批评家赞为“原汁原味”的法国美术之护卫和支撑，这可算得上受了诅咒呢。不过随着时间流逝，艺术的主题越来越不重要，就像后来一代又一代人可以无视普鲁斯特的作品“完全是关于上流社会人士”这一事实一样，我们现在也应该可以公平地看待维亚尔的后期作品。我们尤其——既然维亚尔自己极为聪慧，而且对美术史研究甚是着迷——可以看一看七幅主题是艺术本身的后期画作。《更衣室镜子里的自画像》（1923—1924）同任何一幅勃纳尔后期自画像一样阴郁、严苛：镜子里是一个胡子花白、眼似俄狄浦斯的老头儿，镜子四周围满了画，老头儿因此看起来像是几乎就要消失在艺术的历史里。接下来，一组四幅名为《再洗礼教徒》的画像（勃纳尔，鲁塞尔，丹尼[21]，以及马约尔[22]，1931—1934），画中，维亚尔的四位同事（那个时候，有两位已经过世了），看上去似乎被自己正在创作的艺术所笼罩，显得格外渺小。丹尼坐在一排路障似的巨大油漆桶后，看向画外；鲁塞尔坐在一个调色板后，调色板所占的空间是画家脑袋的四倍；马约尔，身穿条纹西装，头戴草帽，粗短矮胖，正在一个巨型女神雕像的脚边凿削，好似巴结讨好的修脚工。至于勃纳尔，四个人里，他在画里的身体比重占得最大（也许应该是这样的）：画里的他是全身像，身材颀长，置于画中央。不过，让颜色来说实话吧：画家穿得像个经理，戴着眼镜，头发灰白，投下极暗的阴影，而他面前的墙上，他自己的画作《勒卡内》明媚灿烂，在他背后，更加喧宾夺主的，是他打开的颜料盒，鲜艳耀眼。

最后，还有维亚尔1921至1922年为卡米耶·博埃创作的一组装饰画，展示的是博物馆艺术：特别值得一提的是两幅画，描绘了刚刚重新开放的卢浮宫里的卡娅第德厅和拉·卡泽厅。前一幅中，巨大的波尔格塞花瓶以及其他古典时期展品占了画面的十分之九，画面的最下方则是屈指可数的几个参观者的脸——一个戴蓝帽的女人（这其实是维亚尔的外甥女安妮特，不过人物身份再一次被压缩到不足为道），一个戴翘边帽的男人——和巨大的艺术品一比，这些人完全就是小矮人，十分滑稽。在后一幅画里，画家稍微多给了人们一点儿空间，他们站在那些十八世纪法国绘画下：两个是聚精会神埋头工作的临摹人；另一个正在阅读美术馆指南；第四个，穿着豪华的皮草，戴着帽子，望向画外。根据2003至2004年画展的目录，这些画“颂扬了人类注视的目光”。在一定程度上来说，是的，不过，颇有深意的是，九个人里，只有一个被描绘成在认真地看周围的艺术品。维亚尔也许是将自己形容成仅仅是个旁观者，但我们这些看他画作的人则更是旁观者：有时只是抄袭人家的天才，有时留心观察，有时不过是随意浏览。我们穿过那些著名的美术馆，因着我们的背景知识、我们的性情、我们饥饱的程度，还有时代的流行风尚，对一些画作欣赏钦佩，对另一些不屑一顾，把这幅画或是那幅画添进自己的十佳榜，并且不可救药地对这位或是那位画家的私生活心存好奇。但不管我们怎么想，艺术本身继续前行，就在我们头顶上，宏大沉稳，宠辱不惊。

译注

1 维亚尔（Édouard Vuillard，1868—1940），法国画家、装饰美术家，纳比派成员，善作家庭情境画，尤长于大型装饰画。代表作有《扫地的女人》，为日内瓦国际联盟大厦作的装饰画等。

2 乔尔乔内（Giorgione，1478—1510），意大利文艺复兴时期威尼斯画派的重要画家。代表作有《暴风雨》《入睡的维纳斯》等。

3 桑塞波尔克罗堡，意大利城市桑塞波尔克罗的旧称。

4 瓦萨里（Giorgio Vasari，1511—1574），意大利画家、建筑师和美术史学家。著有《艺苑名人传》（全名《意大利杰出建筑师、画家和雕塑家传》。

5 弗拉·卢卡，即卢卡·帕西奥利（Luca Pacioli，1447—1517），意大利数学家，方济各会修士，被称为“会计学之父”。

6 菲利普斯美术馆由美国收藏家邓肯·菲利普斯创办。菲利普斯家族从事钢铁产业，邓肯继承财产后根据个人爱好收藏了大量19世纪末20世纪初的艺术品。1921年，他在华盛顿创立菲利普斯美术馆，向公众开放了自己的收藏。这是美国第一个长期展出现代艺术品的美术馆。

7 莱昂·勃鲁姆（Léon Blum，1872—1950），法国政治家，曾三次出任总理。

8 米希娅·赛尔特（Misia Sert，1872—1950），波兰裔钢琴家，著名的艺术赞助人，与许多文化名人有往来。维亚尔、劳特累克、雷诺阿等画家均为她创作过画像。普鲁斯特也以她为原型，创造了《追忆似水年华》中的几个人物。

9 约翰·罗素（John Russell，1919—2008），英裔美籍艺术批评家。著有《维亚尔传》。

10 雅克-埃米尔·布朗什（Jacques-Émile Blanche，1861—1942），法国画家。代表作有《普鲁斯特像》《比尔兹利像》等。

11 克-格扎维埃·鲁塞尔（Ker-Xavier Roussel，1867—1944），法国纳比派画家，以描绘有妇女、儿童、仙女或农牧神嬉戏其中的法国田园风光著称。

12 即史密斯学院美术馆，美国马萨诸塞州史密斯学院的附属美术馆。1879年成立，现收藏有包括德加、库尔贝、塞尚画作在内的近两万五千件艺术品。

13 埃德蒙·迪朗蒂（Louis Edmond Duranty，1833—1880），法国小说家、艺术评论家，先后支持现实主义和印象主义运动。

14 伯恩海姆-热奈画廊，由画商家族（伯恩海姆家族）经营的画廊，地处巴黎，历史可追溯到18世纪。

15 纳坦松（Natanson）三兄弟是文化杂志《白色评论》的创办人。在他们的建议下，维亚尔开始创作装饰画。《公共花园》是亚历山大·纳坦松委托维亚尔为自己在巴黎的宅邸创作的。另外，前文中提到的米希娅·赛尔特是他们的表亲，后来嫁给了塔蒂·纳坦松。

16 玛丽·毕克馥（Mary Pickford，1892—1979），加拿大电影演员，曾获得奥斯卡最佳女主角奖和奥斯卡终身成就奖。

17 伊冯娜·普兰当（Yvonne Printemps，1894—1977），法国歌手、演员。

18 装饰派艺术，一种起源于20世纪20年代，流行于30年代和60年代后期的装饰艺术和建筑艺术风格，以轮廓和色彩明朗粗犷，呈流线型和几何形状为特点。

19 安娜·德·诺瓦耶（Anna de Noailles，1876—1933），罗马尼亚裔法国作家。

20 西克特（Walter Sickert，1860—1942），英国画家，英国印象派代表人物，风格对20世纪英国先锋派艺术影响很大。

21 丹尼（Maurice Denis，1870—1943），亦译作德尼、达尼斯，法国画家、设计师和艺术理论家，象征主义的理论家和纳比派重要成员。代表作为《牧歌》。

22 马约尔（Aristide Maillol，1861—1944），法国雕刻家、画家，作品风格纯朴，手法简练，保持古典雕刻传统，善作裸女雕像。代表作有《河流》《骑自行车的人》等。

瓦洛通：异国纳比

20世纪初，巴尔的摩的科恩姐妹克拉丽贝尔博士和埃塔小姐继承了一笔由做棉布、丁尼布、床单生意赚到的财产。她们选择把它花在艺术上。接下来的几十年里，她们主要在巴黎采买，凭借着良好的品位，以及专家（包括列奥[1]和格特鲁德·斯泰因）的帮助，收集了一大批马蒂斯画作，以及毕加索、塞尚、梵高、修拉和高更的作品。克拉丽贝尔博士1929年去世前，签署了艺术史上控制性最强的遗嘱之一：她名下的收藏首先由妹妹继承，并"建议（而不是指示，也不强求）"埃塔去世后，再转交当地的艺术博物馆，"条件是，巴尔的摩对现代艺术的欣赏力有所提高"。这是一位女人临终前对于整个一座城市的绝妙挑战，还附带了一个提议，或者说是威胁：让纽约大都会博物馆作为候补受赠者。接下来的二十年里（直到埃塔小姐1949年去世），大都会博物馆自然是进行了大量游说拉拢活动，不过小小的巴尔的摩勇气十足，最终证明了自己的适宜性和现代性。如今，人们去参观位于约翰·霍普金斯大学校园内的巴尔的摩艺术博物馆，主要就是去看“科恩收藏”的。

90年代中期，我在那里教了一学期的课，经常在课间去逛那博物馆。一开始，吸引我的是马蒂斯和其他大腕儿，但我发现，总让我死心塌地久久驻足的，是一幅浓墨重彩的小尺幅油画，题为《谎言》，作者是瑞士画家费利克斯·瓦洛通。藏品里还有另一幅瓦洛通作品，一幅巨大沉郁的格特鲁德·斯泰因画像（1907）（瓦洛通诙谐地给它取名《贝尔坦女士》[2]），要不是毕加索前一年也画了同一主题，占得先机，广为人知，这幅肖像毫无疑问应该成为她的公众面孔。不过，让我沉醉的还是《谎言》：这幅画创作于1897年，三十年后由埃塔·科恩在洛桑从费利克斯的哥哥保罗·瓦洛通手中购得。她花了八百瑞士法郎，几个零钱罢了，因为就在同一天，从同一个人手里，她花两万瑞士法郎买了一幅德加的粉彩。

我写作课上的一个学生交上来一篇故事，其情节围绕一个神秘的谎言展开，于是不知不觉间我在课堂上谈起了瓦洛通的这幅画。一男一女坐在一间19世纪末的屋子里：背景是黄粉相间的条纹墙纸，前景是以大色块描画的家具，深红色调。两人坐在沙发上，交缠搂抱，她全身猩红，丰满的曲线嵌在他两条黑色的裤腿间。她凑在他耳边低语，他闭着眼睛。很明显，说谎的是女人，男人的表情和姿势证实了这一点：他一脸满足的微笑，左脚快活地翘着，一副毫不知情的样子。我们唯一不确定的，是她在撒什么谎。“我爱你”这个老套的？又或许，女人裙服的膨隆在暗示另一个人们的最爱：“孩子当然是你的”？

接下来的那次课上，有几个学生作了回应。他们中的一位，加拿大小说家凯特·斯滕斯，礼貌地告诉我我的解读完全弄拧了。对她而言，很明显，撒谎的是男人，他一脸满足的微笑，以及翘起的脚证实了这点。他的整个姿态都体现出说谎后的沾沾自喜，而女人的姿态，则一副易欺易骗的样子。我们唯一不确定的，是他在撒哪个谎。如果不是“我爱你”，也许就是另一个“男人常谈”：“我当然会娶你。”其他学生则有其他想法，有一个很机灵，提出标题也许并非专指哪一个谎言，而是泛泛而指——指维持社会习俗所必需的谎言，正是这种谎言让两性间无法坦诚相待。瓦洛通所使用的色彩也许可以证实这一点。画的左边，是这两个男女，色调对比强烈；右边，一张鲜红的扶手椅则与一块鲜红的桌布无缝对接。我们或许可以得出结论：家具能够和谐相处，人则不行。

瓦洛通，和他的好几位瑞士同胞（比如利奥塔尔，勒柯布西耶[3]，以及戈达尔[4]）一样，做了那件特别有瑞士特色的事：让别人以为他们是法国人。事实上，他还更进了一步：他在1899年与巴黎画商世家伯恩海姆家缔结姻缘一年后，加入了法国国籍。他是纳比派成员，是维亚尔的终身挚友。但这其中没一样提高了他在英国的知名度。我是在巴尔的摩第一次留意到他的名字的，国内爱逛美术馆的人们也不必因为不认识他而不好意思。不好意思的应该是国家那些负责集藏艺术品的人。在英国，他与其说是“被人遗忘的纳比”，不如说是“无人知晓的纳比”。在这个国家从没举行过公共性质的瓦洛通个人画展，不过1967年艺术协会办过一次巡展，展出他

《谎言》(瓦洛通)

的木版画。我最近通过费利克斯·瓦洛通基金会核对了一下，发现全国只有一幅由国家持有的瓦洛通作品，《圣保罗的路》（1922），收藏在泰特美术馆[5]，而且泰特拥有它，还是因为保罗·瓦洛通在弟弟去世后将它捐赠了出来。自1993年起，它就再未对外展出过，而且这段时间里也没有外借过。他的作品主要收藏在瑞士各大城市中，以及奥赛美术馆里，在别处，他的作品很少能有两幅以上挂在一起的。它们中有许多，包括他最杰出的一些，都在私人手里，就连那些强势的美术馆馆长相邀，也不露面。

瓦洛通常被人低估，甚至瞧不起：格特鲁德·斯泰因傲慢地称他为“升斗小民的马奈”。不过，他被忽视，还有另一个原因。他的产出极高，而且他是一个画作品质从精妙绝伦到糟糕透顶俱全的艺术家，这一点，我能想得到的任何其他画家都难以相比。比方说，鲁昂的美术博物馆有两幅瓦洛通作品，挂在一条相当阴暗破旧、挂满太多展品的走廊里。一幅是剧院习作，画面上有九个黑乎乎的小脑袋，靠在顶层楼座的栏杆上往下看，下方是巨大的乳黄色包厢凸起的正面，相形之下，他们看上去就像几粒灰尘。它不像比方说德加或者西克特的剧院画，没有印象主义的匆忙，没有不断变幻的光线和金彩。它内容丰富，但基调朴素，是对人与人既紧邻又隔阂的现代都市生活的上佳写照。但是，对面墙上挂着一幅裸体像，糟糕得令人无法直视，要是你先看到的是这幅，你很可能会特地记住画家的名字，以确保将来不惜一切代价避开他的作品。我的一个瑞士朋友曾沮丧地问过我：“话说回来，你可曾见瓦洛通画过哪怕一幅好的裸体？”

第一次去参观瓦洛通画作的集中展览（2007年在苏黎世的美术馆），我的第一反应是松了一口气：他是一个比我想象的好许多的画家，创作主题也很广。我也意识到，虽然娶了法国太太并且加入了法国国籍，夏天去埃特雷塔和翁夫勒[6]避暑，在巴黎的正式身份是“异国纳比”，他其实根本不是一个法国画家，而是一个不尴不尬的独立画家，要插入任何更宽泛的艺术叙事中都不大容易。1888年，他去了一趟荷兰，之后给他的朋友、法国画家夏尔·莫兰写信说：“我更加痛恨意大利绘画了，还有我们的法国绘画……北方万岁，叫意大利吃屎去吧。”尽管瓦洛通是个坚定的纳比派，描绘现代生活和市井百态，他却本能地趋向叙事画和寓意画；趋向硬朗和北方——德国和斯堪的纳维亚；趋向一种冷漠无情的风格，有时预示着霍珀[7]的画风（霍珀1906年和1907年间在巴黎待过，那段时间里可能看过瓦洛通的作品）。他也比其他人更关心政治，更喜好挖苦讽刺，更痛恨权威权势。也许，他做的最能象征自己与法国同人们团结一致的事，就是当政府提出同时授予他、勃纳尔和维亚尔荣誉军团勋章的时候，三个人都拒绝接受。

从性情上看，他早年挺像是法国人，或者说够法国味儿：“随和，放松，而且很乐意”待在巴黎。他自然是有一个模特/情人，埃莱娜·沙特奈，人称“小东西”，她自然也是一个女裁缝。他似乎曾一度考虑过要娶她，但莫兰劝阻他说：“我认识不少朋友，之前那么和善温厚，而之后便着实乖张讨厌。”主要靠画肖像付账，不过家里也给一些经济补助。他的哥哥保罗，这个时候还没有做起艺术生意，干的是巧克力、可可、牛轧糖

《五位画家》局部（瓦洛通）：
瓦洛通（站立者）、勃纳尔（左）、维亚尔

生产这一行，而费利克斯有时会受托去巴黎有可能合作的零售商处办点事儿。“请发可可来。”他会写信告诉家里。19世纪90年代，由于他的讽刺画和木版画，他开始受到不多但持续的关注。他参与了《白色评论》的创办与发行，同时担任《法兰西—美利坚评论》的美术编辑，这是波尼亚托夫斯基亲王出资创办的一本奢侈品杂志，只出了三期就停刊了。1893年，他出现在纳比派的第三场群展上，正式成为一名“纳比”。几年前，他结识了维亚尔。他认识马拉美以及作家朱尔·勒纳尔。勒纳尔在1894年4月的一则日记里写道：“瓦洛通，文雅，率真，气质出众，头发贴着头皮，中缝清晰、笔直；举止冷静，有一套不复杂的理论，所说的一切都带点自负。”他那时刚三十岁出头，声名渐起，自信满满，前程似锦。

然后，1889年，维亚尔给他写信：“我听说有个大变动。”的确是有：瓦洛通宣布迎娶加布丽埃勒·罗德里格斯-亨里克斯，画商安德烈·伯恩海姆的女儿。他认识她四年了；这婚姻看上去是同时建立在爱情和理智之上的。言辞间从不过多表露感情的瓦洛通告诉哥哥保罗说，“她是一个特别好的女人，我会和她处得很不错的”，一切都将会“合理发展”，而伯恩海姆家族则“非常体面且富有”。加布丽埃勒三十五岁（他三十三岁），是个寡妇，第一任丈夫自杀了，她有三个年龄在七到十五岁之间的孩子——“我会爱他们的”，瓦洛通向哥哥（还有自己）保证。真是大变动呢：结婚；为人继父；从左岸搬到右岸，由雅各布大街搬到德米兰大街；从独立、收入不稳定，以及偏好无政府主义，到资产阶级的舒适生活。这个时候，他也放弃了报业生涯，并且几乎停止了木版画创作。从现在开始，随着新世纪的到来，他将全身心投入绘画创作和这段婚姻。还可能出什么错？

是啊，能出什么错呢？ 1901年4月24日，二十九岁的保罗·莱奥托去保罗·瓦莱里家赴宴，当天的主客是奥蒂隆·雷东。画家一直在聊波尔多的葡萄园，然后，话锋突然一转：

> 关于瓦洛通的小道消息，他前一阵刚娶了个富豪寡妇，结果现在什么创作都搞不起来了，因为他的时间全花在了社交上，要么得去拜访别人，要么得接待别人到访。

瓦莱里和雷东都成了家（两位的太太也都在场），所以也许这里还暗含着一丝自得：我们知道如何既做已婚艺术家，又继续我们的创作——他却不知道。实际上，同大多数的小道消息一样，这一条也只是部分准确。新世纪的头几年对于瓦洛通的艺术来说是段好时光，他这几年里还创作了他最温情的一批画作——都画的是他的新太太。加布丽埃勒穿着晨衣，在她的卧室里，做针线，织毛衣，镶花边，在衣柜里翻翻拣拣，弹钢琴，站在一长列、似乎通向幸福深处的房间前：毫无疑问，这是一段相亲相爱的关系。但这也是一段中产的婚姻。虽然父亲是画商，加布丽埃勒对丈夫的工作却并不很感兴趣；而费利克斯则发现，自己拿无拘无束艺术家的经济烦恼换了中产阶级更大规模的经济烦恼。1897到1905年间，他的收入实际上还下降了。1905年12月，他从尼斯给哥哥去信："我们现在住在一栋豪华的别墅里，四周棕榈和橘树环绕。这让我不舒服：我宁愿待在乡下的茅舍里。”而且尽管他依然和埃莱娜·沙特奈有联系，资产阶级的规矩意味着勃纳尔如果带上他的“小东西”玛尔特·德梅里尼的话，就不能来拜访瓦洛通一家。

不可思议的（或者并没什么不可思议的）是，有些这类情况在瓦洛通婚前创作的画作里就有所预见。有一个创作于1897至1899年间的系列作品，合称《亲密》，那幅《谎言》就是其中之一。这些都是他纳比全盛期的画作：大块的色彩组成画面，华丽耀眼的对比色调，室内场景，通常昏暗不明的灯光。不过，瓦洛通与维亚尔和勃纳尔有所不同。对于他们来说，色彩及其间的和谐是至高无上的，他们笔下家庭空间中的那些居住者只能算是与色彩相配合的形状而非人物。然而瓦洛通却总是对他所描绘的人物之间在发生什么感兴趣。他的人物在描绘他们的颜料之外自有生命，他们共同讲述（并隐瞒）一段故事。在《等待》中，一个身着棕色西装的男人，半隐在厚重的棕色窗帘之后，眯着眼睛从窗纱间打量着外面，不想错过来访者的出现。大概，要来的是个女人：但他是满怀羞涩一心期待，还是图谋不轨准备猎捕？在《造访》中，另一个男人（也许是同一个）欢迎一个穿着紫色外套的女人，而画面的主导线则不由分说将你的目光引向左后方敞开的卧室门：但这里的两个人中，谁是主导者？《室内，红椅和人物》描绘的是一场争执后的场景：一个女人坐着，手托腮，身边站着一个男人，他黑色的身影落在她的裙裾上，像是块不祥的性爱污渍。在其他画作中，一对对男女在幽暗中偎依或是搂抱成一团，就连家具看起来也成了共谋。这些画描绘的是焦虑，不满，冲突。它们讲述着两性生活，而故事却让人琢磨不透：画里很少清楚地表明，谁是主导，谁要付出代价，付出怎样的代价。有人称它们“室内暴力”，这种解读也许过分了，但它们的确在描绘情感上极度的不和谐。大概在同一时期，瓦洛通创作了一个系列十幅木版画，也合称为《亲密》，不过两个系列间只有一个场景直接重合：《谎言》的场景。相比之下，这批木版画对情感战争的描绘更加辛辣讽刺（也更直观易读）。《胜利》里，一个冷酷的女人把一个男人逼哭了；《准备去做客》里，一个丈夫百无聊赖，在等着妻子梳妆打扮完毕；《非常措施》里是一场餐桌上的争吵——做妻子的站着，背过身去，用手巾捂着脸，心虚的丈夫正起身去安抚她。几幅画里最震撼的是《金钱》，其中一对男女站在画面最左端的露台边缘处。男人着黑，正在向女人指出什么，女人着白。她看不到，但我们能看到的，是男人背后的情形：一整块的黑色，占据了画面的三分之二，正在侵蚀占据男人的身体，因此只有他的左手和脸露在黑影之外。我们明白，这就是金钱，势不可挡地介入两人之间以及两人的关系之中。就在瓦洛通迎娶他的“富豪”寡妇前不久，这些都刻进了木头。

在木版画里，他的顽皮、诙谐以及他对于世纪末巴黎的敏锐观察、冷嘲热讽得到最为充分的展现。它们都是对比鲜明的黑白图画，而且尺幅很小（一般是17厘米 × 22厘米）。但就在这一介质之上他就能表现出布料质感的微妙差异；在如此狭小的空间里，他就能安排进动感十足的人群。警察镇压，示威者逃亡；暴雨袭来，雨伞撑起，横七竖八；愚昧无知的粗鲁宪兵袭击有诗人气质的瘦长无政府主义者。画里的这些叙事元素也提醒我们，瓦洛通是个难得一见的画家，其“难得”还体现在另一个方面：他还有文学创作的志向。和许多画家一样，他一直记日记。但他还从事艺术批评，创作过八部戏剧（其中两部短暂上演过），三部小说（在他生前一部也没能出版）。这其中最好的一部，《致命的生命》，是毫不遮掩的“室内暴力”，其血腥程度《亲密》系列里任何一幅画都望尘莫及。这是爱伦·坡风格的故事，讲的是一个律师转行当了艺术评论家，而他从小就发现，他只要在场，就会导致周围的人死亡：一个朋友落水身亡的时候，他在场；一个雕版工用自己的雕刻刀捅了自己、因铜中毒而身亡的时候，他在场；一个画家的模特跌在火炉上，严重烧伤致死的时候，他也在场。这些事件里，他到底是有意参与，还是无意卷入？他是不是暗中受了诅咒？如果是的话，他如何才能避免再造成死亡？瓦洛通的故事是又一个精心建构的谜团。

他头脑太清醒了，不会觉得自己是暗中受了什么诅咒。不过他原以为在加布丽埃勒那儿能找到的解决办法（一生从事艺术创作，夫妻同心，疼爱继子）并没能实现。《灯光下的晚餐》（1899）里，餐桌旁有一个后脑勺（肯定是瑞士人的），在他右手，加布丽埃勒身着粉裙，望着桌对面的大儿子雅克，后者正懒洋洋地啃着水果；正对面，则坐着一个小姑娘，睁大眼睛注视着对面桌边这个闯入者。这幅画展现的不是纹理与色彩的和谐，它展现的完全是色彩冲突和精神动力学。而且有预示性。瓦洛通和继子继女的关系很快就恶化了——“他们冲动的行为让他害怕”，一个旁观者说。而他的信里，则怒气冲冲，满纸怨言。“要是雅克不如此可憎，一切原本可以

《金钱》(瓦洛通)

挺好的。”雅克和弟弟是“两个彻头彻尾的白痴”（斯泰因也谈起过“他那两个继子的暴力”）。但敌意（双向）的焦点，还是那个继女。“玛德莱娜四处招摇，用她的狂妄自负、愚蠢鲁钝、颐指气使来折磨人。”“她跳探戈，认识不认识的人都往家里带，弄得屋里到处是人，而且见啥都有她的话说。”“她的时间全花在修指甲和居高临下看别人受折磨上。”之前，1893年的时候，画家菲利普-夏尔·布拉什曾在一封信里，戏称瓦洛通为“忧郁先生”，而现在，他性情中潜在的忧郁开始显露出来。另外，他“高度敏感，极度节俭”——这也让他成不了做继父的料儿。加布丽埃勒两边都爱，左右为难，因此常常生病。在他早期的信件里，她常常是“我善良的加布儿”，但这很快就变成了“我可怜的加布儿”，并且从此不再改变。到了1991年，费利克斯向哥哥保罗报告自己“时刻处在苦闷中”：“我没有可以倾诉的人，而我周围这些人丝毫不懂体谅别人，鼠目寸光，活着只为满足口腹之欲，着实让人惊愕。”1918年的时候，他在日记里写下：“男人犯了什么错，必须屈从于这个称为女人的可怕‘同伙’？”这就好像《谎言》如今成了事实。他还表达了对“这真实生活边缘上的虚假生活，我忍受了二十年、如今仍像第一天那样折磨我的生活”的憎恶。维亚尔可以心满意足地说“我从来都只不过是个旁观者”，瓦洛通则抱怨“我这一辈子都将只能隔着窗户看生活，而没法生活”。

留给他的唯有艺术。1909年，在一封给自己的新赞助人海蒂·汉卢瑟（她与丈夫阿图尔住在温特图尔的弗洛拉别墅[8]）的信里，他写道：

> 我认为自己艺术的特点，在于力图通过形体、轮廓、线条和体积来表达思想情感。色彩是附加的，用于强调重要的地方，但只是辅助。随便从哪个方面讲，我都不是印象派画家，我虽然欣赏他们的艺术，却也很为自己能够抗拒他们巨大的影响而骄傲。我喜好综合：色彩间的微妙差别既不是我想要的，也不是我所擅长的。

这是很有洞察力的自我分析，反映出他现在、过去以及一直与自己的纳比同仁们大有差别：1920年的时候，他在说自己和勃纳尔关系依然很好，“尽管我俩现在处在绘画的两个极端”。瓦洛通一直是画家中的新教徒：他相信勤奋、节制和绘画技术的难度；他痛恨绘画中投机取巧、炫耀技巧或是撞“大运”的做法。评论家们基本同意：他是一个“有实力、头脑清醒”的画家；他的作品释放出一种“执着的诚挚”，“凝练、质朴、沉静而热烈，且绝不优雅”。

不难看出，如果选择的话，这些评论家会怎么转过来攻击他。而他们的确这样选择了，越来越经常地。瓦洛通最后的十五年，1910到1925年，从其个人层面来说，是越来越与世隔绝，越来越生无所恋。他变得易怒，并且抑郁——或者说“神经衰弱”，那时候用的是这个术语。他的日记里记录了他曾几次试图自杀。战争使他胆寒，自己的无所作为则让他沮丧：就连实在不大有军人气质的维亚尔都参与了战时支援，被派去驻守桥梁。在对德国人的憎恨上，他听上去比法国人还法国人，但他也厌恶法国老百姓的“堕落”，厌恶他们酗酒，厌恶他们小肚鸡肠，厌恶那些女人的放荡，她们的丈夫或爱人还在前线呐。战争刚结束时的那段时期也没给他带来缓解：法国精神和价值观出现下滑，到处都是道德沦丧，其典型表现就是“探戈茶会这种群体自慰”。他几乎没有朋友，与家人关系僵化疏远。他的艺术生涯陷入低谷：有的时候几个月也卖不出去一幅画；他的画从画廊里退回来，把他的工作室堆得乱糟糟的；拍卖会上，他的画被压价抛售，这种情况十分有损他的名声。1916年，传出新闻，说他在创作一幅画时利用了照片（这在那个时候已经是画家们的常见做法了），这让有些瑞士收藏家担心他的画作会贬值，把它们退了回来。

除此之外，他感到时尚也在与自己背道而驰。1911年，他写道：“立体主义是最新的风尚，而那些发现它的人太得意，不高兴去烦别的了。”到了1916年，他听上去似乎都有些受害妄想症了：

> 我有画作在海牙、克里斯蒂安那、巴塞尔展出，而且很快要在巴塞罗那展出。一点用都没有。那些立体派们、未来派们、马蒂斯派们还有其他诸如此类的，通过他们的代表、销售商和经纪人，对整个欧洲和全部美洲下了大工夫。他们正小心谨慎地准备着战后对世界的占领。

他还发现，自己画作的价位高不成低不就，很是尴尬：卖出一幅五万法郎的画，比卖一幅五百法郎的容易多了。收藏者要的“要么是廉价的新兴艺术家画作，或者是五万法郎的雷诺阿作品——我这一档的画家日子不好过”。瓦洛通曾经给过海蒂·汉卢瑟充满智慧的忠告：“不好不坏的画作永远太贵；好的画作可能不值它要的价格；而非常好的画作则从来没人嫌贵。”

他画了一幅又一幅：他绘画是为了不致精神失常，因此大约画得太多了点。他展出了越来越多的裸体画，评论家们对这些画越来越不喜欢。他顽固地继续创作并展出了更多的裸体画。他的其他画作被不公平地忽视了。他在静物画上很有造诣——红辣椒画得无人能及——而他的风景画则是个巨大的奇迹，对于大部分人来说，这仍然是任何一场瓦洛通展上的惊喜。在每一个十年里，他都在画日落——总是日落，从不画日出。这看上去似乎和他的性情相符——除开一点，那些落日粗犷奔放、华丽绚烂，是火光烈烈的爆炸：《维莱尔维尔的日落》(1917)上，大条大条的橘、紫和黑，几乎如梦如幻，这样的画风，更接近蒙克。

在日间风景画中，他展示了自己对于普桑和鲁本斯理想化传统的理解。普桑剔除自然中的意外事物，用想象力重新安排一切，以获得那种恰适的高雅风格。但鲁本斯甚至比普桑更进一步，按瓦洛通的想法：“在我看来，他是最伟大的风景画画家，因为他有普适感。他的风景画画的是自然景观，而不是地貌细节。”自1909年起，瓦洛通以这两位大师的风格为基础，发展出了自己的“paysage composé”，即所谓“合成风景”法。他会外出到乡间，画些草图小品，做些笔记，然后回到工作室，将在不同地方绘制的图样组合在一起，在画布上首次呈现出崭新的、准确地说并不存在的自然风景。组合的成果中含有纳比主义的残留成分：轮廓清晰的形状，强烈的色彩对比。画中还有一点淡淡的机智，所以《池塘》（1909）里，有些部位是用印象主义手法画的，有些则是不折不扣的写实主义笔法，而那一池浑浊的黑水，看着看着，似乎就变成了一条庞大凶恶的比目鱼。尽管这些后期风景画常被安上具体地点的名字（《卡朗纳村的多顿河》或者《卢瓦尔河口的沙洲》），它们似乎总在逃离明确、具体。它们是“自然景观”，但其中却有某种不协调。它们以自己的方式，成为《亲密》系列那样谜团重重的叙事。

然后，还有那些躲不开的裸体画。“话说回来，你可曾见瓦洛通画过哪怕一幅好的裸体？”见过呢，有几幅，多半是早期的。《臀部习作》（约1884）是无比写实的屁股特写，对人的肉体描摹之细致，比得上库尔贝或柯勒乔的任何画作。《室内裸女》（约1890）描绘了一个面带愁容的女人，坐在画室长椅上，身下是脱下的衣服：我猜，她是个业余模特儿，她的不自在显而易见。《夏夜浴女》（1893）里，一群年龄、身形各异的女人脱衣下水，这幅画有一种微妙的跨文化感：有一点儿日式风格，一点儿斯堪的纳维亚神话意味，还有一点儿重温“不老泉”这一古老主题的感觉。这幅画第一次在独立沙龙上展出时，大家议论纷纷呢。“关务员”卢梭，站在画前友善地对作者说：“哎呀呀，瓦洛通，这下我们一起走吧。”但瓦洛通总是走自己的路，而他的路引导他画了越来越大幅的裸女图。我第一次看到他的裸体画聚在一起的时候，它们似乎都在大声宣扬“瓦洛通定律”（姑且这么叫它吧）：他的画里女人穿得越少，这画越糟糕。画展上有几幅迷人的早期绘画，画中加布丽埃勒穿着晨袍，穿着长睡衣；另一幅画中的模特儿刚开始解衬裙；接下来，是两幅难

《池塘(翁夫勒)》(瓦洛通)

断好坏的偷窥图，画上的女人肩带低垂；最后，费利克斯一竿子到底啦。

瓦洛通是因为钻研安格尔而走上裸体画之路的，这证明了伟大的画家如同伟大的作家一样（最有名的代表是弥尔顿），也可能产生破坏力十足的影响。（他甚至用不少安格尔的著名题材——《土耳其浴室》《泉》《鲁杰罗拯救阿尔西娜》——来做重绘，但画得如此之不得要领、不言而喻地糟糕，让你不禁好奇，这些画，他当年有没有展出或卖出过。）但不管怎么说，瓦洛通仍是一个十分严肃，可以说是虔诚的画家，有的时候幽上一默，但从不本末倒置。相比之下，他的弱点倒更有可能是想法、技法太多，而不是懒惰或者马虎。因此，在一开始的震惊感消退之后，我尝试着去喜欢他的裸体画，或者至少能弄明白它们的意义。它们可以分为两类，外景裸体和室内裸体，周围总是环绕着空虚的世界。独自一人的裸女，在现代室内单调的灯光下，多半无精打采，颓废迷惘，这样的主题，总是让我们不禁想起，之后霍珀也就它展开了创作，而且处理得更细腻、复杂。但问题不在这里。问题在于，首先，这些裸女都呆滞得让人无奈，尽管有生命有呼吸，但简直和油泥塑出来的差不多。她们一点都不性感，因为她们看上去被抽掉了思想和感情。不仅如此，从绘画的角度来说，她们往往不可信：就好像是瓦洛通把"合成风景"的概念发展开来包含了"合成裸体"。因此，在《红毯斜卧裸女》（1909）中，画家似乎把妻子的脑袋安在了安格尔画的脖颈上，然后把这些再安到一个模特儿的身体上：这样的拼接真让人摸不着头脑。在风景画上可以的在人体上行不通。

还有那些外景裸体：海里的一群浴女，水没至膝盖或大腿；矮胖的欧罗巴[9]，骑在一头极具农家气质的公牛背上搭便车蹚过浅滩；现代的安德洛墨达[10]，金发，留着波波头，手腕被缚，锁在一块大石上，面对自己的困境，一脸“哎呀这实在是太麻烦了，太麻烦了”的神情；珀尔修斯屠“龙”，那条龙看起来实在是太像瓦洛通临摹的那只动物了，就是那条鳄鱼标本。这些神话、寓言场景（他还越画越大）郑重其事、意旨高远，这本身就让你对它们的效果摇头怀疑。然而，更让人丧气的是，瓦洛通在别处证明过，自己能十分出色地演绎神话传说，将其现代化。《贞洁的苏珊》（1922）是他对苏珊娜与长老这一故事[11]的演绎：《圣经》里的浴盆在这里变成了豪华酒吧或是夜店里的粉红软长椅，将人物团团围住；两位长老变成了时髦阔气的生意人，与戴着银色帽子的捕猎对象谈条件时，灯光打在他们光溜溜的脑袋上，又弹了回来。画面紧张、凶险，但也谜团重重：他们计划要害的人，看起来（反正在我眼里是这样）很明显是在算计着，对一切了如指掌。画作暗示，在如今这个时代，苏珊娜完全可以反败为胜，去敲诈两位长老。

在苏黎世的那场展览上，我逃离了裸体画，回到《谎言》前。它还为我准备了最后一个惊奇，在其他那些齐柏林飞艇般笨重的女人肉体包围下，这一点分外明显。这幅画很小——实际上，它是所展画作中最小的一幅（33厘米 × 24厘米）。我第一次是在巴尔的摩看到它，如今又在苏黎世看到了它，在这期间，若是有人问我这幅画有多大，我大概会猜成实际大小的四倍。那些你欣赏、自以为了解的画，长久不见，就会出现这样的情况，真是奇妙，这就像是回到你孩提时代住过的房子，才意识到其实它的各种比例以前和现在都同你脑海中的多么不一样。对于画作，你容易把小的记成比实际大，大的记成比实际小。我不知道事情为什么会是这样，不过很乐意随它去，（事关瓦洛通，倒很是恰当）不去解谜。

译注

1 列奥·斯泰因（Leo Stein，1872—1947），美国艺术收藏家、艺术批评家，作家格特鲁德·斯泰因的哥哥。

2 这幅斯泰因画像与安格尔的一幅著名肖像《贝尔坦先生》在许多方面十分相似。另外，同斯泰因一样，贝尔坦也是一名作家、艺术收藏者。

3 勒柯布西耶（Le Corbusier，1887—1965），瑞士裔法国建筑师、室内设计师、雕塑家、画家，20世纪最重要的建筑师之一，功能主义建筑的泰斗，被称为"功能主义之父"。

4 戈达尔（Jean-Luc Godard，1930—2022），出生于法国的瑞士裔电影导演，新浪潮运动的代表人物。代表影片有《筋疲力尽》《阿尔法城》等。

5 泰特美术馆，英国国立博物馆，收藏英国艺术品和西方现当代艺术品。现由四个部分组成：泰特不列颠美术馆、泰特利物浦美术馆、泰特圣艾夫思美术馆以及泰特现代艺术馆。

6 埃特雷塔和翁夫勒为法国的海滨城市，因风光秀美，很受法国艺术家的喜爱。

7 霍珀（Edward Hopper，1882—1967），美国画家，以描绘处在极度冷漠环境里的孤独人物著称。代表作有《夜游者》《铁路边上的住宅》等。

8 弗洛拉别墅位于瑞士温特图尔，现在是一家艺术博物馆。

9 欧罗巴，腓尼基王的女儿，被化作公牛的宙斯劫到克里特。

10 安德洛墨达，希腊神话中埃塞俄比亚公主，其母因吹嘘其美貌而得罪海神，致使全国遭海怪袭扰。国王按照阿波罗神谕的指示，将安德洛墨达锁囚于大石之旁，以安抚海怪。后来珀尔修斯救出安德洛墨达，两人结为夫妻。《鲁杰罗拯救阿尔西娜》画中的情节与安德洛墨达被锁在海边的这一段相似。

11 苏珊娜与长老的故事，出现在《圣经·但以理书》的次经中。苏珊娜在自家庭院中沐浴，被两位长老偷窥。两人之后威胁她，如不与他们交欢，便要诬告她与男子幽会。苏珊娜不从，被诬告后判通奸罪。后因先知丹尼尔的睿智而获救。

勃拉克：绘画界的心脏

他们是朋友、伙伴、并肩作画的战友，共同投身于一种艺术形式的创作，这种艺术形式在20世纪之初，算得上是最新、最具刺激性的艺术形式。勃拉克是年轻的那个，但是另一个并不自居尊长。他们一同探险，一同发现。他们肩并肩地绘画，往往画的是同一题材，两人的作品有时实在太像，彼此难辨。世界还年轻，他们的绘画生涯就在前方。

你无法不为奥顿·弗里耶兹感到遗憾。他是勃拉克的勒阿弗尔老乡、野兽画派时期的忠实同盟，是他的初代毕加索。然而，这边勃拉克和他这位新西班牙朋友共同前进去实现西方艺术几个世纪以来最伟大的突破，同时野兽画派被立体主义排挤成了一段轻松的回忆，那边弗里耶兹还得接着过剩下的日子、继续他剩下的艺术生涯。说来也奇怪，两位画家的第一次作品合展，就是场遗作展，距离两人停止合作已有一个世纪。这场2005年在隆格多克省洛代夫博物馆[1]举办的展览显得有点残酷，虽然这绝非其初衷。展览上最引人注目的野兽派作品都是勃拉克画的。野兽派时期的作品对于他来说，只是自己艺术发展进程中的一个阶段（虽然那留下了美好的回忆——五十年之后，他回购了自己的《拉西奥塔的小海湾》），而对于弗里耶兹，却成了他所画的最好的东西了。在此之后，他徘徊游移，尝试了各种画风，变得越来越空洞、浮夸、做作——成了一个大喊别忘了我的画家。

野兽派完全与热量有关，而虽然接下来的十年里最激动人心的发现与色彩和形状相关（即形状凌驾于色彩之上，或者说是色彩甘居二线，为形状服务），艺术向分析立体主义以及后来的综合立体主义的发展，仍然是通过温度来展现的。野兽派画作满是各种粉红和淡紫，带点吵吵嚷嚷的蓝色，还有嘻嘻哈哈的橙色：不管画中的天空想显现出啥样儿，太阳永远炎炎烈烈。在勃拉克下一个时期的画作里（1908年在埃斯塔克和拉罗舍居伊翁创作的），你可以感觉到热度被渐渐滤掉：这里是各种浓郁的棕色、绿色和灰色。不过，经典立体主义视色彩为嫌疑犯：它太富"逸事逸闻"；它说话随意；它信息量太大；它使人分心，不能专注于对形状的追求。因此，得好好收拾它，不让它踩线——真的是"线"呢：法国艺术界原来那场色彩与线条之战如今又有了新转折。到了1910至1911年间，你想要什么颜色都行，只要不超出灰、棕或者米黄。

勃拉克的重大突破发生在他的"埃斯塔克期"，而不是之后。那个时期，他的作品先是充分继承了塞尚的衣钵，然后青出于蓝而胜于蓝，最后在他的力拓工厂系列描绘中达到顶峰，而正是这批力

《埃斯塔克的力拓工厂》(勃拉克)

拓工厂图，将我们完全推进立体主义世界。这一切都如此之令人瞠目结舌，让我们几乎忽视了另一个突然的变化，即绘画题材上的变化：一幅普罗旺斯的“风景画”，也完全可以由一长条倾斜、曲折的厂房屋顶组成。而从这里开始，一切都显得那么顺理成章、不可避免：勃拉克，从埃斯塔克渔村回来以后，便将和毕加索一起，继续推进这些了不起的发现。就像勃拉克自己说的，他俩“好比大山上绳索相连的登山者”；而他在一张留给那西班牙人的拜访名片上随手写下的“期盼的回忆”，听上去也像是在充满信心地预言终身的合作。

而在当时，这又可能显得有多么不确定：谁知道立体主义（这名字是诽谤者起的用来嘲笑它的）不会是又一场昙花一现？这些新兴画家前面的那一拨人往往会推翻主流的绘画传统，发展出自己看事物的方式，然后基本上就一直坚持下去了。新的这一拨可不一样，他们不断地、发疯似的变换着，其中又数毕加索最甚。野兽派就像个枢纽机场，由此可前往不同的终点。几年前，考陶尔德学院办了一场小型的德兰[2]展，展出了十二幅他1906年在伦敦创作的画作。这些画给这城市涂了鲜艳的色彩，比之前任何人画的伦敦都鲜艳，比实景要鲜艳得多，说实话鲜艳得有点吓人。不过，虽然前两幅是大胆的新点彩风格的野兽派，另外十幅却是截然不同的一种画风，形态敦实些，笔触厚重些。到头来，立体主义为什么不会也是昙花一现？它最终又会包容多少？

这不仅关乎风格，还关乎人员。谁在船上，谁只订了海湾兜风游，谁又订下了全程游？ 1908年在埃斯塔克的，还有拉乌尔·杜飞[3]，他那时的画风，和勃拉克的一样激进（他的《拱廊》是个奇迹，而他的《瓦场》和《船舶》则有硬朗的影线，堪比毕加索笔下的鼻子）。杜飞后来到底发生什么了，让他最终沦为一个装饰画画家，画些枝枝蔓蔓的图样，而且油画画得还不如明信片好？而且，立体主义也有可能以其他方式结束。1915年5月的时候，发布了勃拉克在索姆河失踪的消息[4]。等找到他的时候，他的眼睛看不见了。若是当时给他做环钻开颅手术的医生失了手呢？若是，与同样经历过环钻开颅术的阿波利奈尔一样，他熬过了手术，却死于1918年那场大流感中呢？没有了勃拉克这个同志，没有了和他较劲、对抗并胜过他的需要，毕加索还会照样走他的那条路吗？

我们普遍接受的艺术史通常无视这样的转换，无视这些无中生有的假设。我们也很容易忘记，伟大、严肃的艺术探险在开始时也可能大有一番乐趣在其中：看看包豪斯[5]。老一辈的艺术家，受到年轻批评家的膜拜后就会变得严肃庄重起来，也许会记不起自己年轻的时候，在那个名气还小的阶段，曾经历过的欢乐、开过的玩笑、冒过的风险、有过的疑虑。立体主义艺术是对我们看世界的方式以及所看到世界的重塑，意义深远；就像毕加索告诉弗朗索瓦丝·吉洛的，它是“一种实验室内的实验，需摒弃一切的矫饰浮夸和个人虚荣”；它是一场最终不会成功的探索，用勃拉克的话说，希望能找到“无名的特征”，凭此，画作特立独行，自成一体，无须签名，无涉自我。它是所有这一切，如同这一切一样的高洁纯粹，但它同时也个性鲜明、顽皮有趣、平易近人。它是勃拉克在揶揄（也逗乐了）讲究穿着的毕加索：在勒阿弗尔的一次拍卖会上，勃拉克一口气给毕加索买了一百顶帽子；它是“野牛比尔”[6]和“小伙伴”，毕加索自己就是这么签名的；它是勃拉克化身“威尔伯格”，这是毕加索改篡了威尔伯·莱特之名，后者的飞行器堪比勃拉克1911至1912年创作（但如今已遗失）的开创性纸雕（或者说勃拉克的作品堪比他的）；它是以“卢浮类”和“迪法耶尔类”（迪法耶尔是一家百货公司，出售仿亨利二世风格餐具柜）来评判画作。后者其实也算是个褒义词，虽然看上去不太像。“他们想要艺术，”到后来毕加索将这么哀叹，“我们得懂得如何庸俗。”

立体主义欢乐、即兴的一面，在毕加索的作品里比在勃拉克作品里表现得更明显：在他那些视觉双关中，玩笑似的雕塑中，小型沙滩画中（画家不过是将上了框的画布翻过来，在倒流的沙子中进行创作），还有自我展示中——毕加索坐在一家餐厅的桌边，用面包卷作手指；毕加索对外开放工作室；毕加索以公众能理解的陈腐方式，不断接受拍摄，扮演大艺术家的角色，摆名人架势。你也许会忍不住得出结论，随着两人艺术生涯的发展，毕加索让勃拉克相形见绌，就像勃拉克让弗里耶兹相形见绌那样，这可就错了。毕加索什么都想做，想成为一切。勃拉克知道自己不可能什么都做，也不想成为一切。他早早地就意识到了自己绘画技巧上的局限：他的素描不好，人体表现能力不强，雕塑“粗笨”。艺术家要是本事太大，也许就会沉迷于自己的精湛技艺；本事不够，“威尔伯格”又飞不起来。而即使你能看到自己的弱点，还是有选择要做——是选择看上去比较理智的做法，尽量消除它们呢，还是采用勃拉克的极端选择：完全无视它们。“艺术上的进步，”他写道，“不在于拓展自己的能力，而在于更好地了解它们。”简单地说：“我不按我想的来，我按我能的来。”在这一点上，他和雷东很相似，后者下决心将自己不擅描绘人体这一弱点变为一种长处。

除此之外，勃拉克还有一项特殊的本领：在创造自己的艺术时，他不会为自己不需要的艺术所分心。他的大师是夏尔丹和柯罗；他欣赏乌切洛[7]；他最喜欢的画家是格吕内瓦尔德[8]——西方艺术里，差不多就这些了。和许多人一样，他痛恨《蒙娜丽莎》，讨厌它在象征意义上的支配地位。有一次去意大利，他宣布被文艺复兴“塞到了喉咙口啦”——尽管之前似乎没什么迹象表明他已经吃了很多。他不喜欢博物馆，总是坐在外面，派勃拉克太太进去看有没有值得关注的（这个指示听上去是想让她报告没有）。有的时候，这似乎有些故作姿态的感觉：泰特美术馆1946年举办了一场勃拉克—鲁奥[9]画展，他选择闭幕那天（而不是开幕那天，或者任何其他一天）去露了个面。

他画画，这就是他所做的。他画不讲透视法的立体。他画走近而不是远离观者的形态。他不画物体，他画空间然后给它添上东西。他“脚踏实地”到连着二十年没有画过天空。在瓦伦格威尔修建住宅时，他嘱咐设计师，不要用品质太好的玻璃，因为他希望关着窗户和开着窗户看到的风景不一样。他避开一切象征性符号。他一开始用奔放的色彩，然后渐渐地将色彩和形状分离，之后，从20世纪20年代开始，又慢慢地让色彩再与形状结合，不过，是按他自己的方式。同样地，他一开始创作的是可以辨认的内容，然后用立体主义把它变到难以辨认，之后又慢慢地让它变得可以辨认了，不过，是按他自己的方式。在这段颇长的艺术生涯里，他有些时期相对弱些，而且他比较大型的画作一般都显得单薄而非宏大；不过他从未偏离自己的原则，也从未停止过探索——20世纪50年代，他创作了一系列十分独特、信箱式扁长的风景画，用色也突然富丽起来。毕加索说过，勃拉克“不够霸气”，画不了肖像，这话透露的大概更与毕加索有关吧。他认为理想的，是能做到让我们站在画前啥也说不出来。他能辨别出一幅赝品勃拉克画作，因为它“很美”。我们也许会因为毕加索而感到震惊、敬畏，我们也许会被他的艺术折服、诱惑，就像许多人为他的个性所折服、诱惑一样。但是，爱他？困难。勃拉克是一个画家，也有他的个性（大部分时候并不流露），能让我们立即感到钦佩和尊敬，并且很快爱上他。

在生活上，他也像在艺术上那样毫不动摇，一样弃绝不需之物，一样的奉献与决绝。1940年德国侵略法国，那时勃拉克五十八岁。他对于二战的贡献，同他对一战的贡献一样，低调但英勇。德国人很狡猾，知道怎么恭维、收买文化名人。想要抵制他们，不仅要明廉耻，还得知策略。一个冬夜，两个德国军官来到勃拉克的工作室，大声感叹，如此伟大的画家如何能在如此冰冷的地方工作。他们想要送他两车煤炭，以向他的才华致敬。勃拉克的回应堪称完美。“不用了，谢谢你们，”他说，“要是我接受了的话，我就没法再说你们的好话了。”

1941年，侵略者们说动了一批法国艺术家，组织他们去访问“父邦”。他们拿出来的一些诱惑，就像前面要送的煤炭一样，肯定不干不净；还有一些，比如承诺释放法国战俘，则让他们邀请的人为难。这里又得谈到奥顿·弗里耶兹了。他答应去德国,答应去的还有德兰、弗拉曼克[10]、范唐恩[11],以及迪努瓦耶·德塞贡扎克[12]。他们在巴黎东站一个站台上拍摄的合影(两侧是满脸得意之色的德国军官们)流露出不安和欺诈。关于此行,在唯一的一条公开评论里,勃拉克恰当地表示出,自己明白这种两难境地:"很幸运,我的画别人不喜欢。我没接到邀请。不然的话,也许我也会去的,因为他们承诺放人。"解放之后,毕加索当选了艺术国民阵线主席,尽管他不是法国公民。艺术国民阵线给当局开了一份通敌者名单,要求逮捕、审判他们。1946年9月,一个涤罪法庭对二十三人做出了判决,其中,弗里耶兹、弗拉曼克、德兰和范唐恩被判剥夺公权一年。对于公众喜欢的这种"肃清运动",勃拉克敬而远之(再说了,剥夺公权一年怎么就能"涤罪"了?),但他个人的判决却更加不留情,更没有回旋余地。他与弗里耶兹和德兰决裂,在多维尔遇上范唐恩的时候,则一句话也没对他说。

这样的道德权威,因为没有大肆宣传,反而显得更加威严。勃拉克的沉稳、寡言、专注,有一种特别的力量,不经意间就能让次等的男男女女暴露自己。最后,这权威源自画作本身:对形式、和谐和色彩平衡的理解,也对自然、对艺术忠实的严肃性,有着道德的基础。而随着时间流逝,勃拉克的存在本身,就逐渐成了对虚荣、浮夸、欺蒙行为的斥责。格特鲁德·斯泰因(觉得只有西班牙人能成为立体主义画家,后来还提出要翻译贝当[13]的演讲)为勃拉克描绘了一幅"文字肖像",用的是她最高级的风格:晦涩滞顿的胡言乱语。(也许她有意写一篇立体主义散文。如果真是这样的话,这可不是个好主意——绘画笔法可以回避具象主义，但文字要这么做，那就只好后果自负啦。）科克托，自己侥幸逃过了“肃清”，一副纡尊降贵的架势，说勃拉克具有“一个可怜帽商的完美品位”——这是媚俗势利鬼说的话。类似的势利言行，也暗藏于勒柯布西耶的纯粹主义宣言中：他，以及和他共同提出这一理论的阿梅德·奥占芳[14]，高傲轻蔑，根本不把“沉迷于形状和色彩的出色油画家兼装饰画家画的简单图画”放在眼里。你可能会想，倒是还有什么形容，能比“沉迷于形状和色彩”更让一个画家心花怒放的吗？然后，还有我们自己的布鲁斯·查特温[15]，二十岁在苏富比做信差的时候，有一次一位有名的收藏家希望鉴定一幅画，他得以一睹勃拉克的风采。每一次查特温重述这段逸事，他自己在其中的戏份就会膨胀好几分。

这些虽是邂逅，但很说明问题，并且证实了，在道德方面，这位画家堪比磁北极（也是真北极，就这点而言）。但主要的碰撞，总是发生在他与毕加索之间。那西班牙人喜欢说，自己1914年把勃拉克送到阿维尼翁的一个车站，从此就再也没见过他了。这不过是恼羞成怒地否认一个明显的事实：“期盼的回忆”预言很准，他们两个人（大山上绳索相连）会一直存在于对方的思想中、工作室里，至死方休。有的时候，想想还真叫人吃惊：两个伟大的艺术家，他们在立体派鼎盛时期的艺术是如此你我难辨，却又有着如此不同的性情、信仰、政治观点、个人习惯和社交手法。读到毕加索是如何对待别的人，你有的时候不禁会想，别的“人”这个说法是不是合适：他对待别人，既有神童的不留情面，亦有天神的任性、虚荣。他就像奥林匹斯山上的那些个老住户，突然去掺和一下人间事务，完全出于自私，操纵人家以寻点儿开心。如果你是朋友或者情人，那摊上的份儿就更大。就像弗朗索瓦丝·吉洛说的，“他最阴损的招数，都是留给他最喜欢的人的”。勃拉克是少数几个（吉洛本人是另一个）能成功抵制毕加索的人。沉默和回避是勃拉克的主要策略，这当然让毕加索愈加气急败坏。一次重大的交谈发生在1944年，但是没有留下记录，毕加索花了一个星期，想要劝服勃拉克入党。勃拉克拒绝了他，而且之后他又拒绝了一次，这次拒绝的可是茜蒙·仙诺[16]（我觉得这里可以排一部三人剧了）。

勃拉克就像一座山顶的城堡，毕加索一直在围攻。他包围它、炮击它、埋地雷炸它、攻打它——但每一次硝烟散去之后，城堡依然巍然屹立。攻占不成，他便宣布这个地方本来就不是什么咽喉要地，没什么意思。他说勃拉克只不过是有点“迷人”罢了，他回归“法国绘画”，变成了“立体派的维亚尔”。他告诉他，他的画“挂得不错”。勃拉克回答说，毕加索的陶器“烤得不错”。打赢嘴仗的，往往是那些言简意赅的，而不是滔滔不绝的。毕加索的话头往往起于他在与艺术无关的方面没能随心所欲；除了这个，就是在给“毕粉”们加油鼓劲。勃拉克的话让人感觉更深思熟虑，和艺术关系更密切，因此更能一招制敌。像“才华”或者“大师”这样的词，从他口里说出来，就更添一分优越感。他的回应，高潮在这个有名的评价之中：“毕加索以前是个伟大的画家。现在他只是个天才。”就是说那种公众心目中的天才，变化无常，工业般高产，其私生活也是场广而告之的马戏。

他们不是第一对，也不是最后一对反目的“合伙人”，给漠不关心又幸灾乐祸的人提供了一下午欢乐的谈资。但不像某些失和伙伴（比如特吕弗[17]和戈达尔，那真是恩断义绝，反目成仇），毕加索和勃拉克的关系比较复杂，一直持续，而不是一刀两断。尽管毕加索看上去也许是两人里更厉害的一个，而且绝对是更有名的一个，其实两人的来往中，他是恳求者，是更需要关爱的那一个。是毕加索抱怨受了忽视，对方来探访的次数太少；是毕加索带自己的新女朋友们去见勃拉克，征求他的认可。在工作上，则是毕加索从勃拉克那里学会了如何研磨颜料，如何黏住他的贴纸图案；是毕加索被勃拉克的作品引导，开始新挑战（勃拉克1949至1956年创作的《画室》，刺激出了《宫娥》[18]变体组画）；是毕加索在20世纪50年代提议两人重新合作，就像他们半辈子前做的那样——这个邀请，勃拉克又拒绝了。

勒内·沙尔[19]将他们称作毕加索和非毕加索，但你越认真看，他们就越像勃拉克和非勃拉克。勃拉克迟缓，沉默，自主，威严独断；非勃拉克机灵，喧闹，多产，技艺精湛。勃拉克走在自己的，已知的，“有局限性”的路上；非勃拉克简直是变幻莫测。勃拉克乡村化，居家，宠爱妻子；非勃拉克都市化，贪婪，纵情声色。这不是“要不/就”的关系，而是“有/也有”：做天才有不同的方法，不管这个词是不是还有言外之意。然而，将传统的说法翻过来，像亚历克斯·当谢夫在他给勃拉克写的绝妙传记里那样，说毕加索的“勃拉克期”是“他整个艺术生涯中最聚精会神、最高产的”——这样做，也是有益的。

把勃拉克说得崇高神圣，也有不妥。让·波扬[20]曾写过，他“勤于思考，但也暴烈”。他曾拒绝让自己的画作和胡安·格里斯[21]的挂在同一个展厅里，很是伤人。有一次，他在德鲁奥酒店揍了自己的前经销商一顿——尽管得承认，看上去有充足的理由。尽管他谴责毕加索的“公爵夫人期”，批评他频繁参加舞会，衣着华丽，他自己，虽然稍微节制稳重一点，也是个挺讲究打扮的家伙：他偶尔来几次伦敦，不去国家美术馆，而是去制靴商洛布先生的店铺。他喜欢速度快、价格昂贵的车，自己开，也雇人给他开：和毕加索一样，他有一个穿制服的司机。他偶尔会清教徒习性发作一下，但通常还是喜欢美食的：一次和画家翁贝托·斯特拉吉奥蒂一起去探访巴黎各家三星餐馆，他狼吞虎咽，吃得实在太快，坏了同伴的兴致。勃拉克第一次打越洋电话去美国前，梳了梳头发。这个反应真奇怪——这是虚荣还是谦逊呢？（又或者也不是那么奇怪：我有一次亲眼看到，一个《星期日泰晤士报》的艺术记者，当发现桌上电话听筒那一头是斯诺登伯爵的时候，连忙站起身来。）

这些只是一时的分神，也让他不那么不食人间烟火。让许多见过勃拉克的人印象深刻的，是他个性之完整、统一，以及那个性与他的艺术的进一步统一。弗朗索瓦丝·吉洛说过：“勃拉克总是整个儿地在那儿。”米罗说他“代表着全部的技巧、沉静和深思熟虑，堪称典范”。对于年轻的约翰·理查森[22]来说，第一次去画家的工作室拜访，“我觉得我来到了绘画界的心脏之中”。这正是他权威的终极（以及原初）来源。从来都不用担心勃拉克的生活会盖过他的工作，实际上，他基本上就生活在完成那工作之中。关于勃拉克，没有什么花边新闻，因为他什么也没有激起，什么也没有提供（他从一战的战场上，只带回了一个“英勇故事”）。乔治和玛塞勒·勃拉克“五十多年来一直完全忠于对方”。邓肯·格兰特[23]不能理解这样的稳定关系，最后得出结论，这一定是源于两人都有对大海的热爱。当十六岁的玛丽耶特·拉绍1930年走进勃拉克家中（她的母亲是勃拉克家的厨子）时，你会觉得她的未来之路肯定是那个老套路了。但是，正如亚历克斯·当谢夫指出的，她“纯洁又忠实”，先是做“画室助手”，然后帮着“照顾起居，拍照存档”——“根本没走向情妇那条路”。

实际上，这样的生平，比一般艺术家一个接一个换床伴的故事有意思多了。我的太太在认识我之前，对于婚姻生活，脑海中深深印有两个画面：伊特鲁里亚文明中夫妻合棺上的塑像，以及埃夫登拍摄的老年勃拉克夫妇合影——他坐着，微笑着，她靠着他的肩膀。（有一个很有趣的巧合，勃拉克为卢浮宫的一个展厅画过天顶画——这是他唯一接受的此类委托——那个展厅，正是伊特鲁里亚厅。）玛塞勒·勃拉克比丈夫还要谦逊低调，没留下太多的个人印记。她好像是一个“真正的‘人人爱我，我爱人人’”的女人，并且文化修养高，虔诚，有洞察力。她曾经提醒过尼古拉·德·斯塔埃尔[24]：“小心——你确实挡开了贫穷，但你有没有力量挡开富裕？”据说，是她给莫迪里阿尼[25]缝的寿衣。

“艺术中唯一重要的，是那些无法解释的事物。”勃拉克写过。还有：“一个人怎么好谈论颜色呢？……有眼睛的人都知道，言语

艺术家乔治·勃拉克与勃拉克夫人，巴黎，
1959年1月27日（理查德·埃夫登）

同他们看见的东西之间有多不相干。”不仅如此：“定义一样东西，就是用那定义来取代这东西。”同样地，写传记，就是用写下来的生命取代经历过的生命，写得再好，也还是尴尬，不过依然是可能的，只要谨记勃拉克的道德真理。画家面对死亡，同他面对生命一样：用吉洛的话说，“总是在那儿”。临近最后，他请人拿来了他的调色盘。上面的颜料，后来评论家让·格勒尼耶列了出来：原茶、焦茶、原赭、焦赭、黄棕、灯黑、藤黑、骨黑、天青、橙黄、锑黄。勃拉克死时“没有痛苦，十分平静，直到最后一刻，眼睛都注视着花园里的树木，透过他工作室的那几扇大窗户，可以看到最高处的枝丫”。

译注

1 洛代夫博物馆是一家综合型博物馆，藏品涉及地球科学、考古发现以及艺术。

2 德兰（André Derain，1880—1954），法国野兽派创始人之一，擅长装饰画，做过舞台设计，晚期作品为风景、静物、肖像和裸体画。代表作为《查令十字桥》。

3 拉乌尔·杜飞（Raoul Dufy，1877—1953），法国画家，由印象派转为野兽派，将物体夸张变形，求得装饰效果。代表作有《三把伞》《尼斯》等。

4 一战时期，勃拉克加入了法国军队。

5 包豪斯，原为德国建筑和实用艺术学校，20世纪20年代成为德国现代设计中心。1933年在纳粹政权的压迫下关闭。今日包豪斯已不单指学校，而是其倡导的建筑流派或风格的统称，注重建筑造型与实用机能合而为一。而除了建筑领域，包豪斯对艺术、工业设计、平面设计、室内设计、现代戏剧、现代美术等领域的发展都具有显著的影响。

6 野牛比尔（Buffalo Bill，1846—1917），美国西部开拓时期最具传奇色彩的人物之一，其组织的牛仔主题表演十分有名。

7 乌切洛（Paolo Uccello，1397—1475），意大利文艺复兴初期佛罗伦萨画家，试图调和晚期哥特式风格和新兴文艺复兴风格，注意运用透视法，作品以三幅《圣罗马诺之战》最为著名。

8 格吕内瓦尔德（Matthias Grünewald，1470—1528），德国画家，德国后期哥特式艺术的倡导者。代表作为《伊萨汉姆祭坛画》。

9 鲁奥（Georges Rouault，1871—1958），法国画家、版画家，画风受表现主义影响，作品多表现宗教题材。代表作有油画《圣容》《耶稣和大祭司》，系列版画《上帝怜恤我》等。

10 弗拉曼克（Maurice de Vlaminck，1876—1958），法国画家，原画风接近野兽派，后用厚涂的灰色、白色和深蓝色作风景画，形成法国式的个人表现派风格。代表作为《红色村的风景》。

11 范唐恩（Kees van Dongen，1877—1968），生于荷兰的法国画家，曾为野兽派代表之一，擅长肖像画。代表作有《戴项链的女人》等。

12 迪努瓦耶·德塞贡扎克（André Dunoyer de Segonzac，1884—1974），法国画家和雕刻家，主要从事水彩画创作，也有许多极优秀的蚀刻版画和铜版画作品。

13 贝当（Philippe Pétain，1856—1951），法国元帅，一战时曾指挥凡尔登战役，二战时任维希伪政府元首，战后因通敌罪被法国法庭判处死刑，后改判无期徒刑。

14 阿梅德·奥占芳（Amédée Ozenfant，1886—1966），法国画家、艺术理论家，纯粹派创始人之一。代表作有《花瓶》、大型绘画《生活》等。

15 布鲁斯·查特温（Bruce Chatwin，1940—1989），英国游记作家、小说家、记者。

16 西蒙·仙诺（Simone Signoret，1921—1985），法国电影女演员，法国第一位奥斯卡金像奖得主。

17 特吕弗（Françoise Truffaut，1932—1984），法国电影导演。代表作有《四百下》《最后一班地铁》等。

18 《宫娥》是西班牙黄金时代画家委拉斯开兹在1656年的一幅画作，是西洋美术史上的重要作品。1957年，毕加索以此画为基础，创作了五十八幅相似而又不同的画作。

19 勒内·沙尔（René Char，1907—1988），法国诗人。

20 让·波扬（Jean Paulhan，1884—1968），法国作家、文学评论家、出版商。

21 胡安·格里斯（Juan Gris，1887—1927），西班牙画家，后移居巴黎，为一战后先锋派主要成员，开创综合立体主义，作品多为拼贴画和静物油画。

22 约翰·理查森（John Richardson，1924—2019），英国艺术史学家。代表作为鸿篇巨著《毕加索传》，该书分为四卷，前三卷已出版，第四卷未完成。

23 邓肯·格兰特（Duncan Grant，1885—1978），英国画家，布鲁姆斯伯里团体成员。

24 尼古拉·德·斯塔埃尔（Nicolas de Staël，1914—1955），俄罗斯裔法国抽象画家。德·斯塔埃尔生于圣彼得堡，十月革命后随家人流亡波兰，八岁时父母双亡。1950至1952年为其黄金时期。1955年跳楼自杀。

25 莫迪里阿尼（Amedeo Modigliani，1884—1920），意大利画家，以形象颀长、色域广阔、构图不对称的肖像画和裸体像著称。代表作有《新郎和新娘》《躺着的裸体》等。

法兰西走进俄罗斯

2016年，国家肖像美术馆[1]举办了一场规模不大但内容丰富的展览，展品借自莫斯科的特列季亚科夫美术馆，绘的是俄罗斯的小说家、诗人、作曲家、演员、梦想家和思想家。还有两幅画的是著名收藏家。第一幅是帕维尔·特列季亚科夫本人，1901年由伊利亚·列宾[2]所绘，画中人物高大颀长，抱臂而立，呈现出腼腆、颇具美感的侧面。他背后是其收藏的部分19世纪俄罗斯画作，其中维克托·瓦斯涅佐夫[3]那幅巨大、夸张但相当可笑的《博加特耶尔》[4]（就是健硕的中世纪武士）露出了一条边。第二幅是九年后瓦连京·谢罗夫[5]所作，画的是伊万·莫洛佐夫：一战爆发前几十年中，莫斯科有两大艺术赞助人兼收藏家，他便是其中之一。画中的莫洛佐夫身材魁梧、气势逼人，直视画外的我们，仿佛在挑逗地评估我们的品味（还有钱包）。他衣着朴素，黑白两色，而在他背后那一派汪洋恣肆、浓郁华美的橙色、红色和蓝色，是他的战利品之一：马蒂斯的《水果与青铜》，就在画成的当年用五千法郎直接从画家的工作室购得。如此突然的转向（无论是就审美观念还是收藏类型而言），很少有如此鲜明印记的。

莫斯科普希金造型艺术博物馆的一位主管曾告诉我，莫洛佐夫是一位“无比冷静的收藏家”，“从不破坏规矩”，他倾向于收购可以体现艺术家整个创作生涯的那些画作。他的劲敌，谢尔盖·舒金，“总在破坏规矩”（比如甩开中间商），品味较为夸张，对于自己感兴趣的画家，他只要他们“顶尖顶尖”的作品。两位收藏家都掌管着家族纺织企业（舒金家族搞销售，莫洛佐夫家族是制造），两人也各自有一位率先开始收购艺术品的兄长。伊万·莫洛佐夫是在哥哥米哈伊尔去世后才开始搞收藏的，而米哈伊尔是首位购买马奈和梵高作品的俄国人——另外，目前俄罗斯所有公立博物馆中只有一幅蒙克，那也是他购得的。舒金则有两位渴求艺术品的哥哥：德米特里，收藏早期大师的作品，而且是迄今为止唯一拥有过一幅维米尔作品的俄国人（《信仰的寓言》，他收购后不到一年就卖掉了，因为怀疑不是维米尔真迹）；还有彼得，一个主要在巴黎活动的花花公子。后面这位多年来一直在收购毕沙罗、西斯利[6]、莫奈、德加、雷诺阿，直到惹上了典型的巴黎式麻烦：遭一个（女性，法籍）“伴侣”敲诈勒索，一位布儒瓦夫人，其名字倒还真恰如其分[7]。迪朗-吕埃尔（画商，他的画便是从这人手里买的）吝啬地提出以售出时的原价收购这些画作。谢尔盖弟弟则慷慨地开出了四倍的价钱，不过作为交换，他拿走了彼得全部的收藏。谢尔盖·舒金，六位兄弟（其中三人亡于自杀）中排行第五，是一个沉默寡言、有

《伊万·莫洛佐夫像》(谢罗夫)

点口吃的“妈宝”，接受的是“裙边教育”。他一生吃素，但骨子里却是头食肉动物。1905年革命时，他靠投机发了财。父亲去世后，他全面接管了家族企业。三十岁时，他娶了一位美丽的十九岁顿涅茨克煤业女继承人，而她的父母原本要她嫁的是他的倒霉哥哥彼得。这种掠夺性或许可以用姓名决定论来解释。别人告诉我，“舒金”（Shchukin）和“shchuka”相近，后面那个词儿在俄语中指“狗鱼”[8]。

莫洛佐夫和舒金都收购印象派和后印象派的作品。两人同样都对莫奈还有塞尚还有梵高还有高更还有马蒂斯求之若渴。舒金有八幅塞尚，莫洛佐夫有十八幅；舒金有十六幅高更，莫洛佐夫有十一幅；舒金有四十二幅马蒂斯，莫洛佐夫有十一幅。这对志同道合的对手常常一起观看画展、造访画家工作室。莫洛佐夫（更冷静的那一个）非常喜欢维亚尔和勃纳尔——实际上，他为了装潢自己在莫斯科的宅邸，曾委托勃纳尔绘制了其尺寸最大的一批装饰画。舒金只买过一幅维亚尔，一幅勃纳尔都没有。莫洛佐夫还一直收购俄罗斯画家的作品，这在他的藏画中大概要占一半。相比之下，舒金更一心一意些：他的全部二百七五件藏品中，除了几幅作品来自非洲和东方外，全都是当代西方作品。莫洛佐夫也不如舒金那般深入现代主义：他只买过一幅立体主义画作，是毕加索绘制的沃拉尔肖像（而买它更可能是因为主题而非风格），而舒金拥有五十一幅毕加索。舒金还对“关务员”卢梭青眼有加。两人都收购野兽派画作。两人都喜欢雷诺阿的早期作品，但不喜欢他更肉感、更浮华那个时期的东西。

在过去的一个世纪里，这些画作（尽管是最不具政治性的那种）有着极为政治化的遭遇。1918年，列宁“考虑到它们有益于人民教化”，亲自签署政令将这两批收藏收归国有。从那以后，这些作品成了莫斯科国家现代西方艺术博物馆馆藏的基础。整个20世纪20年代，博物馆一直不断收集新画作，其中一些是来自像莱热这样左翼画家的馈赠。1939年博物馆被停展。1948年斯大林签署命令关闭了该馆。此时，它其中的藏品不再被视为对人民教化有益，而是“意识形态价值微乎其微，精英主义，形式主义……不具任何推动文明进步的价值”。这批画作被分开，拨给了莫斯科和列宁格勒——这令莫斯科颇为恼火，因为圣彼得堡的艺术收藏历来倾向于极端保守、眼睛向内。60年代中叶，时任法国文化部长安德烈·马尔罗诉诸文化外交手段，将其中部分画作带回巴黎和波尔多。而2016年，又有一批舒金所藏“顶尖顶尖”的画作重返故国，入展新建成的路易威登基金会艺术中心。这也是推动对俄关系正常化举措的一部分：展览目录开篇便是奥朗德和普京两位总统关于法俄和睦的热情话语。待开展之时，这读起来却已颇显空洞。当时奥朗德总统提出应以战争罪起诉普京，普京莫名其妙地[9]感到受了冒犯，取消了他的巴黎之行（他原本还要出席一个俄罗斯文化中心的落成仪式，并访问阿尔玛桥旁突然冒出来的那座珠光宝气、带黄金穹顶的俄罗斯教堂）。

不过，在冷冰冰的几个月里，我们拥有这些画作——而这都是些什么样的画作！俄罗斯小说家伊利亚·爱伦堡转述过马蒂斯的赞辞：

> 舒金自1906年起开始购买我的作品，那个时候我在法国寂寂无名。他们说有些艺术家目光如炬，从不失误。舒金就是这样，尽管他是个商人而非艺术家。他总是选择最棒的。有时某幅画我不想放手，就会说："哦，那幅啊，那幅有点毛病，我给你看点别的吧。"他则会继续看，最后说："不，我就要那幅有点毛病的。"

新落成的弗兰克·格里大楼[10]里，每一层都有几幅画作会让你停下脚步，看上半天：比如莫奈1866年的《草地上的午餐》(创作于马奈同名作品问世后三年)，它让人物体态和衣着的悬垂、拖曳、起伏与大自然的悬垂、拖曳、起伏形成对照，使两者巧妙地交集于树干上刻着的一颗中箭之心和字母"P"之上；或者毕加索那幅大得出奇、让人感到压抑的《三个女人》，这是他"非洲"时期的巅峰之作，舒金垂涎多时，最终从列奥·斯泰因和格特鲁德·斯泰因手中购得；或者马蒂斯色浓彩郁的《甜品》[11]，它君临整个巨大、敞亮的展厅，而厅内全是马蒂斯的杰作(马蒂斯作品首次出口的国家竟是俄罗斯，真有点不可思议)。有时你会拿不定主意，不知道应该把自己生命中接下来的几分钟给哪一幅画；有时你几乎松了口气，因为面对的只是一幅水平中等的莫奈。但是接下来你就挨了一记侧击，它来自，比如说，毕加索那幅宁静的小尺寸拼贴画《梨片作曲》，它是舒金收购的最后一幅毕加索(就毕加索而言，他的画作往往越小越有魅力)；或者"关务员"卢梭绘的那纪念碑式的阿波利奈尔与玛

《阿波利奈尔、玛丽·洛朗森双人像》(“关务员”卢梭)

丽·洛朗森[12]双人像，滑稽又动人；或者高更1901年那幅松垂、倒伏得极精彩的《向日葵》，它很难不让人理解为是在暗喻梵高——而且它还证实了这样一点，即尽管高更的画作常被认成是对热带乐趣浓墨重彩的描绘，其中却也总是流露出某种低落，甚至抑郁的情绪。他告诉你那是喜悦，或是性爱，或是妒忌，但奇怪的是它看上去像是脱力或者中暑。

你禁不住会想，作为那位收藏家，有那么多的钱，身处那个巴黎，在那个时代（那个欧洲艺术史上短暂、灿烂的时代），该是怎样的一种感觉？然后把那样的珍宝带回莫斯科，让它们在那儿承受风险？舒金把自己的画杂乱无章地挂起，一幅挨着一幅，上下两排，直抵到石膏檐口，而（似乎是）屋里只有一盏水晶吊灯照明；下面摆的是明显非现代主义的家具——路易十六时代的镶金扶手椅和光滑考究的绸面沙发。有些朋友嗤笑他的高更，而他莫斯科宅邸的一个访客则对他的一幅莫奈进行了（用展览目录里的话说）“un crayon protestatoire”（法语：涂鸦抗议。——译注）。而现在，巴黎的崇拜者们四下转着，手里拿着苹果手机，猛拍这些回归的圣像。要在这些常去画廊、自感优越的法国人面前产生优越感常很容易，而且，是的，我的确也在舒金的某件珍宝前偶然听到一句低低的仪式性贬语：“Oui, ce n’est pas mal.”（法语：嗯，还不错。——译注）但大多数的参观者表现出的是一种狂热的困惑：这些我们怎么能消化得了？而这种过度的兴奋会让头脑晕眩，转而只盯着那些较为琐碎的东西，比如：为什么塞尚那幅技艺精湛的《圣维克多山》最后要涂这么一层亮光漆，都朝你反射光线了？还有，马蒂斯的那画用低调、朴素的画框装裱，看起来是不是比那些印象派画作边框上金碧辉煌的扇形装饰好多了？还有，顺便问一句，这场展览怎么会安排在一家私营而非公共机构里进行？那得花多少钱？

然后思绪又回到了画上，回到展览中有什么、又没有什么上。首先，两头不在房间里的大象[13]——但许多人，包括我自己在内，都由于这样那样的原因默认它们就应该在这儿：也许它们在下一间展厅，或者再下一间？它们当然就是马蒂斯的《舞蹈》和《音乐》，舒金为自己莫斯科住宅楼梯定制的一对装饰画。多年后，有人问画家的画商儿子皮埃尔，如果没有舒金，他父亲是否能画出如此巨幅的作品，他回答说："为什么要画？——为谁画？"（还有，它们现在是不是太脆弱了，无法运输？）另一桩出人意料的，是有些作品舒金本能够收购最终却没有收购。他1908年至1914年收购了一系列的毕加索作品（有些是直接从画家工作室购得的），十分走运，那恰是分析立体主义如日中天的时候。他收购了许多这一时期的美妙作品（比如《保乐[14]酒瓶》和《小提琴》），但他显然避开了那些更抽象、更难懂的作品，以及那些将色彩削减到最基本的灰与棕的画作。舒金的毕加索总是色彩斑斓、直观易懂。他远离理论，就像他（一般出于某种羞怯克制的心理——或者对莫斯科价值观的尊重而）远离裸体和情色画一样。《音乐》运抵莫斯科后，舒金让人在上面加了一小坨红色，遮挡住笛手的生殖器。马蒂斯随后来访，画家同收藏家一同走向那著名的楼梯时，主人很是惴惴不安，不过客人圆滑地表示那块糊斑没啥关系。

还有缺席的。在看完了普希金博物馆的现代西方艺术藏品——

莫洛佐夫的，（暂时缺失的）舒金的，以及苏联红军“解放”来的一些杰作——我对那位主管说：“但是还缺少一大块。”

“是什么？”他问。

“勃拉克。”

“啊，”他回答时明显蹙了下眉，“坎魏勒[15]当初曾劝过舒金，让他买一幅勃拉克，收藏家的回复是‘他只会临摹’。”

听到这话，我也蹙了下眉，尤其是他所购的唯一一幅勃拉克（1909年创作的《拉罗什吉永城堡》）大气磅礴：中央是一堆浅黄泛灰的正方体、圆锥体、菱面体，四面环绕着涡旋状模糊朦胧的绿植，只在左上角有几笔示意这些是叶子，整体看上去像是根巨大的玉米穗。在路易威登中心，它被置于两幅毕加索之间：1908年的《花园中的小屋》和1909年的《埃布罗河畔奥尔塔的砖窑厂》。艺术不是竞赛（除了当它是的时候），但那幅勃拉克默默给另外两幅上了一堂课，让它们知道什么是协调（它们的目的倒也不在协调，但这样说依然不错）。至于“临摹”：勃拉克和毕加索联手，要将立体主义推上巅峰的时候，两人互相学习（或曰“临摹”），实际上，毕加索从勃拉克那儿偷走的超过反过来的情形。对此，舒金怎能哪怕一点都看不到？对于勃拉克更为羞辱的是，舒金买了两倍数量（尽管总数也就只两幅）的奥顿·弗里耶兹，勃拉克转而和毕加索结盟前的那位画友。对勃拉克的低估，以及对于毕加索的大肆宣传，开始得显然比我以为的还要早。不过，我们从数字小的那头再来看看舒金的数据吧：没有勃纳尔，一幅维亚尔，一幅勃拉克，一块伯恩-琼斯[16]挂毯，一幅詹姆斯·佩特森[17]，一幅奥古斯特·埃尔班[18]，两幅弗兰克·布朗温[19]，两幅夏尔·介朗[20]。这让我感觉好了一些。要是一个收藏家，不仅腰缠万贯，品味还无懈可击，那可真是让人忍无可忍了。不过，他确实承认买那件伯恩-琼斯是因为“年少的愚昧”——这个形容词在这里的意思是“作为收藏新手”，因为那时他已经四十八岁了。

对勃拉克的贬损因对德兰的推崇而进一步放大。舒金购买德兰作品多达十六幅，使他（同高更一起）在数量上成为其收藏中并列第三的画家。这当然有货源以及价格的因素，但也有个人品味和时尚的问题。是不是德兰的轻立体主义、他风格的轻松多变，还有那些符合俄罗斯人品味的丰富色彩，让他在当时看起来比后来更为意义深远？舒金还收购了其他声名上下起伏的画家，有的是起，有的是伏：九幅马凯[21]，四幅卡里埃[22]，三幅玛丽·洛朗森（来自她的巅峰时期），五幅莫里斯·丹尼（毫无疑问，那时他看起来是纳比派里最前卫的一个，而现在他的人气又上来了），三幅福兰[23]，两幅皮维·德·夏凡纳。还有两幅克罗[24]和一幅西涅克——而这又指向了另一个耐人寻味的空白：他们的师傅修拉。也许当时市场上没有他的画作？舒金还请人给自己画过两幅肖像，两次选的都是同一位画家，挪威的克桑·克龙[25]。画像看上去生硬空泛，颇具博纳尔·比费[26]之风。

所以，这场精彩的展览让你就艺术世界、就名声、就后世危机、就财富、就所有权、就可视度、就政治介入想得更多更多。大革命将这些画作悉数没收，尽管舒金和莫洛佐夫本来就一直计划着将自己的收藏留给国家；接着，斯大林主义品味又令它们尘封了数十年。他俩这批画作的后半世中充斥着分离和团聚，所有权和所在地两种意义上的分离和团聚。1888年末，只间隔着数日，梵高和高更在阿尔勒先后描绘了同一场景各自不同的版本：《夜间咖啡馆》。此后没多久，两位画家就分道扬镳了（两种意义上都如此），而他们这两幅画在商业道路上也各奔东西。不过，莫洛佐夫追寻到了它们，令它们重聚，并排挂在他莫斯科家中的墙上，快哉快哉。但是后来，1933年，梵高那幅被变卖以换取现金，如今悬挂在耶鲁大学美术馆里，而高更那幅则在普希金博物馆。若是有幸，或者有策划，将来的某场展览可以令它们临时重聚。至于特列季亚科夫美术馆那幅谢罗夫所绘的莫洛佐夫像，则暗示着另一种团聚。背景中的那幅马蒂斯，《水果与青铜》，实际上是马蒂斯先前一幅作品的变体。莫洛佐夫见过之前那个版本，极为动心，但发现它已经售出了——卖给了谢尔盖·舒金。他恳求画家再画一幅，马蒂斯满足了他的要求。这两幅画现在快乐地比邻而居，悬挂在普希金博物馆里。

归根结底，收藏家是依靠自己或者顾问的眼光、用钱财换艺术的人。然而艺术家与赞助人之间的关系，不论表面上如何其乐融融，从根本上来说是不稳固的。收藏家的眼光也许是或者不是一流的，但他的财力绝对是一流的。然后他便成为拥有并炫耀艺术家作品的人，或许会将它捐赠给国家——或者让人以国家的名义窃走。这个时候，他就变成了前任收藏者，曾经的狗鱼。接下来会发生什么？舒金1918年离开莫斯科，辗转经乌克兰和德国去到法国，流亡尼斯和巴黎十八年，最终在蒙马特公墓中画上了人生句号。他并非身无分文：我们知道，他在20世纪20年代时为自己在巴黎的公寓购买过七幅勒福科尼耶[27]，一两幅杜飞，若干超现实主义画作。但看起来，一名曾经的收藏家，或者说一名有眼光、有直觉但现在钱袋大大缩水、收购档次下降了一两个级别的收藏家，就不如以前那般令人感兴趣了。他也许还保持着旧时的骄傲，但他也得体验后来的耻辱。在巴黎，毕加索抱怨舒金欠他钱；在尼斯，他与马蒂斯有过一次尴尬的相遇。普希金博物馆馆长玛丽娜·洛沙克是这样说的：

> 我们不知道，若是在马蒂斯人生中某个时刻，没有舒金站在他的身边，他后来会怎样。但是说起来令人唏嘘，革命后舒金移民至巴黎，那时没有一个画家，包括马蒂斯在内，给予他应有的、力所能及的和精神道义上的支持。

的确是令人唏嘘，不过被人提醒这一点总是有益的，那就是尽管艺术家们创造出了种种的美，他们却也恰如收购这美的那些人一样，像条狗鱼。

译注

1 此处指位于伦敦的英国国家肖像美术馆（National Portrait Gallery），也译作国家肖像馆。

2 伊利亚·列宾（Ilya Repin, 1844—1930），俄罗斯最杰出的画家之一。代表作有《伏尔加河的纤夫》《伊凡雷帝和他的儿子伊凡》《音乐家莫索尔斯基肖像》等。

3 维克托·瓦斯涅佐夫（Viktor Vasnetsov, 1848—1926），俄罗斯画家，以绘制神话和历史题材著称。代表作有《飞毯》《伊凡雷帝》《博加特耶尔》等。

4 “博加特耶尔”是“Bogatyr（俄语为богатырь）”的音译，是罗斯古代民间传说中的英雄人物，亦意译作“罗斯勇士”“罗斯壮士”，在现代俄语中指骑士、武士、壮士、英雄人物。瓦斯涅佐夫1898年创作的《博加特耶尔》中展现了传说中最著名的三位博加特耶尔：多布雷尼亚·尼基季奇、伊利亚·穆罗梅茨、阿罗夏·波波维奇。

5 瓦连京·谢罗夫（Valentin Serov, 1865—1911），俄罗斯肖像画家，从童年时期就师从列宾。代表作有《女孩和桃子》《女演员玛利亚·叶莫洛娃像》等。

6 西斯利（Alfred Sisley, 1839—1899），英裔法国风景画家，印象派创始人之一，喜以阳光中的树林和河流为题材。代表作有《树林边的道路》《塞纳河岸的乡村》《枫丹白露河边》等。

7 此姓（Bourgeois）在法语中亦有“资产阶级”之意。

8 北半球自寒带到温带广泛分布的淡水鱼。吻部似鸭嘴，长而扁平，下颌突出；齿发达，上下颌、犁骨、筛骨和舌上均生有大小不一的锥形锐齿。狗鱼是生性最为凶猛的肉食淡水鱼类之一。

9 原文如此。

10 即前文提到的路易威登基金会艺术中心，其建筑师为美国后现代主义及解构主义建筑师、普利策奖得主弗兰克·格里（Frank Gehry, 1929—　）。

11 此画全称《甜品：红色的和谐》，中文中多称之为《红色的和谐》或《红色的房间》。

12 玛丽·洛朗森（Marie Laurencin, 1883—1956，亦译作玛丽·罗兰珊），法国立体主义画家、版画家。卢梭的这幅双人像又题为《缪斯给诗人以灵感》（1909）。

13 英语中“elephant in the room”（直译即“房间里的大象”）这一短语指众人皆知、显而易见但大家都心照不宣、刻意回避的事情或话题。

14 保乐（Pernod）原为法国著名的茴香酒品牌，旧亦译为“佩尔诺酒”。保乐公司20世纪70年代与力加（Ricard）公司合并，成为保乐力加（Pernod Ricard）集团，芝华士、百龄坛、绝对伏特加等洋酒均为其旗下品牌。

15 坎魏勒（Daniel-Henry Kahnweiler, 1884—1971），德国艺术收藏家，20世纪重要的法国画画商，是毕加索、勃拉克以及立体主义运动最早的支持者之一。

16 伯恩-琼斯（Edward Burne-Jones, 1833—1898），英国画家和工艺设计家，其绘画体现了拉斐尔前派的风格，设计过金属及石膏浮雕和挂毯图案等。代表作有油画《创世》《维纳斯的镜子》等。

17 詹姆斯·佩特森（James Paterson, 1854—1907），英国苏格兰风景和肖像画家，尤以描绘苏格兰邓弗里斯郡风景著称。代表作有《莫尼艾夫之春》《等潮来》等。

18 奥古斯特·埃尔班（Auguste Herbin, 1882—1960），法国画家，以其立体主义和抽象主义画作著称。代表作为《铁桥》。

19 弗兰克·布朗温（Frank Brangwyn, 1867—1956），英国威尔士画家、设计师。代表作有《海上葬礼》《老房子》等。

20 夏尔・介朗（Charles-François-Prosper Guérin, 1875—1939），法国后印象主义画家，莫罗的弟子。代表作有《一个女人的肖像》《摩登女性》等。

21 马凯（Albert Marquet,1875—1947），法国野兽派画家，后转为更接近自然主义的绘画风格，主要绘制风景画，但亦有若干肖像画和裸体画存世。代表作有《维苏威》《马赛港》等。

22 卡里埃（Eugène Anatole Carrière,1849—1906），法国象征主义画家，其画作的特色是近乎单纯的黄褐色调以及轻灵朦胧的质感。代表作有《绕毛线》《母亲》《十字架下的圣母》等。卡里埃是罗丹的挚友，毕加索的蓝色时期或许也受到了其作品的影响。

23 福兰（Jean-Louis Forain, 1852—1931），法国印象主义画家。代表作有《自助餐》《邀舞卡》等。

24 克罗（Henri-Edmond Cross, 1856—1910），法国新印象主义画家，本姓德拉克洛瓦（Delacroix），为与浪漫主义画家德拉克洛瓦区分而改姓克罗。其作品对于印象主义后半期以及马蒂斯和野兽派运动有着重要的影响。代表作有《威尼斯：泻湖日落》《渔夫》《农场，傍晚》等。

25 克桑・克龙（Xan Krohn, 1882—1959），挪威画家。代表作有《俄罗斯教堂》《鸬鹚》等。

26 博纳尔・比费（Bonnard Buffet, 1928—1999），法国表现主义画家，反抽象艺术团体"见证集团"（L'homme Témoin）成员，早先作品多反映战后青年们的苦闷和愤怒，表现他们的悲哀和暴力，20世纪50年代后的作品则表现了战后一代精神的孤独，总体基调阴郁灰暗。代表作为《十字军后嗣》。

27 勒福科尼耶（Henri Le Fauconnier, 1881—1946），法国画家，1911年曾参加立体主义派画展，1914年转向表现主义风格，1920年开始再次转变风格，转向了更加保守的写实主义绘画。代表作有《被熊袭击的登山者》《丰饶》等。

马格利特：化鸟成蛋

马格利特不可能有比大卫·西尔维斯特（1924—2001）更好的描述者乃至辩护人了。西尔维斯特写马格利特写了四十多年，四十多年里也一直在为马格利特画作编录作注。他活跃在这样一个时代，那会儿电视台的艺术栏目里常会提出严肃的美学观点（而且甚至允许主持人在镜头前抽烟）。一般也都认为，他是他那个时代最好的策展人。1992年，在伦敦的海沃美术馆，他在自然空间里展示马格利特作品，就和他在文字中展示它们一样巧妙、高明。这是我去过的展览里布展最精妙的。西尔维斯特将海沃美术馆怪异、难看的开阔区域变成了耀眼的优势：那粗粝的水泥背墙，那些古怪的回廊、狭小的边角空间，还有突然收缩的楼梯，被布置得就像马格利特的大脑。你徘徊在晕头转向昏暗的脑灰白质小道上，每转一个弯，就会撞见星暴般炫目的绝妙构思。

西尔维斯特写起马格利特来一样也堪称典范：审慎而敏锐，对艺术的相互参照无比敏感，对术语和理论嗤之以鼻，叙述其生平轻松自如，并能将一些个人相关经历融入其中。另外，他还优雅地避免了一个陷阱，而任何一个花了如此大量的时间研究同一个艺术家的人，都有可能落入这个陷阱：太过自信。我记得有一次，在参观皇家美术学院的一场曼特尼亚展时，遇上了一群艺术生，被一个初级讲师领着。他们站在《男人肖像》(画上的大约是卡洛·德·美第奇)前，讲解人将它与弗洛伊德的培根像作了比较，然后胸有成竹地加了一句："当然了，这儿曼特尼亚的目标不是写实主义。"对于这种话，大概只能有一种回应："哎哟老兄，最近和他聊过是吧？"西尔维斯特可不这样，他知道得够多，因此知道人没法无事不知。对于马格利特母亲投水自杀这件事，这个消息是以何种方式告知他的，他又是以何种方式告知他人的，它可能会有的影响，还有他之后画作中开始出现裹着布或者裸体的女性形象，对这一切之间微妙、难解的关系，西尔维斯特在梳理时做得很恰当，在自己的话前面加上了"或许"。不是只加一次，而是不断地加：有一段里，接连出现了六个想法，每个前面都有一个或许，连续出现了六次。庞德对艾略特抱怨说《荒原》初稿"他妈的一直或许来或许去的"。西尔维斯特则展现了"或许来或许去"的价值(这在艺术评论中太少见了)。

诗人、超现实主义者、公务员路易·斯屈滕奈尔称，自己的朋友马格利特"扼杀了绘画的雄辩"。也许换个说法，就是他对于艺术史的反应，就像一个庭院设计师，看到其前任一方面雄心勃勃想要仿造自然，想让它为己所用，另一方面又珍爱每一座小丘每一条小溪，这让他惊骇、忧虑，因而他决定实施最大限度的秩序，摒弃一切，只留下碎石小径、黄杨树篱以及天竺葵，把这些都放在完全水平的表面，上方是人工光源。马格利特的艺术讲究的是克制、排外：他用的是平淡无奇的正面视角；对称、平行后退的平面；刻意压抑的一系列画面造型，要么本身就平淡无奇（窗帘，鸟儿，火焰），要么因为不断重复出现而变得平淡无奇（杯球[1]，雪橇铃）；平板的笔触；还有超然物外的表现手法，这使得比如说天空的蓝色总是格外明媚，因戏仿而略显嘲讽。他拒绝奇思妙想、随意组合，而选择严格、严谨和系统。这是诙谐、迷人的自觉艺术，通过"温和的表现手法"（西尔维斯特语）组合呈现，然后推敲再三，起一个有挑逗性的标题。一个人要是还年轻，怎么可能不爱马格利特？

这种绘画方式（凝练、严谨、标准）是为创造宏大的画面而设计的：此宏大与画布大小无关。它很清楚自己在做什么，如果在某种情况下，比方你忽然看到用树胶水彩画的同样画面，感觉更温暖、友善、慈爱，因而要抱怨这样的绘画方式，那毫无意义：冷酷和平板是马格利特艺术的核心。同样地，1928年11月，画家告诉同为超现实主义艺术家的保罗·努捷，他的目标，是在自己创作的"图画里，眼睛必须用一种完全不同寻常的方法'思考'"，这时若是回应一句"让眼思考"似乎杜绝了"让心感动"的可能，那可真没眼色。本来如此嘛：马格利特最动人的作品，大概也就是他在1922到1923年创作的一系列后立体主义裸体像了。

但是这套体系，这套冷酷无情的体系所创造出的不少作品，我们完全可以用"伟大"这个意义空洞的词来形容：在这些画前，观者觉得胆怯慌张、晕头转向、迷惑不解；在这些画中，用马格利特描写基里科[2]的话说，“观者也许能辨认出自己的孤独，听到世界的沉默”。比如《暗夜边缘的猎手》这样的画，包含、也激起纯粹的恐惧；或者暴烈的《提坦时代》这样的画（西尔维斯特将它与奥林匹斯山上的宙斯神殿联系起来，说得真迷人），画中最恐怖的一笔很细微：袭击者外套的袖口被剪切以显露女人双腿的连接——男人就是这样无可避免地占据着女人的身体空间；或者《自由门前》这样宏伟的图像组合；又或者《永远显而易见》（1930）这样机灵性感的画作，一套五幅竖直排放的组画，每一幅画了女性裸体的一部分，在海沃美术馆，西尔维斯特巧妙地将其单独置于一间小屋中，就像藏在小教堂里的弗兰德斯宗教多联画屏。这样的画作就是对画家绘画手法的最好辩解。希望它是另一种模式，希望艺术家的自我不是他们花了大量时间找寻到的那个，说，哦，若是他再多讲究一点质感，或者真正投身拼贴画创作，不要这么要聪明，多用点“心”画画，诸如此类，这些都毫无意义。若真是照这些做了，那结果不仅是少了几分马格利特风格，简直就会是一团糟。这世上已经有太多没什么个性值得表达的画家了，好不容易有一个能“过度”表达个性的，根本轮不上我们抱怨。既然说到这个，那就顺便让我们把马格利特1925年说的话也忘了吧：他声称通过故意使用平淡无奇的绘画风格，通过描绘现成的东西，他是在艺术上拒绝沉迷于“个人的琐碎嗜好”。也许他当初的确是这么想的，但当一个艺术家选择“客观”而非“主观”的时候，选择做得如此斩钉截铁，也一样能导致强烈、鲜明的主观性。20世纪艺术中，没有哪一批作品，像马格利特的那样既有个性又值得模仿；没有哪一批作品，像他的那样，如此依赖于不断重复使用标志性画面。

在一场题为“生命线”的讲座中，马格利特解释了自己的创作过程，其中最有名的一段描述，是说他有天晚上醒来，“闹了个了不得的误会”，以为太太若尔热特养在笼子里的宠物金丝雀被换成了一枚蛋。于是（尽管“于是”总是简单粗暴地进行缩略），有了“随意类同”原则，这是“新的、惊人的诗学秘密”，从超现实主义的对立完全不相关的东西，转变为马格利特式的对立有微妙联系（有时不那么微妙）的东西。或者，用马格利特的话讲：

> 我们都熟悉“笼中鸟”这一形象。如果把鸟换成鱼或者鞋，会让我们更有兴趣。然而，尽管这些形象也许令人好奇，但很可惜，它们是偶然的，主观的。可以找到一个新的形象，因为确切、准确而经得住推敲：这就是笼中蛋这个形象。

因此，我们就有了1933年的《随意类同》。画作聚焦于一个立式鸟笼的托架端，笼架柱则画得有点像杯球。笼架上挂着一个铁丝鸟笼。鸟笼里，几乎完全占满空间的，是一枚特大的、根本下不出来的蛋。画面主要是灰色的，鸟蛋上则有白色的光泽，也许暗示着包裹在其中的未来。嗯，我们可以谈谈这枚蛋的尺寸，它让人心神不宁；我们可以考虑，蛋和笼子虽然不同，但用努捷的话说，都是“禁闭的象征”；我们或许还可以加一点，那些杯球（还有灰色的边沿，以及实际的画框本身）又添加了一重禁闭。这的确是让人不安的情形，柔和而阴郁。但它“经得住推敲”吗？说来说去，归根结底，《随意类同》首先以及最终是一幅这样的画：马格利特没有画一只笼中鸟，而是画了一枚笼中蛋。这实在算不上什么惊人的观念飞跃。对我们来说，它也应该是个提醒：我们半夜三更获得一个了不起的发现，往往到了早晨，在直言不讳的光线下一看，就没有当初以为的那么不同凡响了。

《洞察力》（1936）这幅自画像，也是一个类似的例子。这里，一个显然是马格利特的人坐在画架前，手持调色板。他望向自己左边，视线落在一枚蛋上，蛋则放在一张铺着棕色桌布的桌上。而他的右手正在完成一幅飞鸟图，画面上的鸟儿张开双翅，踌躇满志地在一片米黄色的背景中起飞。画面工整、神气，第一眼看上去叫人欢喜。然而，虽然我们可以拿画家的视线是落在物品而不是画布上这一点发挥一下，但就对艺术化此为彼过程的表现而言，《洞察力》并没走出多远。画家可以把一枚蛋变成一只鸟——呃，大自然天天都在做这事儿，全世界的养殖场里天天都在做这事儿呢。哦，但艺术家只需要看看蛋，就能变——还是那句话，这没啥了不起的：我认识一个人，开车经过牧场时，只要看到遍地的羊群，定要嘟囔一句“晚饭”，而且能想象出一盘羊排来，而他只说自己饿了，没自称是马格利特主义者。做“构思”画家，而不是做比如说马格利特瞧不起的那种资产阶级美学家，有一个麻烦，那就是任何不够绝妙的“构思”，画在画布上，总是比不够绝妙的“美学”草图更容易遭

《随意类同》(马格利特)

抨击。

当“构思工厂”只生产粗制滥造产品的时候，马格利特让人想起约翰逊博士关于《格列佛游记》的不满：“你只要想出大人和小人，接下来的便易如反掌了。”不过，如果撇开他那些规划性更强的考量不谈的话，马格利特也是个滑稽而不安分的优秀画家，会开玩笑，说俏皮话。他很擅长玩弄超现实主义这个（用西尔维斯特的话讲）“家庭作坊”：看看他那些好玩的面具，还有那些瓶身上画了图的酒瓶（“罕见的毕加索陈年佳酿”[3]是个漂亮的双关，同时暗讽了两件装腔作势的事儿：品酒，以及艺术收藏）。他画作的标题，就算不是自命不凡，看上去也可能有点过于雕琢（实际上，给画作命名的全过程是这样的：让超现实主义小伙伴们咂着嘴，念出声来）；而他的《用语》系列（比如《这不是一只烟斗》），他“给事物寻找新名称”的计划，则好像打一开始就设想错误，或者至少说压根站不住脚。主要的不妥，在于这成了一个文学项目而非美术项目：给我们短暂惊讶的，是新取的名字，而不是对错误命名的物体的描绘。因此，我们的反应一般是，喔，这么说他管圆顶礼帽叫“雪”，而不是，喔，原来这才是雪真正的样子，或者是它可以呈现的样子。不过，我们的反应，有可能因为马格利特这些画作大量商业化、无处不在，而有些糊涂混乱。“这不是什么”早就成了标题党和广告人的修辞手法。最近，我收到了企鹅出版社的迈格雷特[4]故事重译本第一卷，作者是马格利特的比利时同胞乔治·西默农。宣传册的封面上，画着一只马格利特—迈格雷特风格的烟斗，印着西默农的名字，以及，在它们下方，醒目的“我不是迈格雷特”。至于那些瓶

《洞察力》(马格利特)

身有画的酒瓶子：它们早就给一家伦敦酿酒商[①]当了好几十年的商标了。

还有战争年代马格利特的印象主义期，或者，用西尔维斯特的说法，是他的“阳光灿烂超现实主义”期。关于自己俗丽的雷诺阿风格作品，马格利特留下不少解释。他说，如果你想要的是黑暗和恐慌，那既然纳粹连现实版都拿出来了，超现实主义者们何不就收摊子走人呢；他说，“在人人悲观的时代，我坚持追寻喜悦和欢乐”；而且，最后一条（这是在1941年给艾吕雅的信里说的），他想“好好探索探索生命中‘光明的一面’——我指的是那一套传统的、迷人的东西，女人、花朵、鸟儿、树木、幸福的气氛等等”。很难不让人觉得第一个理由有点虚伪：让我们画威胁还有恐惧还有混乱一直画到上了真家伙吧，然后我们撤退，去画世界不是如此的样子。至于在战争时期的布鲁塞尔呼吁要选择“光明的一面”，这是提前唱了《布莱恩的一生》里的受刑歌[5]，也没法让人相信，这就是他对自己境遇的回应。也许，可以将印象派期看作艺术家经历男性更年期的一个例子，是马格利特的工作方法过于自我克制导致的。如果你以衣服上从不溅上颜料著称，也许人到中年，更容易大受诱惑，想要随心所欲信手挥洒一下。说开了去，难道画家不也像其他的艺术家那样，往往到头来会怨恨起自己的拿手好戏吗？布丹烦透了别

---

① 而且，因为公司的老板也持有水晶宫足球俱乐部的股份，球迷们坐在塞尔赫斯特公园球场的看台上向下望，就能看到主场和客场选手休息区棚顶上，装点着马格利特的酒瓶子。你不禁会觉得，对于这个小小的错位，画家本人一定会很满意。——作者注

人赞美他有群像的小型海滩场景。如果按照西尔维斯特的理论看，马格利特战后的野兽主义或者“母牛”[6]期，是画家在对巴黎的艺术市场说去你妈的吧，那也许他的印象主义期是他在对自己说去你妈的吧。他天性爱冷嘲热讽，这样的性格倾向于自我惩罚或嘲讽。

西尔维斯特对这两个时期都很欣赏，而且正确地指出，如果说它们表现的是其风格中那些恶劣的变体（马格利特的同事和朋友们对它们痛恨至极），它们却没有表现出他抛开了“他对风格的基本态度。那个态度，从本质上来说，是反对风格只为了艺术而存在，反对技艺高超的画家拿风格满足自我意识”。所有的画家都应该有马格利特的运气，能有大卫·西尔维斯特这样头脑清晰的人评价自己的画作。他1992年的专著里最后一句话，完美地描述了马格利特最伟大的那些作品是如何继续影响我们的：它们能勾起我们“目睹日食之时的那种敬畏”。

译注

1 杯球，也译作比尔博凯，是一种益智玩具。

2 基里科（Giorgio de Chirico，1888—1978），意大利画家，超现实主义画派的先驱者。代表作为《赫克托耳和安德洛玛刻》。

3 这是马格利特一幅画作的标题。

4 迈格雷特是比利时作家乔治·西默农笔下的名侦探。

5 《布莱恩的一生》（又译作《万世魔星》）为1979年上映的一部英国喜剧电影。影片中的布莱恩为耶稣基督的邻居，后被人误认为弥赛亚，最后被钉上了十字架。面对痛苦而漫长的死亡过程，布莱恩与其他受刑者一起唱起曲调欢快的《总是看生活中光明的一面》。

6 这是马格利特给自己那个时期的风格取的名字。

奥登伯格：又好又软又有趣

从克莱斯·奥登伯格成名到现在，时间小小地报复了他一下，当然了，不是野蛮粗暴的那种，只是这里那里轻轻地拧他一把。这个叛逆，在1961年的宣言中，豪情万丈地宣布要创作“不只是一屁股坐在博物馆里”的艺术，而如今，他有坐着不动的永久回顾展，以及五城博物馆巡回展。“我支持那种你可以坐在上面的艺术”，他继续宣布。然而，要是哪个怀旧的参观者，真把他那些软软的、豆袋椅似的雕塑当20世纪60年代的豆袋椅使的话，马上就会有麻烦啦，博物馆保安们不会放过他的。当年，他还要求能有一种“可以像裤子一样穿上脱下……像块馅饼一样可以吃，或者像泡屎一样可以鄙夷地对待，要扔就扔”的艺术——这种对于去神秘化和可抛弃化的渴望，如今则一头撞上了这样严厉保守的警示：“展品易碎，请勿触摸。”

当然了，拿艺术家的“信仰宣言”同他真正创作出来的艺术做比较，是有一点点不公平。宣言声明更多的是关于过去，关于要反对什么、反抗什么，而不是一系列对未来作品可信赖的承诺。1961年的声明里，大部分的内容我们应该就当它是金斯堡式的诗兴大发。奥登伯格宣称过，“我支持可以帮助老太太过马路的艺术”，而要是哪个批评家真的找来官方统计数据，看他之后的作品帮了多少老太太过马路，然后将那宣言和数据加以比较的话，那这个批评家可实在是太苛刻、太没诗意了。不，这些话他随便一写，我们也该就随便一读：奥登伯格“支持”艺术，他也“支持”帮老太太过马路。对这两个爱好，有谁会对其中一个犹豫踌躇不想支持呢？

更经久不衰、也更有误导性的，是他同一年发表的口气更大的宣言：他的艺术，要兼顾“政治情欲和神秘”。马尔库塞曾经说过，奥登伯格那些异想天开的纪念碑，随便哪一个如果真的建起来了，那可是“兵不血刃的大革命，要带来翻天覆地的变化”，而且绝对证明“这个社会走到头了”。呵呵，那些逗趣的巨像，已经造了几打了（由德国的银行以及其他这类前卫团体出资），社会基本上也还是老样子。实际上，奥登伯格作品的政治性大概和一个热狗的也差不多，而神秘感，差不多和一台吸尘器相当。至于“情欲”：人体以及人际关系，几乎在他所有的作品里都从未出现过。有一条理论，是艺术家自己揉捏出来的，宣称正是因为没有出现人体，所以证明这些雕塑里充满了火热的情欲（巨大坚硬带尖头的东西，柔软湿润带洞的其他东西），但这只是用来推销的说辞罢了。看看奥登伯格1975年展出的“情欲幻想画”，它们幻想的成分要远远大于情欲。用个常见的比喻，就是个大胸女人嘴里塞着三英尺长的巨型阳具：

《纽约中央公园北巨型纪念碑方案：泰迪熊》（奥登伯格）

换句话说，这是“不可能的东西”，而他一辈子大部分时间，都致力于创造这类东西的三维形式。

所以，我们把“政治情欲和神秘”，换成“大众塑料和快活”吧。当然了，听上去是没那么了不起了，但是，对于波普艺术，最糟的不是草草打发它，而是给它附加过度的含义。就拿奥登伯格著名的中央公园纪念碑方案为例：一只巨大的、一屁股坐在地上的泰迪熊。把育婴室里的东西，放在世界上最不天真无邪的城市中央，这一招很有意思。但对于艺术家来说，这可不够，他声称，这个形象是“白人良心的化身；而作为白人良心的化身，它带着哈莱姆[1]控诉的目光，紧紧盯着白人的纽约……我挑了玩具泰迪熊，它那前掌看上去有‘截肢’效果——没有手，这代表着社会没有工具，让人心灰意冷。”我们还需不需要指出，纪念碑要是想让曼哈顿人领会到那一信息，唯一的方法就是在下面立一个牌子，把那信息用巨大的字写在上面？而且，还有什么比这更像马后炮艺术意图的典范？

奥登伯格一开始也许是个放荡不羁的艺术家，是60年代的叛逆，是偶发事件组织者[2]，但他无比迅速地顺势转变成了博物馆艺术家和公共雕塑家。回过头来再看那些拍摄表演艺术的照片（注意，那些时髦观众的反应，是得体、放松的快乐），或者从头到尾看一遍嬉皮家庭电影《国旗的诞生》中的戏谑胡闹，或者贩来的布努埃尔[3]式超现实主义的《光影死亡》，我们确实是会惊愕于其中的价值观（无疑，这也是它们的目的之一），但主要还是觉得无聊到极点，它们的想象力太贫乏了。奥登伯格的这一面一直未能消除，尽管他从一开始就知道这是注定要失败的。“要是我能把艺术这概念忘个精光，那就好了。”1961年他若有所思地说，“我觉得你其实不可能赢。杜尚[4]最后也被算成艺术了……也许，艺术注定是资产阶级的，逃不脱这个命运。”

奥登伯格的艺术归根结底是大众的——而大众是最资产阶级的理念之一。看奥登伯格艺术，你并不需要对艺术有多了解便可以知道自己为什么喜欢它。它最早的表现形式，是创造自己的拾来材料[5]，将街上的垃圾变形，让我们看稍纵即逝的、随手可抛的、现成做好的东西：其影响，理论来源于杜尚，实践来源于迪比费[6]。那个时候，他的艺术里有点儿速食的快餐感，还有与生俱来的一次性笑话感：他早期的食品雕塑风趣但又接近实物，而这个效果，是通过用真的蛋糕裱花工具给它们上糖衣的方法做出来的——这就是他那个时期的艺术典型，还真是让人哭笑不得。

慢慢地，他的艺术变得更圆滑，更明显是为了讨人欢喜，而其根本魅力，大部分来源于它的精细打磨（另外，还有什么能比这个更资产阶级、更具橱窗展品特性？）。但这艺术（把软的变成硬的，把硬的变成软的，把正常尺寸的东西放大、拓广，变成庞然大物）到底是想做什么，依然十分好懂，十分大众。艺术家故意戏弄我们的视觉预期和感官认识：用热水袋长毛皮套做的咬了一口的冰棍；光滑的樱桃木插头和它软塌塌的塑胶姐妹；钢和铅制的棒球手套以及木质的球。选择的材质，以及展示的方式，往往真的是十分机智幽默。《货轮和帆船》（软的，缩小了尺寸）是夹在晾衣绳上的，似乎是要榨干那令它们茁壮兴旺的元素。而《巨大柔软的架子鼓》则展示了所有架子鼓的元素，单单没有让鼓之所以成为鼓的紧绷感。

当奥登伯格只是想把东西放大的时候，一般结果比较无聊：两倍大小的《吸尘器》（就算它是在提出“家务的本质是巨大可怕的”这个社会经济学观点，或者说我们可以这么解释它）依然只是一台两倍大小的吸尘器。他的艺术在提出什么视觉悖论或者谜团（薯条从一个绝对装不下它们的口袋里撒出来）时，效果比较好；在物体软得变了形，令人想起另一件物体或者另一种情形的时候，效果最好。公用电话瘫软下来，变成高尔夫球袋，听筒像是一对球杆头套；曼哈顿地铁线路图变成了恋物癖者的服装；《软榨汁机》看上去像是一个穿着校服的男孩被冲下了马桶。特别有趣的，是对巨大电扇的解构，有米黄帆布版，还有施虐、受虐狂的黑色塑胶版，每个看上去都像什么瘫软的史前动物，或者是哪部五十年代电影里（这有可能是个灵感来源）受了核辐射的巨型变异昆虫，插头前端好似垂下来的触角。

就算眼睛受到了这般逼迫和挑战，我们也从来不会在视觉道路上迷失，再说，总有十分资产阶级的展览标签在，让我们知道什么是什么。甲也许看起来像乙，但是我们知道它其实是甲。然而过了一阵，你就会觉得这种“这是甲”的感觉有它的局限性。为什么是这个（软塌塌的梯子、锤子、锯子和水桶），而不是别的呢？为什么不来个软抽象呢？我们真的需要那些标签吗，真的像做填字游戏一样，不“搞懂”是怎么变形的，就没有意思，没有意义了？还是说如果用了抽象，对于这种艺术来说就太精英主义、太反大众化了？

而说到那些巨型雕塑（往往是很久以前就设计好了，但直到最近才造出来），它们实在是大众得很：欢乐，鲜艳，一眼就能辨认出

《巨型软风扇》(奥登伯格)

来。我们这些小人国的，只要瞠目结舌就行了。它们因自己的普通而欢欣得意，但也能超越平凡：这个晒衣夹，再也不会弄丢；这把泥铲插在地里，（只要一直有资金支持）永远不会生锈。我们望着它们，感到亲近，还有淡淡的惊奇。在巴黎北端维莱特公园里，哪个巨人不要了的自行车半埋在土里，孩子们在它各个部件间蹦跳嬉戏，把车座当滑梯。在一个还弄不清公共雕塑作用的时代，一个不确定该立市政元老像还是战争英雄像的时代，一个费城《晒衣夹》的对手是洛基（不是史泰龙，是洛基）像的时代，奥登伯格的作品至少可以把辩论集中到一点上。而该辩论的一个局部性次论点不禁要提出一个疑问：奥登伯格作品的纪念碑性、一成不变性、永久存在性，是不是和他艺术本质中那种和蔼可亲、转瞬即逝性相矛盾？也许我们应该让它变成暂时的、可移动的，以充分开发它这种鲜活的一次性本质。为什么不做一只巨大的、方便运输的泰迪熊，把它，连同它充满象征性的无掌状态，一起放在中央公园（然后我们很快就能知道白人是不是把它当作自己良心的化身了），不过，之后再让它在国家的其他地方出现——屹立于哪个牧场之中，困在哪条高速公路中间的隔离带上，漂在自由女神像附近？还是说，这可能是危险的一步，也许下面的一步就是暗示，不少这样的雕塑还不如不造，因为它们的构思和草稿图之有力，往往是最终的景象无论如何也不可企及的？

大部分的波普艺术，是松散、琐碎或者打趣的艺术。它在艺术周围晃悠，变换它的各种衣服，叫我们不要太把它当回事。比方说，沃霍尔，他是艺术家，就和弗吉[7]是王室成员是一回事儿。从很小的一个层面看，两人的身份都明显是自称的那个；从更大的一个层面看，他们连边儿都沾不上。弗吉靠着做王室成员，玩得很开心，赚了不少钱；沃霍尔和艺术也是这样的。只有势利的吝啬鬼，或者纳税人，才会有意见；而只有读《哈罗！》杂志[8]的人，才会把他们说的话当真。许多富人喜欢收藏沃霍尔作品，许多富人也喜欢收藏王室成员（实际上，可以提出一条规律：收藏某位艺术家作品的富人比例越高，那艺术就越没意思）。大部分波普艺术的宗旨是玩得开心、拓展艺术题材，以及扩展创作艺术的素材。这并不是什么新鲜事：实际上，艺术里没有几个新创意，只有新应用。不过，要是把他们的作品放在他们的接班人杰夫·孔斯那些机械工具打造的怪念头旁，奥登伯格和沃霍尔两个人顿时就看起来强硬严厉、咄咄逼人起来。最近在一次采访中，孔斯表示“艺术不应该向任何人索要任何东西”。搞定！

奥登伯格的艺术质量虽然起起伏伏（而且他后来的博物馆物品系列看上去的确是很没灵气），他却一直是一位真正的波普艺术家。而若是说他的艺术越来越趋向于一屁股坐在地上，至少不能说欣赏他艺术的人也是这样。遇到他创作的东西，我们可不想坐着不动：我们消化了它们的幽默诙谐，看清楚用的是什么材料，做了什么变形，然后去看别的展品。哎，你刚才看到《芝士汉堡》了吗？那个好玩吧！还有棒球手套？还有那个软塌塌的马桶？是的，是的，是的，那些我们全都看了。我们也全都记住了。这可算是了不起。这艺术能拨动一点点我们的心弦吗？我们有没有什么感触？嗯，我们是有感触，我们想微笑，咯咯笑，感到摸不着头脑，然后再次微笑——而这并不可耻。

不过，要是得天天和一件奥登伯格作品生活在一起，天天都得看到同一件，那又会是什么感觉？这实在难以想象，不过我去巴尔的摩的电影人约翰·沃特斯家吃过一次晚饭，稍稍有了一点体验。也是凑巧，沃特斯是个奥登伯格迷。（后者的《卧室全套》若是在沃特斯的《发胶》里出个镜，会相当不错，而那场电影那种圆滑、讽刺的忸怩作态——做到了看上去既粗鲁又雅致——可以说是奥登伯格作品的电影版。）沃特斯收集食物模型：家里所有没派上其他用场的台面上，都摆着煎鸡蛋，烤牛肉片，涂了奶酪、放了泡菜的黑麦面包，盘卷起来的板结通心粉，诸如此类。这个电影人偏好非常俗气花哨的假食品，这让你觉得，奥登伯格的熟食店做出来的东西，也许对他来说有点太上档次了，太讲究手工了。不过，效果还是相似的。每天早上，你撞上你的奥登伯格，你都会说，唉，这是个芝士汉堡但是你不能吃它！这是台吸尘器但是你不能拿它打扫卫生！不过，多好玩啊！你会发现，你这一辈子，都在强调符和感叹号中度过。这艺术给你一点刺激，清洗清洗你的眼睛，叫你开心起来，祝你一天顺利。从这个角度看，这是实用艺术。它也许没法把老太太送过马路，但它能让她爬台阶上楼的时候，脚步轻快起来。

译注

1 哈莱姆，美国纽约市的一个黑人聚居区。

2 奥登伯格是“偶发艺术”的开创者。

3 布努埃尔（Luis Buñuel，1900—1983），西班牙电影导演、电影剧作家、制片人。代表作有《安达鲁之犬》《青楼怨妇》等。作品多为超现实主义风格，与超现实主义画家达利是搭档和好友。

4 杜尚（Marcel Duchamp，1887—1968），法国画家、达达派代表人物，创作“现成取材”的作品，如以尿壶为素材的《泉》，带胡须的《蒙娜丽莎》。1955年入美国籍。

5 拾来材料指艺术家发现的有艺术价值而本身非艺术品的自然材料或素材，例如漂木、贝壳等。

6 迪比费（Jean Dubuffet，1901—1985），法国画家、雕塑家，原生艺术的代表人物，擅长儿童画般粗拙稚真的画。

7 即萨拉·弗格森（Sarah Ferguson，1959— ），1986年嫁给英国女王伊丽莎白的次子安德鲁王子，1996年离婚，现在的头衔是约克女公爵。英国人惯称她为“弗吉”。

8 《哈罗！》杂志是英国专门报道名人新闻的周刊。

所以，它就变成艺术了吗？

1997年伦敦题为“刺激”的展览上，最受人瞩目的展品是罗恩·米克的《亡父》。这小小的、赤裸的雕塑躺在展厅的地板上，人们纷纷聚来观赏，吸引他们的是它那高超的做工以及超级的写实，一个既温柔又无情的眼光的证据。将人体尺寸缩小，便浓缩了作品的力量。这是不是就是死亡做的事——把我们全都缩成这样？还是说死亡本身也没什么了不起的，这里被弄萎缩了的正是死亡本身？有的艺术品能守住自己的秘密，《亡父》就有这种艺术品的沉默和力量，而当旁边围着的是英国青年艺术家[1]这个秘密团体，照旧大吵大闹、毫不隐晦、一副拿钱来看的架势，这沉默和力量便愈加凸显。

几乎正好是整整一个世纪前，法国医生、雕塑家保罗·里歇尔（1849—1933）做了一具尸体翻模像。那是一个裸体、瘦削、过早衰老的女人，痛苦得身体扭曲。标题（准确地讲是标签）说她死于

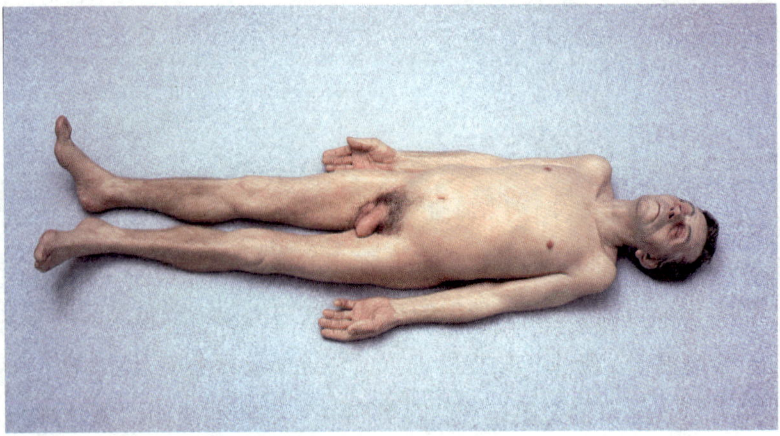

《亡父》（米克）

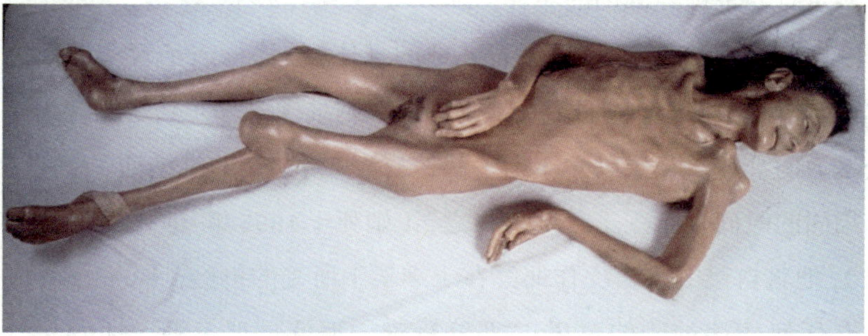

《共济失调的维纳斯》(里歇尔)

“风湿性关节炎”，但副标题《共济失调的维纳斯》，则透露了更多。共济失调是脊髓痨（即神经性三期梅毒）的外部症状。脊髓痨会导致医学上已知的一些最难以承受的痛感，所以这是一具受过了无尽折磨的身体（准确说是身体的复制品）。左臂关节几乎完全翻了出去，右脚转了九十度，而左膝则肿得骇人。这很有可能是一例“夏尔科氏膝”，共济失调症发展的典型症状之一。这么说是合乎情理的，因为里歇尔当时是巴黎萨尔佩特里厄尔医院实体翻模工作的主管，或者说是“神经病理的主要描绘者”，而伟大的神经学家J.M.夏尔科当时便是神经部门的主任。

这具消瘦、痛苦、几乎没有乳房的身体，被涂抹成了写实的裸体像，不可避免地让我们想起木制的耶稣殉难像——尤其是北欧比较暴力的那些。作家阿尔丰斯·都德与《共济失调的维纳斯》在完全相同的时间里承受了三期梅毒之苦（她死于1895年，他死于1897年），他将自己的痛苦比作耶稣在十字架上所受的折磨，十分准确，没有任何亵渎神明的意思：“耶稣受难。那就是那天晚上所发生的。十字架上的酷刑：手、脚、膝被暴力扭扯；神经被拉扯到几乎断裂的边缘。”1893年，欧仁·卡里埃[2]给都德画了一幅肖像。埃德蒙·德·龚古尔看了它，在日记里写道：“都德在十字架上，都德在各各他[3]。”

《亡父》是作为要展览、待出售的艺术品创作出来的；死去耶稣的雕像是为了激起怜悯、敬畏和服从而设计的；共济失调的维纳斯是给神经病理学师生用的教具。她是用娴熟的复制技术制作出来，然后上了色彩，做了修饰，加上了头发以及合理的肤色。里歇尔雕刻工具留下的印记，还能在她的蜡质肉体上看到。2001年，她在一个艺术殿堂——奥赛美术馆——展出，那场展览占据六个展厅，展示了19世纪实体翻模造像。我们现在能不能、该不该、是不是必须称她为艺术？

引出这个问题（不是大喊大叫地问的，而是轻柔温和地、坚定执着地、不屈不挠地）的这场展览，颇为明智地没怎么太宣传其内容，只指出展品固有的趣味性——不过就这个也够宽泛够奇怪的了。展览上有为了各种各样目的制作的印模，唯独没有为了作为艺术品而制作的。有死者的面模和纪念物、作家的手和舞蹈家的脚、毛利人和冰岛人（甚至还有一个英格兰人）的头、健壮的躯干、受战争蹂躏的面孔、梅毒病患者的鼻子、性感的女性曲线、麻风病患者的屁股、猴子的脑袋、一个巨人的手、剥了皮的狗，还有神气的蘑菇、红椒和西瓜，医学、人类学、颅相学、植物学、建筑学、雕塑，以及拼成一盘端上的纯粹野蛮的人类好奇心。但在19世纪的时候，制模术明白自己的位置何在：它是次要的、辅助性的。所以，一个多世纪前人们根本没打算要让它做的事儿，为什么它现在要开始承担起来？

艺术随着时间变化而变化；而什么是艺术也在变。当初为了祈祷、仪式或者娱乐目的而制作的物体，另一文明的后来者对这些初始目的不再有感应，会给它们重新分门别类。要是不抖那些拉斯科洞窟壁画包袱，其中一个画野牛的人对另一个发表些错植时代的“艺术”观点，《纽约客》的那些漫画家还怎么混？[4]同样会发生的，是当时不被看作艺术的技艺和手法会得到再评估。19世纪的时候，实体翻模之于雕塑就相当于摄影之于绘画，都被资格较老的那种艺

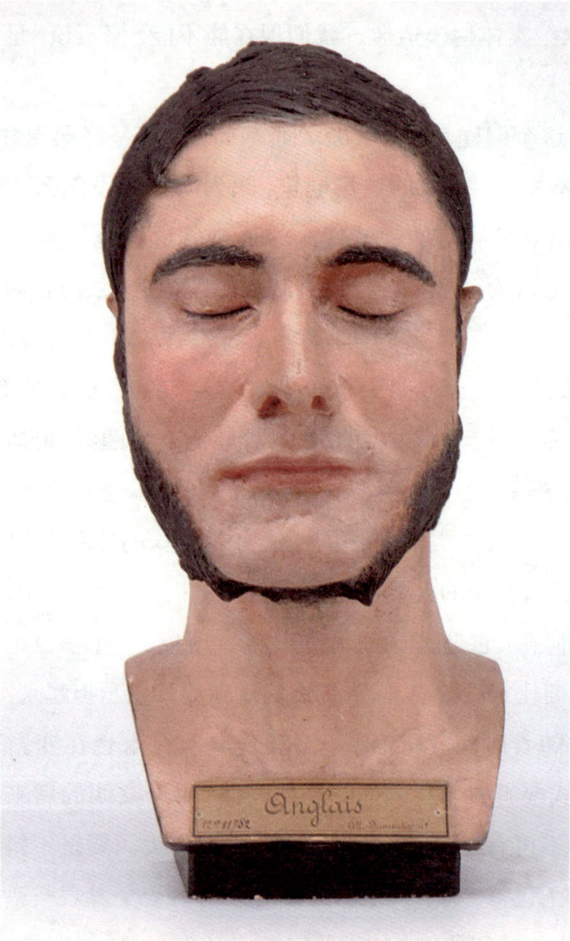

《一个英格兰人的脑袋》(佚名)

术形式看作是在讨巧抄近路。它们的优势(速度,以及毫不动摇的写实主义),也暗含了它们的局限:它们没给想象力留下空间,或者说没留下多少空间。1821年,一位安托马奇医生在圣赫勒拿岛上制作了一个拿破仑的死者面模,接下来的几年里,未经他许可的复制品开始在市场上流通。1834年,安托马奇向法庭提起诉讼,他的律师提出,即使"未赋予翻模以与雕塑及绘画同等的重要性",从法律上来说,"皇帝的死者面模的的确确是艺术品"。辩护律师则指出,做翻模的人只是"剽窃了自然和死亡",而"做实体翻模只是纯体力劳动"。法庭支持这一论点,判安托马奇败诉:他不拥有自己所制面具的版权——换句话说,法庭明确指出,他不是一个艺术家。对于许多人来说,实体翻模是对雕塑家创作态度的侮辱。罗丹说:"它做得很快。它不成其为艺术。"其他人则担心,整套美学原则都会脱离正轨:要是让自然进来得太多,也许会将艺术引入歧途,放弃了对理想境界的追求。

高更在世纪末的时候,对于摄影的未来发展表示担忧:如果有朝一日整个程序进入彩色时代了,那画家何必还要继续费劲用松鼠毫画肖像呢?然而,最终证明绘画出奇地顽强。当然,摄影术改变了它,就像电影横空出世之后,小说需要重新审视叙述手法一样。不过,老资格艺术和新秀之间的差距,其实一直比顽固保守派暗示的要小许多。一直以来画家都是要依靠技术辅助的(让工作室助理来解决无聊的部分;用转绘仪和暗箱),而看上去不那么高级的手艺活,也需要大量的技巧、思考、准备、选择,以及想象(看我们怎么定义它了)。做实体翻模是一项很需要技巧的复杂工作,本杰明·罗伯特·海登[5]就发现了这一点：他往自己的黑人模特威尔逊身上倒了二百五十升石膏，结果差点把他害死。

时间还以另一种方式改变我们的看法。每一个新的艺术运动，都意味着重新审视之前的艺术；现在正在做的，会改变以前已经做过的。有的情况下，这种做法只为谋私利，新的艺术会用旧的艺术来证明自己的高明：看看吧，前面那些都预示着现在这些，之前所有的一切，其高潮就在我们这儿，我们聪明不？不过一般而言，这样做，是为了让我们的感官重新变得敏锐起来，提醒我们不要想当然——每过一段时间，我们的审美就需要做一次“白内障切除手术”。奥赛美术馆的那场展览上，有许多展品，19世纪后半叶时它们只是单纯朴素的小角色，如今则大可以开心地坐在哪家商业画廊或者公共美术馆里。展览上有一件巴尔扎克晨袍的白色石膏翻模，很奇异地自己立在那里，好像小说家只是暂时从其中溜了出来，留它在原地睥睨地心引力。不少博物馆负责人，肯定会想申请引进那个叫人震撼的巴纳姆马戏团巨人手模（法国，佚名，1889年左右，“蜡、布、木、玻璃，53厘米×34厘米×19.5厘米”）。最先感受到冲击的是眼睛，冲击来自意想不到的尺寸和逼真程度之间的对比（米克充分利用了这一点）。然后，你开始意识到作品中人的元素：你注意到，指甲缝脏兮兮的，而指尖的肉垫则比指甲要长出许多（这个巨人是不是情绪焦虑、爱咬指甲，还是说巨人症意味着肉就是长得比指甲快？）。然后你慢慢消化其中的选择、布置元素，或者也可以称它们为艺术——袖口整洁，打了褶，扣上了扣子，给了作品平衡，也带来了不同的质感。这只是一只手的翻模，然而部分完全

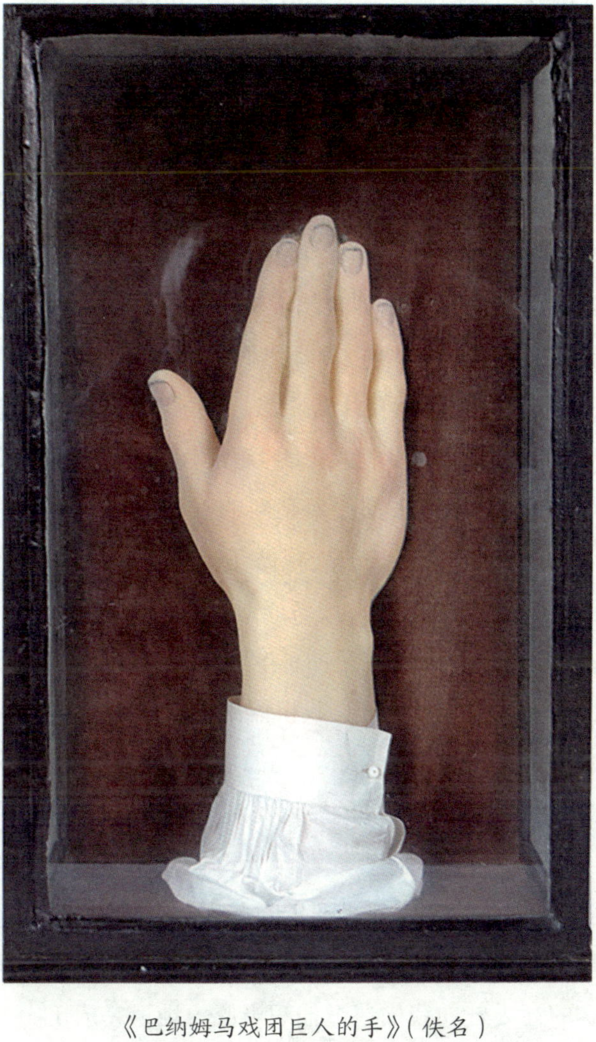

《巴纳姆马戏团巨人的手》（佚名）

可以代表整体。作为向公众展览的一件展品，它狡猾地、辛辣地提醒我们，那位一比一大小的真身，在他的那个年代，也要忍受人们目瞪口呆地围观。我们离德加的《小舞女》[6]并没多远（毕竟，有一个批评家说，应该送它到迪皮特朗[7]病理博物馆去）；不过，我们离人们偷懒地称作"前沿艺术"的那种当代艺术更近。

哦，但它是艺术吗？这个讨厌的问题，每当砌了砖头，弄乱了床铺，开灯关灯的时候[8]，就要冒出来，反反复复，没完没了。艺术家摆出防卫姿态，回答说："这是艺术，因为我是艺术家，所以只要是我做的就是艺术。"美术馆方面则谈起审美准则，对此，媒体常见的那帮流氓无赖要么鹦鹉学舌，要么冷嘲热讽。我们应该永远站在艺术家这边，不管我们对那作品有什么看法。艺术不是、不应该是一座神殿，将无能的、吹牛的、投机取巧的、追名逐利的人排除在外；艺术更像是个难民营，多数人都拎着塑料的五加仑水桶，排队打水。不过，当我们面对又一段冗长的视频循环，让我们看艺术家自己乏善可陈的生活中一个小片段时，或者面对挂着一堆平庸陈腐照片的拼贴墙时，我们可以说的是："是的，当然，这是艺术，当然，你是艺术家，而且你的目的一定很严肃，我相信。问题就是，这实在是低级了一点。试试看，再多给它一点构思、原创性、技艺、想象力——一言以蔽之，再给点趣味。"伟大的短篇小说家约翰·契弗曾经说过，审美的第一原则就是趣味。

当然了，大部分的艺术都是拙劣的艺术。今日的艺术里，有很大一部分是个人艺术。而拙劣的个人艺术是最糟糕不过的了。一个诗歌比赛的评委曾向我描述过他艰难吃力地读完成千上万篇业余诗歌的经历。“这感觉，”他说，“就像他们中大多数都从自己身上切一段下来，一只手或者一只脚，包上就提交了过来。”我们不应该怀疑它不是诗歌，就像我们不该怀疑特雷西·艾明[9]的作品不是艺术一样。说到这儿，我们应该给诗人克雷格·雷恩鼓鼓掌，因为他提出了用“稀释制剂”这个词，来形容那些艺术内容稀之又稀的作品，它们的审美效果，就和安慰剂的疗效差不多。

巴特声明作者已死，文本已从作者的意图中解放了出来，读者也因而获得了授权。不过，不消说，他的这个声明是用文本发表的，而这个文本的写作具有具体的意图，要把非常明确的信息传达给读者，并期望他们没有错误的解读。不过，在文学上不大行得通的，在艺术上则很好使。图画的确能逃离它们作者的意图，随着时间的推移，“读者”的力量就越来越大。我们中没几个人看中世纪祭坛装饰画的时候遵循了作者的“意图”，更不要说我们怎么看非洲雕塑，或者是那些基克拉泽斯文明里作墓葬守护神用的小人像了。我们信仰得太少，而在审美上又知道得太多；所以我们会再创作，在作品中找到其他类别的快乐。同样地，虽然保罗·里歇尔还有其他的手艺人，一个多世纪前在人体上抹油，然后翻模、铸像、修饰、装扮时，并没有多少艺术意图，但事到如今，这也不相干了。依然相干的是存留下来的物品和我们对其鲜活的感受。测试很简单：它能让眼睛感兴趣，大脑激动，引起思考，打动心灵吗？另外，能看出它需要一定水平的技艺吗？如今大部分的时髦艺术只管眼睛，顺便照顾一下大脑，但无法吸引住思想和心灵。如果我们拿那个古老的两分法来说，也许它的确是美的，但它很少忠实于任何深刻的奥义。（关于这个问题，顺便说一句，我们应该听拉金而不是济慈的："我一直相信，美就是美，真就是真，这不是你所知道的一切，也不是你需要知道的一切。"）艺术总能让人愉快的一点，在于它能够从一个意想不到的角度迎上我们，让我们大感奇妙，停下脚步。共济失调的维纳斯不会让米格《亡父》的强烈情感和感人力量打折扣，但她的确是在提议把她当作一个伙伴、先驱，以及，是的，一个对手。

译注

1 "英国青年艺术家"指的是一批1988年起开始在伦敦进行集体展览的视觉艺术家。这些人在艺术上强调视觉冲击。一些批评家认为他们的作品只会摆出姿态，但缺乏艺术创作的耐心，没有长久价值。

2 欧仁·卡里埃（Eugène Carrière，1849—1906），法国19世纪末象征主义画家，雕塑大师罗丹的好友，作品对毕加索有影响。

3 各各他，也译作髑髅地，耶路撒冷的山丘，耶稣在十字架上被钉死的地方。

4 拉斯科洞窟壁画，位于法国多尔多涅省蒙特涅克村的韦泽尔峡谷，是著名的石器时代洞穴壁画。史前人类创作拉斯科洞窟壁画是《纽约客》杂志上漫画频繁使用的主题。

5 本杰明·罗伯特·海登（Benjamin Robert Haydon，1786—1846），英国画家，以描绘宏大的历史场面著称。

6《小舞女》是德加的雕塑作品，全名《十四岁的小舞女》。

7 迪皮特朗即迪皮特朗挛缩症，此症的患者手掌无法伸直。

8 这是三件当代艺术作品。按文中的描述顺序分别是：卡尔·安德烈的《等积》，特雷西·艾明的《我的床》，马丁·克里德的《第227号作品》。

9 特雷西·艾明（Tracey Emin，1963— ），英国艺术家，以自传式、告解式的艺术作品著称，曾是"英国青年艺术家"中的一员，现为英国皇家美术学院院士。

弗洛伊德：章节主义者

伦勃朗的《画室里的画家》(约1629)是一幅有着宏大主旨的小画。画作采用坐在阁楼画室一隅的人的视角,下面是光光的地板,四周是开裂的石灰墙。右边,阴影里,是玄关。中间,背对着我们的,是一个巨大的画架,上面立着一幅画。左边,站着画家,身高勉强到画架的一半,手里拿着画笔和支腕杖,穿着工作袍,戴着工作帽。他站在暗处,但我们勉强可以辨认出他的圆脸,而他则注视着自己的画作。光源在画面外,从他的左边和上方打过来,几乎完全洒在地板上,把它们染成玉米色,也洒在画架的左侧边缘上,给它镶上了一条亮闪闪的竖边。但是,因为我们看不到光是从哪里来的,在我们的脑海中,图景调了个个儿:好像是那幅画光芒万丈,光线洒过地面(不过没有洒在小矮人画家身上)。所以,它让我们这样理解:是艺术照亮了艺术家,赋予了他存在和意义,而不是反过来。

卢西恩·弗洛伊德说过一句十分精彩的“旁白”,讲的也是同样的事情。他说，任何从他嘴里说出来的关于自己艺术的话，和艺术的相关程度，就和网球手击球时嘴里发出的响声一样。1954年他刚出道的时候，给《邂逅》[1]写过一篇文章，2004年，到了事业末期的时候，又给那篇文章添了几句话，登在了《尚流》[2]上（其间五十年，他的艺术观没有改变）。除此之外，他保持沉默，从未著书立说。他没有发表过任何宣言，直到人生的最后十年才接受了几个采访。而这一切，都发生在一个视画家为彩页副刊的时髦话题的时代，一个认为架上画画家是老古董，不如拼贴家、纱网印刷家、摆放家、概念家、摄像家、表演家、霓虹牌制作家、石头布放家的时代。市面上有好多关于艺术的胡言乱语，人们都默认新来者得拿得出流畅晦涩的艺术信条。

福楼拜在回答记者提的一个关于他生活的问题时曾说过："我没有生平。"艺术是一切，它的创造者什么都不是。弗洛伊德应该会同意这个观点的——他以前常常给女友们朗读福楼拜书信选段，而给作家弗朗西斯·温德姆画的肖像画上，画家安排他手里拿着一本书，虽然破旧，但依然可以认出，是哈佛大学/贝尔纳普出版社出的福楼拜书信集第一版。但是，"没有生平"是不可能的，你能做到最接近这点的，就是确保在你有生之年没有出版个人生平传记。和其他与他声望相当的艺术家比起来，弗洛伊德是最接近做到这一点的。20世纪80年代，一位未经授权的传记作者开始挖掘他的信息资料，结果有几个彪形大汉上门，劝他放弃。十年之后，弗洛伊德终于授权批评家威廉·菲弗创作自己的传记，但是当他读了打字稿，意识到传记意味着什么之后，便付钱把菲弗打发走了。他隐秘地过

《画室里的画家》（伦勃朗）

日子，从这个地方搬到那个地方，从来不填表（因此从来没有参加过选举投票），几乎不告诉别人他的电话号码。和他走得近的人知道，认识他的代价就是保持沉默，守住秘密。

在卡普里岛，他们会带你去看一处陡峭的悬崖，当初，惹提比略[3]皇帝不高兴的人，据说就从这里被扔下去的（不过卡普里人——他们用“提姆贝里奥”这个温和些的名字称呼这位皇帝——坚持说，死亡人数被苏埃托尼乌斯[4]这类扒粪[5]人狠狠地夸大了）。在弗洛伊德的宫廷里，惩罚也是一样专制绝对：如果你惹他不高兴了（不守时，不专业或者不服从他的意愿），就抛你下悬崖。我的朋友霍华德·霍奇金曾经和弗洛伊德很熟，直到有一天，弗洛伊德事先没打招呼就到他的工作室来了。“卢西恩，现在不行，”霍奇金轻轻地对他说，“我在工作呢。”这个招呼打得大错特错。弗洛伊德满脸不悦地离开了——“然后我就再没见到过他了。”那幅前景里展示温德姆读福楼拜的画像，背景里原本画的是模特儿杰丽·霍尔在给自己的宝宝哺乳。她连摆了几个月这姿势，直到有一天生了病，请假不能来。两天后，她身体还是没好，不能来干活儿，于是弗洛伊德大发雷霆，把她的脸抹了，换上了自己的长期助手大卫·道森的脸。不过那宝宝没有招惹他，所以没被抹掉，结果就是，现在画面上可以看到一位赤身裸体、莫名其妙长了乳房的道森正在给宝宝喂奶。弗洛伊德的美国销售商悲观地认为这幅画没法卖出去。这幅画被第一个看到它的美国客户当场买下。

小说家佩内洛普·菲茨杰拉德认为，世界分成两部分，“消灭者”和“被消灭者”。它的确是分为支配者和被支配者。我见过几次弗洛伊德，印象特别深刻的，是他从来不笑，遇见人不会笑，聊天时，任何其他“正常”人会笑的地方，他也不笑：这是经典的支配者行为，目的在于令他人不安。典型的被支配者，是对爱有所依赖的人。弗洛伊德曾经是那样的，并发誓再也不会那样。他一直都是支配者，有的时候还是消灭者。马丁·盖福德和乔迪·格雷格两人对弗洛伊德行为的记述①，不时会让我意外地想起两位小说家来：金斯利·艾米斯和乔治·西默农。有一次，艾米斯的第二任妻子、同为小说家的伊丽莎白·简·霍华德上午十一点看到他站在花园里猛灌一大瓶威士忌，而当天中午，他就要去白金汉宫赴午宴，她于是担忧地问，“亲爱的，你一定得喝酒吗？”他回答（而这个回答放在各种其他对话中也都适用）：“听着，我是金斯利·艾米斯，知道吗，我爱什么时候喝酒就什么时候喝酒。”至于西默农，他沉迷于练习两件事：他的艺术和性交。他曾有过一段讨喜中肯的自我剖析：“我不是个彻头彻尾的疯子，但是我精神变态。”弗洛伊德向盖福德坦白了自己“妄自尊大”，并且还加了一句，说他心底里有一块儿一直“相信，有可能，不管谁来评，我那些玩意儿都是最棒的”。埃米斯、西默农和弗洛伊德都有爱辖制人、事事要干预的母亲，这也许相关，也许无关。

弗洛伊德一直过着既上流又下流的生活：一边是公爵们、公爵夫人们、王室成员们、时髦优雅的女友们，一边是匪徒们和赛马场赌注经纪商们。中产阶级一般不是被嘲讽，就是被无视。他的举

---

① 《戴蓝围巾的男人》，马丁·盖福德著（2010）；《和卢西恩共进早餐》，乔迪·格雷格著（2013）。——作者注

止也是既上流又下流：在王室圈里泰然、放松，坚持要求自己的孩子们举止得体，但同时也无礼、好斗，恶习难改。他想做什么就做什么，想什么时候做就什么时候做，并且觉得其他人理所当然应该配合他的节奏。和他一比，蛤蟆先生开起车来就像个畏手畏脚的初学者[6]。他会毫无预兆地攻击人，常常也毫无来由。还是小难民时，他常常揍自己的英国同学，因为他听不懂他们的语言；成了耄耋老人，他还是会在超市里和人大打出手。他有一次揍了弗朗西斯·培根[7]的情人，理由是这个情人打了培根——结果可糗大了：培根火冒三丈，因为他是受虐狂，喜欢人家殴打自己。弗洛伊德会写恶毒的明信片、龌龊无礼的信，还会威胁要找人痛扁谁一顿。安东尼·德奥菲[8]有一次提前两天结束了他的一场展览，后来信箱里被人塞进一只装满粪便的信封。

关于自我意识，有一个哲学观点是，我们都处在章节主义和记叙主义这两极之间的某一点上。两者的差别有关存在但无关道德。章节主义者感受不到、也看不到自己正在展开的人生不同部分间有什么联系，他们对自我的认识相对碎片化，并且趋向于不相信自由意志这个概念。记叙主义者能感受、能看见不间断的联系，持续的自我，并认为自由意志是锻造其自我及关联性的工具。记叙主义者觉得自己要对自己的行为负责，对自己的失败会有愧疚感；章节主义觉得发生了一件事，然后又发生了一件事。在个人生活中，弗洛伊德是你能找到的最典型的章节主义范例了。他总是凭冲动行事；他形容自己是“自我主义的……但一点都不会自省”。有人问他，有这么多的孩子，但他这个做父亲的根本就不在场，有没有觉得愧疚，他回答说："一点儿都没有。"他的儿子阿里因为父亲总是不在发过一次脾气，后来他去道了歉，希望自己的行为没有让父亲担忧，弗洛伊德回答说："你这么说很好，但是世事不是这么运转的。没有自由意志这种东西——人们只是必须做他们必须做的事情。"他读尼采，而尼采认为我们都是"命运的一个片段"。他把章节主义运用在各种不同问题上，比如说天气（他最喜欢爱尔兰的，因为那里的天气一日数变、毫无预兆），以及悲伤（"我痛恨悼念还有其他那类事情——我从来不做"）。他觉得有来世这种想法"真是讨厌透了"——也许是因为这种设计有可能到头来是记叙主义的。意料之中地，记叙主义者一般会嫌章节主义者自私、没有责任心，而章节主义者则觉得记叙主义者无聊、庸俗。还好（或者，令人困惑的是），在我们大部分人身上，这两种倾向同时都有。

尽管我们可以把每一幅新画作看成是一个高度浓缩的章节片段，每个艺术家也应该而且必须做一个记叙主义者，必须看得出一笔与下一笔之间是如何联系起来的，且每一笔都有其后果；看得出过去和现在、现在和未来如何联系起来；也看得出任何画里都有一个徐徐展开的故事，且很大程度上那是运用自由意志的结果。不仅如此，还要看得出，在这一切之外，还有更宽广的故事记叙：谈及自我教育，真实或想象中的进步，或一段艺术生涯。马丁·盖福德的《戴蓝围巾的男人》记叙的是单独一个章节：他为同名画作摆姿势做模特的七个月时光。书采取了类似日记的结构，每一篇记录都相当于画面上的一笔。这是一本关于艺术以及艺术创作的书，是我所读过的同类书中最好的之一。在弗洛伊德琢磨盖福德的时候，盖福德也在琢磨弗洛伊德；画架上的画作渐渐成形，字里行间的画面也慢慢浮现。盖福德风趣地将摆姿势这个过程形容成“介乎冥想和理发”的经历。不过，他落在最不好对付的理发师的椅子上了。画家让他摆个舒服的姿势，他就跷了个二郎腿，右腿架在左腿上，于是艺术创作开始了。大概过了一个小时的样子，画家宣布休息一下，画布上已经有炭笔打的盖福德脑袋的轮廓了。弗洛伊德一屁股坐下，坐在一堆破布上，就是那些著名的遍布他工作室地板的破布堆[9]。盖福德回到座位上以后，问这次能不能把左腿架在右腿上。绝对不行，弗洛伊德回答，因为这样会导致脑袋的角度发生细微的变化。而在这个问题上，他说什么，你都得听。另外，这幅肖像画是11月开始画的，创作一直拖到了来年夏天，于是盖福德的厚重呢子外套和围巾也一直裹到了来年夏天。弗洛伊德从来不雇专业模特，但他要求他的业余模特拿出专业素质来，完全服从他的安排。一切都要按他规定的来，就连模特是画家同行时也一样。大卫·霍克尼算过，他为弗洛伊德摆姿势“一共四个月，加起来超过一百小时”，而作为回报，弗洛伊德给了霍克尼两个下午。

盖福德对一个极为丰富的过程作了极为丰富的记叙，描述了艺术如何通过融汇直觉和自控、眼睛和大脑、紧张、疑虑和不断修改而被创造出来。他描写了弗洛伊德如何一边工作，一边嘟嘟囔囔地自言自语（“是的，也许——勉强吧”“不错！”“不不，不行不行”“再加点黄色”），描绘了他叹气，停顿，为一个错误烦躁恼火，成功地画完一笔后得意地挥舞画笔。关于做模特的过程，盖福德也写得风趣、坦白——兴奋激动，丢脸的虚荣（他担心自己的耳毛），各种不适，还有厌倦无聊。而一个很大的附加乐趣和价值所在（尤其对于一个艺术批评家来说），是弗洛伊德高质量的桌边谈话和架边谈话。他会说些很不错的关于自己生活和时代的闲话，而且毫无忌讳地谈论自己的雄心壮志和工作步骤。弗洛伊德还会谈他欣赏的画家（提香、伦勃朗、委拉斯开兹、安格尔、马蒂斯、格温·约翰[10]），以及他看不上的画家：列奥那多·达·芬奇（"应该有谁写本书，讲讲达·芬奇是多么糟糕的一个画家"）、拉斐尔和毕加索。相比之下，他更喜欢夏尔丹而非维米尔。他把罗塞蒂批得一文不值，贬得太狠了，都让人要心疼罗塞蒂了：他不仅是"拉斐尔前派里最糟糕的一个"（伯恩-琼斯[11]松了一口气），而且画出了"最接近口臭的东西"。

弗洛伊德一直是画"大室内"的画家。就连画马，他画的也是待在马厩里的马。而且，尽管他2003年曾在巴黎办过一场激动人心的康斯特布尔[12]展，他自己画的绿色植物要么长在花盆里，要么是透过工作室窗户看到的。他的绘画题材"完全是自传性质"。威尔第曾经说过，"复制真理应该是一件好事，但创造真理更好啊，好得多"。弗洛伊德不创造，他也不画寓意画。他从来不画笼统的画，也不画普适的画，他画此时此地。他觉得自己是个生物学家——与此类似的是，他觉得自己的祖父西格蒙德是位杰出的动物学家，而不是精神分析学家。他不喜欢"看上去太像艺术的艺术"，就是那些柔和娴雅、"合辙押韵"，意在奉承讨好画中人物或赏画人，或者"虚情假意"的画作。他的画作里"从来都不要美丽的色彩"，并且培植出一种"气势汹汹的反多情主义"。当画中人物不止一个的时候，各人都茕茕孑立，互不接触：不管画里是一个人在读福楼拜、另一个人在哺乳，还是两个都赤身裸体一同躺在一张床上。只有相邻，没有交流。他非常欣赏夏尔丹的《女教师》——大部分人都会觉得，这是将人际交流画得最温柔（色彩也最优美）的画作之一，而弗洛伊德喜欢它，主要是因为女教师有一只艺术史上画得最好的耳朵。他欣赏画家的“玩笑气质”，还在戈雅、安格尔和库尔贝的画里找到了这种气质；不过他自己尝试开的玩笑，多半不成功。尽管弗洛伊德头脑很好，但当他画画有“点子”的时候，那多半是个笨拙的点子。裸体的女人额头上有个一切两半的煮鸡蛋（女人—子宫—卵；女人—乳房—乳头—蛋清），这既粗鲁又幼稚。《画家和模特儿》中，穿着衣服的西莉亚·保罗[13]用她的画笔指着模特的阴茎，赤裸的右脚将地板上的一管颜料挤出来。这让那些詹姆斯·邦德电影里的视觉双关也显得有了深度。

早年，他画画如梅姆林一般精准，每一根头发或是睫毛都描绘得清清楚楚，色调明快，视角（相对）柔和。然后，他将貂毫换成了猪鬃，笔触越来越粗，色调越来越偏向暗褐和绿，画布越来越大；他用的模特有几位也越变越大，在庞然大物利·鲍厄里[14]和救济金管理人苏·蒂莉（这使她成为继“泰两吨[15]”之后最出名的胖女人）那里达到巅峰。弗洛伊德喜欢强调自己有多不可救药，强调自己的本能反应是别人叫他做什么，就偏不做什么。在好几次采访里，他都将导致这个重大风格转变的原因，归结为别人赞美他的素描功夫，那只不过是绘画的基础，因此，出于乖张傲慢的本性，他决定不画素描了，绘画也要更随意些。考虑到他是多么欣赏安格尔和伦勃朗这样伟大的素描好手，这个解释实在不大可信。再说，任何像弗洛伊德这样的严肃画家，不管他多想摆出和人对着干的姿态，都不会允许自己的风格被艺术批评所左右（就算是好评也不行）。不过他的解释转移了人们对另一个原因的注意，那更接近事实一点，他也承认过：就是弗朗西斯·培根的影响。弗洛伊德凭直觉本能生活，但画起画来则绝不失控；培根也是这样生活，但在画画上似乎更压弗洛伊德一头，也全凭直觉本能，速度飞快，不打素描草稿，偶尔一个上午就能完成一幅画。有些人认为弗洛伊德的风格转变很令人担忧：一位早期的仰慕者肯尼思·卡拉克[16]致信弗洛伊德，委婉地提醒说，他是在故意抹杀令自己画作不同寻常之处。“我再也没见过他。”弗洛伊德告诉盖福德。又一个从提比略崖上扔下去的家伙。

笔触变粗并没让他的工作速度有所提高（“卢西恩的麻烦，”培根曾经不客气地评价，“在于他实在太仔细了”。），但它改变了他表现肉体的方式。从现在开始，就连在画皮肤光滑的年轻人时，他也要强调肉体的脆弱，用盖福德的话说，就是“它下垂、干瘪的潜在可能”。有些人则认为，他从来都是这么画的。1993年在发表于《纽约书评》的一篇评论弗洛伊德肖像画的文章中，卡洛琳·布拉克伍德[17]说它们是“预言”，而不是“展现模特在某一特定历史时刻身体状态的快照”。她还说，他给她画的肖像，让自己“沮丧”，而“其他人则觉得大为不解，为什么他非得把一个在那个时候看上去还稚气未脱的姑娘画得如此老态，叫人难受”。布拉克伍德很有些可以怨恨自己前夫的理由（其中重要一点，是他和她十几岁的女儿上了床），但这个指责似乎不合适。现在我们看布拉克伍德的那

《旅馆卧室》局部（弗洛伊德）

些肖像，注意到的是她的焦虑和纤弱，而不是什么提前衰老。盖福德认为，弗洛伊德的第二个风格是展现人终有一死的。他写道，在那些自画像里，弗洛伊德“几乎是兴致勃勃地抓住所有那些衰老、时光流逝的迹象”，而“在这个方面，他对那些模特的态度，和他对自己的态度是一模一样的”。也许吧，但我觉得，相比这些，这也许是个更和笔触、风格有关的问题，而不是直白地展现死亡主旨的问题。这是弗洛伊德在探索如何表现出模特的性格和本质的时候发展出的绘画技法，不管他要刻画的是裸体的年轻人，还是着装一丝不苟、年逾八旬的英国女王。至于弗洛伊德的那许多自画像，惹人注目的，不在于它们兴致勃勃地描绘了老朽，而在于它们的自我颂扬，它们那种暗示“艺术家是主角”的架势。最糟糕的一幅是《被裸体仰慕者突然袭击的画家》，这又是一幅弗洛伊德的“点子”画。画上是一个赤身裸体的模特，坐在工作室的光地板上，搂住弗洛伊德的脚踝和大腿，似乎是要阻止他到画架前去。它的初衷也许就是开开玩笑，但效果却有些既傲慢又虚荣。这画效果不好，也许也因为这是他少有的一幅试图展现人际交流而非接而不触的画。

布拉克伍德有一点说得对，自己前夫肖像画的风格是不美化人物——也压根儿没想要美化人物。但就算这样，如果好好打量一番弗洛伊德的肖像画，然后再去看看布鲁斯·伯纳德和大卫·道森拍摄的给弗洛伊德摆坐姿（以及站姿和卧姿）的模特们的照片（收在2006年出版的《工作中的弗洛伊德》里），还是会大吃一惊。你会觉得，真正的人体是多么光滑性感啊，而且颜色也那么美。那位救济金管理人是不是看上去好看极了？还有我们的女王，都这个年纪了，是不是也漂亮得很？——考虑到她的年纪，她的皱纹还真算少，太了不起了。不过，摄影一直是一种美化人物的艺术——肖像绘画也曾经是这样。以前（如今在有些领域依然如此），画家和模特之间有这么一条不成文的约定，因为模特是出钱的雇主。如今，只有模特要买这幅画时才会给钱；再说了，任何这种不是白纸黑字写下的约定，弗洛伊德肯定都会无视，即使他相信它是存在的。

关于自己的艺术，艺术家的认知也会出错：比如，盖福德告诉我们，弗洛伊德的目标是“让他的画彼此之间毫无相似之处，就好像是别的画家画的一样”。这一定是某种必要的迷惑手段，也许是为了保证自己的注意力不涣散，雄心不消退。不过，大部分情况下，艺术家对于自己想要干什么，比我们更清楚。弗洛伊德的目标从来就不是为自然服务或者复制自然，而是将其“强化”，直到它充满力量，替代了原型。因此，“画得像”同“画得好”并不相干。他曾经告诉劳伦斯·高英[18]，他关于肖像画的观念“源于对那些与原型酷似肖像的不满。我希望我的肖像就是这些人，不是像这些人……在我看来，画*就是*人”。一位模特（此人不希望透露自己的名字）告诉我，弗洛伊德请他做模特，用的说法是：“我有意*以*你画幅画。”他这么对盖福德说到他的肖像：“你来这儿是帮忙完成它的”——好像模特只是某种有用的白痴，在艺术家追寻更高目标的时候恰好在场。

这可能会变得极其或者不必要的复杂。大概，画家想要的，是观画人看到一幅自己熟人的画像时会说：“是的，这就是他/她，不

《被裸体仰慕者突然袭击的画家》局部（弗洛伊德）

过有过之而无不及。”这样，就成功地做到了“强化”自然。但你并没有、也不可能抛开“相似性”——毕竟，弗洛伊德以观察细致著称，而这若不是为了比别人看得更清楚，又能是为了什么呢？我们对一幅画的反应，会有可能是“哦，这个太棒了——它根本不像他/她，实际上它看起来像是别人，但说来也奇妙，这看起来像是他/她的加强版”？我觉得不会。这个问题还和另一个混在一起：一幅肖像能体现出几分模特的人格，又能展示出几分他们的品德？盖福德正确地指出，对一件凡·艾克[19]或提香的作品，或者一尊古埃及雕塑，我们都是在“不知道模特人格”的情况下对它做出反应的。（而且也不知道它是不是“像”。）但是，我们对那幅凡·艾克或者提香的解读，是不可能不涉及人格的——我们不把它单单看作是色彩的安排组合。我们与它的交流中，有一部分目的是分析，关于一个早已过世的原型，这个图画仿品或者说替代品能告诉我们什么。我们看一幅非常伟大的肖像画时——比方说安格尔的《路易-弗朗索瓦·贝尔坦》——我们视相似为理所当然，（撇开我们纯美学的思考不说）感觉就好像贝尔坦先生活着，在我们面前呼吸着一样。这样看来，颜料就是人。

马丁·盖福德的书写的是一位恰好是个男人的艺术家，乔迪·格雷格的书写的则是一个恰好是艺术家的男人。关于格雷格的维基百科词条告诉我们，“他父亲的家族，三代均为王室侍臣”。他做过《尚流》和《伦敦标准晚报》的编辑，现在则是《周日邮报》[20]的主编，可以说是在罗瑟米尔的宫廷里工作。不过，我猜，对于他来说，更重要的是他在一般人更难走进的弗洛伊德宫廷的那些年。他耐心地花了好几年时间申请会员资格——在通往大奖的道上，还一路收集了其他艺术家的友谊——最后耍了一个花招，成功入会。在画家生命的最后十年里，他在弗洛伊德的宫廷里做侍臣，并且，他告诉我们，赢得了弗洛伊德的“信心和信赖”。这点可以在《与卢西恩共进早餐》这本书的后勒口上看到，那上面印的照片里，弗洛伊德脸上隐约有一个微笑——这可是罕见的成就，因为很久之前，弗洛伊德就练就了刀枪不入的完美皱眉，一有镜头朝向他那边，他就沉下脸来。格雷格的书，内容比它第一眼看上去丰富得多——不只是早餐，还有咖啡，以及简单的午餐。待正餐——完整全面的传记——到来之时，其创作者会有理由感谢格雷格的：他联系上了弗洛伊德早年（现在都已年逾九旬）的女友们，联系上了模特们、情人们、孩子们，还有其他因为弗洛伊德已死，觉得得到了豁免，可以开口做证了的人们。至于弗洛伊德本人会不会觉得他的“信心和信赖”给错了人，这就是另一码事儿了。格雷格的书肯定会给弗洛伊德的个人名声带来不良影响。但我觉得，对我们怎么看他的有些画作，也许包括有些画作本身，它都会带来不良影响——至少，在下一代观画人登场之前，会是这样的。

在书里一处，格雷格提出（我觉得他挺有道理的），弗洛伊德的裸体画也许和斯坦利·斯潘塞[21]的一脉相承。不过弗洛伊德呵斥了他一通，痛批“斯潘塞多愁善感，并且根本不会观察”。要是我在格雷格那个位置，我大概会提埃贡·席勒[22]，说他是那些妇科检查式的姿势、粗放笔触和色彩的维也纳先辈（比如，请看《耸着赤裸肩膀的自画像》）。不过我也会挨一顿呵斥的：弗洛伊德认为克里姆特[23]和席勒的作品廉价低俗，充满了虚情假意。我觉得，大概不会有人指责弗洛伊德虚情假意，而他不断重申艺术家的作用是展示真相，也不会有人质疑他是不是诚心诚意。但事情不止如此。用艾米斯的话说："诗人应该给人心鼓劲打气 / 还是应该让它放炮泄气？"哪个都不该，我想这就是答案。若是要指责弗洛伊德，那就是因为他是个让人心放炮泄气的人，而这一点，在他的裸女图中表现得最明显不过，这些裸女图是他作品中最受争议的。它们自豪地、写真地描绘女性外阴，充满挑衅，真的是朝着你的脸来的。他的女人们躺着，张开双腿，接受检视：西莉亚 · 保罗说自己是一个"非常非常害羞的人"，但发现坐在（或者准确地说，躺在）弗洛伊德面前做模特，感觉"很像是上医院，几乎像是躺在手术台上一样"。弗洛伊德的男人们，总的来说，不用脱衣服，用他们的面孔引导视线；而弗洛伊德的女人们，总的来说，（被要求）脱掉衣服，用她们的外阴引导视线。他的动物被允许藏起自己的生殖器，画出来效果最好——不过话说回来，弗洛伊德的确说过，他和"马儿们，和所有动物们之间有一种联系，几乎超越与人类的关系"。

这里有两个问题。第一个是技术性问题，或者说生理学问题。人与人的外生殖器间，有许多差别，但这些差别不能表达什么，不能将我们引导到哪里去。这就是为什么肖像画家一般更关注面孔——这"心灵的伟大画布"，用洛丽 · 摩尔的说法——它有表现力，并且的确能将我们引导到哪里去：引向一个人的存在感，以及本质感，就算那是一种可变的本质。第二个问题有关解读，而这里，如果不防止的话，自传因素会渗进来造成玷污。在艺术中有男性视角，然后，在此之外还有弗洛伊德视角。他的裸女像一点都不色情，甚至都不性感。要是哪个男生能对一本弗洛伊德裸体画集手淫起来，那他精神一定不正常。它们让库尔贝的《世界的起源》显得娴雅温和。问题自然在于它们是如何讲述画家自己的故事的（考虑到弗洛伊德所有的作品都有自传性质）？而这里，传记能派上用场。

关于弗洛伊德和女人，我们听了很多年的花边新闻了。我们知道他有很多女人，结过两次婚，他的孩子真的是多得数不清：他承认的有十四个，但实际数字可能是这个的两倍（他认为任何形式的节育都“十分卑劣”）。总的来说，他的女人们都漂亮优雅，地位优越；而且，总的来说，遇上他时都还只是十几岁的少女。他一直是个明星——引人注目，神秘莫测，大名鼎鼎，感情激烈，生气勃勃。一个女友告诉格雷格，“他就像生命本身”。另一个说，“他不在的时候，好像光线都黯淡下来了。同样地，他让任何和他在一起的人都感到被照亮了，而且，不知怎的，更具生命力、更有趣”。也许可以说，到目前为止一切正常：有致命吸引力的艺术家，女人们纷纷被拽入他的引力场，这是一个历史悠久的比喻了。而有些时候，就连弗洛伊德坚持我行我素，别人都得跟着他转这一点，也有它滑稽的一面。下面这个故事，明显对他有什么特殊意义，他给盖福德和格雷格都说过，两人听到的版本基本一样：

> 比方说，我喜欢吃不加菜油或牛油的菠菜。尽管如此，我可以想象，如果一个我爱的女人调制菠菜时用了油，这我也会

喜欢的。尽管我一般不喜欢这样做出来的菠菜，我也会享受存在于喜欢它之中的那一点儿英雄气概。

如果这就是弗洛伊德心目中男人爱上女人后会做出的具有英雄气概的妥协的话，那也难怪伦敦社交界的女主人们不会觉得他是当女婿的料。

但是做事从来没有底线的弗洛伊德，可不仅仅是个花花公子。他是个大男子主义，一个女人刚到手，就又去追另一个了，还指望第一个能随叫随到。卡洛琳·布拉克伍德，他的第二任妻子，认为他"太阴暗太专制，而且不可救药地不忠"——他反正压根儿就不承认"夫妻忠诚"是个概念。如果觉得这个伤人、令人不快的话，那女人就忍着呗。他也是性施虐狂：有两个他的前女友，分别描述了他如何扭拧、抽打她们的乳房。但格雷格找到的最有破坏力的原告证人是维克多·钱德勒，这是一个上过公学的赛马赌场经纪人，因此在他一个人身上，就有弗洛伊德最爱的贵贱两极。他"热爱"弗洛伊德，但也讲了两个关于他的最糟的故事。在第一个故事里，他和弗洛伊德（后者当时已经喝醉了）一起去河畔咖啡馆吃晚饭。他们到的时候，排在他们前面的是两对来自伦敦北区的犹太夫妇。"卢西恩有的时候非常反犹，"钱德勒回忆说，"这本身就很奇怪。"[24]他对两个女人的香水味表示恼火，冲她们大嚷："我痛恨香水。女人闻上去就应该是一种味道：屄味。其实他们应该发明一种香水，就叫屄。"

另一回，弗洛伊德和钱德勒聊女人：

我们聊到，他需要性来维持生命。这是他对生活的态度，他需要释放。我觉得，他自觉需要通过某些方法控制女人。他什么都讲。一天晚上，我们聊肛交这事儿聊了很长时间。他说，除非你和一个姑娘肛交过，否则她就不算真正臣服于你。

所以这是什么？就是一点流言蜚语，好像是从《周日邮报》上摘下、泄露出来好败坏一位伟大艺术家的名声的？我觉得不止如此。不管我们有多么怀疑传记是否影响我们对画作的解读，一旦我们知道了这两个故事，我们就无法把它们再从脑子里去掉，而它们似乎改变了——或者对于某些人来说，是证实了——解读他那些裸女画的方式。有些男人，还有许多女人，看到它们时会、且总是会感到不自在，甚至是恶心反胃。它们看起来冷酷残忍，这些画里的与其说是女人，不如说是肉体。而当视线从叉开的下肢移向脸的时候，弗洛伊德的女人们脸上又有什么样的表情呢？就连在早期的、换用猪鬃作画前的肖像里，女人们看上去也忧心忡忡；之后，她们最好的时候，一脸呆滞、消极、被抽干了血的模样，而最糟糕的时候，看上去惴惴不安、惊慌失措。我们很难不问自己：这是不是一个先被操服了、又被画服了的女人的面孔和身体？别人问他为什么那么不喜欢拉斐尔，弗洛伊德回答说，他是画了不少绝妙的东西，“我觉得我痛恨的是他的性格”。

有一个说法，玩弄女人成性的人，他们玩女人，是因为他们没法处女人。（我第一次读到这句抖机灵的话，是在一本伊恩·弗莱明的传记里，弗莱明是个拈花惹草的家伙，他认得弗洛伊德，由衷地憎恶弗洛伊德——弗洛伊德也以憎恶回敬他。）弗朗索瓦·莫里亚克，在他描写文人相羡的伟大小说《已失去的》中，说得更婉转深入一点："一个男人认得的女人越多，他对女性的认识就越粗浅。"这句话写于1930年，但今天依然适用。尽管弗洛伊德作画速度慢，但他夜以继日地画，最终作品总量十分惊人。不可避免地，他会自我重复，而在给女人设计姿势问题上，重复得最厉害。尽管一般他不搭理画迷来信，有一天，他收到一封来自一位（黑人）女律师的信，问他为什么从来没画过黑人。于是他回了信，接受了挑战，画了她。不用猜姿势了：浑身赤裸，张开大腿任我们检视，远处是扭曲的脑袋。这是幅糟糕的画。他给它起名为《赤裸的律师》。

传记也会影响其他画作，或者准确地说，矫正我们以前对它们的解读。例如，我以前一直觉得，那些描绘弗洛伊德年迈的母亲穿着花呢裙的画作是柔和、温情的作品，和霍克尼描绘自己年迈父母的画作，在精神上十分相似。传记校正了这种解读。从很小的时候起，弗洛伊德就十分排斥母亲对自己的关心（她会做糟透了的事情，比如说在他穷困的时候给他送食物），一辈子都和她保持距离。他父亲去世之后，她过量服药。她被送去洗了胃，但是她的身体已经遭受重创，可以说从此她就只是一具躯壳。直到那个时候——你可以说，直到生活把她操服了——他才开始画她。而用他的话说，她现在变成一个"好模特"了，因为她不再对他感兴趣了。弗洛伊德的表妹卡萝拉·曾特纳觉得这"实在是太病态了"：他"在画的人，已经不是原来那个人了……因为基本上，她的肉体还活着，但她的精神已经死了”。这有关系吗？艺术家本来就是残酷的，他们画的对象是什么样，他们就画什么样，以此类推。但我觉得，在那样的背景下，这的确是有关系的，因为这些画作摆出的姿态，是充满爱意地描绘了亲爱的老妈妈，因此它们示范了弗洛伊德所痛恨的一点：虚情假意。

也许，随着时间的流逝，所有这些都将不再重要。艺术很容易挣脱艺术家生平的束缚，这是迟早的事。一代人觉得严酷、卑劣、丑陋、冷酷的，下一代人则认为是对生命生活，以及该如何表现生命生活的真实，甚至美好的呈现——或者更确切地说，是强化版的呈现。两三代人之前，斯坦利·斯潘塞的裸体画让许多人骇然。这个小个子男人，赤身裸体，站在一个又一个大块头女人（实际上，是他的老婆们）身边摆着造型，她们的乳房服从万有引力定律。现在，这样的画被看作，没错，被看作温文尔雅、温情款款的画作，真实刻画了爱情和情欲淘气的一面。弗洛伊德将来会被视为是20世纪最伟大的肖像画家吗？将来的人们看他的裸体画，会像我们现在看斯潘塞的一样吗？还是说，肯尼思·克拉克对弗洛伊德早期画风转变的惋惜，将会被证实是正确的？就我而言，我觉得他给弗朗西斯·培根画的小型肖像，比他创作的那些巨型利·鲍厄里像要了不起得多。我还希望他当初能再多画些水池，多画些盆栽，还有树叶，还有树木。多画些荒地，多画些街道。艺术家就是艺术家，他们是什么就是什么，他们能是什么就是什么，他们必须是什么就是什么。话虽这么说，我还是希望他当年能稍稍更多地出去走走。

《水池边的两位日本相扑选手》（弗洛伊德）

译注

1 《邂逅》,英国文学杂志,1953年创刊,1991年停刊。

2 《尚流》,英国时尚生活杂志,1901年创刊。

3 提比略,古罗马皇帝。因暴虐引起普遍不满,最终在卡普里岛被近卫军军官杀害。

4 苏埃托尼乌斯,罗马帝国历史学家。

5 扒粪运动,指美国进步时代(1890—1920)城镇化和工业化高速发展,腐败横行,引发尖锐社会矛盾,一群美国媒体发起了一场揭露实业界腐败的揭丑运动。

6 蛤蟆先生是英国作家肯尼思·格雷厄姆创作的儿童文学名著《柳林风声》中的人物,迷恋飙车,毁车无数。

7 弗朗西斯·培根(Francis Bacon,1909—1992),英国超现实主义画家,出生于爱尔兰,善于描绘痛苦和怪诞的形象,常对照片及他人的绘画作畸异变形。

8 安东尼·德奥菲(Anthony d'Offay,1940—),英国画商、收藏家、美术馆负责人。

9 弗洛伊德画画时,每画一笔,就会在一块布片上擦一次笔,工作室的地板上因此渐渐积起了大堆的破布。后来,他开始将这些布堆画进他的画里。

10 格温·约翰(Gwen John,1876—1939),英国女画家,主要画肖像画,对人物性格特征、色调关系把握十分精准。

11 伯恩-琼斯(Edward Burne-Jones,1833—1898),英国画家和工艺设计家,其绘画体现了拉斐尔前派的风格,设计过金属、石膏等浮雕和挂毯图案。代表作有油画《创世》《维纳斯的镜子》等。

12 康斯特布尔(John Constable,1776—1837),英国风景画家,追求真实再现英国乡村的自然景色。代表作有《白马》《干草车》等。

13 西莉亚·保罗(Celia Paul,1959—),英国画家,生于印度。

14 利·鲍厄里(Leigh Bowery,1961—1994),澳大利亚表演艺术家、时装设计师、演员。

15 即泰西·奥谢(Tessie O'Shea,1913—1995),英国威尔士女歌手。因为自己身材肥硕,常用《田纳西的两吨泰西》作为自己演出的结束曲目,她本人也被观众们亲切地称为"泰两吨"。

16 肯尼思·卡拉克(Kenneth Clark,1903—1983),英国作家、博物馆负责人,是他那个时代最好的艺术史学家和美学家之一。

17 卡洛琳·布拉克伍德,是卢西恩·弗洛伊德的第二任妻子。

18 劳伦斯·高英(Lawrence Gowing,1918—1991),英国艺术家、作家、博物馆管理人、艺术教育家。

19 凡·艾克(Jan van Eyck,1390—1441),文艺复兴时期尼德兰画家,是尼德兰早期艺术中最杰出的画家,生命最后十年里,致力于肖像画的创作,成为近代肖像画的开拓者。代表作有《阿尔诺芬尼夫妇像》《罗林的圣母》等。

20 《周日邮报》，英国保守派周刊，1982年由罗瑟米尔子爵创刊，是《每日邮报》的姊妹刊。

21 斯坦利·斯潘塞（Stanley Spencer，1891—1959），英国画家，绘画以将宗教场景置于自己生活的小镇库克哈姆著称。代表作有《士兵们的复活》《库克哈姆的复活》等。

22 埃贡·席勒（Egon Schiele，1890—1918），奥地利画家，维亚纳表现主义艺术运动的重要代表人物。代表作有《家庭》《躺卧的女人》《死亡与处女》等。

23 克里姆特（Gustav Klimt，1862—1918），奥地利画家，“维也纳分离派”奠基人，追求装饰性效果。代表作有《吻》《贝多芬雕像装饰画》等。

24 弗洛伊德自己是犹太人。

霍奇金：为 H. H.[1]而写的话

亨利·詹姆斯说过："画家对那些写画评的人有着巨大的怀疑。"福楼拜说过："用一种艺术形式来解释另一种，这怪异极了。在全世界所有的博物馆里你都无法找到一幅优秀画作需要加上评注。导游手册里的话越多，那幅画就越糟糕。"德加相信："语言是多余的：你只要说'哼''嘿''哈'，该说的就都说了。"马蒂斯说过："艺术家应该把舌头剪了。"

尽管如此，亨利·詹姆斯还是发表了大量关于绘画的文字。福楼拜也写了不少，没有发表，是写在信件和日记里的。对于法国收藏的艺术品，他和司汤达一样了如指掌，而对于欧洲的收藏，他比龚古尔兄弟和波德莱尔知道得还多。他的艺术笔记，有一点令人印象深刻，那就是它几乎不包含我们所谓的评判。或者准确地说，他将他喜欢的画作做了笔记，描述了一下，笔记就是评判。

霍华德·霍奇金是一位属于作家的画家。他比其他任何英国当代艺术家都更受那些习惯于讲故事、描述、想象、解释的人关注。他的画作常常取一个似乎暗示着故事的标题。然而,说起来好像矛盾,他的画作里,很少能看得见或者萃取出一个故事。有的时候,他是在戏弄我们。而作家喜欢被人戏弄,就像他们喜欢羡慕其他艺术形式一样。

作家羡慕其他艺术形式,一般是因为它们更直接。音乐是最受羡慕的艺术形式,因为它最抽象,也最直接:从灵魂到灵魂,不需要语言文字在其中颟顸地调停。话剧作家一定很羡慕歌剧作家,因为歌剧可以开门见山,直截了当:一部五幕话剧的高潮部分,在一部歌剧里,第一幕就可以出现,然后在下一幕再出现,再下一幕,每幕都有——如果你想要的话,每场都可以有。画家被人羡慕,是因为他们的艺术可以在同一举动中、同一位置上将表现手法和表现本身结合起来;你中有我,我中有你,相辅相成,相得益彰。作家很少会想,他们会不会也反过来被别人羡慕:逛美术馆的人走马观花,像是看商品橱窗似的,一幅画只瞅五秒,那么,单是读者肯在作家身上花的时间,就很可能让那幅画的画家羡慕了。雷东宣称,文学是“最伟大的艺术”。

H. H.的画不是故事。它们多半是回忆。但不是那种在恬适中忆起的情感。实际上,那是在焦灼中忆起的情感。从这个角度看,他的画作有如歌剧。

福楼拜特别喜欢模仿别人。他最喜欢模仿的，是一位姓梅洛特的二流小画家，来自鲁昂。此人有个怪习惯，就是每当说到“艺术的”这个标志性词汇时，必定用双手比画出一个阿拉伯藤蔓纹来，活像两个S。

爱丁堡，2002年9月：未听见的话。苏格兰国立现代美术馆，H. H.的七十岁寿辰画展，四周都是蓝墙。楼下播放着一段时长二十分钟的影片，是艺术家本人在谈自己的作品，而楼上，画展分为两个部分。这两个部分之间，有一个高耸、开放的楼梯井，将艺术家的声音传上来。你穿过楼梯井时，那声音追赶着你，并且渗进展厅。但因为声音放大了，并且有回声，你听不清说的是什么。H. H.的声音不仅脱离了肉体，还脱离了语言，留下的只有声调。一会儿之后，你开始不再觉得怪异了。

福楼拜的小说，特别是《包法利夫人》，经常被人拿去与库尔贝这样的写实主义画家的作品比较。实际上，这位小说家特别不喜欢库尔贝：因为他教条主义，画画还要附上理论，并且坚持要解释自己的画作，给画面补充上文字。另外，还因为：“他对规矩缺乏敬畏。”艺术源于爱惧交加的紧张。

皇家美术学院，2002年9月。学院将场地外租给一些商业画廊来展览几周。大部分选择展示宣传他们最年轻的人才，结果便是到处的视觉不和谐。不过，至少过去几十年里的一些叫人郁闷难受的主流套路似乎开始土崩瓦解了。有些年轻艺术家甚至尝试了画画——用画笔，或之类的东西；在平面上，或之类的地方；用颜料，或之类的东西；不过，他们中不少，大概是缺乏信心，用解释性文字装饰了自己无声的画面，以为辅助。我在展览上遇到了批评家安德鲁·格雷厄姆-狄克逊，我们聊了聊这种犹犹豫豫的复兴。但难道你不觉得，我指出，这些年轻人里有一些应该会注意到，以前就有人用过这种艺术形式了——实际上，是好几个世纪以前呢？我的天真幼稚引得格雷厄姆-狄克逊轻笑："喔，过去没什么可教他们的。"

学院的中心是一块八边形的区域，墙壁和爱丁堡那场展览一样，涂成了明丽的深蓝色。墙上挂着八幅H. H.的小画，四周喧嚣之中一个寂静、严肃、辉煌的中心。一位作家朋友描述了她的印象："它们就那样从墙上走下来，走到我面前告诉我：'艺术应该是这样的。'"

在学院，我对H. H.说："你用了和爱丁堡完全一样的蓝色。"他回答："不是完全一样的蓝。"

我认识他的这么多年里，他常常说，在这个时代这个岛国做一名画家，自己感到多么孤立无援。其他人，比如卢西恩·弗洛伊德，也描述过自己如何逆风而行，反潮流而上——不过，很明显弗洛伊德对这种感觉享受更多一些。唯一一个好像从没对绘画的边缘化愤愤不平过的重要英国画家，就是一直阳光灿烂（并且一直备受欢迎）的大卫·霍克尼。不过现在看来，那“边缘化”是多么短暂啊。当未来的人们回过头看英国的20世纪下半叶，肯定会将它看作是一个由画家主导的时期：培根、弗洛伊德、霍克尼、霍奇金、赖利[2]（还有考费尔德[3]、奥尔巴克[4]、希钦斯[5]、艾奇逊[6]、厄格洛[7]……）。

和H. H.一起旅行。我们四人（H. H.，他的伴侣安东尼，我的太太帕特，还有我）一起去过摩洛哥、印度，另外，连着好几年，去一些有很好的艺术博物馆的意大利小城。我是组织人，安东尼是翻译，H. H.是驻团艺术家，帕特是缪斯女神：这些角色，我们都没太当真。我还是负责记日志的：

> 塔兰托，1989年4月。H. H.在一家老式缝纫用品杂货店的橱窗里，看中了一条黑色手巾。我们四个进了店。店员拿出一条黑色手巾。“不，”霍华德说，“这条没有橱窗里的那条黑。”店员又拽出另一条，也被否决了，然后又一条，接着又一条。这里是意大利，而且店里生意冷清，所以大家都和气友善，店员没有显露出一丝的不耐烦。我可就做不到啦。老天爷呐，H. H.已经否决了七八条手巾了，现在又叫那家伙把橱窗里原来那条拿来。店员扭着身子才算够到了。当他把东西放在柜台上时，我立即看到了，而换了和其他任何人来，我都不会看到这点：这条手巾的确比其他的稍稍、稍稍地黑那么一点儿。成交。

H. H.展画用过的墙色：白，鸭蛋青，鸽灰，绿，金，群青。

蓝色。博洛尼亚，2002年11月。我们正穿过一个带拱廊的广场，寻找用晚餐的地方。我们路过一家小小的装潢用品店，店里摆满油漆刷、涂料滚、油漆盘、乳胶剂罐，猛看上去像是戏仿画家的工作室。H. H.说："我发现了一种新颜色。钴蓝。"描述它有多么纯正多么浓郁时，他的眼神色眯眯的。

H. H.有时被说成是"色彩画家"。他们想对勃纳尔摆出纡尊降贵的姿态时，也这么说他。（记住，德拉克洛瓦曾抱怨说，这个说法"往往与其说是能为我们铺路，还不如说是堵我们的路"；勒柯布西耶则曾批评勃拉克，说他"沉迷于形式与色彩"。）为什么这说法有贬低意味，艺术圈外的人大为不解。如果色彩真的只关乎细腻、光泽、吸引力——装饰感——而不是像事实上那样是绘画之核心的话，这个说法也许真的就是贬义了。我后来找到了文学上一个类似的情况，终于没那么困惑了。被称为"色彩画家"，就有点像被称为"风格作家"。对于一些批评家来说，"文笔好"意味着这是位烂作家。哈佛"文艺批评实践"这门课的教授，用下面这几句一本正经的话打发了伟大的约翰·厄普代克的一本小说："厄普代克当然文笔很好；正是因为那样的才能我们才会严格要求这么糟糕的一本小说。但是厄普代克……并未写得好到让我们可以原谅他的地步。"在奥登的诗里，"原谅"保罗·克洛代尔的是时间老人，"原谅了他文笔漂亮"[8]。在这里，教授取代了时间老人，决定原谅还是不原谅某人。

H. H.的画派渊源通常归属于家庭情境派，特别是维亚尔派。这没错，他在向维亚尔致敬的作品《模仿维亚尔》里也承认了。不过，家庭情境风格是温暖的，而霍奇金是炽热的，常常是烧灼的：就连一幅叫作《阿尔卑斯山的雪》的画，也熊熊燃烧。所以，再想想其他一些他也用画作致敬过的画家吧：柯罗、德加、埃斯沃斯·凯利[9]、马蒂斯、莫兰迪[10]、塞缪尔·帕尔默[11]、阿尔伯特·平克汉姆·赖德[12]、修拉。还有一幅椭圆形的仿勃拉克作品《纸牌和骰子》(1914)，上面戳满了霍奇金式的小点，给人以先行者之感。

福楼拜拒绝给自己的小说配插图。如此"愚蠢的精确性"破坏了小说原本期望达到的效果。艺术的目的，他说，是先让你看到，即法语的faire voir，然后让你梦想，faire rêver。

重要的不仅仅是你画了什么，还有你没画的什么(通透的木纹)，你抹掉了什么，有什么被覆盖住，有什么是临时放在那儿帮你过渡的。福楼拜在回答泰纳关于艺术想象的一系列问题时解释说，他在脑海里勾勒出来的场景，往往包括一些不会写出来的细节。比如《包法利夫人》里的药剂师奥梅，"得过天花，脸上留下了淡淡的斑点"。但他没有把这个告诉读者。将来什么时候，H. H.的作品将被用科学手段检视，看有没有什么早期的痕迹留下，画面下有没有素描稿、油画稿，或者最初的设想之类。这会挺有意思的，但没有多

《阿尔卑斯山的雪》（霍奇金）

大用处。

色彩画家福楼拜。他告诉龚古尔兄弟，他写小说时，情节不那么重要，他更想做的，是表现一种颜色，一个色调。因此，对于他来说，《萨朗波》是一种紫色，而《包法利夫人》，“我所想做的，就是表现一种灰色，土鳖虫生活中的那种朽色”。因此，画家可以将这事反过来做，把通常要用一部小说的篇幅来呈现的情感上的起伏曲折用色彩、色调、疏密、聚焦、结构、卷曲、张力、过度这样一些手法来表现。

福楼拜和H. H.在这几点上是一样的：都不喜欢被人拍照，都有一所离鲁昂不远的房子，都特别关注棕榈树。在埃及，福楼拜记下了一次辉煌炫目的日落：天空中一道道的朱砂红，湖水的浅绿融化进天空的青蓝，低矮的群山变成粉红。前景里，棕榈树“铺洒开来，好似喷泉”。他接着写道：“想象一座森林，林中的棕榈树都如鸵鸟毛一般洁白。”他还观察到，暮色将大自然变成一台舞台实景，棕榈树看上去不再像是有生命，而是像……“一株画出来的棕榈树”。艺术成为第二自然。

福楼拜热爱墓室画家们用的那些“惊人的”“难以置信”的色彩，也喜欢墓室墙壁“从上到下都画满了”的状态——这个表达方式，后来他在描述希望自己的文章是什么样的时候，也拿来用了。他在法国看到过的描绘埃及的图画，根本没让他对实地的流光溢彩做好心理准备。明显，画家被胆怯和传统束缚住了手脚，不敢描

《模仿德加》（霍奇金）

摹红海海面上实际的色彩，唯恐被人指责过于夸张。“画家都是白痴。”他得出结论。

我总是拒绝给H. H.写访谈录或是传略。一方面在于我和他太熟了，另一方面在于我不知道如何用语言描述他的画作。有一次，德国版的《时尚》邀请我们录制一次对话，内容涉及艺术、文学以及更宽泛的文化话题。录制工作在我家后花园进行。有一个主持人主持我们的对话，一位摄影师记录当时的情形。关于我们应该向对方说什么，那主持人的点子似乎实在多了点。那组照片留了下来；那段对话被杂志毙了。

作为被采访人，H. H.一直很不合作，一个重要原因在于他不想谈论自己的画作，更不要说“解释”它们了。到了晚年，他拒绝按游戏规则来，几乎到了偏激的地步。采访者得到的，常是单音节词和长长的停顿。一个有名的例子是一次文学节上，他接受西蒙·沙玛[13]采访，那次访谈只能用惨不忍睹来形容[14]。我记得有一档广播节目，H. H.似乎拒不合作，让勤勉的提问人越来越泄气，最后没办法，只好把自己关于那幅作品、它的创作来源，以及它的创作过程的假设拿出来讲。在某一个问题上，主持人想让H. H.按他的意思来说，H. H.则彬彬有礼地把他堵了回去：“但这是先假定了我知道自己在做什么。”

相信艺术，而不是艺术家；相信故事，而不是讲故事的人。艺术总是记得，艺术家则会遗忘。福楼拜给泰纳回信说《包法利夫人》的事儿时，忘了他的确告诉过读者们，奥梅“得过天花，脸上留下了淡淡的斑点”。

福楼拜痛恨所谓的风景如画的地方，特别是19世纪早期游记宣传的那些。他尤其厌恶那本大受欢迎的插图版《如画之旅》，诺蒂耶与泰勒出版社出版的。H. H.痛恨任何颜色的旅行指南——绿皮的，蓝皮的，红皮的——更不要说给景点评星级这种荒唐想法了。对于“你的旅行指南是怎么说的？”这个问题，永远只会有一个让你无奈的回答。而他常对一座他觉得索然无味的教堂四下打量一眼，礼貌地质问“干吗要带我们到这里来？”我会指出，北通道那边第二个小礼拜堂中，枢机主教墓上的雕像据说是很值得一看的。他会瞟一眼，就懒得再看它，而让我们去看一块无人注意、风化剥蚀的菱形中世纪大理石碑，哪本旅游指南上都没提到过它。他总是对的。尽管如此，我还是认为，他那幅《我们何时去的摩洛哥？》里，右下方偏中间那块炸开的绿色，画的是我躲在一本米其林绿皮指南后面，虽然我们去那儿的时候米其林绿皮指南还没出到摩洛哥。

糟糕的艺术，糟糕的话语，陈腐的语言，这些都让福楼拜大受困扰。一段记忆，事情发生在意大利外省一座巨大的艺术馆（也许是帕尔马），某个现代建筑设计师试图让它看起来活泼点，给它加了光鲜的木质坡道和走道。帕特和我规规矩矩地参观着几个位置靠

《情人们》（霍奇金）

前的展厅，里头都是些平庸浅薄的画作。这时，H. H.风风火火地朝我们冲来，他十分钟就搞定了艺术馆，如今折回来找我们。他一脸严肃斥责的模样。不要把你们的时间浪费在这些破烂玩意儿上，留着你们的目力，去看十五个展厅之后那两三幅还算可以的画作。他赶我们走向品质。

德里，1992年2月，英国文化协会大楼正面H. H.的壁画揭幕。文化协会的一位官员，尴尬地想找点合适的话说，最后指着几位正在收工的当地工匠，拿出外交手腕来，问道："我希望他们做的你还算满意？"后来，在揭幕宴会上，一位印度女人对H. H.说："看到你的壁画，我修正了自己对英国艺术的看法。"他突然哭了。

旅行的时候，我和H. H.一直在重复开一个玩笑。时不时地，或是坐在酒吧里，或是望着广场对面，或是在餐馆里放松时，他会摆出一副介乎自我讽刺和真正满足之间的姿态，说道："我觉得有一幅画要来了。"我会习惯地回道："我觉得有一部小说要来了。"他说这话时，比我当真（好吧，我说这话从来没当过真）。而我常常会想，他坐在那里，下巴向前伸着，眼睛半睁半闭，准备着自己未来的记忆，这个时候他脑子里都有着什么样的活动？马克西姆·迪康和福楼拜一起在埃及旅行的时候，一直在拼命地记笔记，后来则装出一副气恼的样子来，因为那小说家"什么都不看，什么都记得"。H. H.始终显得非常专注，但当他说自己觉得有一幅画要来了的时候，他的样子似乎不同了，那一刻他是在消化，在反刍。我知道，他会记得一切的——我是说，他所需要的一切。

到现在为止，我看H. H.的作品已经三十年了，而我生命中循环往复的一桩乐事，就是看到他的画作像一群来自五湖四海的朋友，在不同的国家、不同的城市、不同的展览上再次聚首。当我时隔几年，再一次站在一幅熟悉的画作前时，我往往禁不住在心中喃喃自语，“是啊，当然是这样了”，或者“好”，或者“没错”，或者，有的时候“现在我开始明白了”。正如这些平凡无奇的问候语所示，我和他的画作之间延绵不绝的友谊，以及我对它们日益增加的关注和专注，很少转化成条理分明的评论。当然了，我可以谈谈标题，推测推测一幅画的起源，以及它和另一幅画的相似或不似之处；我可以描述我眼前所看到的，就像一个小说家记旅行笔记一样。这些画作与我的眼、我的心、我的头脑对话——但不与我大脑中负责组织语言的那部分对话。大部分时候，我用那种理想的勃拉克式沉默向它们问好。它们抗拒语言——至少，抗拒能够表达在我看着它们时，心内、脑内、体内在发生着什么的语言。我觉得这无关紧要，只是社交上麻烦点。要紧的，是随着年月流逝，所发生的如常发生，且自我重复，并要求一遍又一遍地被重复。

所以，这些话已够多了。

译注

1 即霍华德·霍奇金（Howard Hodgkin）姓名首字母缩略。

2 赖利(Bridget Riley, 1931—),英国女画家,擅长光效应绘画,创造出有力的、变动转移的黑色和白色图形。代表作有《水流》和《瀑布》系列作品。

3 考费尔德(Patrick Caulfield, 1936—2005),英国画家、版画家,绘画特色是将照相写实主义元素与简笔画的场景融合起来。代表作有《午餐后》《匕首与静物》等。

4 奥尔巴克(Frank Auerbach, 1931—),德裔英国画家,作品强调厚堆的肌理效果,有时甚至用直接塑造的方法代替笔触的表现。

5 希钦斯(John Hitchens, 1940—),英国画家,作品着重体现风景的图案感和纹理感。他的父亲和祖父也是画家。

6 艾奇逊(Craigie Aitchison, 1926—2009),英国苏格兰画家,以画耶稣受难图著称。

7 厄格洛(Euan Uglow, 1932—2000),英国画家,以裸体画和静物画著称。代表作有《德国姑娘》《头盖骨》等。

8 见W. H.奥登的《纪念W. B.叶芝》。

9 埃斯沃斯·凯利(Ellsworth Kelly, 1923—2015),美国画家、雕塑家。抽象主义之后所谓"硬边艺术"的代表人物。

10 莫兰迪(Giorgio Morandi, 1890—1964),意大利画家,20世纪20年代以后离群索居,主要创作静物画。

11 塞缪尔·帕尔默(Samuel Palmer, 1805—1881),英国田园风景画家,作品充满想象力和基督教的象征意味。

12 阿尔伯特·平克汉姆·赖德(Albert Pinkham Ryder, 1847—1917),美国画家,善用大胆而简洁的形式、怪异的光线表达神秘的主题。绘画题材出自《圣经》或古典文学。代表作为《约拿》。

13 西蒙·沙玛(Simon Schama, 1945—),英国历史学家,哥伦比亚大学艺术史教授。

14 指的是2006年海伊文学艺术节上的一次谈话活动,现场台下有将近八百名观众。对于沙玛的各种提问,霍金斯几乎全程报以沉默。

致　谢

这本书能问世，要感谢我的朋友、丹麦出版人克劳斯·克劳森。他第一次提议出版一本我的艺术随笔集时，我以为他是在开玩笑；他再次提议的时候，我以为他只是想保持礼貌。他说服了我，让我相信不是这样的，于是这些文章里的十二篇结集出版，取名《我看到》（蒂德纳·斯基弗特出版社，2011）。

所有收在这里的文章（除了关于席里柯的那篇），当初都是应编辑约稿而作，我感谢他们信赖我的眼光和判断。我特别感激卡伦·赖特，将其中七篇刊登在了《现代画家》杂志上。对于谁能够胜任写艺术评论这项任务，她有着独到、开明的认识，从她的慷慨中受惠的，除了我，还有许多其他作家、诗人。

这些画作中的大部分，帕特·凯伐纳都和我一起去看了，在文章里，她就在我身边。

这些文章首次发表出处如下：

1. 席里柯：《10 ¹/₂章世界史》，克诺夫出版社，1989年
2. 德拉克洛瓦：《泰晤士报文学副刊》，2010年5月7日
3. 库尔贝：《纽约书评》，1992年10月22日
4. 马奈：a）《卫报》，1993年4月16日
   b）《纽约书评》，1993年4月22日
5. 莫里索：《伦敦书评》，2019年9月12日
6. 方丹-拉图尔：《伦敦书评》，2013年4月11日
7. 塞尚：《泰晤士报文学副刊》，2012年12月21日/28日
8. 写写它（一）：《纽约书评》，2017年4月6日
9. 德加：《伦敦书评》，2018年1月4日
10. 德加：《现代画家》，1996年秋季刊
11. 卡萨特：《伦敦书评》，2018年4月26日
12. 雷东：《现代画家》，1994年冬季刊
13. 梵高：《伦敦书评》，2015年7月30日
14. 写写它（二）：《伦敦书评》，2020年4月2日
15. 勃纳尔：《现代画家》，1998年夏季刊
16. 维亚尔：《现代画家》，2003年秋季刊
17. 瓦洛通：《卫报》，2007年11月3日
18. 勃拉克：《伦敦书评》，2005年12月15日
19. 法兰西走进俄罗斯：《伦敦书评》，2017年1月19日
20. 马格利特：《现代画家》，1992年秋季刊
21. 奥登伯格：《现代画家》，1995年冬季刊
22. 实体翻模：《现代画家》，2001年冬季刊
23. 弗洛伊德：《伦敦书评》，2013年12月5日
24. 霍奇金：《作家谈霍奇金》，爱尔兰现代艺术博物馆/泰特出版社，2006年

图书在版编目（CIP）数据

另眼看艺术 : 增补版 / (英) 朱利安·巴恩斯 (Julian Barnes) 著 ; 陈星译. -- 南京 : 译林出版社, 2025. 7. -- (巴恩斯作品). -- ISBN 978-7-5753-0324-8

Ⅰ. I561.65

中国国家版本馆CIP数据核字第2024QC6489号

著作权合同登记号　图字：10-2020-469号

另眼看艺术：增补版　[英国] 朱利安·巴恩斯 / 著　陈星 / 译

责任编辑　宗育忍
装帧设计　韦　枫
校　　对　施雨嘉
责任印制　闻媛媛

原文出版　Vintage, 2020
出版发行　译林出版社
地　　址　南京市湖南路1号A楼
邮　　箱　yilin@yilin.com
网　　址　www.yilin.com
市场热线　025-86633278
排　　版　南京展望文化发展有限公司
印　　刷　南京新世纪联盟印务有限公司
开　　本　850毫米×1168毫米　1/32
印　　张　15.75
插　　页　4
版　　次　2025年7月第1版
印　　次　2025年7月第1次印刷
书　　号　ISBN 978-7-5753-0324-8
定　　价　98.00元